ब्लैक होल में स्त्री

हरिराम मीणा

₹ 299

ISBN : 9789393267405

पहला संस्करण : 2023 © हरिराम मीणा

BLACK HOLE MEIN STREE (Novel) by Hariram Meena

राजपाल एण्ड सन्ज़

1590, मदरसा रोड, कश्मीरी गेट, दिल्ली–110006

फोन : 011–23869812, 23865483, 23867791

e-mail : sales@rajpalpublishing.com

www.rajpalpublishing.com

www.facebook.com/rajpalandsons

भूमिका

सन् 1981 के अप्रैल महीने की बात है। मैं राजस्थान के भरतपुर ज़िले में राजस्थान पुलिस सेवा का फ़ील्ड प्रशिक्षण ले रहा था। *इंडियन एक्सप्रेस* में एक ख़बर प्रमुखता से छपी, जिसमें आगरा–धौलपुर–ग्वालियर के त्रिभुजीय क्षेत्र में औरतों की ख़रीद–फ़रोख़्त को उजागर किया गया। इस ख़बर को तैयार करने वाला खोजी पत्रकार अश्विनी सरीन था। प्रमाण स्वरूप मध्यप्रदेश के शिवपुरी इलाके के किसी गाँव की मूलवासी कमला नाम की एक महिला को वह मात्र 2300 रुपये में धौलपुर से ख़रीद कर दिल्ली ले गया। देश-दुनिया में इस अंचल की खूब बदनामी हुई। मध्यप्रदेश व राजस्थान सरकारों ने उच्च स्तरीय जाँच के आदेश दिए। राजस्थान के धौलपुर ज़िले में महिलाओं की ख़रीद–फ़रोख़्त और जिस्मफ़रोशी की रोकथाम के लिए पुलिस का विशेष दस्ता गठित कर दिया गया। यह महज़ संयोग था कि इसके बाद अगस्त, सन् 1984 में डिप्टी एस.पी. के रूप में मेरी नियुक्ति धौलपुर में हो गयी। इस हैसियत से कार्य करते हुए गुप्त सूचना के आधार पर एक दिन पचगाँव की सीमा पर बसी बेड़िया बस्ती की एक महिला के कब्ज़े से एक किशोरी को बरामद किया, जिसे उत्पीड़ित करते हुए जबरन वेश्यावृत्ति के लिए 'तैयार' किया जा रहा था। इन दोनों घटनाओं ने मुझे विह्वल व बेचैन कर दिया।

जब मैं अपने दूसरे उपन्यास *डांग* पर काम कर रहा था तो उसमें धौलपुर समेत सीमावर्ती उत्तरप्रदेश एवं मध्यप्रदेश का भूगोल आ रहा था। इस इलाके में होकर बहने वाली चंबल नदी के बीहड़ थे। बीहड़ों में शरण लेते रहे दस्यु दलों द्वारा फैलाई जाती रही दहशत थी। इस दहशत के साथ ही स्त्री के देह व्यवसाय की समस्या भी आ रही थी, जिसमें ख़रीद–फ़रोख़्त व जिस्मफ़रोशी दोनों शामिल थीं। मैंने सोचा कि दस्यु व देह-व्यापार दोनों समस्याओं को अलग कर दिया जाना ठीक रहेगा। तदनुसार यह विभाजन हो गया। *डांग* उपन्यास सन् 2019 में छपकर आ गया। स्त्री के दैहिक शोषण को केंद्र में रखकर काम चलता गया।

धौलपुर ज़िले के करीब दो तिहाई भूगोल में पर्वत-पठार एवं चम्बल के बीहड़ फैले हुए हैं। सन् अस्सी के दशक में यहाँ एक हज़ार पुरुषों के बीच आठ सौ चालीस स्त्रियाँ पायी गयीं, अर्थात् एक हज़ार के आँकड़े में एक सौ साठ औरतों की कमी। ऐसी स्थिति पैदा होने की बड़ी वजह ज़िले का पठारी व बीहड़ी इलाके का कठिन जीवन था। आधारभूत भौतिक सुविधाओं की कमी के कारण माँ-बाप अपनी बेटियों की शादी समतलीय स्थानों में करने को प्राथमिकता देते रहे, जहाँ उनकी बेटियाँ थोड़ा सुख-चैन से जीवन जी सकें। दूसरी तरफ़ समतलीय क्षेत्रों से पठारी व बीहड़ी इलाकों में कोई माँ-बाप अपनी बेटी देना

कम पसंद करते थे। इस कदर स्त्री-पुरुष के अनुपात में आने वाली कमी की पूर्ति ''बाहर से लायी गयीं लड़कियों व औरतों'' से होती थी। निःसंदेह, इन हालात में वे ही लड़कियाँ अथवा औरतें फँसती थी जो किन्हीं कारणों से अपनी जड़-ज़मीन से उखड़ने को विवश कर दी जाती थीं। बहुत कम का सम्मानजनक पुनर्वास हो पाता था। लिंगानुपात के असंतुलन से स्त्री के दैहिक शोषण की समस्या बहुत कुछ जुड़ी रही है। कमी-पूर्ति के बाज़ारी सिद्धांत के चलते हालात की मजबूरी का फ़ायदा उठाने वाले लोगों का बड़ा मकसद लड़की या स्त्री का जुगाड़ करना था। इसके लिए अपहरण, भागने के लिए मजबूर करना, अच्छे जीवन का प्रलोभन, बुरी संगत में डालना तथा ख़रीद-फ़रोख्त तक के हथकंडे अपनाये जाते रहे। ये समस्त कृत्य महिलाओं के विरुद्ध होने वाले अपराधों की श्रेणी में आते हैं।

वेश्यावृत्ति जैसी सार्वकालिक व सार्वभौमिक समस्या की तथ्यात्मक स्थिति को देखा जाये तो वेश्यावृत्ति विश्व के लगभग सभी देशों में आदिकाल से विद्यमान रही है। देश-काल को देखते हुए इसके प्रति अलग-अलग दृष्टिकोण अपनाये जाते रहे हैं। स्वीकार या नकार की दो विरोधी धारणाओं के साथ यह कर्म चलता रहा। पुरुष की विलासिता और स्त्री की विवशता दोनों को भाँति-भाँति से व्याख्यायित किया जाता रहा। धर्म और ईश्वर को भी इससे जोड़ा गया। मिस्र, असीरिया, बेबीलोनिया, फ़ारस आदि देशों में देवस्थान व्यभिचार के केंद्र बन गए थे। प्राचीन यूनान में वेश्यालयों पर राज्य का अधिकार था। रोम में वेश्याओं का पंजीकरण अनिवार्य था।

हिन्दू पौराणिक कथाओं में इन्द्र के मनोरंजन हेतु अप्सराओं का दल उपस्थित रहता था। समस्त भौतिक प्राप्तियों के अघाए देवताओं का स्वामी इन्द्र है। भोग-विलास उसकी दिनचर्या है, जिसे अमृत भी चाहिए और अप्सराएँ भी। कोई पृथ्वीवासी राजा, राक्षस या ऋषि उसे चुनौती दे देता, तो उनके लिए अमृत की अमरता या अप्सरा की अदाओं का उपयोग कर उसे परास्त कर दिया जाता। लावण्यवती नारी की तुलना हमारे यहाँ अप्सरा से की जाती रही है। समुद्र मंथन से निकले चौदह रत्नों के साथ अप्सरा की उत्पत्ति बताई जाती है। इन्द्रलोक में तैंतीस करोड़ के देवता वास करते बताये गए हैं। इनमें आठ वसु, ग्यारह रुद्र, बारह आदित्यों सहित प्रजापति व इन्द्र सम्मिलित थे। सभी आठ श्रेणियों के देवताओं का मुखिया इन्द्र था। इनके चित्तरंजन व भोग-विलास के लिए सौ के आस-पास अप्सराएँ उपस्थित थीं। कृतस्थली, पुंजिकस्थला, प्रम्लोचा, अनुम्लोचा, घृताची, वर्चा, पूर्वचित्ति, तिलोत्तमा, उर्वशी, मेनका व रम्भा नाम की प्रमुख अप्सराएँ थीं। इन सभी अप्सराओं की प्रधान रम्भा थीं।

अप्सराओं के तथाकथित स्वर्ग से धरती पर उतर कर देखा जाये तो नारी में गणिका का रूप मिलता है। सभी प्राचीन सभ्यताओं में गणिका वृत्ति किसी-न-किसी रूप में पाई गयी है। प्राचीन यूनानी व रोमन संस्कृतियों में इस प्रथा को बाकायदा व्यवसाय के रूप में मान्यता प्राप्त थी। गणिका संस्था का विकास नगरीय संस्कृति के अंग के रूप में प्राचीन सभ्यताओं के साथ-साथ ईसाई, हिन्दू, इस्लाम, बौद्ध आदि समस्त धार्मिक जगत में देखा

जा सकता है। सामान्यत: गणिका विवाहित स्त्री नहीं होती थी। विधवा एवं परित्यक्ता स्त्री भी गणिका वृत्ति में आ जाती थी। जीविकोपार्जन की विवशता में पुरुष को खुलेआम देह विक्रय करने वाली स्त्री को गणिका कहा गया। गणिका या नगरवधू की व्यवस्था सवर्ण पुरुषों द्वारा निर्मित संस्था थी, जिसका प्रादुर्भाव वैदिक काल से दिखाई देता है। वैदिक वाङ्मय में गणिका के अनेक पर्यायवाची शब्द उपलब्ध हैं, जिनमें हस्ता, अग्रू, साधारणी, पुश्चली, सामान्या, जारिणी, उपपत्नी सम्मिलित हैं। प्राचीन राजतंत्रों में ब्राह्मण, क्षत्रिय व वैश्य वर्गों का समाज पर वर्चस्व था। इन्हीं के भोग-विलास के लिए गणिका प्रथा को वैधता प्रदान की गयी। यहाँ समाज का एक दोहरापन दिखाई दिया। उच्चवर्णीय पुरुषों की कामवासना को तृप्त करने वाली गणिकाओं को वैधानिक व नैतिक मान्यता थी। इन्हें ब्रजयित्री, मुहुत्तिया, रूपदासी, वण्णदासी, पण्यांगना, वेशी, नारियेयर, मामिनी, नगरशोभिनी, इत्थि, जनपद कल्याणी, स्वैरिणी, वारांगना, वार-स्त्री, वारवनिता, स्वतंत्रता और स्वाधीन यौवना, शालभंजिका, वारवाणी, बर्बटी, भंडहासिनी, कामरेखा, शूला, वारविलासिनी, लंजिका इत्यादि नामों से पुकारा गया। जो स्त्री यही काम जनसाधारण के लिए करती थीं, उन्हें कुलटा, वृषली, अतिस्कद्वरी या अपस्कद्वरी अर्थात् नियमों का उल्लंघन करने वाली स्त्री की संज्ञा दी गयी। कौटिल्य ने यह व्यवस्था भी कर दी थी कि वृद्धावस्था में गणिका को जीवनयापन हेतु राज्य वृत्ति दी जाये। सभी प्राचीन सभ्यताओं में गणिका वृत्ति किसी-न-किसी रूप में पाई गयी है। तत्कालीन राजसत्ता ने गुप्तचर, प्रति-गुप्तचर, विष-कन्याओं के रूप में उपयोग करते हुए युद्धरत सैनिकों के सामूहिक उपभोग की वस्तु तक बनाया। सर्वाधिक सुंदर युवती को राजगणिका की पदवी देकर राजा व राजकुमारों की वासनापूर्ति के लिए आरक्षित किया गया।

भारत में गणिका के रूप में राज्याश्रय में वेश्यावृत्ति का स्वरूप धार्मिक क्षेत्र में देवदासी प्रथा में परिवर्तित हो जाता है। मंदिरों के पुजारी-पुरोहितों द्वारा अपनी काम-संतुष्टि के लिए स्त्रियों को देवता के प्रति समर्पित करवाने का षड्यंत्र रचा गया। धर्म के ऐसे ठेकेदारों द्वारा कन्याओं पर सामाजिक-पारिवारिक दबाव व उनका मनो-नियंत्रण (brain washing) कर उन्हें इस घृणित कर्म में धकेल दिया गया। कोई भी साधारण बुद्धि रखने वाला आदमी यह आसानी से समझ सकता है कि देव-प्रतिमा जड़ होती है और सम्भोग जैसी क्रिया नहीं कर सकती, किंतु देव-समर्पित किशोरियों के मन में यह बात बिठा दी जाती है कि देवता स्वयं पुजारी-पुरोहितों के रूप में उनकी सम्भोग-सेवा स्वीकार करता है। देह शोषण के इस कृत्य का आरंभ प्राचीन भारत में ही हो गया था। सबसे पहले मंदिरों में ईश्वर को प्रसन्न करने के बहाने उसकी प्रतिमा के सामने गायन, वादन व नृत्य जैसी गतिविधियों का नियमित आयोजन किया जाने लगा। कालांतर में रति-क्रीड़ा के माध्यम से ईश्वर को आनंदित करने का षड्यंत्र रचा गया। देवदासियों का विवाह बाकायदा देवता की प्रतिमा के साथ करवाया जाने लगा। देवता और देवदासी के मध्य होने वाली इस क्रिया का निमित्त पुजारी-पुरोहितों का वर्ग बन गया। देवदासी जैसी धार्मिक प्रथा के माध्यम से इस वर्ग को नारी के यौन शोषण का सामाजिक अधिकार मिल गया। इस प्रथा के सूत्र आर्थिक दरिद्रता से भी जुड़े

देखे गए हैं। जो माँ-बाप लड़कियों के पालन-पोषण व विवाह का भार नहीं उठा सकते, उनमें से कई ने पहली कन्या को देवदासी बनाकर मंदिरों में अर्पित करना आरंभ कर दिया। कुछ किशोरियों को परिवार संचालन के आशय से भी देवदासी बनाया गया। उत्तरवर्ती काल में राजाओं ने अपने महलों में भी देवदासियों को रखना आरंभ कर दिया। धीरे-धीरे देवदासियाँ जन-साधारण के लिए उपलब्ध होने लग गयीं। महाराष्ट्र, तेलंगाना, आंध्रप्रदेश व कर्नाटक जैसे राज्य तो इस प्रथा को लेकर बहुत बदनाम हैं ही, तमिलनाडु, गोवा, ओडिशा व मध्यप्रदेश तक में ऐसे मामले उजागर होते रहे हैं। महाराष्ट्र और कर्नाटक के बॉर्डर पर एक के बाद एक गाँव व कस्बे हैं, जिन्हें खुलेआम 'देवदासी बेल्ट' कहा जाता है। राष्ट्रीय मानवाधिकार आयोग द्वारा घोषित एक रिपोर्ट में यह खुलासा किया गया कि देश में लगभग 4,50,000 देवदासियाँ हैं। देवदासियों की सबसे बड़ी समस्या यह है कि इनमें से कोई मुक्त होना चाहे तो उसके संग कोई पुरुष विवाह करना नहीं चाहता। देवदासियों की संतान को पिता की पहचान का संकट अलग से होता है।

नारी के दैहिक शोषण का एक अन्य प्रकार मध्यकालीन तवायफ़ों की ज़िन्दगी में देखा जा सकता है। यह व्यवसाय सामंतवादी ढाँचे पर शीर्षासीन भद्रजन के विलास से जुड़ा रहा है। नृत्य-संगीत के माध्यम से शहर के रईस लोगों के मनोरंजन से जुड़ी इस प्रथा की लोकप्रिय संज्ञा 'मुजरा' रही है। मुजरा पेश करने वाली और इस कार्यक्रम का प्रबंधन करने वाली महिलाएँ सामंतों एवं नवाबों की संतान को शिष्टाचार अथवा तहज़ीब का प्रशिक्षण भी दिया करती थीं। 16वीं सदी के मुगल साम्राज्य के संरक्षण में मुजरा खूब फला-फूला। ताप्ती नदी के किनारे बसे शहर बुरहानपुर की सत्ता सँभालने के लिए अकबर ने जब अपने बेटे मुरादशाह को भेजा तो वह अपनी सभी आवश्यक वस्तुओं और सेना के साथ अपने मनोरंजन के लिए तवायफ़ों को भी ले गया था। बादशाह जहाँगीर अपने समय की मोती कुंवर व बेगम गुलारा जैसी तवायफ़ों के प्रति आकर्षित हो गया था। कट्टर छवि वाला औरंगज़ेब हिन्दू तवायफ़ हीराबाई से प्रेम करता था। औरंगज़ेब के भाई दाराशिकोह ने राणादिल नाम की तवायफ़ से शादी कर ली थी। तवायफ़ों के कारोबार का चरमोत्थान मोहम्मदशाह 'रंगीला' के वक्त में हुआ। बादशाह खुद रंगीन मिज़ाज था। उसी की बादशाहत में सन् 1739 में ईरान के बादशाह नादिरशाह ने दिल्ली पर हमला, लूटपाट और मारकाट की। दिल्ली की तवायफ़ों ने फ़ैज़ाबाद, लखनऊ, जौनपुर वगैरह की दिशा में पलायन किया। वहीं नवाबों, शेखों, पठानों एवं अन्य रईसों ने उनकी कद्र की और इस प्रथा को संरक्षण मिला।

सन् 1795 में लखनऊ के नवाब आसफ़उद्दौला के बेटे वजीर अली की बरात में तवायफ़ों का इतना बड़ा समूह शामिल हुआ जो आज तक का रिकॉर्ड है। 'अवध की बेग़म' के नाम से मशहूर बेग़म हज़रत महल का असली नाम मुहम्मदी ख़ानम था। फैज़ाबाद में उसकी पैदाइश हुई। पेशे से तवायफ़ हज़रत महल को खवासिन के तौर पर शाही हरम में शामिल किया गया। आगे चलकर अवध के नवाब वाजिद अली शाह ने उससे शादी कर ली

और हज़रत महल नाम दे दिया गया। लखनऊ का ही एक अन्य किस्सा सुनने को मिलता है कि ब्रितानी हुकूमत के दौरान लखनऊ में हुए एक कॉर्पोरेटर चुनाव में नक्खास के हकीम शम्सुद्दीन प्रत्याशी बने तो उनके मुक़ाबले में तवायफ़ दिलरुबा जान खड़ी हो गयी। उसके समर्थन में दिलरुबा के साथ बेनज़ीर, अल्लारक्खी और हुस्नेबांदी जैसी तवायफ़ों ने प्रचार शुरू कर दिया। हकीम हार के कगार पर पहुँचने लगा तो उसने लखनऊ की दीवारों पर नारा मंडवा दिया कि ''दिल दिलरुबा को और वोट हकीम को''। नारा चल निकला और दिलरुबा हार गई। गौहर जान बनारस व कलकत्ता की मशहूर तवायफ़ थी। उसका असली नाम एंजलिना योवर्ड था। उनके पिता का नाम विलियम योवर्ड और माँ का नाम विक्टोरिया था। छप्पनछुरी भी एक प्रसिद्ध मुजरेवाली थी। उनके किसी सिरफिरे आशिक ने छुरी से उनके चेहरे पर छप्पन घाव किये थे, तब से उनका नाम ही छप्पनछुरी पड़ गया, उनका रूप-रंग उजड़ गया। ढेला बाई गया की थीं। उनकी सुंदरता व गायन की चर्चा पूरे बिहार में होती थी।

मुगलकाल में तवायफ़ों की चार श्रेणियाँ हुआ करती थीं। पहली श्रेणी में रईसों की रखैल आती थीं। दूसरी श्रेणी की औरतें बादशाहों के मनोरंजन के लिए आरक्षित थीं। तीसरे प्रकार की औरतें नवाबों, सामंतों व अन्य धनपतियों के लिए मुजरा करती थीं। चौथी किस्म धन के बदले देह व्यापार से जुड़ी स्त्रियों की थी।

सन् 1857 के घटनाचक्र में अंग्रेज़ों के खिलाफ़ तवायफ़ों ने भी मोर्चा खोला था। उस दौर का एक किस्सा तवायफ़ अजीज़न की बहादुरी की मिसाल है। विद्रोह को कुचलने के दौरान जब अंग्रेज़ों ने कत्लेआम मचाया तो अजीज़न नामक तवायफ़ अपने लड़ाकू साथियों को लेकर जंगल में जा छिपी थी। नवाबगंज और बिठूर के फिरंगी सिपाहियों से उसकी झड़प हुई। दो सिपाही मारे गए। अंग्रेज़ी फ़ौज की टुकड़ी ने अजीज़न को पकड़ लिया।

''कौन हो तुम ? जल्दी बोलो नहीं तो गोली मार देंगे।''

अजीज़न ने जवाब दिया–''तुम्हारे सामने खड़ी एक औरत हूँ। और क्या बताऊँ।''

''तुम अजीज़न तो नहीं ?'' एक सिपाही चिल्लाया।

अजीज़न ने बड़ी तसल्ली के साथ जवाब दिया। ''हाँ मैं अजीज़न ही हूँ।''

अजीज़न को गिरफ़्तार कर जनरल हैवलॉक के सामने पेश किया गया। उस तवायफ़ की ख़ूबसूरती देखकर हैवलॉक बोला, ''तुम बहादुर हो ! मैं तुम्हारी बहादुरी की कद्र करता हूँ। तुम माफ़ी माँग लो। हम तुम्हें माफ़ कर देंगे।''

फिरंगियों की माफ़ी का मतलब अजीज़न बख़ूबी जान गयी थी। उसने इनकार कर दिया। क्रांतिकारियों के बारे में जानकारी हासिल करने की गरज़ से उस पर बहुत जुल्म किये गए। अजीज़न के दिल में अब किसी किस्म की कोमलता शेष नहीं बची थी। वह टस-से-मस नहीं हुई। अंत में तोप के मुँह से बाँधकर उसे मार दिया गया।

पुरुष ने अपनी यौनिक वासना के लिए स्त्री को वेश्यावृत्ति के अनेकानेक संस्करणों में ढाला है। दलित व दमित नारी के उत्पीड़न का इतिहास दिल दहलाने वाला रहा है। सुदूर दक्षिण के ट्रावनकोर राज्य में नादर व इजावा समुदाय की स्त्रियों के लिए बाकायदा प्रथा ही बना दी गयी जिसके तहत महिलाओं को अपने स्तन उघाड़े रखने पड़ते थे। उल्लंघन की दशा में स्तन कर (breast tax) चुकाना होता था। कुछ जगहों पर स्त्रियाँ टैक्स देकर अपने स्तन ढँक सकती थीं। इस टैक्स का सबसे शर्मनाक पहलू था कि ये टैक्स महिलाओं के स्तनों के आकार के अनुपात में लिया जाता था। इस अनैतिकता के पीछे आशय था कि शासक सहित वर्चस्वकारी वर्ग के पुरुषों को इन स्त्रियों में से भोग हेतु चयन करने में आसानी रहे। इस प्रथा से व्यथित होकर कई परिवारों ने पलायन कर श्रीलंका के चायबागानों में जाकर जीवनयापन आरंभ कर दिया। कइयों ने ईसाई धर्म अंगीकार कर लिया। स्त्री के प्रति ऐसे दुर्व्यवहार के विरुद्ध नंगेली नाम की महिला ने साहस किया। प्रतिरोध स्वरूप उसने अपने स्तनों को ही काट दिया था। बात इतनी आगे बढ़ गयी थी कि अक्टूबर 1859 में ट्रावनकोर में दंगे हो गए जिनमें सवर्णों ने नादर महिलाओं को विशेषकर निशाना बनाया, उनके घर लूटे गए, अनाज जला दिया और कई परिवार बर्बाद कर दिए गए। पश्चिमी बंगाल में तो कर्ज़ के एवज़ में यौन शोषण की अजीब प्रथा है, जिसे 'चुकनी प्रथा' कहते हैं। वर्तमान युग में वेश्यावृत्ति के लिए अनेक संज्ञाओं का प्रयोग किया जा रहा है, जिनमें वेश्या, बारबाला, कॉल गर्ल, एस्कॉर्ट आदि सम्मिलित हैं। वेश्या और उनके अधिकारों के लिए सक्रिय संगठन इन्हें 'यौनकर्मी' कहलाने को प्रमुखता देते हैं।

भारत में इस व्यवसाय को फैलाने में विदेशी शासकों की भूमिका भी महत्त्वपूर्ण रही। 16वीं सदी में गोवा में पुर्तगाली कॉलोनी हुआ करती थी, जहाँ कम उम्र की जापानी दासियाँ हुआ करती थीं, जिन्हें दासी बनाकर उनके साथ सेक्स किया जाता था। पुर्तगाली व्यापारी इन लड़कियों को जापान से पानी के जहाज़ में भारत लाते थे। यही कारण है कि सदियों से गोवा देह व्यापार का गढ़ बना हुआ है। 19वीं और 20वीं सदी की शुरुआत में अंग्रेज़ों ने यूरोप और जापान से लड़कियों को लेकर आते थे और भारत में काम कर रहीं अंग्रेज़ों की सेनाओं में सैनिकों को यौन-सुख पहुँचाने का दबाव डालने लगे। 20वीं सदी के आते-आते क्रूर अंग्रेज़ों ने भारतीय लड़कियों को अपना निशाना बनाना शुरू कर दिया। यूरोप से आयीं वेश्याएँ जब अपनी सेवाएँ देने में अक्षम हो जातीं, तो उन्हें छावनी में सैनिकों की सेवा करने व उनके लिये भोजन पकाने के लिये तैनात कर दिया जाता था।

महिला एवं बाल विकास मंत्रालय की रिपोर्ट के अनुसार भारत में 30 लाख से ज़्यादा यौनकर्मी हैं। इनमें से एक तिहाई 18 वर्ष की उम्र से पहले ही देह व्यवसाय में धकेल दी गयीं। ह्यूमन राइट्स वॉच का दावा है कि पूरे देश में यौनकर्मियों की संख्या 2 करोड़ के लगभग है। कई सूत्रों के अनुसार यह आँकड़ा 10 करोड़ तक का है। देश का सबसे बड़ा रेडलाइट एरिया कोलकाता का सोनागाछी इलाका है। दूसरा स्थान मुंबई के कमाठीपुरा का है। दिल्ली का जीबी

रोड, आगरा की कश्मीरी मार्केट, ग्वालियर का रेशमपुरा, पुणे का बुधवरपेट इस व्यवसाय के अन्य बड़े केंद्र हैं। वाराणसी का मडुआड़िया, सहारनपुर का नक्कासा बाज़ार, मुज़फ़्फ़रपुर का चतुर्भुज स्थान, इलाहाबाद का मीरागंज, नागपुर का गंगा जुमना, मेरठ का कबाड़ी बाज़ार और आंध्र प्रदेश के पेड्डापुरम व गुडिवडा के चकलाघर किसी से अपरिचित नहीं हैं। गृह मंत्रालय ने तमिलनाडु और कर्नाटक प्रान्तों को देहव्यापार के मामले में शीर्ष स्थान माना है। ऑल बंगाल विमेन यूनियन द्वारा किये गए सर्वेक्षण के मुताबिक 5.1 प्रतिशत माँ-बाप, 13 प्रतिशत दोस्त, 23 प्रतिशत अंजान व्यक्ति अथवा दलाल, 13 प्रतिशत रिश्तेदार, 10 प्रतिशत प्यार में धोखा और 2.5 प्रतिशत महिलाओं को वेश्यावृत्ति के दलदल में फेंकने के लिए उनके पति ज़िम्मेदार पाए गए। पुरुष द्वारा स्त्री के यौन शोषण के इस विस्तार के साथ स्वास्थ्य की दृष्टि से देखा जाये तो दुनिया भर में करीब 20 करोड़ वेश्याएँ यौन रोगों से संक्रमित हैं, जिनमें से 5 करोड़ का संबंध भारत से है। सीबीआई की रिपोर्ट के अनुसार देश में 10 करोड़ महिलाएँ वेश्यावृत्ति में फँस चुकी हैं। इनमें 40 फ़ीसदी बच्चियाँ शामिल हैं। देह व्यापार के लिए ख़रीद-फ़रोख्त की बात की जाये तो इनमें से 90 प्रतिशत देश के एक कोने से दूसरे कोने में ले जाकर बेच दी जाती हैं। देश में रोज़ाना 2000 लाख रुपये का देह व्यापार होता है।

हम चाहे धरती के समस्त प्राणियों में मनुष्य की श्रेष्ठता का कितना भी दंभ भरें, परंतु यह नहीं सोचते कि वेश्यावृत्ति जैसा अमानवीय कृत्य मानव समाज को प्राचीन काल से कलंकित करता रहा है। अपने मस्तिष्क की क्षमता से विकसित ज्ञान-विज्ञान के आधार पर मानव ने उल्लेखनीय भौतिक प्रगति की है। सवाल यह उठता है कि स्त्री की गरिमा एवं अस्मिता के प्रति पुरुष का दिलो-दिमाग नकारात्मक दृष्टिकोण क्यों अपनाता रहा? वेश्यावृत्ति नारी के प्रति पुरुष द्वारा किया जाने वाला एक ऐसा अपराध है जिसके घटित होते रहने से स्त्री सम्मान का जीवन कभी नहीं जी सकती। गंभीर बात यह है कि इस कृत्य को बढ़ावा देने में समाज का शक्तिशाली व साधन सम्पन्न पुरुष सबसे आगे रहा है।

नारी त्रासदी के इतिहास में कन्या वध, बाल विवाह, विधवा-प्रताड़ना, सती प्रथा, दहेज़ उत्पीड़न से लेकर वेश्यावृत्ति के अनेक रूप सम्मिलित रहे हैं। वेश्यावृत्ति पुरुष की स्त्री के ऊपर दासता का प्रतीक है। इसे हत्या से बड़ा पाप माना जाना चाहिए। हत्या में जीवन से मुक्ति मिल जाती है, लेकिन इस कर्म में स्त्री जीकर भी रोज़ मरती है। भोग की भूख सबसे बड़ी होती है, जिसकी कभी तृप्ति नहीं हो सकती। वेश्यावृत्ति में स्त्री को पुरुष द्वारा भोग की वस्तु में परिवर्तित कर दिया जाता है। आश्चर्य तब होता है जब धर्म व ईश्वर के नाम पर और नारी को देवी का मुखौटा पहनाकर भी उसे अंततः 'भोग्या' ही रहने को विवश किया जाता रहा!

आदिवासी समाज ने नारी की दशा पर थोड़ा-सा विचार कर लिया, जहाँ स्त्री व पुरुष में समानता चली आई, जहाँ मातृप्रधान परिवारों की प्रथा रहती आयी है। जहाँ जन-पंचायतों में स्त्री भी निर्णायक भूमिका निभाती रही है। जहाँ कन्यावध नहीं रहा, सतीप्रथा

का प्रचलन नहीं रहा। जहाँ विधवाओं को पारिवारिक उत्पीड़न से मुक्ति के लिए वृन्दावन या बनारस की गलियों में भीख माँगने के लिए दर-दर नहीं भटकना पड़ता। जहाँ दहेज की आग में विवाहिताओं को जलाया नहीं जाता। इस समाज में कोई औपचारिक शिक्षा नहीं रही। दर्शन का कोई पाठ किसी गुरु अथवा ग्रंथ ने नहीं सिखाया। फिर भी यह मान्यता रही है कि सृष्टि का मूल तत्व प्रकृति है, प्रकृति पृथ्वी में समाई हुई है और पृथ्वी सबसे बड़ी माँ है। वह जानता है कि प्रकृति स्त्रीस्वरूपा है। वही सृष्टि का आदि तत्व प्रकृति है और पुरुष उसका सहधर्मी। ये दोनों क्रमश: नारी व नर की अवधारणा बनकर मानव समाज का हिस्सा बने हैं। आदिम युग में समाज में स्त्री की प्रधानता थी। समय की यात्रा के साथ समाज व परिवार पर पुरुष अपना वर्चस्व स्थापित करता चला गया। पुरुष ने इस अधिकार को स्त्री पर अत्याचार करने का माध्यम बना लिया।

जब हम स्त्री के दैहिक शोषण के विशेष परिप्रेक्ष्य में आदिवासी समाज की बात करते हैं तो इस मानवता का सदियों से चला आ रहा सामाजिक-आर्थिक-सांस्कृतिक तानाबाना ब्रिटिश उपनिवेशवादी दौर में छिन्न-भिन्न होता दिखाई देता है। चाहे ईस्ट इंडिया कंपनी का राज था या सन् 1857 के बाद सीधे ब्रितानी हुकूमत, भारत के सम्पूर्ण आदिवासी इलाकों में फिरंगियों के खिलाफ़ प्रतिरोध व संघर्ष लगातार चला। जिन आदिवासी इलाकों में अंग्रेज़ों ने देशी रियासती सत्ता के साथ गठजोड़ करते हुए घुसपैठ की, वहीं उन्हें विरोध का सामना करना पड़ा। इन विद्रोहों को कुचलने के लिए अंग्रेज़ों ने आपराधिक जनजातीय अधिनियम बनाया, जिसे सबसे पहले बॉम्बे प्रेसिडेंसी में लागू किया। तत्पश्चात् विभिन्न चरणों में भारत के उन सभी अंचलों पर थोप दिया जहाँ आदिवासी आबादी थी। इस अधिनियम के अंतर्गत आदिम समुदायों के प्राकृतिक, नागरिक, राजनैतिक, मौलिक सभी प्रकार के अधिकारों को छीन लिया गया। इस दमनकारी कदम का सबसे बड़ा असर आदिवासी समुदायों की आर्थिक दशा पर पड़ा। जीवनयापन के उनके परंपरागत तौर-तरीके तहस-नहस होने लगे। अधिकांश आदिम समुदायों का जीवन वनोपज पर आश्रित था। सन् 1868 में भारतीय वन अधिनियम के माध्यम से ब्रितानी हुकूमत ने जंगलों पर कब्ज़ा कर लिया। आदिवासियों के लिए यह सबसे बड़ा झटका था जिसने उनके सामने रोटी का संकट पैदा कर दिया। 'बुभुक्षित: किं न करोति पापं' की उक्ति चरितार्थ होने लगी। विवश होकर अनेक आदिम समुदायों को चोरी-लूट जैसे तौर-तरीके अपनाने पड़े।

बेड़िया जैसा संगीतप्रेमी व शिल्पी समुदाय रोज़ी-रोटी के लिए यहाँ-से-वहाँ भटकने लगा। इसी दौर में बेड़िया समुदाय में वेश्यावृत्ति जैसी बुराइयों का प्रवेश हुआ। भारत के अनेक भू-भागों में समाज के तथाकथित बड़े लोगों ने ऐसे कर्मों के लिए आदिम समुदाय के लोगों को उकसाया, उन्हें संरक्षण दिया और उनसे चौथ वसूली तक की गयी। आदिवासी समाज का भले ही यह एक छोटा-सा तबका था, किंतु इन लोगों को एक ऐसे जटिल जाल में उलझा दिया कि वे आज तक उससे आज़ाद नहीं हो पा रहे हैं। आज भी इस समुदाय के

कुछ लोग स्थायी बसावट तो अन्य घूमंतू दशा में मिल जायेंगे। स्वतंत्र भारत के संविधान द्वारा प्रदत्त आरक्षण की व्यवस्था में बेड़िया समुदाय को कहीं अनुसूचित जाति, कहीं अनुसूचित जनजाति तो कहीं सामान्य वर्ग में सम्मिलित किया हुआ है। बेड़िया समुदाय की बड़ी तादाद मध्यप्रदेश-उत्तरप्रदेश के बुंदेलखंड इलाके में है। भौगोलिक दृष्टि से बुंदेलखंड उत्तर भारत के करीब-करीब मध्य में अवस्थित है और खजुराहो बुंदेलखंड का एक तरह से केंद्र बनता है।

भारतीय पौराणिक वाङ्मय व मिथक कथाओं में संदर्भ मिलते हैं कि बेड़िया जैसे कई आदिम समुदायों का संबंध गंधर्वों से था। *वाल्मीकि रामायण* के उत्तरकांड, *महाभारत* के सभापर्व, जैन व बौद्ध साहित्य, कालिदास रचित *रघुवंशम्* सहित अनेक इतिहासेत्तर ग्रंथों में गंधर्वों का उल्लेख मिलता है। अब गंधर्व शब्द एक मिथक से भिन्न कुछ नहीं प्रतीत होता है, लेकिन जब मिथकों का विश्लेषण किया जाता है तो उनकी पृष्ठभूमि में कोई यथार्थ अवश्य मिलता है। गंधर्व समुदाय को जब इतिहास से जोड़ कर देखा जाये तो इसके सूत्र गांधार व सैंधव प्रदेश में उपलब्ध हैं, जहाँ सिंधु घाटी की सभ्यता के अवशेष प्राप्त हुए। इन अवशेषों में एक नर्तकी की कांस्य प्रतिमा भी सम्मिलित है जो आभूषणों से सज्जित होते हुए भी निर्वस्त्र है। हिन्दू मिथकों का पुनः संदर्भ लिया जाये तो गंधर्वों का स्थान देवता और मनुष्य प्रजातियों के मध्य में बताया गया है। वे जितना पृथ्वीलोक के वासी हैं, साथ ही इन्द्र की रंगशाला में संगीत की प्रस्तुति भी करते हैं। गंधर्वों को इन्द्र की अप्सराओं का पति भी कहा जाता है। आज न गंधर्व हैं और न ही अप्सराएँ, किंतु उनसे जुड़े क्रियाकलापों को संगीत-नृत्य एवं वेश्यावृत्ति में देखा जा सकता है। बेड़िया समुदाय के जीवन में संगीत व नृत्य का विशिष्ट स्थान रहा है। चौंसठ कलाओं में नृत्य को प्रमुखता दी जाती रही है और इस कला का प्रशिक्षण अप्सराओं, गणिकाओं, देवदासियों एवं तवायफ़ों के द्वारा दिया जाता रहा है। बेड़िया समुदाय देश-विदेश में अपने राइ नृत्य के लिए प्रसिद्ध है। 'राई' शब्द का संबंध राधा द्वारा कृष्ण को रिझाने वाले नाच से जोड़कर देखा जाता है। *पद्मावत* में मलिक मुहम्मद जायसी सन् 1570 के आस-पास लिखते हैं, ''जानि गति बेड़िन दिखराई, बाँह डुलाय जीऊ लेइ जाई'' यानी अपने नाचने की कला से बेड़नी दिल ले जाती है।

बेड़िया समुदाय में वेश्यावृत्ति को हेय दृष्टि से नहीं देखा जाता। इसके पीछे सामाजिक मनोविज्ञान है। समुदाय के स्तर पर अपनी नैतिकता गढ़ ली जाती है। औपनिवेशिक काल में जिन आदिम समुदायों को विवश होकर चोरी, लूट, वेश्यावृत्ति जैसी गतिविधियों को जीवनयापन का माध्यम बनाना पड़ा, उन्होंने इन सबको अपनी नैतिक संहिता में सम्मिलित कर लिया। ये कृत्य बाहरी लोगों के लिए अनैतिक माने गए। बेड़िया समुदाय ने इस सिद्धांत को नकार दिया। ध्यान देना होगा कि इन्द्र की अप्सराओं व देवदासियों द्वारा करायी जाने वाली 'देव-सेवा' के पीछे भी नैतिकता का यही सापेक्षिक सिद्धांत काम कर रहा था, अन्यथा तो अप्सरा व देवदासी का कर्म भी तो वेश्यावृत्ति ही था। बेड़िया समुदाय की भी इसी प्रकार की मानसिकता के चलते जब कोई कन्या किशोरावस्था से युवावस्था में प्रविष्ट होती है तो उसे वेश्याकर्म में

उतार दिया जाता है। इस अवसर को उत्सव की तरह मनाया जाता है। लड़की को पहली दफ़ा नाक में नथ पहनाई जाती है। सरेआम लड़की की बोली लगायी जाती है। सर्वाधिक रकम अदा करने वाले पुरुष द्वारा लड़की की 'नथ उतराई' की रस्म निभाई जाती है। लड़की द्वारा पहनी गयी नथ को वह उतारता है। इसके बाद वह लड़की नथ नहीं पहनती। प्राचीन काल में किसी सुंदर युवती को जब भद्रजन के मनोरंजन के लिए गणिका का पद प्रदान किया जाता था, तब भी ऐसा ही उत्सव नगर में मनाया जाता था, जिसके पश्चात् उस लड़की का जीवन राजकुमार, पुरोहित व नगरश्रेष्ठियों से निर्मित भद्र वर्ग के मनोरंजन के लिए समर्पित कर दिया जाता था। नैतिकताएँ कितनी भी गढ़ ली जाएँ, वेश्यावृत्ति जैसे कृत्य को स्त्री कभी भी मन से स्वीकार नहीं कर सकती। जहाँ तक संभव होगा, जीवनयापन के लिए वह कोई अन्य कर्म करना चाहेगी। पुरुष द्वारा थोपी गयी किसी भी किस्म की गुलामी को स्त्री स्वैच्छिक मान ही नहीं सकती। यह भिन्न दशा हो सकती है कि वह नियति मान कर चलती रहे।

पुलिस सेवा में धौलपुर नियुक्ति के समय बेड़िया बस्ती की जिस स्त्री की कैद से मैंने एक लड़की को मुक्त कराया, उस उत्पीड़क महिला का काल्पनिक नाम मैंने पूनम रखा है। जिस पीड़िता लड़की को मैंने बचाया उसका नाम उमा बताया गया। उसका असली नाम कुछ अन्य था, जिसका पुलिस को पता नहीं लग सका। मैंने उसका काल्पनिक नाम निशा रख दिया। सतही तौर पर इस कथा में सम्मिलित उमा उर्फ़ निशा को नायिका और पूनम को खलनायिका कहा जा सकता है। गहराई से देखा जाये तो अधिकांश नारी पात्र यहाँ नायिकाएँ हैं। राज, धर्म व धन की सत्ताओं पर अधिकार जमाये रखने वाले बहुत से शक्तिशाली पुरुष और उनमें से जिन्होंने देव पद की प्राप्ति करने के पश्चात् भी स्त्री को भोग्या बनाकर रखा, वे सब के सब इस कथा के खलनायक हैं।

नारी की इस त्रासदी पर काम करते हुए मुझे बार-बार इस सवाल का सामना करना पड़ा कि कैसे कोई पुरुष व्यथा की उन अतियों की अनुभूति कर सकता है जो उसने स्वयं नहीं भोगी? स्त्री जैसी परकाया में प्रविष्ट होना मेरे जैसे सामान्य पुरुष के वश की बात नहीं। मैंने यह सब कुछ भोगे हुए यथार्थ की स्वानुभूति से परे देखे हुए यथार्थ से उत्पन्न सहानुभूति से प्रेरित होकर लिखा है। कथा की इस समस्त सृजन यात्रा में मुझे ऐसी अनुभूति हुई जैसे मानव यात्रा के आद्यांत, दैहिक शोषण के उत्पीड़न को भोगते हुए स्त्री की पहचान, अस्मिता, गरिमा और मनुष्य के रूप में उसका अस्तित्व घनीभूत अंधकार में विलीन होता रहा हो। उसी अँधेरे में जीते रहने के लिए उसे विवश किया जाता रहा हो। उसका सम्पूर्ण जीवन जैसे एक ब्लैक होल में गुज़रता रहा हो।

22 दिसम्बर, 2022

—हरिराम मीणा

जयपुर

1

होप्पुरा में रातभर जश्न का माहौल रहा।

आगरा के सेठ कृष्णकुमार सिंघल के कारोबारी ताल्लुकात धौलपुर से थे। इसी सिलसिले में उसका बेटा सतीश पहले कई दफ़ा धौलपुर आया था। वहीं से उसके किसी दोस्त ने यह खबर पहुँचाई कि पचगाँव के निकट होप्पुरा में एक लड़की की नथ उतराई (कौमार्य बिक्री) के लिए बोली लगनी है। रईस व अय्याश किस्म के मर्दों के भीतर यह धारणा होती है कि कुँवारी लड़की के साथ सम्भोग करना अनूठे आनंद की अनुभूति देता है। जिस्मफ़रोशी के धंधे में लिप्त कई समुदायों में इस प्रथा का चलन रहा है। रजस्वला होते ही लड़की की नाक में नथ पहनाई जाती थी, जो उसके कौमार्य का प्रतीक मानी जाती है। जो पुरुष सबसे ऊँची बोली लगाता, वह उस लड़की के साथ सम्भोग करते हुए उसका कौमार्य भंग करने का अधिकार प्राप्त कर लेता है। नथ उतराई की रस्म के बाद लड़की कभी भी नथ नहीं पहनती थी। आगरा के नामी सेठ कृष्णकुमार सिंघल का बेटा सतीश अपने दोस्तों के संग इस रस्म के लिए बोली लगाने होप्पुरा आया था। सबसे ऊँची बोली सतीश ने लगायी। अगले दिन नथ उतराई की रस्म अदायगी तय कर दी गयी। सतीश व उसके साथियों ने रात धौलपुर में बोहरा सुनहरीलाल के होटल में बितायी। दूसरे दिन संध्या के समय वे लोग होप्पुरा पहुँच गए।

पूनम बेड़िनी ने पूरी बस्ती को दावत देने का इंतज़ाम किया। मांस खानेवालों को मुर्गा-बकरों की कमी नहीं, दारू पीनेवालों को अंग्रेज़ी शराब का भंडार ही खोल दिया था और नाच-गान के लिए मुम्बई से बुलायी गयी थी बार-बालाओं की पार्टी। इनमें अधिकांश वे लड़कियाँ थीं जो आगरा, भिंड, मुरैना, धौलपुर व भरतपुर इलाकों की बेड़िया बस्तियों से भेजी गयी थीं। वे अक्सर मुम्बई में रहतीं। परिवार या रिश्तेदारी में शादी-ब्याह अथवा समाज के विशेष आयोजनों में शरीक होने वहाँ से आ जाया करती थीं। इस विशेष आयोजन के लिए क़रीब आधा दर्जन नृत्य-बालाएँ छाँटकर बुलायी गयी थीं। आयोजन पूनम बेड़िनी के घर के पास खुले स्थान पर शानदार पांडाल बनवाकर किया गया था। उस रात ठीक-ठाक सी सर्दी पड़ी थी, इसलिए शामियाने में कई जगह अलाव जलाने का इंतज़ाम भी किया गया था।

''हवा में उड़ता जाये मोरा लाल दुपट्टा मलमल का जी मोरा लाल दुपट्टा मलमल का हो जी..।'' मुम्बई में काम करने वाली एक बार-बाला गीत पर ठुमका लगा-लगा कर झूम रही थी। एक के बाद एक नई-नई बार-बालाएँ मंच पर अपना नृत्य प्रस्तुत करने

लगीं। नये-नये गानों की फ़रमाइश बढ़ती जा रही थी। मदिरा के पैग ज्यों-ज्यों परवान चढ़ रहे थे महफ़िल की फ़िज़ाँ रंगत बदलने लगी। लोग मदहोश होने लगे। नृत्य-मंच पर नोटों की बारिश होने लगी। मंच के दोनों ओर जश्न के आयोजन का अनिवार्य हिस्सा बने मुस्तैद मुस्टंडे तैनात थे। मजाल कि कोई शख़्स किसी नर्तकी को हाथ लगा दे। बस मज़ा लेते रहो दूर से।

सतीश महफ़िल का एक चक्कर लगाकर पूनम बेड़िनी के घर की तरफ़ निकल गया। उसकी सेवा में पूनम के दो खास आदमी लगे हुए थे। सतीश के मित्रों का अलग इंतज़ाम किया गया था। वे होपपुरा आते ही उधर मशगूल हो गये। उन्हें सामूहिक जश्न से मतलब कम था और अपनी निजी मौज-मस्ती से अधिक। इसलिए वे अनावश्यक समय बर्बाद करने के मूड में नहीं थे।

पूनम बेड़िनी ने इस अवसर के लिए एक कमरे को ख़ूब सजाया था। सजाया क्यों नहीं जाता, सुहागरात से कम थोड़े ही होती है नथ उतारने की रात। फ़र्क इतना ही कि सुहागरात से पहले बाकायदा शादी होती है और यहाँ धंधे की शुरुआत। जो प्रमुख घटना है वह तो समान ही हुई ना। फिर भी फ़र्क था क्रिया के पीछे की भावना में। पूनम बेड़िनी भी महफ़िल का एक चक्कर लगाकर खास मेहमानों की मिज़ाजपुर्सी कर अपने घर आ गयी।

जिस लड़की की नथ उतरवाई जानी थी उसकी राम कहानी कहने और सुनने वाला वहाँ कोई नहीं था। कोई कहे या न कहे, उसकी अपनी ज़िन्दगी थी जो अब उसके हाथ में नहीं थी। आगरा के हरिनारायण अग्रवाल का पूरा परिवार अपनी रिश्तेदारी के एक शादी समारोह में शामिल होने के लिए पंजाब मेल में बैठकर ग्वालियर जा रहा था। धौलपुर रेलवे स्टेशन पर जैसे ही रेल रुकी, परिवार के कुछ सदस्य प्लेटफ़ॉर्म पर उतर कर खाने-पीने का सामान खरीदने लग गए। हरिनारायण की किशोरवय पुत्री भी उनके पीछे उतरी थी। तभी ट्रेन चल पड़ी। लड़की ने भागकर ट्रेन को पकड़ने की कोशिश की। इसी दरमियान वह प्लेटफ़ॉर्म पर गिर गयी। पूनम बेड़िनी भी उसी ट्रेन से आगरा से धौलपुर आई थी। उसने लड़की को सँभाला और स्टेशन से ऑटो लेकर उसे होपपुरा ले आई। हरिनारायण के परिवार को अगले स्टेशन मुरैना पर पता चला कि लड़की गायब है। परिवार के लोगों ने जब तक धौलपुर लौटकर उसको तलाशा तब तक वह पूनम के कब्ज़े में आ गयी थी। पूनम जैसी बेड़िनी के चंगुल में कोई लड़की फँस जाए तो उसका मुक्त होना लगभग असंभव हुआ करता था।

आगरा की वह किशोरी अपनी आयु से बड़ी हो गयी थी। किशोरवय की देहरी अभी लाँघी नहीं थी कि यौवन के द्वार में प्रविष्ट हुई सी दिखने लगी थी। उसका ललाट चंदन लिपा सा दमकता था। जब वह मृगीलोचना ज़रा सी मुस्काती तो उसके गालों पर हल्के गड्ढे पड़ जाते। सारिका की सी उसकी नासिका थी। उसका बायीं तरफ़ का निचला

बगल वाला दाँत तनिक खंडित था, जो मुस्कराते वक्त उसके सौंदर्य की शोभा को और अधिक मोहक बना देता। घने, लम्बे और सपाट केशों की धनी गौरवर्णा, अच्छी कद-काठी, छरहरा बदन, सुशील, पढ़ने में अपनी कक्षा में अव्वल, सब छात्र-छात्राओं की चहेती, अपने माँ-बाप की लाडली इकलौती संतान थी। और क्या लिखना था विधाता को उसके भाग्य में, यह शायद स्वयं विधाता को भी पता नहीं चला था। उस किशोरी का नाम निशा था। निशा को पूर्णिमा के चाँद जैसा सौंदर्य देकर भी इस दुर्घटना तक का भाग्य लिखकर विधाता अपने अन्य कामों में व्यस्त हो गया। जीवन का शेष हिस्सा लिखने का ज़िम्मा दे दिया गया अथवा जबरन ले लिया पूनम बेड़िनी ने। पहले दुलारा-पुचकारा। घरवालों के पास जल्दी पहुँचाने का भरोसा दिलाया।

धौलपुर प्लेटफ़ॉर्म पर गिरते ही निशा के सर में अंदरूनी चोट आई थी। याद्दाश्त के लिहाज़ से जब पूनम ने उसे अटपटी अवस्था में महसूस किया तब डॉक्टर को दिखाया। पता चला कि वह स्मृति लोप (रेट्रोग्रेड अमेनेसिया)की शिकार हो गयी है। जीवन का अतीत स्मृतियों में सुरक्षित रहता है। उसने जो जीवन तब तक जिया था वह विलुप्त हो गया। अब उसे आगे का जीवन जीना था। यही उसकी नियति बन कर रह गयी कि उसकी स्मृतियों में भी यही शेष रहेगा। उस लड़की की अब तक की स्मृतियाँ जिस अंधकार में विलुप्त हो गयी थीं, उसके किसी कोने में उसके नाम का एक ज्योति-कण आगे तक अवश्य टिमटिमाता चला गया। इस दुर्घटना से पहले का कुछ भी उसे याद आता तो वह केवल उसका नाम था। इसके अलावा उसकी कोई पहचान शेष नहीं रही थी।

पूनम ने उस मासूम को होपपुरा के उसी मकान में पूरे छ: महीने नाना प्रकार की यंत्रणा दी थी, जहाँ सतीश के द्वारा उसकी नथ उतराई की रस्म पूरी करनी थी। उस बाला के दिलो-दिमाग़ से अपने माँ-बाप सहित सब कुछ मिट गया था। होपपुरा में अब उसका सब कुछ केवल पूनम बन गयी थी। पूनम ने उसे जिस्मफ़रोशी के बारे में बताया। यह भी समझाया कि उनके कुल-कुटुंब की यह पुरानी परंपरा है। यही उनके जीवनयापन का आधार है। उसे भी यही धंधा करना होगा।

''यह आप क्या कह रही हैं? मेरी समझ में कुछ नहीं आ रहा। मेरी शादी नहीं हुई है। यह सब काम तो विवाह के पश्चात् किया जाता है। वह भी केवल अपने पति के संग। हर किसी के साथ मैं यह काम कैसे कर सकती हूँ? मैं ऐसा कभी नहीं करूँगी।'' कहते हुए उस किशोरी के मन में यह सवाल उठने लगा कि आखिर यह औरत मेरी माँ या कोई सगी अथवा आखिर में है कौन? पूनम ने उसे खूब समझाया। यह सब कुछ लड़की की समझ से बाहर की बातें थीं। उसे कई किस्म की यातनाएँ दी गयीं। उसकी मनोदशा को बदलने की लगातार कोशिशें की गयीं। पहले फँस चुकी लड़कियों से समझवाया। मुम्बई की बार-बालाएँ जब भी आतीं उनके मुख से सब्ज़बाग दिखलवाये जाते। अंत में यह यक्ष-प्रश्न उसके दिलो-दिमाग में छोड़ दिया गया कि इतना कुछ उसके साथ हो जाने के

बाद कौन उसे अपनायेगा ? यह कहा गया कि उसकी ज़िन्दगी में इस धंधे के अलावा और कोई विकल्प शेष नहीं है। लड़की ने देखा कि इस बस्ती के सभी परिवारों में बिनब्याही लड़कियों से वेश्यावृत्ति कराई जाती है। उस नारकीय वातावरण में वह बच्ची टूट चुकी थी। उसी वातावरण में टूटी-फूटी दशा में जीने के लिये अभिशप्त कर दी गयी। नथ उतराई की रस्म से पहले ही उसके जीवन पथ को पूरी तरह मोड़ दिया गया था। उसकी जीवन यात्रा में यह एक त्रासद सुरंग थी, जिससे बाहर निकलने के सारे छिद्र बंद कर दिए गये थे या कहें, बंद हो ही गये थे। मौत ने भी तो मना कर दिया था उसे अपनी झोली में लेने से। एक दफ़ा भागकर बस्ती के निकट कुएँ में गिर गयी थी। निकाल ली गयी ज़िंदा। उसके बाद कड़ी पहरेदारी में रखा जाता रहा। पूनम बेड़िनी के लिए वह लड़की कोई इंसान नहीं, बल्कि महज़ एक वस्तु थी जिसे जिस्मफ़रोशी के बाज़ार में बेचा जाना था।

होपपुरा में पूनम बेड़िनी के मकान के सजे-धजे कमरे में वह नवयौवना सतीश से अपनी नथ उतराई के लिये अब तैयार थी। स्वयं पूनम बेड़िनी ने उस युवती को अच्छी तरह से समझाया था कि ''सेठ को ई मोंडा (लड़का) चाहे जितेक प्यार कोचाहे जितेक और काऊ बी सपने दिखाये पर या चक्कर में तोय नईं परनो। ई जिसे अय्याश मरद हमारी कउमोंडियान (लड़कियों)कूबरगला के नी बिनकी जिनगी बरबादकर दई है। तोय बेहद तमीज़, तहज़ीब औ तसल्ली के संग पेश आनो है। ऊ जैसो लाड लडाये, प्यार करे, मीठी मीठी बातन कू करें, वा सब में वाको साथ देबे को दिखाबो करनो है। वाय रिझाबे की खातिर खूब कोसिस करियो, जाते सेठ को ई लौंडा आगे ऊ अपने यहाँ आतोरहे। बिटिया, ऐसी काऊ हरकत मत करियो जा ते समाज व रंगीले मिज़ाज के मरदन के बाज़ार में पूनम बेड़िनी की सबत्ती साख के बट्टो लग जाय।''

पूनम के मुख से 'बिटिया' का संबोधन सुनकर उस लड़की को पूनम का रवैया बेहद नरम और प्यार से भरा लगा। उसके मन में आया कि वह भी आगे से पूनम के प्रति किसी सम्मान सूचक शब्द का प्रयोग करे। उसे 'आंटी' के अलावा और कुछ नहीं सूझा। ''जी, आंटी।'' पूनम की हिदायत पर वह इतना सा ही कह सकी।

उधर रात के तीसरे पहर पूनम द्वारा आयोजित जश्न समाप्त हुआ और इधर पूरी हुई उस युवती की नथ उतराई की रस्म। पूनम के कब्ज़े में आने के साथ ही निशा का नाम बदल कर उमा रख दिया था। जिस लड़की को धौलपुर के रेलवे स्टेशन से पूनम बेड़िनी अपहृत कर लायी, वह धौलपुर के स्टेशन तक निशा के रूप में रही। होपपुरा में पहुँचाया गया उसे उमा बनाकर। पूनम बेड़िनी बहुत ख़ुश हुई यह देखकर कि सेठ का लड़का उमा के संग रात बिताकर पूरी तरह संतुष्ट था। उमा ने लगभग वैसा ही करने का प्रयास किया जैसा उसे समझाया गया था।

स्त्री-पुरुष के सम्बन्ध बहुत जटिल होते हैं। उन्हें केवल व्यावसायिकता की सीमाओं

में रख देने की ज़िद हमेशा सफल हो यह ज़रूरी नहीं। पूनम बेड़िनी के उस कमरे के एकांत में जहाँ एक अपरिचित शरीर उतावला हो रहा था दूसरे अपरिचित शरीर के भीतर प्रवेश कर प्रेम क्रिया करने के लिए, लेकिन संभावित यौनाचार की अनैतिकता व व्यावसायिकता के उन्माद के बावजूद उस पुरुष देह से उमा को झाँकता दिखायी दिया एक इंसान, जो जवान था, सुंदर था, सुशील था, अपने व्यक्तित्व के किसी कोने में कहीं-न-कहीं थोड़ा-बहुत मानवता के स्तर पर संस्कारित सा भी था। इसीलिए वास्तव में उसके हृदय को स्त्री देह के सुख को भोगने की जल्दबाज़ी थी भी नहीं, देह चाहे देह सुख के लिए उतावली प्रतीत हो रही हो। सतीश की सचाई वह नहीं थी जो उमा समझ रही थी। असल में सतीश एक धनाढ्य बाप का बिगड़ा हुआ बेटा था। वह अय्याश किस्म का था। उमा से मिलते ही न जाने क्या हुआ उसे कि उसकी व्यभिचारी व लम्पट प्रवृत्ति यकायक एक संवेदनशील इंसान में बदल गयी। उस वक्त वह एक ऐसा पुरुष बन गया जो न जाने क्यों तलाशना चाह रहा था एक वेश्या के भीतर की स्त्री को। जिसके सामने एक सुंदर व नवयौवना अधनंगा बदन लिए हर तरह से समर्पित बैठी हुई थी और वह शख्स उस मदमाते यौवन की झील में उतरने-तैरने की बजाय अपने वहाँ होने का प्रायश्चित-सा करता हुआ कुछ पल उमा के चेहरे पर ठहर गया। आहिस्ता-आहिस्ता उतरने लगा उसकी कजरारी व मोटी-मोटी आँखों की पुतलियों के पर्दों को पार करता हुआ उनके नेपथ्य में, जहाँ सतीश को उस लड़की की देह की-सी मादकता दिखने की जगह दिखायी दिया पथराया अवसाद का एक सागर। उसके दमकते गौरवर्णी ललाट के पिछवाड़े में सतीश देख रहा था उस युवती के मस्तिष्क की कंदराओं में गुत्थमगुत्था कोशिकाओं की बाहरी परतों पर स्पष्ट नज़र आने वाली टेढ़ी-मेढ़ी खरोंचें। जैसे ही सतीश की निगाहें उमा के चेहरे से फिसलकर उसकी नाभि पर पहुँचीं, उसी क्षण सतीश के नेत्र अपने आप बंद हो गये। नाभि के तहखाने से सतीश को सुनायी दिया उस लड़की की आँतों में से हृदय विदारक आर्त्तनाद।

उमा के भीतर भी बहुत गहरे द्वंद्व से कुछ कम घटित नहीं हो रहा था। भुरभुरी रेत की सूखी नदी सी वह लड़की जिसके एक किनारे को समेटे हुए थी निशा और दूसरे को उमा। निशा के चारों ओर आबाद था हरा-भरा समतलीय वनांचल। नाना प्रकार के वृक्ष, वनस्पतियाँ, दूब, वन्य जीवों की अठखेलियाँ दृश्यमान थीं। गुँजायमान था विभिन्न प्रजातियों के पक्षियों का कलरव और पूरब दिशा से उगता हुआ सूर्य। उमा लग रही थी एक सूना-सूखा कठोर पठारी रेगिस्तान, जिस पर नहीं दिख रही थी हरी घास की कोई पत्ती। उसके पश्चिम में घिर रहा था क्षितिज के दरवाज़ों को हिलाता-तोड़ता घनघोर अंधकार। ''तुम निशा हो।'' रेत की सूखी नदी बनी उस लड़की को अपने ही एक किनारे से यह मुलायम आवाज़ सुनायी दी।

''नहीं, तुम केवल उमा हो।'' दूसरे तट से गूँजी यह कर्कश आवाज़ जिसने तत्क्षण

तेज़ कटारी बनकर पहली को काट दिया।

बार-बार बिखरते कणों को समेटती वह रेतीली नदी सरपट दौड़ रही थी सुदूर दिख रहे समुद्र की ओर। नदी की रेत के बहुत सारे कण हवा में उड़ रहे थे। कुछ गायब होते जा रहे थे हरे-भरे जंगल में और कुछ अटक रहे थे यहाँ-वहाँ खुरदरे पठार पर। थोड़ी देर में नदी की सारी रेत हवा में उड़ गयी। नदी तब्दील हो गयी मिट्टी की सूखी पपड़ियों के कंकाल में। कंकाल की छाती पर बैठी हुई थी एक लड़की। बाल बिखरे हुए। दोनों हाथों से अपना माथा थामे हुए। न वह निशा जैसी थी, न वह उमा सी लगती थी।

प्रेमालाप करने की जगह सतीश की बाँहों में लिपटकर उमा फफक पड़ी। अचानक यह क्या हुआ दोनों नहीं समझ पाये। कमरे के निःस्वन एकांत में समय की सूई रुक गयी।

''मुझे माफ़ करना साहब, मैं नहीं जानती मुझसे यह भयंकर भूल कैसे हो गयी? प्लीज़ यह मेरा पहला मौका है किसी पुरुष के साथ...।''

''निश्चिंत रहो उमा, मैं स्वयं नहीं समझ पा रहा हूँ कि तुम्हें देखकर मुझे क्या हो गया?'' अपने हाथों से उमा के आँसू पोंछते हुए सतीश ने कहा।

व्यभिचारी और वेश्या के बीच कामकेलि की उस घड़ी में स्त्री व पुरुष के पवित्र सरोकार पैदा हो गये। उमा की जगह निशा आ गयी। आगरा के सेठ कृष्णकुमार सिंघल के अय्याश बेटे की जगह शरीफ़ किस्म का सतीश आ पहुँचा। उमा के आग्रह के बाद भी सतीश ने शराब नहीं पी। एकाध पैग पहले अपने दोस्तों के साथ इधर-उधर ले लिया, वह अलग बात। प्रौढ़ व्यावसायिकता की कठोर धरती फाड़कर स्नेह के अंकुर फूट आये। चकलाघर की रीत का घेरा काट दिया प्रीत के धागे ने। कितनी बार होते रहे सम्भोग के स्वांग की दुर्गंध के स्थान पर स्वतःस्फूर्त प्राकृत दशा में टपकते मधु की गंध पहली बार सूँघने को मिली थी पूनम बेड़िनी के उस कक्ष को।

''प्रीत नहीं मानती समय व स्थान के बंधनों को, दुनिया की किसी घेराबंदी को। प्रेम स्वयं में स्वयं का परिचय है।'' कमरे की मद्धिम नीली रोशनी की झीनी परतों पर तैरती एक आवाज़ ने उन दोनों के कानों के पर्दों को हौले से छुआ। लगा जैसे अब वह कमरा नहीं, स्वच्छ जल से लबालब झील थी। आसमान का प्रतिबिम्ब उस जल को नीले रंग की आभा दे रहा था। नीले पानी की उस झील में तैरने लगी एक नाव। नाव में सवार था एक प्रेमी युगल।

उमा व सतीश में से किसी ने किसी का अतीत नहीं पूछा। वर्तमान को आत्मा की गहराइयों में जिया था दोनों ने। उनका भविष्य क्या कहीं अपने अज्ञात में अंकुरित हो रहा था, किसी ने नहीं जाना।

पूनम बेड़िनी के उस वेश्या-कक्ष में अनायास ही क्या कुछ सुंदर घटित हो गया

इसके विषय में उमा ने पूनम को कुछ नहीं बताया। जो औपचारिक था और ज़रूरी, वही बताया था उमा ने पूनम बेड़िनी को।

सुबह के करीब चार बजे का समय था। पूनम बेड़िनी द्वारा अपने खास मेहमानों को दी गयी दावत समाप्त हो गयी थी। सारे मेहमान अपने-अपने ठिकानों के लिए रवाना हो चुके थे। जश्न के लिए विशेष रूप से सजाया गया पांडाल खामोश था। दरी-पट्टी, कुर्सी-टेबिल, बर्तन-भांडे बिखरे पड़े थे। अलाव बुझ चुके थे। दूर कहीं से कुत्तों के भौंकने की आवाज़ें आ रही थीं।

हवा थमी हुई थी। वातावरण में काफ़ी ठण्ड थी। आसमान साफ़ था। ओस का गिरना महसूस किया जा सकता था। चौदहवीं का चाँद पाश्चात्य क्षितिज की ओर तेज़ी से लुढ़कता जा रहा था। चाँदनी की जवानी प्रौढ़ावस्था में परिवर्तित होती जा रही थी। पृथ्वी के पूर्वी गोलार्ध के आकाश पर भोर का तारा बहुत उदार होकर अपनी आभा फैलाता उठ रहा था।

दोस्तों के साथ सफ़ेद रंग की अपनी कार में बैठ कर जब होपपुरा के एक छोर पर अवस्थित पूनम बेड़िनी के मकान से सतीश चलने लगा तब पुनः शुक्रिया अदा करते हुए पूनम बेड़िनी ने उसको यह निवेदन किया कि, ''कुंवर साब, जब तुमारो मन करे तब बेहिचक ईधर आ जईयो। पूनम के ठिकाने पे काऊ बात को डर नायं।''

सतीश का ध्यान पूनम से ज़्यादा उमा की ओर था जो पूनम के मकान के सामने वाले कमरे की खिड़की से दाहिना हाथ थोड़ा-सा हिलाते हुए सतीश को मूक विदाई दे रही थी।

2

होपपुरा में जिस्मफ़रोशी के धंधे को लेकर धौलपुर पुलिस की काफ़ी बदनामी हो रही थी। डिप्टी एस.पी. गणपतलाल बैरवा वृत्ताधिकारी की हैसियत से धौलपुर में आया। फ़ील्ड में यह उसकी पहली नियुक्ति थी। उन दिनों धौलपुर में अतिरिक्त पुलिस अधीक्षक का पद खाली पड़ा था। पुलिस अधीक्षक को भी दो साल होने को आ रहे थे। उनका तबादला संभावित था। वह अपने दिन गिन रहा था और अपनी अगली तैनाती को लेकर जोड़-तोड़ में लगा हुआ था। पुलिस कार्यों में उसकी रुचि कम ही थी। धौलपुर पुलिस की निष्क्रियता को लेकर आये दिन स्थानीय अख़बारों में आलोचना की खबरें छप रही थीं। गणपतलाल बैरवा को किसी अनुभवी अफ़सर ने यह सलाह दे दी थी कि नए स्थान पर पदभार ग्रहण करते ही कुछ ऐसा खटका कर देना चाहिए जिससे इलाके में दबदबा कायम हो सके। ''फ़र्स्ट इम्प्रेशन इज़ दा लास्ट इम्प्रेशन'' की कहावत उसके दिमाग में बैठा दी गयी थी। मोहल्लाई गुंडागर्दी, शाम के वक्त शराबियों का आतंक, जुआ-सट्टा,

महिलाओं के साथ छेड़छाड़ व वेश्यावृत्ति जैसे सामाजिक अपराधों से पुलिस की बदनामी ज्यादा होती है। ऐसे अपराधों पर अंकुश और असामाजिक तत्वों की धरपकड़ में पुलिस को अधिक ऊर्जा, समय,संसाधन व तैयारी की ज़रूरत भी नहीं पड़ती है। डिप्टी एस.पी. ने पुलिस अधीक्षक से मशविरा करने के बाद होपपुरा पर दबिश दे दी। बेड़िया समुदाय की यह बस्ती पचगाँव से जुड़ी हुई है, इसलिए एहतियातन होपपुरा समेत सारे पचगाँव को शाम दस बजे घेर लिया गया। कुत्ते भौंकने लग गए। थोड़ी-सी आहट के साथ बस्तियों के कुत्ते सावधान हो जाते हैं। यह जानवर सोता हुआ भी जागता रहता है। कुत्तों के भौंकते ही चकलाघरों में से ग्राहक निकल-निकल कर भागने लगे। होपपुरा में विद्युत् सुविधा थी लेकिन कम वोल्टेज के कारण घरों के भीतर व बाहर लगे बल्बों की रोशनी मंद थी। गलियों में तो एक तरह से अंधकार फैला हुआ था। कई ग्राहक घरों के पिछवाड़ों से भागने में सफल हो गए किंतु आगे पुलिस की घेराबंदी में फँसकर दबोच लिए गए। करीब आधा दर्जन युवकों को पुलिस पकड़ने में कामयाब हो गयी।

होपपुरा के मुख्य चौक पर बुद्धा पंच का घर था और उससे थोड़ी दूरी पर पूनम बेड़िनी का। ये दोनों उस बस्ती के मौतबिर माने जाते थे। किसी भी विवाद को सुलझाने में इन दोनों की पहल एवं फ़ैसला मायने रखता था। इसी चौक में पुलिस ने बेड़िया मर्द व औरतों को एकत्रित किया। जवान लड़कियों को घरों के भीतर से निकाल कर वहाँ लाया गया। घरों व आँगनों में केवल कुछ निःशक्त बुजुर्ग एवं बच्चे रह गए। वे सब पुलिस कार्रवाई को देखने लग गए। उनके लिए यह कोई पहला अथवा अचरज भरा नज़ारा नहीं था। ऐसा अक्सर इस बस्ती में होता रहा था।

चौक में दो-तीन चारपाइयाँ बिछा दी गयीं, जिन पर डिप्टी एस.पी. व धौलपुर सदर थाने का प्रभारी निरीक्षक व दो उप-निरीक्षक बैठ गए। शेष पुलिसवाले एकत्रित बेड़िया समूह को घेर कर खड़े थे। उनमें चार-पाँच सहायक उपनिरीक्षक और शेष हवलदार व सिपाही थे। गाँव की घेराबंदी में तैनात पुलिस का जाब्ता भी वहाँ आ गया था। पुलिस की दबिश का यही तरीका प्रायः हुआ करता था, जिसमें पुलिस का एक हिस्सा बस्ती की घेराबंदी, दूसरा घरों की तलाशी और तीसरा इधर-उधर बचकर भागने का प्रयास करने वालों की धरपकड़ किया करता था।

''तुम लोग सरेआम यह गलत धंधा करते हो, तुम्हें शर्म नहीं आती!'' वहाँ मौजूद पुलिस दल के मुखिया डिप्टी एस.पी. गणपतलाल बैरवा ने बुलंद आवाज़ में लोगों को फटकारा। वह नौकरी में नया-नया ही था। अभी रिश्वतखोरी के दलदल में नहीं फँसा था। वह गरीब परिवार से था। उसके दिल में समाज के लिए कुछ कर गुज़रने का जोश व जज़्बा था। अफ़सर की डाँट सुनकर बुद्धा व पूनम थानेदारों की तरफ़ देखने लगे। दोनों थानेदारों ने गर्दन को तनिक हामी भरने की मुद्रा में हिलाते हुए नज़रें नीची कर लीं। पुलिस दल में करीब आधा दर्जन हाल ही में भर्ती हुए सिपाही भी थे। वे फ़ील्ड प्रशिक्षण

के लिए धौलपुर के सदर थाने में अटैच थे। वे नए सिपाही होपपुरा की लड़कियों को वासना भरी निगाहों से घूर रहे थे। बुद्धा बेड़िया पुलिस का पुराना और भरोसेमंद मौज़ीज़ आदमी था। ज़रायमपेशा शख़्सों और पुलिस के बीच की सबसे मज़बूत कड़ी ऐसे ही लोग होते हैं, जो बदमाशों की मुख़बिरी से लेकर हर किस्म की दलाली करते आये हैं। थानों को माहवारी पहुँचाने का काम बुद्धा के ज़िम्मे था। पुलिस वाले बुद्धा व पूनम के मार्फ़त बस्ती तक दबिश व तलाशी आदि की पूर्व सूचना भेजा करते थे। अक्सर दबिशें असफल हो जाया करती थीं। इस दफ़ा डिप्टी एस.पी. ने सारी कार्यवाही को गोपनीय रखा था। इसीलिए काफ़ी तादाद में पकड़ा-धकड़ी संभव हो सकी।

''माई बाप, हमारे ढिंग(पास) रोज़ी-रोटी को और काऊ सतूनो नायं। ई धंधो तो हमारो पुश्तैनी है,'' पूनम ने झिझकते हुए कहा। वह अच्छी तरह से जानती थी कि नए हाकिम के सामने किस कदर पेश आया जाता है।

''हाँ, हुज़ूर ई तो आपसी रज़ामंदी को धंधो है। हम काऊ ते जोर ज़बरदस्ती थोड़े ही करत? और मालिक, पुलिस की बी तो जा बन सके ऊ सेवा हम करत ई है ना।'' पूनम की सफ़ाई में अपनी बात जोड़ते हुआ बुद्धा बोला।

''बकवास बंद करो, कोई और धंधा नहीं है तो जुर्म करोगे! चलो, इन बाहरी लफंगों के संग इन सब लड़कियों को पुलिस की गाड़ियों में भरो और चलो।'' डिप्टी एस.पी. अपने मातहतों को यह हुकम देता हुआ चारपाई से उठ खड़ा हुआ। वहाँ मौजूद पुराना थानेदार रघुबीर यादव डिप्टी एस.पी. को एक तरफ़ ले जाकर गुज़ारिश करने लगा।

''सर, मेरी बात पर गौर फ़रमाएँ। लड़कियों को थाने पर ले जाने से कोई फ़ायदा नहीं। आप भी जानते हो कानून में हम इनके ख़िलाफ़ कोई भी धारा नहीं लगा सकेंगे। अधिक-से-अधिक आवारागर्दी की धारा 109 जाब्ता फ़ौजदारी में बुक कर सकते हैं। वह मामला भी कोर्ट में नहीं टिकेगा। हमसे पूछा जायेगा ''अपने घर में रहता हुआ कोई आदमी दफ़ा 109 के तहत कैसे मुल्ज़िम माना जायेगा?'' इस सवाल का हमारे पास कोई जवाब नहीं है। मेरी सलाह है कि इन आवारा छोकरों को अपन इस दफ़ा में बुक कर लेते हैं और लड़कियों को यहीं छोड़ देते हैं।''

अफ़सर ने उसकी बात नहीं मानी। गिरफ़्त में आये ग्राहकों व आठ-दस लड़कियों को वाहनों में बिठाकर पुलिस का बेड़ा सदर थाने ले आया। पीछे-पीछे बुद्धा व पूनम सहित दो-चार मौज़ीज़ बेड़िया भी थाना सदर पर पहुँच गए। डिप्टी एस.पी. ने ज़िले के एस.पी. को कार्यवाही से अवगत कराया। दबिश की कामयाबी पर एस.पी. ने डिप्टी एस.पी. गणपतलाल बैरवा को 'वेल डन' कहते हुए बधाई दी। डिप्टी एस.पी. ने सभी ग्राहकों व पकड़ी गयीं लड़कियों के ख़िलाफ़ दफ़ा 109 के तहत मामला दर्ज करने का हुकम दिया और चौड़ी छाती करता हुआ थाना सदर से रवाना हो गया।

अगले दिन स्थानीय अख़बारों में पुलिस की कामयाबी की यह ख़बर सुर्खियों में प्रकाशित हुई। उसी दिन मुल्ज़िमों को अदालत में पेश किया गया। जो युवक होपपुरा से पुलिस द्वारा पकड़े गए थे, सभी धौलपुर शहर के थे। उनकी तरफ़ से पेश हुए वकील ने ज़मानत की अर्ज़ी लगायी। अदालत ने ज़मानत व मुचलकों पर उन सबकी रिहाई का आदेश देते हुए आगामी तारीख पेशी की मुकर्रर कर दी। वे सब न्यायालय परिसर से निकल गए। बुद्धा ने बेड़िया पक्ष की तरफ़ से वकील कर लिया था जिसने लड़कियों का पक्ष रखते हुए अदालत के सामने तर्क दिया कि ''मी लॉर्ड, यहाँ पेश की गयी मेरी किसी भी मुवक्किल ने कोई जुर्म नहीं किया। हुज़ूर, जाब्ता फ़ौजदारी की दफ़ा 109 के तहत जुर्म का तो कोई सवाल ही नहीं उठता, इस मामले में तो वेश्यावृत्ति की रोकथाम के लिए बनाये गए इम्मोरल ट्रैफ़िक (प्रिइवेंशन) (एक्ट, 1956 की भी कोई धारा एप्लाई नहीं हो सकती। बॉम्बे हाईकोर्ट के फ़ैसले की नज़ीर देते हुए वकील ने कहा कि ''वेश्यावृत्ति को इम्मोरल एक्ट 1956 के तहत अपराध नहीं माना गया है और एक वयस्क महिला को अपना व्यवसाय चुनने का अधिकार दिया है। इसी बिना पर माननीय हाई कोर्ट ने निचली अदालत के फ़ैसले को निरस्त किया है। मुंबई हाई कोर्ट के मुताबिक किसी महिला का व्यावसायिक मकसद के लिए शोषण अथवा दुरुपयोग तथा सार्वजनिक स्थानों पर यौन संबंध के लिए आग्रह करना अवश्य आपराधिक गतिविधि है।''

बेड़िया पक्ष की तरफ़ से अदालत में बहस करने वाला रामनरेश गोयल धौलपुर का माना हुआ वकील था। उसने अपना पक्ष प्रस्तुत करते हुए आगे कहा, ''हुज़ूर, आपको तो मालूम ही है कि ऐसे मुद्दों को लेकर देश की आला अदालत सुप्रीम कोर्ट द्वारा गठित पैनल ने भी साफ़ कहा है कि ''वेश्यावृत्ति और स्वेच्छा से देह व्यापार करने वालों पर पुलिस अभियोजन की कोई भी कार्रवाई नहीं कर सकती।''

मुंसिफ़ मजिस्ट्रेट की अदालत ने उक्त दलीलों को मान लिया। सभी लड़कियों को बाइज़्ज़त बरी करते हुए अपने आदेश में पुलिस के खिलाफ़ सख्त टिप्पणी अंकित की—''पुलिस के अनुसंधान अधिकारियों को कानून की मुकम्मल जानकारी दी जानी चाहिए ताकि भविष्य में इस कदर किसी व्यक्ति के मौलिक अधिकारों पर आघात नहीं किया जा सके।'' साथ ही अदालत ने फ़ैसले की एक प्रति जिला पुलिस अधीक्षक को भेजने का हुकुम दिया, जिसमें लिखा कि ''इस मामले के जाँच अधिकारी के खिलाफ़ उचित विभागीय कार्रवाई की जावे।''

''मी लॉर्ड, पुलिस द्वारा पकड़ी गयीं ये सभी लड़कियाँ निर्दोष साबित हो गयी हैं। ये सभी गरीब घरों से हैं। मेरी अदालत से दरख़्वास्त है कि किसी भी पुलिस अफ़सर के खिलाफ़ कार्रवाई करने के आदेश को स्थगित रखा जावे, नहीं तो पुलिस वाले मेरी मुवक्किलों व होपपुरा के अन्य लोगों को परेशान कर सकते हैं।'' गोयल वकील की तरफ़ से ऐसी गुज़ारिश के पीछे बुद्धा बेड़िया का इशारा था। बुद्धा किसी भी तरह से

स्थानीय पुलिस की नाराज़गी नहीं लेना चाहता था। अदालत ने वकील के आग्रह पर कोई गौर नहीं किया।

अदालत में कार्यवाही के दौरान पूनम भी मौजूद रही। बुद्धा व पूनम के साथ बेड़िया समुदाय की सभी लड़कियाँ अपनी बस्ती में आ गयीं। बेड़िया समाज के इन दोनों मुखियाओं ने अदालत व वकील पर जो खर्चा हुआ, उसमें अपनी दलाली को शामिल करते हुए सारा हिसाब बस्ती के ख़ास-ख़ास आदमियों के सामने रखा। जिन घरों में से लड़कियाँ पकड़ी गयी थीं, उन परिवारों से इस राशि की वसूली कर ली गयी।

वेश्यावृत्ति के विरुद्ध पुलिस द्वारा उठाया गया यह बड़ा कदम, ''कुछ आवारा युवक पुलिस के हत्थे चढ़े'' जितनी सी खबर में सिमट कर रह गया।

3

सतीश सिंघल कारोबार के सिलसिले में पुणे में अधिकांश वक्त बिताने लगा था। अर्से बाद उसका होपपुरा आना हुआ। इस दफ़ा वह अकेला आया था। उसने अब तक शादी नहीं की थी। इस बीच उसका मिलना निशा से नहीं हुआ लेकिन यदा-कदा फ़ोन पर बात कर लिया करता था। पूनम बेड़िनी को इसमें कोई एतराज़ नहीं था। वह जानती थी कि सेठ का बेटा उसके लिए सोने की मुर्गी है। वह यह भी जानती थी कि इज़्ज़तदार घराने का कोई लड़का एक वेश्या से शादी नहीं कर सकता, रखैल भले ही बना कर कहीं रख ले।

''पूनम मैडम कैसी हो?'' घर के बरामदे में चारपाई पर बैठी पूनम बेड़िनी को दुआ सलाम करने के बाद सतीश ने कहा।

''मैं ठीक हूँ कंवर साब। अब के तो सुदई ना लई हमारी। कम ते कम मो ते नायं, उमा (निशा) ते तो मिलबे आ जाते। पतों है आपकू दिल ते ई कितेक याद करत है। वैसे हमारे ई धंधे में दिल ते रिश्ते नायं बनाये जात। ई तो आप अकेले आदमी हैं जाय हमारी काऊमोंडी ने दिल दे दियो है।'' कहते हुए पूनम मुस्कुरायी।

''मैं मानता हूँ इस बात को। हम ठहरे शौकीन तबियत के इंसान। पर जो चीज़ मैंने निशा, मेरा मतलब उमा में देखी वो किसी अन्य में नहीं देखी।'' निशा नाम सुनकर पूनम चौंकी। उसने कितनी मेहनत की थी कि निशा नाम को उमा हमेशा के लिये भूल जाये। उसकी समझ में नहीं आया कि सेठ के लड़के को कैसे पता चला कि उमा का असली नाम निशा है। पूनम का माथा ठनका। उसने भी आखिर घाट-घाट के लोगों से ताल्लुक रखा है।

सतीश भी ठहरा बनिये का बेटा। वह भाँप गया कि पूनम क्यों चौंकी? उसने बात

को सँभालते हुए कहा कि ''मैडम, दरअसल मेरी एक गर्लफ्रेंड है जिसका नाम निशा है। वह पुणे में रहती है। आपकी उमा की आवाज़ उससे मिलती है। मेरे मुँह से अकस्मात् उसका नाम निकल गया।''

''चलो, अच्छा यह बताओ धंधा-पानी ठीक चल रहा है कि नहीं?'' सतीश ने विषयांतर करने का प्रयास किया।

''अरे मैं तो भूल ही गया उमा है कहाँ?'' पहले सवाल का जवाब जाने बिना उसने फिर कहा।

''वो शायद सो रही है। आप जानत हैं हमारी लड़कीन कू दिन में ई आराम करिबे को वकत मिलबे करे है।''

''अब तो भई दोपहर होने वाली है।''

''चिंता न करो, आपके लिए तो जान हाज़िर है। मैं वाय अभी जगाती हूँ।'' कहती हुई पूनम घर के भीतर चली गयी। इस दौरान सतीश की नज़रें इधर-उधर कुछ ढूँढती-सी लगीं। थोड़ी देर में आँखें मसलती उमा बाहर निकली। सतीश के बारे में पूनम ने उसे बता दिया था कि वह आया है। 'नमस्ते' कहती हुई उमा कुछ कहना चाहती थी। पूनम ने उसे डाँटते हुए कहा कि, ''ऐ लड़की, ग्राहक के सामने बिना तैयार हुए नहीं आया करते। तुझे तमीज़ है कि नहीं?''

''मैं एक बात कहना चाहता हूँ। आप उसे सही भावना से लेना। मेरे दोस्त के मुम्बई में तीन डांस-बार रेस्तराँ हैं। अगर आप को कोई एतराज़ न हो तो मैं चाहता हूँ कि उमा को वहाँ भेज दिया जाये। वहाँ अच्छा पैसा मिलेगा। इसका खर्चा निकालने के बाद भी दस हज़ार रुपया महीना आराम से बच सकता है। वह पैसा हर महीने सीधा आपके बैंक खाते में जमा हो जाया करेगा। मैं समझता हूँ कि यहाँ इतना कमाकर थोड़े ही देती होगी यह अकेली।'' सतीश ने अपना प्रस्ताव रखा।

''हाँ ई अकेली इतकतो नायं कमाय। पर ये काबू में कौन रखेगो। काऊ दिन हाथ ते निकस गयी तो मेरो भारी नुकसान है जायेगो। लड़कियाँ आसानी ते नायं मिलें बाबूजी।'' यह बात उसने बहुत धीमे स्वर में कही ताकि कोई दूसरा नहीं सुन ले। दूसरे से उसका सीधा मतलब था उमा।

''आप समझती हैं, क्या ज़िन्दगी भर ये लड़कियाँ आपको कमा कर देती रहेंगी? आखिर उम्र भी कोई चीज़ होती है। कौन पूछेगा इन्हें जवानी निकल जाने पर? इसलिए मेरी बात मानो और इसे मुम्बई भेज दो। रहा सवाल इस पर नज़र रखने का तो वह परायी जगह नहीं होगी उमा के लिए। किसी भरोसे के आधार पर ही तो मैं यह बात कह रहा हूँ। मेरा स्वार्थ यह है कि कभी-कभार उमा से मिल लिया करूँगा। कारोबार के सिलसिले

में मेरा अक्सर मुम्बई आना-जाना लगा रहता है।''

''कुंवर साब, आप पे मोय पूरो भरोसो है। पर या काजे मोय उमा ते बी बात करनी परेगी ना। मैं ना चाऊँ के ऊ की मरजी के बगैर हमवाय बम्बोयी भिजवा दें। ऐसा करेंगे तो ऊ म्हां ना टिक सकेगी और हो सके कहूँ भाग जाय। ऊ ना घर की रहेगी और ना घाट की।''

''हाँ, उससे तो पूछना होगा ही। मुझे विश्वास है वह मना नहीं करेगी।''

''अगर बता सको तो एक बात पूछूँ?'' सतीश आगे बोला।

''भला मोय का बात की झिझक हैगी। ऐसी काऊ बात मेरे ढिंग है सके जाय बताबे से मैं मना करूँ?''

''उमा कौन है?''

यह सवाल सुनकर पूनम एकदम चौंकी। उसे कतई अंदेशा नहीं था कि उमा को लेकर कोई उससे ऐसा सवाल कभी पूछ लेगा।

''बाबूजी, ई बात को हमेशा ध्यान रखियो के काऊ की भीतरी जिनगी ते जुड़ी बे बातन ने कबऊ ना पूछियो जिनकू ऊ आदमी भूलिगो होय। मेरो खुद को मोय पतों नायं के असल मैं कौ हूँ। मोय बी बालपन में कहीं ते उठा के नी लायो गयो हो। ई धंधे में आबे के बाद हमारो दूसरो जनम है जाय करे है आर हम ऊ नयो जनम कू ई याद रखत हैं।''

पूनम कब की विधवा हो चुकी थी। एक लड़का था उसके जो आगरा के किनारी बाज़ार में चकलाघर चलाता था। वह वहीं बस गया था। दो लड़कियाँ थीं जिनकी शादी कर दी गयी थी। उनमें एक सैंया क़स्बा में और दूसरी मुरैना में रहती थी। जब तब किसी ख़ुशी अथवा गमी के अवसरों पर ही पूनम के पास पचगाँव आया करती थीं। पूनम का लड़का धंधे की वजह से कम आता-जाता था, लेकिन वेश्यावृत्ति के धंधे में पूनम की मदद किया करता था। होपपुरा व कासगंज के वेश्यालयों के बीच लड़कियों का आदान-प्रदान होता रहता था ताकि ग्राहकों को नया और बदला हुआ 'माल' मिलता रहे।

''कुंवर साब, राज़ की एक बात बता दूँ आप कू। अब आप ते का छिपानो। आप तो हमारे खातिर खास मेहमान हो। बात ई है के हम अपनी बहुअनते या धंधो नायं करवाते। हमारे घरों में पैदा है बे वारि लड़की न ते बिनको ब्याह है बे तक ई धंधो करवाते हैं। और जिन लड़कीन कू बाहर ते लावें हैं ना, बिन्हें ई धंधे में डाले हैं। इन सबत्ती लड़कीन की ग़ैरकानूनी औलादन के रूप में जो लड़कियाँ हमें मिले हैं, उनते बी या धंधो करवाते हैं। अब आप जानत हो, ऐसी लड़कियाँ हमारा खून थोड़े ई होती हैं। अरे बाबूजी, ऊतो आप जैसन केई 'जल' ते जनम लेत हैं।'' सतीश को पूनम की यह बात अच्छी नहीं लगी। कहीं-न-कहीं उसके भीतर उमा के प्रति प्यार था।

इस वार्तालाप के चलते उमा उनके पास आ गयी। बरामदे में अन्य कोई नहीं था। वैसे भी पूनम के घर के बरामदे में प्रवेश करने हेतु बने रास्ते के अलावा अन्य सारा खुला हिस्सा बोरी के पल्लड़ों से ढँका हुआ था। अब उमा सहित तीन प्राणी हो गये वहाँ।

सतीश को उमा लगी उसकी पहली मुलाकात वाली लड़की सी। आज उसने वही सूट पहन लिया जो उसने नथ उतरवाई की रात पहना था। पूनम किसी काम से अंदर गयी तब कुछ क्षणों में ही उसने सतीश को भरपूर निहार कर अपने दिल में समो लिया था। सतीश भी उसे वैसा ही लगा जैसा प्रथम मिलन की बेला में था। सतीश के सामने उन पलों में उमा उमा नहीं बल्कि निशा बन गयी थी। पूनम के बाहर बरामदे में आते ही वह पुन: उमा में परिवर्तित हो गयी। यह कैसी विडम्बना थी उस युवती की जो अपनी मूल छवि में आती थी केवल सतीश के समक्ष अन्यथा उमा के छद्म चरित्र को ही ढोते रहना उसकी नियति बन गयी थी। कितनी बार उसने दिन के फ़ुरसत भरे अवकाश में कल्पना की थी कि वह निशा है और कितनी-कितनी दफ़ा सपनों में सतीश की बाँहों में बँधकर निशा का वायवीय जीवन समय के निर्जल बादलों में जिया था जो स्वप्न भंग के साथ ही हवा में अदृश्य हो जाया करते थे।

‘‘मुझे वापस आगरा जाना है। रास्ते में मनिया क़स्बे में थोड़ा काम है। वहाँ भी कुछ समय लगेगा। मैं उमा को कमरे में ले जाऊँ क्या?’’ घर के भीतर से बरामदे में लौटती हुई पूनम की ओर मुख़ातिब होते हुए सतीश ने पूछा। दोपहर की ढलान की तरफ़ कदम बढ़ाता हुआ सूरज उतरता जा रहा था।

‘‘कुंवर साब, या में पूछिबे की का बात है। चल बिटिया उमा, मेहमान को जी भर के ख़ुश करियो। काऊ कमी ना रह जाये। वैसे बी ये कब-कब आवत हैं? ई दिनन में तो ये अक्सर बाहर ही रहबे लगे हैं। और सुन, टोपी लगवाबो मत भूलियो।’’ आखिरी वाक्य पूनम ने उमा के निकट जाकर कान में कहा। सतीश का ध्यान उमा के बेहद खूबसूरत पाँवों की ओर था, जिनमें नयी फ़ैशन की पाजेब थी। अंगूठा व लघुतम अँगुली में अँगूठियाँ पहन रखी थीं। उन पलों में उसे ‘पाकीज़ा’ फ़िल्म का वह दृश्य याद आ रहा था जब नायक राजकुमार ट्रेन में सोयी हुई नायिका मीनाकुमारी को कहता है, ‘‘तुम्हारे पाँव इतने हसीन हैं, इन्हें ज़मीन पर मत उतारियेगा। मैले हो जायेंगे।’’ सतीश को यह ध्यान नहीं रहा कि पैर ही क्या उसकी सम्पूर्ण देह और आत्मा को उमा बनाकर कब का मैला कर दिया गया है। अगर वह कोटिश: गंगाओं में स्नान करे तो भी उस मैल को नहीं धोया जा सकता। ओफ़! कितने-कितने और कैसे-कैसे शख़्सों ने कितनी-कितनी बार निशा नाम की उस लड़की को उमा बनाकर उसकी इज़्ज़त के साथ खिलवाड़ किया था? सतीश के अतिरिक्त उमा को याद नहीं किसी भी ग्राहक के संग बिस्तर बाँटने के दौरान कभी मोहब्बत नाम का भाव रत्तीभर भी किसी क्षण उसके हृदय के भीतर उमड़ा हो। इस धंधे में यह कहाँ संभव है?

''क्यों लगता है मुझे यह सतीश किसी ग्राहक की जगह मेरे अपने जैसा ? मानो इस लम्बी-चौड़ी दुनिया में यही एकमात्र प्राणी है जो मुझे सहारा दे सकता है। आखिर क्यों दिखायी देता है इस पुरुष में मुझे भावुक प्रेमी सा सच्चा इंसान ?'' यह सवाल लगातार उठ रहा था उमा के दिल में जब वह सतीश को लेकर कमरे की ओर जा रही थी।

सम्भोग एक क्रिया थी जिसके भीतर से गुज़रना सतीश की शारीरिक वासना थी, यह सब अपनी जगह था। उमा के लिए यह मात्र क्रिया नहीं थी। ऐसा तो उसे हर रोज़ कितनी दफ़ा करना होता था। प्रीत की फुहारें सम्भोग की क्रिया को आनंद से आपूरित कर देती हैं। हाँ, ऐसा ही आभास होता था उस लड़की को जब वह उमा से यकायक निशा बन जाती थी। उस घड़ी में सतीश ने उमा को और भी बहुत कुछ दिया जिसमें मुम्बई का न्योता भी था जो महज़ बुलावा या बेहतर ज़िन्दगी का वादा ही नहीं था, प्रत्युत विश्वास भरे स्वप्न की एक सुखानुभूति भी थी।

''मैं कछु दिनन के बाद बताऊँगी कि उमा कू बम्बोयी भेज्नो है के नायं।'' यह कहकर सतीश को पूनम ने विदा कर दिया। इससे पहले सतीश उसे लिफ़ाफ़ा थमा चुका था।

4

पुरुष व स्त्री के नैसर्गिक संबंधों के चलते निशा का जन्म उसके माँ-बाप के यहाँ हुआ। अपनी जड़ों से ज़बरन उखाड़ कर उसे पूनम के कैदखाने में रहने को विवश कर दिया गया। यहाँ से वह मुक्त नहीं हो सकती थी। स्मृति लोप के कारण वह अपने जन्म और जीवन को इसी वातावरण से जुड़ा हुआ मान बैठी। इस मानसिकता को उसकी सहमति, स्वीकृति अथवा समर्पण कुछ भी कहा जाये, लेकिन जिस्मफ़रोशी के लिए वह किसी भी तरह से तैयार नहीं थी। सतीश के संग हुए संसर्ग में उसने स्त्री के प्रति पुरुष के प्यार को महसूस किया। इसलिए यह सब उसे सुखद अनुभूति प्रतीत हुई। होप्पुरा के इतिहास में भगाकर लायी गयी अथवा यहीं जन्मी किसी अन्य लड़की ने भी ऐसा अनुभव किया हो, इसकी संभावना दूर-दूर तक नहीं थी।

कोई भी आँचलिक सचाई जब दूर तक पहुँचती है तो उसके इर्द-गिर्द राह की धूप-छाँह, हवा-पानी, धूल-माटी, मिर्च-मसाला लिपटते चले जाते हैं। राजस्थान, उत्तरप्रदेश व मध्यप्रदेश के त्रिकोणीय भौगोलिक क्षेत्र को वृहद् डांग के नाम से जाना जाता रहा है। इसका केंद्र एक प्रकार से धौलपुर बनता है। दिल्ली तक यह खबर उड़ती हुई पहुँच गयी कि औरतों का व्यापार धौलपुर इलाके में व्यापक पैमाने पर होता है। दा क्वेस्ट इंडिया टी.वी. चैनल का खोजी पत्रकार अभिषेक कपूर महिलाओं की ख़रीद-फ़रोख्त व जिस्म-फ़रोशी की हक़ीकत जानने के लिए धौलपुर पहुँचा। वह पुनीत गोयल के साथ दिल्ली के भारतीय जनसंचार संस्थान में पढ़ा था। पुनीत का चाचा रामनरेश गोयल धौलपुर का

ब्लैक होल में स्त्री / 27

जाना-माना वकील था। पुनीत ने धौलपुर में अपना सिटी केबल टी.वी. खोल रखा था। गोयल कुनबे के सदस्य निहालगंज मोहल्ले की शामलाती पुश्तैनी कोठी के अलग-अलग हिस्सों में रहते थे। अभिषेक सीधा पुनीत के घर गया। वहाँ चाय-नाश्ते पर वकील रामनरेश ने अभिषेक को होपपुरा सहित पूरे इलाके में फैले हुए जिस्म-फ़रोशी व औरतों की ख़रीद-फ़रोख्त के बारे में बताया।

''धौलपुर के चारों तरफ़ आगरा, ग्वालियर, कोटा, करौली, सवाई माधोपुर, भरतपुर, अलवर तक के सैकड़ों मील के घेरे के खासकर डांग इलाके में पुरुषों की तुलना में महिलाओं की संख्या बहुत असंतुलित रहती आई है। यही बड़ी वजह है कि इस अँचल में बाहर से औरतों व लड़कियों को जबरन या बहला-फुसला कर अथवा ख़रीद कर लाया जाता रहा है। इस क्रम के तार मानव समाज की प्राचीनता से जुड़ते दीखते हैं। दासता के लिए हो, ज़बरन शादी के लिए हो या जिस्मफ़रोशी के लिए, महिलाओं का अपहरण व ख़रीद-फ़रोख्त महिला उत्पीड़न की त्रासद समस्या रही है। चाहे पृथ्वी के पश्चिमी गोलार्ध के रोम, यूनान हों अथवा पूर्वी दुनिया का भारत हो, कुकृत्य का यह क्रम प्राचीन काल से वर्तमान तक लगातार चल रहा है। पुरुष ने स्त्री को वस्तु बनाकर रख दिया। जहाँ कहीं स्त्री स्वयं विवाह या दासत्व अथवा वेश्यावृत्ति के लिए समर्पित हुई, वहाँ भी पुरुष ही इसका मुख्य कारण बनता रहा।''

यूँ तो हर वकील को ज्यादा बोलने की आदत पड़ जाती है जो उसके पेशे की माँग रही है, ताकि खासकर देहाती मुवक्किल मुकद्दमा हार जाने के बाद भी यह संतोष ज़ाहिर कर सकें कि ''भई, वकील साब ने तो जज के आगे घोंटू (घुटने) ई गाड़ दये, जब ऊ हाकम (जज) ई भैन चौ...खा मिर्यो (रिश्वत खा गया) तो भईया, ऊ नीली छतरी वारे (आकाश निवासी भगवान) की बी ना चले।'' अभिषेक से बात करते हुए भी रामनरेश वकील के दिमाग में आदत के मुताबिक वही बड़बोलापन हावी था। वकील रामनरेश ने वकालत की पढ़ाई से पहले बी.ए. में संस्कृत के साथ इतिहास व भूगोल विषयों की शिक्षा ली थी। जहाँ मौका मिलता वहाँ इन विषयों की जानकारी को भी अपनी दैनिक बातचीत में शामिल करना उसका स्वभाव बन गया था। इसी अंदाज़ में रामनरेश वकील ने अपनी बात को आगे बढ़ाया।

''अरे भई, मैं तो भूल ही गया। जिला सत्र न्यायालय में कल एक अहम् केस लगने वाला है। मुझे उसकी तैयारी करनी है। अच्छ अभिषेक, यह तुम्हारा दोस्त पुनीत है ही, महिलाओं की ख़रीद-फ़रोख्त की ज़मीनी हक़ीकत की खबरें यह बताएगा। मैं चलता हूँ।'' कहकर रामनरेश वहाँ से उठकर अपने दफ़्तर की ओर चला गया।

अभिषेक जानबूझकर पुनीत के घर पर नहीं ठहरा। उसने गगन होटल में कमरा ले लिया। गगन होटल पचगाँव के बोहरा परिवार का था। दोनों दोस्त होटल चले गए। शाम के आठ बज चुके थे।

‘‘अभिषेक, यहाँ से क़स्बा राजाखेड़ा करीब 40 किलोमीटर दूर है। उस तहसील में चीलपुरा गाँव के पास चम्बल नदी के किनारे गोरधन ठाकुर का अड्डा है। गोरधन राजपूत जाति से है और सरेआम औरतों का व्यापार करता है। उस शख़्स के राजनीतिक रसूकात बड़े-बड़े लोगों से हैं। इसलिए पुलिस भी उस पर हाथ डालने से कतराती है। यूँ बदनामी से बचने के लिए कई बार उसके अड्डे पर दबिश भी दी है, किंतु गोरधन को सब कुछ की खबर पहले ही मिल जाती है। पुलिस के हाथ कुछ नहीं लगता। मैंने तो यहाँ तक सुना है कि पुलिस की भी इस काम में मिलीभगत है। मैं एक बंदा तेरे साथ कर दूँगा। कल सवेरे तुम वहाँ के लिए निकल जाओ। बेहतर यह होगा कि अपनी टैक्सी व ड्राईवर को होटल पर ही छोड़ जाना। मेरा आदमी तुम्हें मोटरसाइकिल से वहाँ ले जायेगा। वह ठाकुर को अच्छी तरह से जानता है।’’

‘‘यार, तुम भी संग चलते तो अच्छा होता।’’

अभिषेक के प्रस्ताव पर पुनीत ने कहा कि ‘‘ऐसे मामले में एक या दो ही भले। गोवर्धन के अड्डे पर भी इतना खुला खेल मत समझो कि उसे किसी का तनिक भी भय नहीं हो। ऐसा धंधा कोई धुरंधर आदमी ही क्यों न करे, सौ दफ़ा उसे भी सोचना पड़ता है। जितना बड़ा अपराध और उसे करने वाला उतना ही बड़ा सरगना, तो यूँ मानकर चलो कि उसके आस-पास उससे बड़ा डर भी मँडराता है।’’

अभिषेक बात को समझ गया। वह बोला, ‘‘ठीक है, सुबह तो आ ही रहे हो ना यहाँ।’’

‘‘हाँ, बिलकुल।’’

‘‘अच्छा गुड नाईट!’’

हाँ, गुड नाईट!!’’ कहता हुआ पुनीत होटल से अपने घर लौट गया।

पुनीत के सिटी चैनल में काम करने वाला केशव अभिषेक कपूर को मोटरसाइकिल पर बैठा कर धौलपुर से चल दिया। पुनीत ने ‘‘विश यू आल दा बेस्ट’’ कहकर गगन होटल से उसे विदा किया।

चीलपुरा गाँव चम्बल नदी के किनारे बसा हुआ है, लेकिन चम्बल की जलधारा बस्ती से कोई 200 फ़ीट नीचे बहती है। चम्बल के दोनों किनारों पर जितने गहरे बीहड़ हैं, उतने ही ऊँचे टीले। पथरीली कम और रेतीली धरती अधिक। चीलपुरा की सीमा पर केशव ने मोटरसाइकिल खड़ी कर दी। वह पेशाब करने एक तरफ़ चला गया। अभिषेक ने सिगरेट सुलगाई। वह नीचे बहती हुई चम्बल नदी के प्रवाह को निहारे जा रहा था। केशव लौट आया।

‘‘देखो साब, यहाँ से अपनी दाहिनी दिशा में धौलपुर की तरफ़ राजाखेड़ा तहसील

के महदपुरा, भूड़ा, शंकरपुरा, कटूमराव, अंडवा पुरैनी और बाएँ हाथ की दिशा में गज़ीजाफर, दगरा व बरसला गाँव हैं। किसी ज़माने में इस सारे इलाके में दस्यु सरगनाओं का राज हुआ करता था, जिनकी सूची में मानसिंह, मोहरसिंह, माधोसिंह, सुल्तानसिंह, मलखानसिंह, कप्तानसिंह, तहसीलदारसिंह, जगजीवन परिहार, पंचमसिंह, मुन्नासिंह, अमृतलाल, माखनसिंह, दयाराम गड़रिया, ददुआ, निर्भय गूजर, ठोकिया, अनूप गूजर, हरिया-रमजी गूजर, नरपत गूजर, जसवंत सिंह गूजर, रमसिया काछी, नाथू जाटव, मेवाराम, निर्भय गूजर आदि शामिल हैं। महिला डाकू भी पीछे नहीं रही थीं। पुतलीबाई, फूलन देवी, सीमा परिहार जैसे दर्जनों नाम अभी भी यहाँ के लोगों की जुबान पर हैं। वे डाकू अपने आप को बागी कहा करते थे। बागी का मतलब उन पर किये गए जुल्मों के ख़िलाफ़ बगावत करने वाले लड़ाकू। अब वैसे बागी कहाँ?''

''तो अब गोरधन जैसे सरगना पैदा हो गए जो दस्यु जीवन की जगह देह व्यापार के धंधे में लिप्त हैं।'' केशव की बातों में अभिषेक की रुचि थी, किंतु उसका ध्यान महिलाओं की ख़रीद-फ़रोख्त की स्टोरी तैयार करना था, इसलिए उसके मुँह से ये शब्द अनायास ही निकल पड़े।

''यहाँ से वो रहा गोवर्धन का अड्डा।'' केशव ने दाहिने हाथ का इशारा करते हुए अभिषेक को बताया।

वे दोनों आगे चल दिए। यहाँ से गंतव्य तक का करीब दो किलोमीटर का यह रास्ता कच्चा था। मोटरसाइकिल धूल उड़ाती वहाँ पहुँच गयी। केशव ने गोवर्धन ठाकुर के अड्डा से थोड़ी दूरी पर मोटरसाइकिल खड़ी कर दी। यहाँ से ऊबड़-खाबड़ पगडंडी के सहारे ऊँचाई पर चढ़ना था जहाँ ठाकुर ने अवैध धंधे का अपना यह ठिकाना बना रखा था। वैसे उसका परिवार चीलपुरा में अपनी पुश्तैनी हवेली में रहता था।

''को है रे?'' अड्डे के मुख्य दरवाज़े के बाहर उन दोनों को देखकर किसी आदमी ने भीतर से ही पूछा।

''हूँ, केशव, केशवसिंह। टीकतपुरा वारो। ठाकुर साब को भानजो। नेक भैया, ठाकुर साबे खबर करियो।''

थोड़ी देर बाद एक युवक दरवाज़े से बाहर आया और दोनों को अंदर ले गया। दरवाज़े पर दो पल्लों का बड़ा किवाड़ लगा हुआ था। भीतर प्रवेश करते ही सामने कुछ दूरी पर पक्का बरामदा था, जिसके एक तरफ़ चारपाई पर ठाकुर गोवर्धन सिंह बैठा हुआ था।

''जय माता की!'' अभिवादन करते हुए केशव ने ठाकुर के पाँव छुए।

''आज किते गैल भूलि गो भानजे?'' ठाकुर ने केशव के माथे पर हाथ रखकर आशीर्वाद देते हुए पूछा।

''ऊ जो हमारो साब है ना, गोयल वकील को भतीजो। ई वाई को मितर आदमी है।'' केशव ने अभिषेक की तरफ़ संकेत करते हुए जवाब दिया।

''अरे भैया, ठाड़ो काहे कू है। इते आ मूड़े पे बैठ।'' यह कहकर गोवर्धन ने अभिषेक को बैठा दिया।

बरामदे के भीतर कुछ कमरे बने हुए थे। उनके पिछवाड़े में दीवार से सटा एक बड़ा हॉल था। इन इमारतों को करीब आठ-आठ फुटी पत्थरों की मज़बूत चारदीवारी ने घेर रखा था।

यह था ठाकुर गोरधन द्वारा संचालित महिलाओं की ख़रीद-फ़रोख्त का अड्डा। किशोरवय से प्रौढ़ायु तक की दर्जनों किस्म की शक्लोसूरत की औरतें यहाँ कैद थीं। किसी को जबरन उठाकर, किसी को बहला-पुचकार कर, किसी को रोज़गार का झाँसा देकर तो किसी को शादी के सब्ज़बाग दिखाकर यहाँ तक लाया गया। अब यहाँ बिकने के लिए सबकी बंद कमरों में प्रदर्शनी लगायी हुई थी। इसे नरकासुर का कैदखाना कहा जा सकता था। इसकी तुलना अंडमान की सेल्युलर जेल से की जा सकती थी। यह स्थान किसी भी रूप में हिटलर के यातनागृहों से कम नहीं था। दूर-दराज़ से यहाँ सौदागर आते थे। महिलारूपी माल को एक के बाद एक करते हुए निहारते, टटोलते, परखते थे। माल कम हुआ करता था और माँग अधिक। किसी-न-किसी को आखिर में पसंद कर ही लिया जाता था। फिर महिलाओं की इस मंडी में बिक्री की दरें बाजारी वस्तुओं की तर्ज़ पर ही तय की जाती थीं। उन दिनों एक औरत की कीमत दो हज़ार रुपये से बीस हजार की राशि के बीच झूला करती थी।

दिल्ली के उस खोजी पत्रकार अभिषेक ने औरतों की ख़रीद-फ़रोख्त का वह अड्डा अच्छी तरह से देख लिया। उसने मन-ही-मन केशव को धन्यवाद दिया। दोनों वहाँ से चल दिए।

''मुझे न दासता का नरक स्वीकार है और न ही तुम्हारी दी हुई स्वर्गिक दिव्यता! मुझे सिर्फ़ इस धरती की साधारण स्त्री होने में सुख व संतोष है ताकि मैं मेरे पुरुष साथी की संगत में जीवन को जी सकूँ।'' इस दुनिया में आज भी नारी चिल्ला-चिल्ला कर ऐसा कह रही है।

''आज दद्दू मानसिंह राठौड़ होता तो गोवर्धन ठाकुर जैसे सौदागरों की खैर नहीं थी।'' चम्बल के जल प्रवाह को छू कर हवा में तैरते ये शब्द अभिषेक के कानों से टकराये। चम्बल का दस्यु-इतिहास गवाह है कि उस बागी ने सैकड़ों स्त्रियों की लज्जा बचाई और इतनी ही अनाथ बालिकाओं के विवाह में आर्थिक सहायता पहुँचाई।

इस पूरी धरती के भीतर और ऊपर चम्बल नदी का पानी व हवा मिली हुई रहती है। यूँ इस नदी की आब-ओ-हवा दोनों ही भारत की किसी भी अन्य नदी को देखते

हुए स्वच्छ है, किंतु पौराणिक कथा और जनश्रुति दोनों ही के अनुसार शकुनी की कुटिल नीति के चलते दुर्योधन ने जुए में युधिष्ठिर को हराकर द्रौपदी का चीरहरण इसी के किनारे मुरैना के आस-पास किया बताया गया है। तब द्रौपदी ने चम्बल को श्राप दिया था कि ''तुम्हारी झोली में अथाह और मीठा जल होने के पश्चात् भी तुम्हारी बाँहों में लिपटी सारी धरा अनुर्वर और आतंकग्रस्त रहेगी।''

चम्बल के किनारे बस्तियाँ हैं, लेकिन उनमें वीरानगी छाई हुई रहती है। पहले यहाँ डाकुओं का आतंक रहा और अब स्त्री-देह के व्यापारियों का। इस नदी के तट पर एक बार द्रौपदी का चीरहरण क्या हुआ, अब तो रोज़-रोज़ अनेकानेक नारियों का अस्मिता-हरण हो रहा है!

स्त्री को भोग की वस्तु हमेशा से ही माना जाता रहा है। इस इलाके की अलहदा बात की जाये तो यहाँ जितने भी खासकर थानेदार व तहसीलदार तैनात रहे उनमें से कइयों के कारनामों के निशानात आज भी मिल जायेंगे। गोवर्धनसिंह के अड्डे के निकट क़स्बा राजाखेड़ा व मनिया से लेकर आगरा, धौलपुर, मुरैना, भिंड, बाड़ी जैसे शहरों में ''अमुक थानेदार अथवा तहसीलदार की रखैल की कोठी'' के नाम की इमारतें सही-सलामत या टूटी-फूटी हालत में अभी भी देखी जा सकती हैं। चम्बल के सबसे ऊँचे स्थल ''सोना की गुर्जा'' पर खड़ा होकर यदि कोई दूर-दूर तक निगाहें पसारे, तो उसे आगरा शहर का किनारी बाज़ार व ग्वालियर का रेशमपुरा से लेकर राजस्थान के अनेक इलाकों में ज़िस्मफ़रोशी के अड्डे दिखाई देंगे जिनमें सवाई माधोपुर का नटनी का नाला, भरतपुर का गंगामंदिर मोहल्ला व मलाह रोड, अलवर का मालाखेड़ा व गाजुकी शामिल होंगे।

फ़िलवक्त अभिषेक की आँखों के सामने चम्बल के बीहड़ों की बस्तियों पर भय की मोटी परत छाई हुई थी। चप्पे-चप्पे पर वीरानगी पसरी हुई थी। अन्यत्र की भाँति यहाँ भी ब्राह्मणों को पूज्य माना जाता था। बनिये लोग सूदखोरी का धंधा करते थे। ठाकुर, गूजर जैसी दबंग कौमों द्वारा जाटव, मल्लाह, काछी, कीर लोगों पर दादागिरी की जाती थी। छोटी जातियों की बहन-बेटियों की इज्ज़त-आबरू दिन-रात सहमी-सिकुड़ी रहती थी। मानव प्रजाति के ही बाघ, भेड़िया और मानव समाज में से ही खरगोश व कबूतर! एक तरफ़ धावा...दहाड़...और दूसरी तरफ़ दुबकाई व दर्दभरी सिसकियाँ...

सामने दूर-दूर तक भू-दृश्य साफ़ दिखाई दे रहा था। केशव की निगाहें सामने टेढ़ी-मेढ़ी, ऊँची-नीची पगडंडी पर थीं। मोटरसाइकिल को चलाने में उसे सावधानी बरतनी पड़ रही थी। अभिषेक ने ज़रा पीछे मुड़कर देखा। वहाँ मोटरसाइकिल से उड़ती धूल सब कुछ को ढँके हुए थी। जब उनकी मोटरसाइकिल चीलपुरा गाँव से गुज़री तो पक्की सड़क आ गयी। बस्ती से बाहर निकलते ही अभिषेक ने आसमान की तरफ़ देखा। वहाँ असंख्य चीलें उड़ती दिखाई दीं, जैसे वे चम्बल के बीहड़ों पर आँखें गड़ाये कुछ टोहने की फ़िराक में हों।

अभिषेक ने सोचा, ''काश मैं चील होता। उसी की तरह मेरे नुकीले पंजे होते और मैं उन पंजों में ठाकुर जैसे स्त्री के आखेटकों की गर्दन को जकड़ लेता। मेरी भी चील जैसी धारदार चोंच होती, जिनसे मैं औरतों की ख़रीद-फ़रोख़्त करने वाले ठाकुर गोवर्धन सरीखे सौदागरों की खाल को खींच लेता। और मेरी भी आँखों के भीतर चील की दृष्टि-सा पैनापन होता तो मैं ठाकुर गोवर्धन सिंह जैसे आततायियों के कैदखाने में तड़पती-सिसकती, रोती-बिलखती और अपनी मुक्ति के लिए चीखती-चिल्लातीं लड़कियों के अंतर्घट में झाँक पाता।''

5

अभिषेक कपूर ने अगले दो-तीन दिन तक धौलपुर के आस-पास के क्षेत्रों में महिला बिक्री एवं वेश्यावृत्ति से संबंधित अन्य सूचना एकत्रित की और फिर वह दिल्ली के लिए रवाना हो गया। अगले सप्ताह उसकी लम्बी-चौड़ी रिपोर्ट 'दा क्वेस्ट इंडिया' टी. वी. चैनल पर प्रसारित हो गयी।

सीमावर्ती उत्तरप्रदेश व मध्यप्रदेश सहित पूरे राजस्थान प्रदेश में यह ख़बर चर्चा का विषय बन गयी। सी.आई.डी. अपराध शाखा के डी.आई.जी. ने गहन जाँच की। जाँच में निष्कर्ष दिया गया कि ''धौलपुर एवं आस-पास के इलाकों में औरतों की ख़रीद-फ़रोख़्त एवं वेश्यावृत्ति के अपराध पहले से होते रहे हैं। अब ऐसे अपराधों पर अंकुश लगाने के लिए पुलिस को विशेष अभियान आरंभ करने की तुरंत आवश्यकता है।'' जाँच प्रतिवेदन में विशेष अभियान के अतिरिक्त कई और सुझाव दिए गए, जिनमें विशेष दस्ते का गठन भी शामिल किया गया। सी.आई.डी. की जाँच के तत्काल पश्चात् धौलपुर ज़िले में अभियान चलाया गया। चकला घरों पर पुलिस द्वारा दबिश-पर-दबिश दी गयी। पंद्रह दिन के भीतर वेश्यावृत्ति का धंधा चौपट कर दिया गया। होपपुरा में पड़ी दबिश के दौरान दर्जनों लड़कियाँ गिरफ़्तार की गयीं। धौलपुर सदर थाने के दारोगा से पूनम के अच्छे संपर्क थे। उसने समय से पूर्व पूनम के पास खबर पहुँचवा दी। पूनम सब लड़कियों को लेकर अपने बेटे के पास आगरा चली गयी। बहुत सालों तक पचगाँव में वेश्यावृत्ति का कारोबार ठप्प रहा।

एक दिन पूनम ने आगरा से फ़ोन पर सतीश से संपर्क किया, ''कुंवर जी, मैंने उमा ते बात करके नी वाय बम्बोयी आबे के काजे राज़ी कर लिया है। आप कहें तो मैं वाय म्हाँ भिजवा दूँ।''

''मैं पहले ही कह रहा था कि उमा राज़ी हो जायेगी। मैं उसे कोई परेशानी नहीं आने दूँगा। आप मुझ पर पूरा भरोसा कर सकती हैं।''

‘‘तो मैं वाय कब रवाना करूँ ?’’

‘‘जब आप चाहें।’’

पूनम ने सतीश को यह कतई नहीं बताया कि धौलपुर पुलिस ने वेश्यावृत्ति उन्मूलन अभियान चला रखा है। वह चाहती थी उमा को तुरंत मुम्बई पहुँचा दे। वैसे मुम्बई में उसकी परिचित लड़कियों एवं वेश्यालय संचालकों की कोई कमी नहीं थी मगर पूनम को उम्मीद थी कि सतीश अच्छी आमदनी का प्रबंध कर देगा। पूनम को आशंका थी कि उसके वहाँ जो परिचित थे यहाँ तक कि रिश्तेदार भी, बेईमानी करने से कभी नहीं चूकेंगे।

‘‘मेरो एक मोंडो आगरा में रहत है। ऊ बम्बोयी आवत-जावत रहत है। मैं वाई के संग उमा कू कल परसों में भेज देती हूँ।’’

‘‘ठीक है। डांस बार के एक ठिकाने का पता व फ़ोन नंबर आप किसी से कागज़ में लिखवा लो।’’

‘‘मैं अबी काऊ ए बुलाती हूँ। अरे हाँ, काऊ ए काहे,मेरे ढिंग उमा है ना। लो पता व फ़ोन याई कू लिखवा देव औ नेक बात ऊ करि लेओ।’’

सतीश ने उमा को अपने दोस्त आनंद के डांस बार रेस्तराँ का पूरा पता एवं फ़ोन नंबर लिखवा दिया और आश्वस्त कर दिया कि बिना कुछ सोचे सीधी मुम्बई आ जाये।

फ़ोन पर दोनों के बीच हाय-हैलो के अलावा कोई लंबी-चौड़ी बातचीत नहीं हुई, किंतु उमा के मानस पर बेहतर भविष्य का एक सपना उभर आया। उसने सोचा कि मुम्बई में भी काम तो देह प्रदर्शन और देह समर्पण का ही करना होगा लेकिन होपपुरा जैसे नरक से मुम्बई का नरक शायद बेहतर हो। उमा को आभास हुआ जैसे एक नन्ही सी किरण के उस पार किसी स्वर्ग की कोई खिड़की हो। उमा ने स्वयं को निशा में पूरी तरह से विलीन हो जाने का दिवास्वप्न देखा। होपपुरा से संबंध रखने वाली और मुम्बई में काम करने वाली बार-बालाओं के मुख से उसने मुम्बई की चकाचौंध के बारे में बहुत कुछ सुन रखा था। उमा कुछ देर के लिए इस काल्पनिक स्वर्ग में खो गयी।

अगले सप्ताह उमा मुम्बई पहुँच गयी।

‘‘आपसे एक विनती है, मुझे उमा नाम कतई पसंद नहीं। हो सके तो मुझे निशा कहकर पुकारा जाये।’’

‘‘हाँ, मुझे भी यह नाम अच्छा लगता है।’’

निशा नाम की सतीश की जो गर्लफ्रेंड पुणे में थी, उसकी शादी हो गयी थी। उसके बाद उसने सतीश के साथ कोई वास्ता नहीं रखा। सतीश को उसकी जगह कोई निशा चाहिए थी। उसे वह उमा के रूप में मिल गयी।

डांस बार में निशा का पहला डांस हुआ। सतीश वहाँ मौजूद रहा। दर्शकों को निशा के हाव-भावों ने ख़ूब आकर्षित किया। अर्द्ध रात्रि तक चलने वाले पहले डांस शो में निशा सबकी नज़रों में चढ़ गयी थी। उस दौरान दर्शकों ने उसके ऊपर जमकर नोट बरसाये। प्रत्येक नृत्य-बाला के लिए डांस बार में नोट इकट्ठा करने के लिए अलग-अलग, छोटी-छोटी खिड़कियाँ बनी हुई थीं। निशा की खिड़की में सर्वाधिक आमदनी हुई। डांस बार मालिक आनंद ख़ुश हो गया। खर्चा निकालने के पश्चात् पंद्रह हज़ार की राशि हर माह देने को सहमत हो गया। सतीश ने आनंद को समझा दिया था कि ''केवल दस हज़ार रुपया पूनम के खाते में प्रति मास जमा करना है। शेष राशि निशा के गुप्त खाते में डलवानी है। वह प्रबंध मैं स्वयं कर लूँगा।''

कुछ युवकों ने अगली रात के लिये निशा को बुक करना चाहा लेकिन सतीश पहले उसे एवं बार संचालक अपने मित्र आनंद को बता चुका था कि ''हो सकता है दो या तीन रात निशा उसके साथ रहेगी। हाँ, आधी रात तक वह डांस बार में ग्राहकों का मन बहलाने के लिये नृत्य प्रस्तुत करती रहेगी।''

तीन रात मुम्बई में ठहर कर सतीश पुणे चला गया। सतीश के बगैर निशा को मुम्बई मरुस्थल सी लगने लगी। सतीश था तो बहुत कुछ था। वह नहीं है तो कुछ नहीं। यद्यपि डांस बार के मालिक आनंद ने अपने सभी कर्मचारियों को कह रखा था कि निशा का विशेष ख़याल रखा जाये जब तक कि उसका मन मुम्बई में अच्छी तरह से लग नहीं जाता। उसके रेस्तराँ में कोई दर्जन भर लड़कियाँ काम करती थीं जिनमें एक उसकी पूर्व परिचित थी। उस परिचित बारबाला का नाम संतो था। संतो व निशा में निकटता हो गयी। उसके कारण धीरे-धीरे निशा का मन लगने लगा। दिन का अधिकांश वक्त सोने में व्यतीत हो जाया करता था और रात का आधा समय डांस बार की महफ़िल में। बस तन्हाई की अवधि रहती थी अर्द्ध रात्रि से भोर तक। जिनकी रात की बुकिंग नहीं होती वे लड़कियाँ महफ़िल समाप्त होते ही थक-हार कर खाटों पर पड़ जाती थीं।

एक शाम कस्टम विभाग के चार-पाँच युवा अफ़सर आनंद के बार रेस्तराँ में आये। बार में शराब की चुस्कियों के साथ बार-बालाओं के डांस का लुत्फ़ ले रहे थे कि उनकी नज़र निशा पर टिक गयी। बार के मैनेजर को अपना परिचय दिया और अगली रात के लिये निशा को बुक कर लिया। पास ही एक तीन सितारा होटल में कमरे बुक करवा लिये।

अगली रात उन सबने निशा के साथ रंगरेलियाँ उड़ायीं। सभी युवा अफ़सर सद्व्यवहारी थे। किसी ने कोई बदतमीज़ी निशा के साथ नहीं की। सम्भोग के दौरान किसी भी किस्म की अप्राकृतिक गतिविधि नहीं की। निशा शुरू से ही किसी भी तरह की अप्राकृतिक यौन-क्रीड़ा से घृणा करती थी। लेकिन उसकी मजबूरी थी कि उसे अक्सर मुम्बई में ऐसा करने के लिये विवश होना पड़ता था। होपपुरा में यह नौबत कभी नहीं

आयी। वहाँ न तो ग्राहकों के पास इतना समय हुआ करता था और पूनम भी कम समय में अधिक-से-अधिक ग्राहकों को निबटाने के फेर में रहा करती थी। निशा ने उस रात को सुखद तो नहीं पर संतोषजनक महसूस किया।

साल भर में निशा के खाते में करीब एक लाख से ज़्यादा आमदनी इकट्ठी हो गयी। इस दौरान कई दफ़ा सतीश उससे मिलने आया।

''मैं पराये लोगों के संग यह सब कुछ करती-कराती ऊब गयी हूँ। क्या मेरे लिये अन्य कोई रास्ता नहीं है ज़िन्दगी को जीने का?'' एक दिन संध्या के समय जब आनंद से पूछकर सतीश निशा को समुद्र के तट पर ले गया था तब निशा ने पूछा। सतीश के साथ निशा को वह शाम बहुत सुहानी लग रही थी। सागर तट की बड़ी-बड़ी चट्टानों से एक के बाद एक लहरों का टकराना और वापस लौट जाना, हर टक्कर के साथ लहर का तट से अनचाहा बिछोह, फिर दूसरी लहर के रूप में उसका आना परन्तु पुनः मधुर मिलन के स्थान पर वही पथरीली टक्कर।

''देखो निशा, बार-बार शिला खण्डों से टकराने के बावजूद लहरें निराश नहीं होती। उनका साहस बरक़रार है और अधिक जोशोख़रोश के साथ।''

''यह मेरे सवाल का जवाब नहीं है साब।''

''जवाब है तुम्हारे सवाल का मेरी इन बातों में। तुम खोजो। ये लहरें गरज-गरज कर कह रही हैं कि 'धीरज रखो, हिम्मत मत हारना। जब अच्छे दिन आएँगे तो समुद्री ज्वार की तरह उमड़ेंगे। बस इंतज़ार करो!'

''लेकिन कब तक? ज़िन्दगी तो मुट्ठी में बंद रेत की तरह हाथों से फिसलती जा रही है। अब दाँत हैं तो चने नहीं। और भविष्य में कभी चने होंगे तो दाँत नहीं होंगे।''

सतीश भीतर-ही-भीतर सोचे जा रहा था कि मैं इस लड़की से शादी नहीं कर सकता और किसी अन्य से इसकी शादी मुझे बर्दाश्त नहीं। लेकिन यह मेरा स्वार्थ है, इसका क्या दोष। यह एक सामान्य किशोरी थी जिसे वेश्या बनाकर हालात ने असामान्य जीवन जीने को विवश कर दिया। यह पुनः इज़्ज़त भरा सामान्य जीवन जीना चाहती है। यह सब कुछ करने के लिये मेरे अतिरिक्त इसके पास दूसरा कोई नहीं। यह इसका विश्वास है। यही विश्वास कब से इसके दिलोदिमाग़ का ख़्वाब बनकर भीतर बैठ गया है। इसका यह सपना फलीभूत कैसे हो?'' सतीश एक गहरे द्वंद्व में फँसा हुआ था। समुद्र के उस पार क्षितिज से एक काला बादल धीरे-धीरे उठता दिखायी दिया।

निशा एक शिला पर अन्यमनस्क बैठी हुई थी। शिला का सागर की ओर वाला हिस्सा लहरों के थपेड़ों से उछले पानी से भीगा हुआ था। सतीश को कारोबार के ज़रूरी काम से वापस पुणे जाना था। निशा को आनंद के रेस्तराँ में छोड़ता हुआ वह टैक्सी से

पुणे के लिये रवाना हो गया। डांस बार के गेट से ओझल होती टैक्सी को निशा देखती रह गयी। सतीश की टैक्सी और निशा की नज़रों के बीच में ढेर सारे वाहन गुज़रते चले गये।

6

सतीश का मुम्बई में आना बहुत कम हो गया। आता भी था तो निशा से नहीं मिलता। निशा मुम्बई से ऊब चुकी थी। ऐसे हालात में उसको पुराना ठिकाना होपपुरा ही एकमात्र विकल्प सूझा। वह पंजाब मेल से वहीं लौट आई।

ट्रेन उस दिन डेढ़ घंटा देरी से चल रही थी। ग्वालियर से लेकर धौलपुर के बीच की दूरी मुश्किल से घंटे भर की रह गयी। निशा को वह त्रासद घड़ी याद आ गयी जब उसने स्वयं को अचानक होपपुरा में पूनम के घर पाया था। उसके जीवन की याद्दाश्त उसी घड़ी में हुए उसके अपहरण की घटना से आरंभ होती है। पूनम के प्रति अचानक वह घोर घृणा से भर गयी। उसका मन हुआ कि तत्क्षण वापस मुम्बई लौट जाए। यह तत्काल तो संभव नहीं था। अब धौलपुर आने वाला था। ट्रेन पूरी रफ़्तार के साथ भाग रही थी। चम्बल के बीहड़ आरंभ हो गए। सूरज उनमें छिप रहा था। सूरज के अस्त होते ही पश्चिमी क्षितिज में पसरती जा रही लालिमा को निशा गौर से निहारने लगी। लालिमा को शनै:-शनै: धुँधलका घेरे जा रहा था। निशा ने नेत्र मूँद लिए। उनींदी-सी मनोदशा में निशा को समय का स्वर सुनाई दिया।

''भारत की सम्पूर्ण धरती चम्बल नदी का विस्तारित भूगोल रहा है, जहाँ कभी जम्बूद्वीप के उत्तर-पश्चिम में इलावर्त, उत्तर-पूर्व में देवभूमि और हिन्दूकुश से आगे और्व क्षेत्र था। इस सारे भूभाग को आर्यावर्त कहा जाता था। यह सुर और असुरों का सम्मिलित क्षेत्र था। सम्पूर्ण आर्यावर्त में चम्बल एकमात्र ऐसी नदी है जिसकी पूजा नहीं की जाती, इसकी कोख में किसी सभ्यता का उद्भव नहीं हुआ, पाताल तोड़ गहराई होने के बावजूद इसके इर्द-गिर्द के बीहड़ों में दुर्दांत दस्यु और देह व्यापारी जन्म लेते रहे हैं। इसके प्रभाव क्षेत्र में आने से हर किसी का माथा उलटा घूमने लगता है, आदर्श पुत्र श्रवण कुमार ने इसी के तीर पर वृद्ध व अंधे माँ-बाप को काँवड़ से उतार कर और आगे की यात्रा कराने से मना कर दिया था। उत्तरी भारत की समस्त सदानीरा सरिताएँ दक्षिण-पश्चिमोन्मुखी हैं अथवा दक्षिण-पूर्वोन्मुखी, किंतु चम्बल विपरीत दिशा में प्रवाहित है। इसकी उपस्थिति से सैकड़ों कोस दूर-दूर तक की धरा को इसने प्रदूषित किया है। सुरासुर संग्राम-शृंखला और महाभारत जैसे युद्धों की विभीषिका का प्रत्यक्ष-परोक्ष कारण यही नदी बनी है।''

''हाँ, आगरा से धौलपुर के बीच पसरे हुए चंबल के इन्हीं बीहड़ों से पहले भी पंजाब मेल गुज़री थी, तभी तो मेरे अपहरण की योजना पूरी हुई थी। अपहरण तो पूनम

जैसी अमानुष ने किया लेकिन प्लेटफ़ॉर्म पर रेलगाड़ी पकड़ने की आपाधापी में मेरा गिर कर बेहोश हो जाना तो विधाता के विधान में पहले से ही लिखा हुआ था,'' निशा को अपनी ज़िन्दगी का खतरनाक मोड़ सहसा याद आ गया। निशा मन-ही-मन बुदबुदाई।

''धड़-धड़...धड़-धड़...धड़-धड़...'' की तेज़ आवाज़ के साथ ट्रेन चम्बल पुल को पार कर रही थी। निशा की एकाग्रता भंग हुई। धौलपुर का स्टेशन आने वाला था। ट्रेन ने अपनी गति धीमी कर ली।

संध्या गहराती जा रही थी। टैक्सी स्टैंड पर जैसे ही निशा ने होपपुरा का उच्चारण किया, हर कोई समझ गया था कि यह युवती 'धंधेवाली'' है। धौलपुर से होपपुरा तक के रास्ते को निशा ने दर्जनों दफ़ा देखा था। सड़क के उतार-चढ़ाव, मोड़, घुमाव, आजू-बाजू के पठारी उठान, ढलान सब कुछ उसे अपनी ज़िन्दगी की ऊबड़-खाबड़ राह से मेल खाते हुए प्रतीत हुए। निशा पूनम के घर आ पहुँची। ऑटो का किराया चुकता किया और घर में प्रविष्ट हो गयी। जब वह पहली दफ़ा यहाँ लायी गयी थी, तब यह बस्ती और पूनम का घर किसी नरक से कम नहीं था। फिर धीरे-धीरे वह यहाँ की अभ्यस्त होती चली गयी थी। बस्ती के प्रति अपनत्व और घर पर अधिकार का भाव जागृत हो गया था। आज यह बस्ती और घर सब कुछ पराया-पराया सा प्रतीत होने लगा था। पुलिस द्वारा चलाये गए वेश्यावृत्ति निरोधक अभियान को अर्सा गुज़र गया। होपपुरा पहले वाली चहल-पहल में लौट आया था। लड़कियाँ सजधज कर राह किनारे और घरों के बाहर बैठी दिखाई दीं। इनमें बहुत सारी नयी थीं। अभियान के दौरान करीब-करीब सभी पुरानी लड़कियों को दिल्ली, आगरा, मेरठ, कानपुर आदि शहरों में भेज दिया गया था। उनमें से किसका क्या हुआ, यह किसी को खबर नहीं। मुम्बई चले जाने के बाद भी निशा इच्छा-अनिच्छा से इस बस्ती से जुड़ी हुई थी। पूनम कभी आगरा तो कभी होपपुरा रहने लगी। उसने वेश्यावृत्ति का धंधा करीब-करीब बंद कर दिया था। किसी पुराने ग्राहक की माँग पर किसी परिचित के यहाँ से वह लड़की का इंतज़ाम अवश्य कर दिया करती थी। पूनम की भी आखिरी चहेती लड़की निशा ही बनकर रह गयी थी, जिसे वह उमा के रूप में ही याद किया करती थी।

''आंटी, मैं तुम्हारी उमा,'' कहती हुई निशा पूनम की तरफ़ दौड़ी। उस घड़ी पूनम अकेली अपने आँगन में बैठी हुई थी। उसकी प्रौढ़ आयु तेज़ी से बुढ़ापे की तरफ़ लटकती प्रतीत हुई। आँगन में पूरा उजाला नहीं था। पड़ौसी घरों के आगे जल रहे बल्बों की धीमी रोशनी आ रही थी। वैसे भी बेड़िया जैसे हाशिये के समुदाय के लोगों को इस बस्ती में कम वोल्टेज बिजली की ही सप्लाई हुआ करती थी।

''मेरी बच्ची! बिना खबर दिए तू बम्बोयी ते इहाँ कैसे चली आई?'' निशा से गले मिलते हुए पूनम ने अचरज के साथ पूछा।

''बस, यूँ ही। मेरा वहाँ मन नहीं लग रहा था।'' कहते हुए निशा फफक पड़ी। उसने पूनम की गोदी में सर रख दिया। पूनम उसे लेकर आँगन में बिछी चारपाई पर बैठ गयी। निशा की आँखों के आँसू उस पवित्रता की पुष्टि किये जा रहे थे जैसे वह अर्से बाद अपनी असल माँ से मिल रही हो। अगले कुछ क्षणों में भावना का वेग थम गया। निशा ने खड़ी होकर आँगन के बल्ब का स्विच ऑन कर दिया। हवा शांत थी। आँगन में काफ़ी ठंड हो गयी थी। इस दरम्यान पूनम भी चारपाई से उठ खड़ी हुई। उसने निशा का हाथ थामा और अंदर कमरे में प्रवेश कर गयी। वहाँ काफ़ी देर तक दोनों में बातचीत हुई और फिर खा-पीकर दोनों सो गयीं।

सर्दियों में आठ से दस बजे तक बस्ती में अच्छी-खासी हलचल जो जाया करती थी। अंदाज़न बीस फ़ीसदी लड़कियों को घरों के भीतर काम मिल जाया करता था। ख़ूबसूरत लड़कियों की एडवांस बुकिंग हो जाती थी, जो साँझ ढलते ही ग्राहकों की कारों में रात भर के लिए बाहर निकल जाती थीं। ढलती जवानी और दिखने में साधारण-सी महिलाएँ ट्रक ड्राइवरों की 'सेवा' के लिए देर शाम तक धौलपुर-बाड़ी व धौलपुर-सेपऊ मार्ग पर इंतज़ार किया करती थीं। होपपुरा दोनों मुख्य सड़कों के बीच अवस्थित था।

निशा गहरी नींद में थी। सपने में अपहरण के तुरंत बाद उसके संग होपपुरा में की गयीं ज्यादतियों का दृश्य जीवंत हो उठा। उसके गले से ''आ...आ...आ...'' की लड़खड़ाती आवाज़ निकली। पूनम जाग गयी। उसने निशा की छाती को ज़ोर से झिंझोड़ते हुए पूछा, ''क्या बात है री, काय कहूँ बुरो सपनों देख्यो?''

निशा को महसूस हुआ कि जो कुछ उसने देखा वह वास्तव में सपना ही था, असलियत नहीं। उसे संतोष हुआ। उसने गहरी साँस ली और पूनम की गोद में अपना माथा रख दिया। पूनम ने उसे चूमा। पूनम अच्छी तरह से जानती थी कि निशा की तरह भगाकर लायीं लड़कियों को जब जिस्मफ़रोशी के धंधे में धकेला जाता है तो उनमें से ज्यादातर की दिमागी हालत ख़राब होती रही है। उनका इलाज करवाया जाता है। वक्त गुज़रने के संग अधिकांश की दशा सामान्य हो जाती है। कुछ लड़कियों को कई-कई वर्षों तक दिमागी दौरे आते रहते हैं। पूनम ने सोचा कि यहाँ इस बस्ती में हो सकता है निशा की तबियत ख़राब हो जाये। इसलिए सप्ताह भर बाद उसने समझा-बुझाकर उसे वापस मुम्बई भेज दिया।

7

निशा नामक पवित्र और कुँवारी नदी को देहव्यापार की आँधी ने उड़ाकर होपपुरा के घृणित नद में उमा के नाम से जीने के लिए धकेल दिया था। फिर उसे पहुँचा दिया था मुम्बई महानगर के खारे समुद्र में, जहाँ वह घिरी हुई थी निशा और उमा के द्वंद्व युद्ध में।

दिनभर निशा के रूप में रहती। रात में उमा का जीवन जीने को विवश हो जाती। हर दिन व रात वह नया जन्म लेती। यह जन्म बेहद त्रासद था। रोज़ रात वह मर जाती थी। कई बार निशा ने सोचा, 'क्या रहा होगा पूनम के दिमाग में जब उसने मेरा नाम उमा रखा? उमा तो सर्वोच्च शक्तिशाली शिव की अर्द्धांगिनी का नाम है। उसका तो एक ही पति था। मुझे तो पर-पुरुषों के संग रात बितानी पड़ती है। वह भी हर रात एक के बाद एक नया। रातों की यह कैसी उमा, जो भोर होते ही मुझे निशा में परिवर्तित कर देती है। निशा को तो रात होना चाहिए। दिन का उजास निशा के अंधकार में घिरा हुआ। रात की उमा पुरुष की वासना तृप्ति का मात्र खिलौना।' रात की बुरी ज़िन्दगी के बावजूद हर रोज़ की सुबह को वह ख़ूबसूरत मानती। इसलिए कि सुबह के बाद का दिन सतीश का सपना देखते-देखते गुज़रने लगता था। दिवा स्वप्न! कभी-कभी वह दिवा स्वप्न सच्चा हो जाया करता था, जब सतीश निशा से मिलता। यदा-कदा रातें भी रेशम के हिंडोले में झुलाया करती थीं जब ऐसी रातें सतीश की बाँहों में गुज़रतीं।

इस बार बहुत दिन हो गये थे सतीश को मुम्बई आये हुए। वह मुम्बई आया भी होगा तो निशा से मिले हुए अर्सा बीत गया। सतीश मुम्बई आये और निशा से न मिले, क्या यह संभव था? निशा ऐसी कल्पना भी नहीं कर सकती थी।

''मुम्बई की अधिकांश बार-बालाएँ एड्स की गिरफ़्त में'' यह खबर एक दिन अखबारों में प्रमुखता से छपी। डांस बालाओं वाले सभी क्लबों में उस दिन की रात से ग्राहकों का ग्राफ़ यकायक नीचे की ओर लुढ़कता चला गया। किसी ने यह नहीं देखा कि केवल छूने से एड्स की बीमारी नहीं होती। जो लोग केवल तरल-गरल पीने के आदी थे वे भी डर गये।

सबसे बड़ी बात थी कि सतीश भयभीत हो गया। वह निशा से मिलने में कतराने लगा। फ़ोन पर निशा के साथ बातें करने में भी वह घबराने लगा, जैसे एड्स के विषाणु आवाज़ के यान में बैठकर हवा के रास्ते सतीश के शरीर में प्रविष्ट हो जायेंगे।

जैसे ही इस खबर का पता चला, निशा डर गयी। वह कुछ नहीं जानती, गोया उसे एड्स था अथवा नहीं। वह तो यह भी नहीं जानती थी कि किसी के शरीर में एड्स के जीवाणुओं के होने का अर्थ क्या एड्स की बीमारी होना है? अगर निशा को उसके एड्स होने की जानकारी हो भी जाती तो क्या वह अपने प्रेमी को महज़ इसलिए त्याग देती कि कहीं उसे यह घातक बीमारी नहीं लग जाये। क्या एड्स जैसा रोग प्रीति के पवित्र धागे के मज़बूत बंधन को आसानी से काट सकता है?

स्त्री-पुरुष के बीच प्रेम का यह रिश्ता कहाँ से आरम्भ होता है? यह सवाल निशा के एकांत में साँसों के आने-जाने के महीन व मंद स्वरों के साथ तैरने लगा। इस सवाल के जवाब के लिए ज्ञान परंपरा के दीर्घ एवं गहन गह्वरों में भटकना पड़ता है। निशा में इतनी

क्षमता नहीं थी। हाँ, उसके इर्द-गिर्द वर्तुलाकार चढ़ाई पर कदम-दर-कदम ऊर्ध्वोन्मुख समय के पिछवाड़े में इस सवाल का उत्तर छिपा हुआ था, जहाँ जीवन दर्शन के बहुत सारे सिद्धांत, मानव मनोविज्ञान के अनेकानेक सूत्र और सृजनात्मक साहित्य के सौन्दर्य बोध का प्रचुर खज़ाना भरा पड़ा था।

ज्ञान के उस कोश में स्त्री-पुरुष के मध्य उत्पन्न होने वाले आकर्षण के बीज छिपे हुए थे। आदम और ईव की कहानी वहाँ थी जो उन दोनों को स्वर्ग की सीढ़ियों से उतार कर पृथ्वी पर ले आयी। उन्हें पहली बार इस आकर्षण को अनभिव्यक्त रखने हेतु वृक्षों के पत्तों से गुप्तांगों को ढँकने की प्रेरणा देने वाली कहानी ने उस मानव जोड़े को वंश वृद्धि के लिए अभिप्रेरित किया। यहीं से प्रस्फुटित हुई बताई मानव रूपी प्राणी-प्रजाति की वंश-बेल, जिसकी शाखाएँ शनै:-शनै: पसरती चली गयीं सम्पूर्ण पृथ्वी पर। और यहीं से शुरू होता है स्त्री व पुरुष के मध्य नैसर्गिक कामुकता और स्वार्थपूर्ण यौन लिप्सा के बीच का द्वंद्व। कामदेव का मिथक भी यहीं उद्भूत होता है जिसने शिव के भीतर कामेच्छ जागृत करने के लिए मदन बनकर भस्मीभूत होना तक स्वीकार कर लिया था।

इसी प्रश्न के उत्तर के विस्तार से विवाह, परिवार, कबीले और समाज जैसी संस्थाएँ उद्भूत व विकसित होती गयीं। यहीं से पति-पत्नी, माँ-बाप, भाई-बहन एवं अन्यान्य किस्म के सम्बन्ध पैदा हुए, ताकि स्त्री-पुरुष के उस आकर्षण को व्यवस्थित स्वरूप दिया जा सके और यौनिक उच्छृंखलता से बचा जा सके। यहीं पर हमें वह सूत्र पकड़ में आता है जो प्रीतिजन्य उदात्त भावों की कलात्मक अभिव्यक्ति तक ले जाता है। उसी भावभूमि में साहित्य, संगीत व कला के विभिन्न रूप दिखाई देने लगते हैं। ऋषियों की तपस्या भंग करने वाली सुंदरियाँ यहीं से जन्मती हैं जिनमें स्वर्ग की अप्सराएँ सर्वाधिक आकर्षक हुआ करती बताई गई हैं। उन्हीं का जीवन घूमता है निशा के आस-पास। आज के मनोविश्लेषक यह मानते हैं कि परिपूर्ण सौन्दर्य से युक्त अनिन्द्य स्त्रीत्व की कल्पना करने वाले पुरुष के विलासी मानस ने पार्थिव अपूर्णताओं से हारकर स्वर्गीय अप्सराओं की कल्पना-सृष्टि खड़ी की हो, यह संभव है। यह सही है कि मनुष्य की अतृप्त इच्छाएँ स्वप्न, कल्पना अथवा किंवदंती बन जाती हैं और उस कुंठा का निकास कहीं तलाशती हैं। यहीं यह गुत्थी सुलझती-सी लगती है कि किस तरह भद्र वर्ग की विलासिता व्यापक लोक का मिथक बनती चली गयी।

समस्त भौतिक प्राप्तियों के अघाए हुओं का स्वामी इन्द्र बनता है। भोग-विलास उसकी दिनचर्या बन जाती है जिसे अमृत भी चाहिए और अप्सराएँ भी। अगर कोई उसे चुनौती दे, चाहे वह राक्षस हो अथवा ऋषि तो उपयोग में लेना है अमृत की अमरता या अप्सरा की अदाओं को। लावण्यवती नारी की तुलना हमारे यहाँ अप्सरा से की जाती रही है। समुद्र मंथन से निकले चौदह रत्नों के साथ अप्सरा की उत्पत्ति बताई जाती है।

किन्हीं दिनों सतीश को निशा इन्द्र के दरबार की किसी भी रूपवती अप्सरा से

कमतर नहीं लगती थी। वही निशा धीरे-धीरे सतीश की नज़रों से दूर होती जा रही थी। यह सतीश का भ्रम था अथवा निशा का संदेह, कुछ कहा नहीं जा सकता।

जितने प्रवाह से किसी पहाड़ी झरने का जल नीचे गिरता है, जिस रफ़्तार से आँधियाँ चलती हैं और जिस गति से काल के अणु भागते हैं उससे भी कई गुणा वेगवती चित्त की चाल होती है। वैसे ही चित्त की चंचलता निशा को धरती से दूर किसी अज्ञात लोक में ले गयी।

यह अज्ञात लोक पृथ्वी पिंड का ही हिस्सा था। इस प्रदेश की विलक्षणता यह थी कि यह हिमालय की ऊँचाइयों पर अवस्थित था। यहाँ नदियों, झरनों, झीलों व सरोवरों का जल निर्मल था। पुष्प सुवासित पवन बह रहा था। सर्वत्र हर्षोल्लास का वातावरण था। यहीं इन्द्रलोक था जिसे देवभूमि व स्वर्ग भी कहा जाता था। तैंतीस कोटि देवता यहाँ वास करते थे। इनमें आठ वसु, ग्यारह रुद्र, बारह आदित्यों सहित प्रजापति व इन्द्र सम्मिलित थे। इन सभी श्रेणियों के देवताओं का मुखिया इन्द्र था। इनके चित्तरंजन व भोग-विलास के लिए सौ के आस-पास अप्सराएँ उपस्थित थीं। कृतस्थली, पुंजिकस्थला, प्रम्लोचा, अनुम्लोचा, घृताची, वर्चा, पूर्वचित्ति, तिलोत्तमा, उर्वशी, मेनका व रम्भा नाम की प्रमुख अप्सराएँ थीं। इन सभी अप्सराओं की प्रधान रम्भा थी। यूँ तो ये सभी अप्सराएँ अनुपम सुंदरियाँ थीं, किंतु रम्भा का रूप अप्रतिम व सर्वाधिक आकर्षक था।

''रम्भा, तुम अद्वितीय सुंदरी हो, लेकिन मेरी समझ में यह नहीं आ रहा कि तुम्हारे मुख पर चिंता की रेखाएँ क्यों उभरी हुई हैं?'' निशा ने उस अलौकिक संसार में प्रविष्ट होते ही पूछा। वह भोर की बेला थी। स्वर्ग के प्रमुख उद्यान में एक स्फटिक शिला पर अनमने भाव से रम्भा अकेली बैठी हुई थी। शिला को छूता हुआ झरना बह रहा था। अपरिचित स्वर सुनकर रम्भा चौंकी। उसने इधर-उधर देखा। उसे कोई नहीं दिखाई दिया।

''कौन?'' रम्भा ने आवाज़ दी।

''मैं निशा, मृत्युलोक से यहाँ आई हूँ।'' निशा को यह जानकारी नहीं थी कि मृत्यु लोक का वासी स्वर्ग पहुँचने पर अदृश्य हो जाता है। ऐसा उसने कभी सुना भी नहीं था।

''ओ, तो तुम मृत्युलोक की मनुष्य हो। इसीलिए दिखाई नहीं दे रहीं। तो यह लो!'' कहते हुए रम्भा ने हथेली में प्रपात का जल भरकर निशा की तरफ़ फेंका। निशा अब दिखाई देने लगी। रम्भा ने उसे ऊपर से नीचे तक जी भरकर निहारा।

''मैंने सुना है कि इस लोक में आप सबके बड़े मज़े हैं। तुम ही नहीं, यहाँ सब कुछ मनोहर है। इस वैभवशाली संसार में भी तुम्हारे चेहरे पर रौनक क्यों नहीं झलक रही?'' निशा के इस सवाल में पहले जैसा दुहराव था।

''तुम चाहे चिंता की रेखाओं की बात करो अथवा रौनक की कमी की, अर्थ

एक-सा ही है। यहाँ किसी वस्तु की कमी नहीं है। वैभव, विलास, मनचाही सुविधाएँ, समृद्धि, अनुपम प्राकृतिक परिवेश और अमरत्व भी। नहीं है तो बस स्वतंत्रता, जिसके बिना हम अप्सराएँ अपनी इच्छा से कहीं भ्रमण नहीं कर सकतीं। किसी से प्रेम नहीं कर सकतीं। किसी से विवाह नहीं कर सकतीं। संतान उत्पन्न नहीं कर सकतीं। इच्छानुसार भ्रमण व विवाह नहीं तो कम-से-कम प्रेम और संतान का सुख तो प्रत्येक स्त्री के लिए अनिवार्य है। ऐसा कोई सुख हमने यदि कभी भोगा है तो अवधि विशेष के लिए तुम्हारे मृत्युलोक में और वह भी यहाँ से प्राप्त अभिशप्त दशा में!''

''क्या फिर स्वर्ग में भी स्त्री सुखी नहीं?'' निशा ने आश्चर्य व्यक्त करते हुए पूछा।

''हाँ, यह सही है। हमारी आकांक्षाओं, इच्छाओं, आशाओं को यहाँ किसी से कह भी नहीं सकतीं। यदि कभी अप्सरा ऐसा करती है तो उसे दुस्साहस माना जाता है और समयावधि विशेष के लिए तुम्हारे लोक में दण्ड भोगने के लिए भेज दिया जाता है। हम से ऋषि-मुनियों की तपस्या भंग करवाने का पाप तक करवाया जाता है।''

''हम को मालूम है, जन्नत की हक़ीक़त लेकिन दिल को ख़ुश रखने का ग़ालिब ये ख़याल अच्छा है।'' निशा ने ये शब्द बुदबुदाये, जिन्हें रम्भा स्पष्ट नहीं सुन सकी। जो कुछ रम्भा सुन सकी, निशा के वे उद्गार यूँ थे, ''इस दूरस्थ लोक में भी नारी की देह सुरक्षित नहीं, यहाँ भी स्त्री स्वयं में स्वतंत्र नहीं, यहाँ भी वह पुरुष के नियंत्रण में है, यहाँ भी वह विलास की सामग्री है।''

निशा को आभास हुआ जैसे रम्भा की विवशता से उसे थोड़ा संबल मिला हो। वह अदृश्य हो गयी। स्त्री के लिए बनायी गयी इन्द्रलोक की 'नाटक-शालाओं' पर विहंगम दृष्टिपात करती हुई निशा स्वर्ग से प्रस्थान कर गयी।

मनुष्यों में श्रेष्ठ ऋषि-मुनि, ऋषि-मुनियों में श्रेष्ठ देवता, देवताओं में सर्वश्रेष्ठ इन्द्र। उसी इन्द्र के स्वर्ग का सत्य निशा की समझ में आ गया। स्वर्ग की सीढ़ियों से लेकर मनुष्यों की दुनिया तक का पूरा रास्ता ऊबड़-खाबड़, टेढ़ा-मेढ़ा व दुरूह था। उसी राह पर सतयुग की माधवी-अहल्या और फिर त्रेता की सीता-उर्मिला-तारा-मंदोदरी, द्वापर की देवकी-राधा-द्रौपदी-हिडम्बा-उलूपी-चित्रांगदा की कड़ियों के क्रम में स्त्री के उत्पीड़न, विरह, एकाकीपन, छल, लज्जा, हरण एवं पुरुष द्वारा थोपी जाती रही वर्जनाओं और अग्नि-परीक्षाओं के बीहड़ों को पार करती हुई निशा हाँफती हुई आगे बढ़ी चली आ रही थी। अब वह कलिकाल में प्रवेश कर जाती है, जहाँ सती के नाम पर श्मशानों में व दहेज के एवज़ में रसोइयों में जलाई जाती रहीं, डायनें बनाकर चौराहों पर क़ातिलाना हमलों की शिकार होती रहीं, अपने ही घर-परिवारों से निष्क्रमित वृन्दावन-बनारसों की गलियों में भिक्षावृत्ति के लिए विवश विधवाओं की भीड़ में शामिल होती रहीं, आलीशान होटलों के तंदूरों में भूनी जाती रहीं, महानगरों के मध्य बसों के भीतर सामूहिक दुष्कर्म की

बर्बरता को झेलती रहीं, बालिका-वध की बलि-वेदी पर चढ़ाई जाती रहीं और इसके भी आगे गर्भाशयों में ही भ्रूण अवस्था में क्रूर पंजों द्वारा मसली जाती रहीं। नारी के विभिन्न रूपों पर किये जाने वाले पुरुष के अनाचारों, अत्याचारों व अपराधों के त्रासद दृश्यों की प्रत्यक्षदर्शी बनती हुई मुम्बई की मायानगरी में लौट आई।

मिथक, इतिहास व वर्तमान तक चलती रहने वाली औरत के इस कष्टप्रद कथाक्रम में एक और नवीन कहानी लेकर पैदा हुई थी निशा, जो एक साधारण जीवन जीने वाली सुंदर किशोरी थी जिसे बना दिया जाता है वेश्या और चयनित कर उसे भेज दिया जाता है मुम्बई के डांस बार में नृत्यांगना बनने के लिए। उसकी वेश्यावृत्ति की निरंतरता जारी रहती है वहाँ भी। एक गणिका की तरह ही तो है वह, चाहे निशा है अथवा उमा। प्रेमी भी है उसका सतीश के रूप में जो उसके लिए किसी सम्राट से कम नहीं। क्या कमी है उसके पास ? पुरुष सौन्दर्य, युवावस्था, धन-दौलत ! निशा के आकाश में गूँजते हैं ये शब्द, ''क्या उन दोनों के सम्भोग से जन्म नहीं ले सकती कोई संतान ? अरे, चक्रवर्ती युवराज नहीं तो क्या कोई साधारण शिशु भी नहीं ?''

मायानगरी में लौट आने के बाद भी निशा के मानस लोक से स्वर्ग का दृश्य विलुप्त नहीं हो रहा था। उसे लगा जैसे रम्भा स्वर्ग की सीढ़ियों से उतरती उसका अनुगमन कर रही है। पीछे-पीछे मेनका, उर्वशी, तिलोत्तमा और अन्यान्य अप्सराओं की धुँधली छवियाँ दिखाई दीं। यह अनुभूति निशा की बेचैनी को पिघला रही थी। तभी यह सोचकर उसका माथा ठनका कि देवता अत्यंत शक्तिशाली होते हैं। मुक्ति की राह पर भागतीं इन अप्सराओं को कहीं इन्द्र और उसके अधीनस्थ तैंतीस कोटि देव पकड़कर वापस अपने लोक में तो नहीं ले जायेंगे ?

''दूर रहो, देवताओ !'' निशा ज़ोर से चिल्लाई।

8

निशा के मस्तिष्क की गुफ़ाओं में एक अहम सवाल अचानक टकराता है कि जब समाज ने विवाह जैसी वैध व्यवस्था कर रखी है जो काम-वासना की पूर्ति एवं संतानोत्पत्ति के लिए पर्याप्त है तो फिर पुरुष की कामेच्छ क्यों इससे बाहर भटकती है ? इस प्रश्न को संतुष्ट करने के लिए कारणों के अनेक विकल्पों की मिश्रित गूँज सुनाई देने लगती है। थोड़ी देर में वही गूँज जब भिन्न-भिन्न स्वरों में विभक्त होकर स्पष्ट होती जाती है तो उस मूल प्रश्न के कई उत्तर सामने आते हैं; संभव है कि विवाह से पूर्व ही पुरुष की काम वासना जागृत हो गयी हो। वैवाहिक जीवन संतोषप्रद नहीं रहा हो। विवाह के संतोषप्रद होते हुए भी विविधता के प्रति मोह या लालसा का प्रश्न सामने आ रहा हो। कुँवारापन अथवा विधुरता एक कारण बन सकता है। दीर्घकाल के लिए पति-पत्नी के मध्य विछोह

44 / ब्लैक होल में स्त्री

की स्थिति बन रही हो। ऐसे ही अनेक कारण विवाहेत्तर रति संबंधों को जन्म देने वाले हो जाते हैं। इनमें से कई कारण स्त्रियों पर भी लागू हो सकते हैं। एक अन्य कारण जो पुरुष से ही ताल्लुक रखता है वह यह हो सकता है कि किसी अँचल विशेष या समुदाय विशेष में पुरुषों के अनुपात में स्त्रियों की संख्या कम हो। निशा के मस्तिष्क में टकराने वाला वह प्रश्न अपने अनेकांत में विलीन हो जाता है।

''उक्त कारणों में से कोई कारण नहीं था तुम्हारी वेश्यावृत्ति का।'' अचानक निशा के कमरे में उमा की आवाज़ गूँजी। उमा का वह स्वर समय के हाथ में सुरक्षित क्षणों के मोतियों से भरे थाल की तरह जीवन की कठोर भूमि पर गिर गया और तब तक काँपता रहा जब तक कि वह स्थिर नहीं हुआ। ''तुम्हारा कारण था अपहरण। कमरे की हवा अभी-अभी उसी धौलपुर से गुज़रती हुई आई है जहाँ से घर पहुँचाने के बहाने तुम्हारा अपहरण किया गया था। वही धौलपुर का रेलवे स्टेशन, और वही धौलपुर जो बन गया था देह व्यापार और स्त्रियों की खरीद-फ़रोख्त का अड्डा।'' इन शब्दों के साथ कक्ष में नीरवता छा गयी।

निशा स्वप्नलोक में चली गयी।

नारी के त्रासद अतीत में चक्कर काटती हुई निशा के चारों ओर गणिकाओं का पूरा इतिहास परिव्याप्त होने लगा। विश्व की समस्त गणिकाएँ तीनों कालों को अपने कन्धों पर लादे एक भीड़ का रूप लेकर निशा की तरफ़ अग्रसर होती प्रतीत होने लगीं। निशा स्वयं उस भीड़ का हिस्सा बन गयी। ओह! पुरुष ने अपने भीतर काम पिपासा का कितना गहरा गड्ढा खोद रखा है, जो एकाधिक पत्नियों के साथ की जाने वाली रति-संगत के स्राव से भी नहीं भरता! अपनी असीम काम वासना की तृप्ति के लिए पुरुष द्वारा स्त्री के ऊपर थोप दी गयी गणिका प्रथा के विरुद्ध उस भीड़ के सामूहिक प्रतिरोध से निशा की हृदय-भूमि काँपने लगी। उस कँपकँपाहट से जगह-जगह पर दरारें पड़ गयीं। वे दरारें आक्रोश की लपटें उगलने लगीं। निशा को आभास हुआ जैसे वह स्वयं अब गणिकाओं की उस विशाल भीड़ का नेतृत्व करने लगी हो। उसने अपनी गर्दन ऊँची की। आकाश की तरफ़ देखा। गहरी साँस ली और लम्बा निःश्वास छोड़ दिया। धरती के ऊपर छाया हुआ वातावरण बोझिल हो गया।

''मैं स्वर्ग की अप्सरा बनायी जाती रही। मुझे पृथ्वी पर गणिका बनाया जाता रहा। मैं नारी, मैं जननी, मैं बहन, मैं बेटी! मेरे अस्तित्व का यथार्थ कहाँ खो गया? सिंधु सभ्यता के अवशेषों में पति-पत्नी के संबंधों के अतिरिक्त पुरुष द्वारा मेरे दैहिक शोषण के साक्ष्य नहीं मिले हैं। सृष्टि के विस्तार में मेरी भी रचना पुरुष की ही तरह पंच महाभूतों के मिश्रण से हुई है। मानव वंश के विस्तार में मेरा योगदान पुरुष से अधिक नहीं तो उससे कमतर भी नहीं। फिर मेरे सजीव अस्तित्व को चेतना शून्य भोग-वस्तु में क्यों परिवर्तित

किया जाता रहा ?'' ऐसे प्रश्नों का कोई उत्तर निशा को हवा के महीन कणों में से नहीं मिलना था। उसने नेत्र मूँद लिए। निखालिस हवा में उत्तर न सही, हवा के यान पर सवार होकर अपनी यात्रा करते रहने वाले समय के झोले में तो मनुष्य के सवालों का जवाब होगा ही। गणिकाओं की नायिका के रूप में निशा देहांतरित हो चुकी थी। गणिका के रूप में स्वयं ही गणिका के प्रादुर्भाव को खोजने के लिए कालचक्र को विपरीत दिशा में घुमाने का प्रयत्न करने लग गयी।

उल्टे दौड़ते काल-चक्र के मध्य निशा को काशी की धनाढ्य गणिका सामा दिखाई दी। उसकी सेवा के लिए पाँच सौ अनुचारिणियाँ उसके आजू-बाजू में उपस्थित थीं। इन सबका जीवनयापन सामा द्वारा दिए जाने वाले नियमित वेतन व भत्तों पर आश्रित था। सामा अपनी कमाई का 15 से 30 प्रतिशत तक राज्य को आयकर प्रदान किया करती थीं। सामा के अदृश्य होते ही वहाँ आम्रपाली नाम की गणिका प्रकट हो गयी। वह अनिंद्य सुंदरी थी। उसके चारों तरफ़ राजकुमारों, विद्वान ब्राह्मणों व नगर श्रेष्ठियों की भीड़ एकत्रित थी। वे सभी आम्रपाली को निहारते हुए अपनी सुध-बुध खोये हुए लग रहे थे। आम्रपाली मूल्यवान वस्त्र धारण किये थी। उसका शरीर रत्न-जड़ित स्वर्णभूषणों से सज्जित था। उस गौरवर्णा गणिका का मुख मोहक आभा से युक्त था। उसके नेत्रों का आकर्षण किसी को भी मुग्ध करने वाला था। यह दृश्य प्राचीन वैशाली नगर के मुख्य चौराहे का था। यकायक वहाँ राजकुमार अजातशत्रु का रथ आता हुआ दिखाई दिया। दर्शकों की भीड़ को चीरता हुआ वह आगे बढ़ता गया। रथ से उतर कर अजातशत्रु ने आम्रपाली का हाथ पकड़ा और उसे रथ पर आसीन करते हुए राज वाटिका की दिशा में ले गया। चौराहे पर उपस्थित सभी की दृष्टि आम्रपाली को तब तक निहारती रही जब तक कि अजातशत्रु का रथ ओझल नहीं हो गया। आम्रपाली के लिए राज प्रासाद परिसर के एक भाग में पृथक से भव्य आवास पहले से ही निर्मित किया हुआ था। कुछ घड़ियाँ वाटिका के मनोरम वातावरण में व्यतीत करने के पश्चात् अजातशत्रु ने आम्रपाली को उसके भवन में छोड़ दिया। अजातशत्रु के प्रस्थान करते ही लिच्छवि नरेश बिंबसार संध्या के धुँधलके में अत्यंत गोपनीय विधि से आम्रपाली के पास पहुँचा।

आम्रपाली की सामाजिक प्रतिष्ठा और राजसी वैभव को देखकर निशा प्रफुल्लित हो उठी। इस सबको वह अपना मान बैठी। आह्लाद की इसी मनोदशा में वह स्वप्नलोक से अपने यथार्थ में लौट आयी।

''यह क्या! मेरा सत्य अथवा भ्रम ?'' नाखूनों से उसने अपनी त्वचा को नोचा। वह तब तक नोचती रही जब तक कि त्वचा से रुधिर नहीं निकल आया। उसे अपनी ही काया के फटने की पीड़ा ने तनिक भी नहीं सताया। रिसते हुए रक्त को देखकर वह चौंकी। निशा एक गहरे द्वंद्व-जाल में फँसी हुई थी।

स्वप्नलोक में रह नहीं सकती, सत्यलोक को सह नहीं सकती!

जीवन की तुलना में असह्य वेदना मृत्यु का वरण करना चाहती है। ''मृत्यु के पश्चात् क्या होता होगा?'' यह प्रश्न निशा ने स्वयं से पूछा। इस प्रश्न का उत्तर भी निशा ने स्वयं ही दे दिया, ''कम-से-कम घोर कष्टमय जीवन से तो मौत के बाद की अवस्था बेहतर ही होती होगी। या फिर असहनीय दर्द की दशा से काल्पनिक दुनिया एक अलहदा अहसास तो कराती है ही।''

निशा का चित्त ठिकाने पर नहीं था। मर्द द्वारा रची दुनियादारी ने उसे दर्द-ही-दर्द दिया। दर्द की दशा ने उसे द्वंद्व से भर दिया। द्वंद्व ने उसे दुविधा के दलदल में डाल दिया। जीवन का जो भी हिस्सा उसे याद रहता गया, वह सारा का सारा दलदल था। इस दलदल में से बाहर निकल सकना उसकी हक़ीकत की ज़िन्दगी अथवा ज़िन्दगी की हक़ीकत में संभव नहीं था।

निशा पुन: आम्रपाली के जीवन में प्रवेश कर गयी। तब तक आम्रपाली सामाजिक प्रतिष्ठा, राज वैभव, साज-श्रृंगार एवं अपने सौंदर्य से उकता गयी थी। उसने यह समझ लिया था कि गणिका प्रथा की पृष्ठभूमि में सवर्ण पुरुषों का सामाजिक वर्चस्व रहा है। विद्वान ब्राह्मण कर्मकांडी पुरोहित बनता जा रहा था। शासक-वर्ग राजशक्ति और श्रेष्ठीगण धन के बल पर भोग-विलास की वस्तुओं पर अधिकार स्थापित करता जा रहा था। प्रत्येक रूपवती स्त्री पर सभी की गिद्ध दृष्टि टिकी हुई थी। वैभव और दारिद्रय दो विपरीत ध्रुवों पर खड़े दिखाई देने लगे थे। भौतिक संसाधनों पर जनसंख्या के बहुत लघु भाग का स्वामित्व होता जा रहा था। समाज का बहुजन जीवन के लिए आधारभूत सुविधाओं से भी वंचित होता जा रहा था। ऐसे विकट समय में भगवान बुद्ध ने नारी और विपन्न मानवता के पक्ष में अभियान आरंभ कर दिया था। आम्रपाली की ही भाँति वे भी ऐश्वर्य को व्यामोह समझने लगे थे।

''भगवन, मैं मगध की राजगणिका अम्बपाली। आप एवं आपके संघ के समस्त भिक्षुओं के आतिथ्य की याचना करने यहाँ उपस्थित हुई हूँ।'' वैशाली नगर के बाहर एक स्थान पर महात्मा बुद्ध अपने संघ-साथियों को लेकर ठहरे हुए थे। तब तक उन्होंने लिच्छवि राजकुमारों की ऐसी ही प्रार्थना को अस्वीकार कर दिया था। भगवान बुद्ध की इच्छा थी कि जन साधारण की बस्तियों में जाकर भिक्षा ग्रहण करके ही उदरपूर्ति की जाये। आम्रपाली का बाहरी व्यक्तित्व वैभवपूर्ण दिखाई दे रहा था, किंतु उसके अंदर ऐसे जीवन से मुक्ति की कामना थी। भगवान बुद्ध मुमुक्षुओं की खोज में थे। आम्रपाली में उन्हें इसकी पात्रता दिखाई दी। महात्मा बुद्ध ने आम्रपाली के केवल इसी पक्ष को देखकर उसे आतिथ्य सेवा का अवसर दे दिया। वह बुद्ध समेत सभी भिक्षुओं को अपनी आम्र-वाटिका में ले गयी। वहाँ भोजन एवं विश्रांति का समुचित प्रबंध किया।

''हे तथागत, मेरी सेवा में कोई कमी रह गयी हो तो मुझे क्षमा करें।''

भगवान बुद्ध तनिक मुस्काए। उन्होंने शब्दों में कोई प्रतिक्रिया नहीं की। आम्रपाली को संतोष का अनुभव हुआ।

''स्वामी, मुझे नारी होने की त्रासदी से मुक्ति दिलाइए।''

आम्रपाली की इस इच्छा को पूर्ण करने के लिए महात्मा बुद्ध ने कहा, ''देवी, अब तक तो मैंने संघ में किसी भी स्त्री के प्रवेश पर प्रतिबंध लगा रखा था। यहाँ तक कि मैंने मेरी मौसी महाप्रजापति गौतमी तक को ऐसी अनुमति नहीं दी है। तुम्हारी देह से कुछ भी अनर्थ कृत्य करवाया जाता रहा हो, मैं तुम्हारे हृदय की पवित्रता को देखते हुए तुम्हें संघ में प्रविष्ट होने की अनुमति देता हूँ।'' बुद्ध का अंतिम वाक्य सुनकर सभी भिक्षुओं के ललाट पर चिंता की रेखाएँ उभर आयीं। महात्मा बुद्ध ने भिक्षुओं की इस मनोदशा को भाँपते हुए बिना आम्रपाली की प्रतिक्रिया जाने आगे कहा।

''हे! भिक्षुओ! जिस प्रकार महानदियाँ महासमुद्र में मिलकर अपने पहले नाम, गोत्र को छोड़ देती हैं अर्थात् महासमुद्र के नाम से ही प्रसिद्ध होती हैं, ऐसे ही भिक्षुओ! विभिन्न जाति व वर्णों के लोग तथागत द्वारा बतलाये गये धर्म-विनय में प्रव्रजित होकर पूर्व के नाम गोत्र को छोड़ देते हैं, अर्थात् दीक्षा लेकर यह भूल जाते हैं कि हमारा अमुक वर्ण था अथवा अमुक वंश।''

उक्त कथन के पश्चात् तथागत ने आम्रपाली की ओर झाँकते हुए कहा, ''नगरशोभिनी... ।''

आम्रपाली के अवचेतन में बैठी निशा उद्वेग में कह उठी, ''हे शीर्षस्थ भंते, अब न मुझे नगर की शोभा सुहाती है और न ही नगरशोभिनी की यह उपाधि। मुझे इस महाजनपदीय संस्कृति की शोभा से मुक्ति चाहिए। यहाँ 'महा'' हैं, 'पद' हैं, किंतु बीच में से 'जन' विलुप्त हैं। मैं उसी जन का हिस्सा बनना चाहती हूँ जिसे आप बहुजन समाज कहते हैं। क्या यह सब कुछ आपके संघ में प्रविष्ट हुए बिना संभव नहीं?''

''भिक्षुणी अम्बपाली, अभी तो यह संभव नहीं दिखता। आज के समाज में नारी को हेय दृष्टि से देखा जा रहा है।''

आम्रपाली को याद आया कि जब उसने किशोरावस्था से यौवन में प्रवेश किया तब उसका सौंदर्य सम्पूर्ण नगर में व्यापक चर्चा का विषय बनता जा रहा था। उसके माँ-बाप ने उसका विवाह करने का निश्चय किया। तभी पता चला कि नगर का प्रत्येक राजकुमार, विद्वान एवं धनी युवक उससे ब्याह रचाना चाह रहा है। यदि किसी के संग आम्रपाली का संबंध कर दिया तो उसे चाहने वाले शेष युवक नगर में अशांति का वातावरण उत्पन्न कर

देंगे। बात मगध सम्राट तक पहुँची। पहले अजातशत्रु उसे ले गया। उसके पश्चात् सम्राट बिंबिसार ने उसे राजगणिका के पद पर सुशोभित कर दिया। जब सम्राट का मन भर गया तो आम्रपाली को नगरवधू घोषित कर दिया ताकि नगर का कोई भी धनाढ्य पुरुष उसका भोग कर सके। आम्रपाली इस त्रासदी को जीवन भर नहीं भूल सकी कि किस तरह उस जैसी युवती को स्त्री का स्वाभाविक जीवन जीने से रोककर उसे सामान्य स्त्री से 'सामान्या' बनाकर हर किसी पुरुष के लिए भोग की वस्तु में परिवर्तित कर दिया!

''हे भिक्षुवर, जिस समाज ने मुझे सामान्य स्त्री से सामान्या बनाया, क्या उसी समाज में मैं सम्मान से नहीं जी सकती?''

भगवान बुद्ध ने गंभीर मुद्रा धारण करते हुए उत्तर दिया, ''नहीं, यह संभव नहीं। ऐसे समाज को सुधारने के लिये ही मैं भिक्षुणियों के समूह का गठन करना चाह रहा हूँ। स्त्री की मुक्ति कहीं से भी आरंभ हो, उसका प्रस्थान बिंदु स्वतः विस्तार प्राप्त करता हुआ विराट सिंधु बन जायेगा जिसमें पुरुष द्वारा गढ़ी गयीं समाज की समूची हेय मान्यताएँ विलीन हो जाएँगी।''

आम्रपाली महात्मा बुद्ध के संघ में सम्मिलित हो गयी। यहीं से कालयात्रा के पथ पर नारी मुक्ति के आंदोलन ने अपने कदम बढ़ाने आरंभ कर दिये।

निशा के स्वप्नलोक में स्त्री मुक्ति की लहर आरंभ हो गयी। इसी संतोष की डोर को पकड़े हुए वह यथार्थ की अपनी धरती पर उतर आई। यह धरा मुम्बई की मायानगरी थी। स्वप्न और माया के विचार निशा के मस्तिष्क को मथने लग गए।

भारत के किसी एक महानगर में पूर्णकालिक व अंशकालिक वेश्याओं की सर्वाधिक संख्या का अनुमान लगाया जाए तो निश्चित रूप से वह महानगर मुंबई होगा। यह वह मुम्बई है जिसमें निशा रहती थी। उस निशा ने मुम्बई महानगर को रात भर जागते हुए देखा था। अपने इतिहास में जितनी रातें मुंबई जागी रही होगी उससे कई गुणा असर निशा के दिलोदिमाग पर मुम्बई प्रवास के रतजगे का पड़ा था। इस असर के दौरान उसने पुरुष की मानसिकता के विषय में बहुत कुछ जान लिया था।

मुम्बई की ऐसी ही एक अनिद्रित रात्रि के तीसरे प्रहर में अपने नितांत एकांत में निशा व्यष्टि के बहाने स्त्री की समष्टि में डूबी हुई थी। नारी के सरल, सहज, सौम्य, सृजन-क्षमता-युक्त जीवन को नारीवत के स्थान पर नरकमय बनाने हेतु प्रत्येक युग में रचे जाते रहे पुरुष निर्मित इस चक्रव्यूह को निशा अपनी सीमित समझ के आधार पर कितना जान सकी, यह तो उसने कभी किसी को नहीं बताया। किन्तु उसने सब स्त्रियों के दुःख को अपना और अपने दुःख को सबका समझ लेने के सूत्र को पकड़ लिया और अपने मन में चुपचाप यह संकल्प कर लिया कि जब अवसर मिलेगा, वह स्त्री की इस दुखद दशा में परिवर्तन का सुखद प्रयास अवश्य करेगी। उसके इस प्रण की पृष्ठभूमि में यह

प्रश्न खड़ा हो चुका था कि ''स्त्री के संदर्भ में मानव जाति के सामूहिक विवेक ने ऐसी सभ्यता, संस्कृति, संस्कार, शील व सिद्धांतों की संहिता को अपनी स्वीकृति कैसे दे दी ?''

9

''अरे पांडुरंग, इस साले दलाल को मेरे सामने लेकर आ।'' पुलिस थाना गिरगांव चौपाटी के थाना प्रभारी नवीन सतपुड़े ने अपने ख़ास सिपाही को आदेश दिया। हवालात की बगलवाले कमरे में बैठे विनोद को उस सिपाही ने थानाधिकारी के समक्ष पेश किया।

''अबे भड़ुवे, तैने मुम्बई पुलिस के हाथों का मज़ा अब तक नहीं चखा है। मैं तुझे बताता हूँ, हम पेट की बात कैसे उगलवाते हैं।'' यह कहते हुए थानाधिकारी सतपुड़े ने एक ज़ोरदार थप्पड़ विनोद के गाल पर मारा। विनोद मूलत: जयपुर का वासी था। उसकी ननिहाल आगरा में थी। आगरा में ही उसका परिचय सतीश से हुआ।

''देखिये सर, मुझे जयपुर की पुलिस ने दर्जनों बार पकड़ा है, किंतु कभी किसी पुलिसवाले ने मेरे ऊपर हाथ उठाने की हिम्मत नहीं की। इसकी एकमात्र वजह यह रही कि मैंने कभी झूठ नहीं बोला और न ही कोई बात छिपाई। मैं तो एक खुली किताब हूँ। पुलिस ही क्या, कोई साधारण परिचित भी इस बारे में मुझसे पूछता है तो मैं ठाठ से बताता हूँ कि ''हाँ, मैं लड़कियों का धंधा करता हूँ। इसमें सब कुछ राज़ी-मर्ज़ी से होता है। कभी किसी लड़की के साथ कोई ज़ोर-ज़बरदस्ती नहीं की जाती। हाँ, आपको जब ऐसा लगे कि मैंने कोई बात आपसे छिपाई है तो आप जो चाहे वह कीजिएगा।'' थानाधिकारी को विनोद की बात में दम लगा। विनोद ने देह व्यापार की अपनी अलिखित किताब का एक-एक पन्ना खोलना शुरू किया।

''सर, मेरे लिंक मुम्बई, कलकत्ता, दिल्ली सहित अनेक शहरों में रहे हैं। मुम्बई का नाम बड़ा है, लेकिन अधिकतर लड़कियाँ नेपाल, असम व पंजाब की तरफ़ से बुलाई जाती हैं। पंजाबी लड़कियाँ ग्राहक को खुश करने में ज़्यादा होशियार होती हैं। दूसरे इलाके की लड़कियाँ सीधी-सादी होती हैं। दोनों का अपना-अपना आकर्षण होता है।''

''तुम ग्राहकों से कैसे संपर्क करते हो ? वैसे मुझे सब पता है, फिर भी मेरी संतुष्टि के लिए यह बात पूछ रहा हूँ।''

''सर, भांग खाने वालों को भांग खाने वाले मिल ही जाते हैं। यह ऐसा धंधा है जिसकी मार्केटिंग के वास्ते किसी विज्ञापन की ज़रूरत नहीं पड़ती। सप्लायर और ग्राहक दोनों ही छद्म नाम से संपर्क करते हैं। शुरू में उनका कोई-न-कोई लिंक होता है। फिर आगे से आगे लिंक बनते जाते हैं। ''गैरेज में नई गाड़ी आई है। आप देख लीजिये।'' कहकर मैं या मेरा आदमी तयशुदा स्थल पर लड़की को दिखा देते हैं। मामला फ़िट हो

50 / **ब्लैक होल में स्त्री**

जाए तो लड़की को ग्राहक की मनचाही जगह पर भेज दिया जाता है। जैसी डिमांड होती है उतनी लड़कियों का इंतज़ाम कर दिया जाता है। मैंने एक साथ तीन से पाँच-पाँच तक लड़कियों की सप्लाई की है।''

''अच्छा यह बताओ कि आजकल रेट क्या चल रहा है?''

पहले की तरह थानाधिकारी के इस सवाल का जवाब भी पूरी सहजता के साथ देते हुए विनोद बोला, ''सर, यूँ तो लड़की का रेट उसके रूप-रंग, उम्र व पर्सनैल्टी पर डिपेंड करता है। कई दफ़ा तत्काल इंतज़ाम करने पर रेट बढ़ा दिया जाता है। रेट का मुद्दा ग्राहक की औकात पर भी डिपेंड करता है। फिर यह भी मुख्य बात होती है कि लड़की को रखने का समय कितना होता है? रात भर का रेट अलग होता है। घंटों का हिसाब अलग। यूँ 'पर ट्रिप' (प्रति सम्भोग) के हिसाब पर राशि तय कर ली जाती है।''

''अच्छा, एक बात बताओ।''

''हुज़ूर, एक नहीं सौ बात पूछो। विनोद अपने पेट में कुछ नहीं रखता। अगर मैं कुछ छिपाऊँगा तो मेरे पेट में ही दर्द होगा।'' इंस्पेक्टर सतपुड़े की बात को बीच में काटते हुए विनोद बोला।

''हाँ, चल ठीक है। अब यह बता कि लड़कियों को एक जगह से दूसरी जगह पर लाने-ले जाने और उनके ठहराने वगैरा का इंतज़ाम कैसे करते हो?'' कहते हुए विनोद के प्रति सतपुड़े के तेवर नर्म दिखाई देने लगे थे। दरअसल, विनोद की साफ़गोई ने उसका दिल काफ़ी हद तक जीत लिया था। विनोद को अपनी बात कहने के लिए अधिक सोचने की दरकार नहीं थी। पुलिस से उसका पाला इससे पहले दर्जनों दफ़ा जो पड़ चुका था। उसने अपनी बात कहना ज़ारी रखा—''सर, अक्सर हम लड़कियों को किसी भी शहर से तीन से पाँच के ग्रुप में बुलाते हैं। एक जगह पर करीब दस दिन रखते हैं। इस धंधे में 'माल' को बदलते रहना होता है, ताकि ग्राहकों को नए से नया 'माल' मिलता रहे। फिर लड़कियों के उस ग्रुप को दूसरे शहर में शिफ़्ट कर देते हैं। एक तरह का रोटेशन चलता रहता है, जैसे कलकत्ता से जो ग्रुप चला उसे जयपुर, जयपुर से दिल्ली, वहाँ से आगरा और आखिर में कलकत्ता पहुँचा दिया जाता है। इस पूरे रोटेशन में करीब महीना भर लग जाता है। कई लड़कियाँ सप्ताह से ज़्यादा अपने घरों से दूर नहीं रह सकतीं। उन्हें उनकी सुविधा के मुताबिक वापस भेज दिया जाता है। फुल टाइम कॉलगर्ल जैसी लड़कियों को लेकर कोई दिक्कत नहीं होती। उन्हें एक शहर में भी तब तक रख लिया जाता है, जब तक उनकी डिमांड आती रहे।''

विनोद से काफ़ी पूछताछ की जा चुकी थी। थानाधिकारी सतपुड़े को और भी बहुत सारे काम करने थे।

शाम के वक्त उस इलाके का सहायक पुलिस आयुक्त (ए.सी.पी.) थॉमस डिसूजा

थाने पर आया। उसने विनोद से पूछताछ आरम्भ की।

''सर, हम तो बलात्कार जैसे गंभीर अपराधों से समाज को बचाने का काम करते हैं।'' मुम्बई में बारबालाओं की धरपकड़ के विशेष अभियान के दौरान पकड़े गए विनोद ने पुलिस थाना गिरगाँव चौपाटी के पूछताछ कक्ष में सहायक पुलिस आयुक्त (ए.सी.पी.) थॉमस डिसूजा के सामने बड़े ही आत्मविश्वास के साथ मुस्कराते हुए कहा।

''मैं तेरे को भाषण देने के वास्ते नहीं बोला रे! मेरे को सच-सच बता, मुम्बई में तेरे आदमी और अड्डे कहाँ-कहाँ हैं?''

''सर, मैंने सारी बातें इन इंचार्ज साहब को लिखा दी हैं। मैं बुराई को मिटाने के लिए बुरा काम करता हूँ और आपसे कभी झूठ नहीं बोलूँगा।'' विनोद ने थाना प्रभारी नवीन सतपुड़े की तरफ़ इशारा करते हुए जवाब दिया। अब तक एक घुटना उठाकर फ़र्श पर बैठा विनोद पालथी मारते हुए बोला। नवीन सतपुड़े ने विनोद से की गयी पूछताछ की फ़ाइल को डिसूजा को सौंपना चाहा। ''कीप इट विद यू।'' डिसूजा यह कहते हुए आगे बोला, ''आई वांट टू लिसन एवरीथिंग फ्रॉम हिज़ माउथ।'' उसकी बात सुनकर नवीन सतपुड़े वहाँ से बाहर निकल गया। उसे ऐसा आभास हुआ जैसे डिसूजा विनोद से एकांत में पूछताछ करना चाहता था। नवीन के चले जाने के पश्चात् डिसूजा ने कक्ष का दरवाज़ा बंद कर दिया। अब उस कक्ष में डिसूजा व विनोद दोनों ही थे। डिसूजा विनोद की आँखों की गहराई में झाँकने लगा जैसे गहरे सागर में कुछ टटोलने का प्रयास किये जा रहा हो, जिसकी उठती-गिरती व फैलती-सिकुड़ती लहरें एक के बाद एक तटीय चट्टानों से लगातार टकराती हुई पुनः समुद्र की जलराशि में लौट रही थीं। विनोद ने डिसूजा का नाम सुन रखा था। उसका नाम मुम्बई पुलिस के ईमानदार व काबिल अफ़सरों में गिना जाता था।

''अब बता बेटा, मेरे पास ज़्यादा वक्त नहीं है।''

डिसूजा के सवाल पर विनोद ने कहा, ''सर, मैं जानता हूँ, मुम्बई में आपका बहुत बड़ा नाम है। वैसे भी मैंने अब तक पुलिस से कुछ नहीं छिपाया है। सब कुछ इंचार्ज साहब को नोट करा दिया है। मैं यह भी जानता हूँ कि मैंने अगर कोई बात नहीं बताई तो कोई दूसरा शख्स बता देगा। मुझे छिपाने से क्या फ़ायदा? सर, मैं आपको एक बात साफ़ बता देता हूँ, वह यह कि गली-मोहल्लों, हाई-वेज़ व शहरी इलाकों के रेड लाइट एरियाज के चकलाघरों से मेरा कोई वास्ता नहीं है। और होटलों में भी लड़कियाँ सप्लाई करने का मेरा काम नहीं है। मेरा ताल्लुक पैसेवाले लोगों से है जो मनोरंजन के लिए मुझ से कॉलगर्ल की माँग करते हैं। यह सब कुछ रज़ामंदी से होता है। दोनों पार्टी की पसंद का मामला है। किसी से कोई ज़बरदस्ती नहीं।''

विनोद की बात सुनकर डिसूजा बोला, ''ठीक है, मैं कॉलगर्ल्स के ही बारे में पूछना चाहूँगा। मुम्बई के किन लोगों के मार्फ़त तुम कॉलगर्ल्स को अरेंज करते हो?''

''सर, यह बताना तो बड़ा टेढ़ा काम है। मुम्बई, दिल्ली, कलकत्ता या अन्य शहरों के जिन लोगों के थ्रू मैं कॉलगर्ल का इंतज़ाम करवाता रहा हूँ, उनके केवल मोबाइल नंबर याद हैं। सप्लायर्स को कभी आँखों से नहीं देखा। उनके नाम भी कोड वर्ड्स में होते हैं जैसे किसी शहर के साथ उसके गेराज नंबर एक, दो, तीन, चार आदि। लड़कियों के नाम गुप्त रहते हैं। हम उनके नाम पूछते भी नहीं। हम तो उलटा उन्हें अपना असली नाम छिपाकर नकली नाम बताने की सलाह देते हैं। सर, असल नाम से उनकी बदनामी का भी तो डर रहता है ना।''

''अच्छा तो तुम जैसे धंधेबाज़ों को कॉलगर्ल्स की इज़्ज़त-आबरू का भी बड़ा ख़याल रहता है?''

डिसूजा के व्यंग्यात्मक प्रश्न का उत्तर देते हुए विनोद ने पूछ लिया, ''सर, मजबूरी, शौकिया अथवा गुलछर्रे उड़ाने जैसी कोई भी वजह क्यों न हो, आखिर कौन लड़की चाहेगी कि उसका ऐसा धंधा दुनिया के सामने उजागर हो?''

धीरे-धीरे विनोद की बातों में डिसूजा की रुचि बढ़ती जा रही थी। उसने आगे कहा, ''अच्छा सप्लायर्स के मोबाइल नंबर नोट कराओ।''

''सर, यह काम मैं पहले ही कर चुका हूँ। इंचार्ज साहब की फ़ाइल में सब कुछ नोट है।''

''अच्छा तुम्हारी डायरी कहाँ है, जिसमें ये सारे नंबर लिखे हुए हैं?''

''सर, मैं कोई डायरी नहीं रखता। अव्वल तो इस ज़माने में सब कुछ मोबाइल फ़ोनों में फ़ीड होता है। दूसरे मेरे जैसे शख़्स को सैकड़ों नंबर जुबानी याद रहते हैं। और वैसे भी सर, जब मुझे आपकी पुलिस ने पकड़ा तब मेरी व मेरे घर की सारी तलाशी ले ली थी। मेरे पास डायरी होती भी, तो उसी वक्त मिल जाती। आप मुझ पर पूरा भरोसा कीजिये।'' विनोद ने फिर कहा, ''सर, वैसे मैं आपको बता दूँ, पुलिस ही क्या मैं तो सब कुछ अदालत में भी बता देता हूँ। कई जज साहब तो मुझसे अलग से मिलने के लिए कहते रहे हैं और मैंने उनकी भी सेवा की है। एक मजिस्ट्रेट साहब ने तो उनके चेंबर में ही मेरी 'सेवाओं' का मज़ा लिया।''

''जब मजिस्ट्रेट्स की सेवा करते रहे हो, तो पुलिस अफ़सरों को भी ऑब्लाइज़ किया होगा?''

डिसूजा के इस सवाल से विनोद तनिक असहज हुआ। वह खड़ा हो गया। उसने दोनों हाथ जोड़कर विनती की कि ''सर, ये बातें क्यों पूछते हो, ऐसी बातें तो राजा-महाराजाओं और ऋषि-मुनियों से भी जुड़ी रही हैं।''

विनोद की बात सुनकर डिसूजा कुछ देर के लिए चुप हो गया। थाना गिरगाँव चौपाटी का वह पूछताछ कक्ष भवन की दूसरी मंज़िल पर था। डिसूजा उसकी खिड़की से बाहर झाँकने लगा। खिड़की के बाहर मुम्बई महानगर का एक हिस्सा फैला हुआ था। थाने के खुले परिसर के आगे सड़क पर भारी ट्रैफ़िक चल रहा था। जहाँ तक दृष्टि का विस्तार था उससे दूर तक गगनचुम्बी इमारतें खड़ी हुई थीं। संध्या की बेला थी। सूरज कहीं नहीं दिखाई दे रहा था। उसका आभास भर महसूस किया जा सकता था। मुम्बई जैसे महानगर की धरती से सूरज के विदा हो जाने के साथ कृत्रिम रोशनी का आगाज़ नहीं होता, बल्कि सूरज के डूबने से पहले ही कृत्रिम रोशनी की चकाचौंध से उसकी आँखें मिंच जाती हैं। विनोद से की जा रही पूछताछ का सिलसिला काफ़ी लम्बा होता जा रहा था। पिछली रात भर थाना प्रभारी के अलावा दीगर अफ़सरों ने उससे पूछताछ की थी। उसे बहुत कम सोने दिया था। सुबह फिर स्वयं थानाधिकारी विनोद को लेकर बैठ गया था। अब सहायक पुलिस आयुक्त डिसूजा ने यह सिलसिला जारी रखा था। विनोद पूरी तरह से थक गया था। डिसूजा को और भी बहुत सारे काम निबटाने थे। मुम्बई के बारे में कहा जाता है कि ''यह महानगर रात भर जागता है।'' इसकी अधिकांश गतिविधियाँ रात में ही सक्रिय होती हैं, चाहे सड़कों का ट्रैफ़िक हो, व्यावसायिक मामले हों, राजनैतिक फ़ैसले हों, फ़िल्मी हस्तियों के रिसॉर्ट डिनर हों, अरबी शेखों का आवागमन हो, होटलों की रौनक हो अथवा अन्य कोई स्थल।

10

मुंबई में बहुत सारे लोग हैं जो रात को सोते नहीं। उनमें से कई पुरुष दिन भर की थकान को रात भर जागकर मिटाने का भ्रम पाले रहते हैं। उन्हें रात में ही मौजमस्ती का आलम दिखाई देता है। वे चाहे समुद्री तट पर हों, क्लब में हों, बार में हों या लेटनाइट पार्टी में, सभी का एक ही ध्येय होता है कि दिन भर की व्यस्तता के बाद भरपूर मनोरंजन में स्वयं को पूरी तरह से डुबा दिया जाये। इस तरह की 'नाइट लाइफ़' में चकाचौंधी रोशनी, डी.जे. पर हाई वॉल्यूम म्यूज़िक, डिस्को डांस और हार्ड ड्रिंक्स के साथ फ़ैशन का नज़ारा आसमान छूने लगता है। इसीलिए कहा यह भी जाता है कि ''मुंबई भारत की बेस्ट नाइट आउट सिटी है।'' मुम्बई की दुनिया के दूसरे बहुत सारे लोगों में से फुटपाथिये लोग इसलिए नहीं सो पाते कि उन्हें फ़िल्म के किसी सुपर हीरो की लेटेस्ट हाई-स्पीड कार द्वारा कुचल दिए जाने का भय होता है। बहुत से वे लोग हैं जो रोज़गार की तलाश में यहाँ आ जाते हैं, किन्तु सेटल नहीं हो सकने की वजह से उन्हें नींद नहीं आती। बहुत सारे वे लोग हैं जो समृद्ध लोगों के मनोरंजन के बदले हाई-फ़ाई स्थलों पर अपनी जीविका चलाने के लिए मजबूर हैं। बहुत सारे वे लोग होते हैं जिन्हें चाय-नाश्ते के बदले कुछ कमाई की आस में सड़कों के किनारे ठेला-ढकेल लगाने को विवश होना

पड़ता है। मुम्बई में बहुत से खुले स्थल हैं जहाँ रातें जगती रहती हैं। इनमें खाने के लिए नरीमन प्वाइंट, जुहू चौपाटी व बांद्रा का बैंड-स्टैंड हैं तो ताजमहल होटल के पीछे स्थित बड़े मियाँ की दुकान भी है। शॉपिंग के लिए लिंकिंग रोड है, लॉन्ग-ड्राइव के लिए बांद्रा-वर्ली सी-लिंक है। तफ़रीह की अन्य बेहतरीन जगहों में नरीमन प्वाइंट का 'नॉट जस्ट जैज़ बॉय द वे' एवं बांद्रा के जेंजी पब को सम्मिलित किया जा सकता है। और फिर मौजमस्ती के वास्ते सबसे पसंदीदा जगहों में वे रेस्टोरेंट हैं जिनमें बारबालाएँ अपना हुनर रात भर पेश करती रहती हैं, रेस्टोरेंट्स की चकाचौंधी दीवारों व छत के नीचे फ़र्श के खुलेपन में अपनी अदाएँ बिखेरती हुई अथवा किसी नील-कक्ष के बिस्तर पर किसी अय्याश को स्वर्ग की सैर कराती हुई।

इसी तरह के किसी रेस्टोरेंट में निशा भी बारबाला के रूप में मुम्बई की रातों में जाग रही होगी!

उससे पूर्णत: अपरिचित था कॉल गर्ल्स का सप्लायर विनोद जैन। इसके साथ ही अब तक निशा से अनजान था मुम्बई का ए.सी.पी. थॉमस डिसूजा, जो खासमखास था मुम्बई के पुलिस कमिश्नर अनंत कावड़े का। मुम्बई को बारबालाओं से मुक्त करने का उसका अभियान युद्ध स्तर पर चल रहा था। वह एक ऐसा युद्ध था जिसमें महाराष्ट्र के मुख्यमंत्री की अनुमति से मुम्बई पुलिस के मुखिया अनंत कावड़े के निर्देशन में पुलिस के सभी अफ़सर व कर्मचारी सम्मिलित थे। मुम्बई के आकाश, उसके समुद्र, उसके धरातल और उसके तहखानों में एक प्रश्न लगातार गूँज रहा था, जिसमें यह पुकार साफ़ सुनाई दे रही थी कि गोया, अनंत कावड़े का यह अभियान बारबालाओं से मुम्बई की मुक्ति का था अथवा मुम्बई की बारबालाओं की मुक्ति का? निशा जैसी बारबालाओं की ज़िन्दगी अकेली-अकेली की नहीं थी। उस ज़िन्दगी के तार बहुत सारे लोगों से जुड़े हुए थे। उनमें रेस्टोरेंट मालिक, प्रबंधक, अन्य कर्मचारी, बारबालाओं के सप्लायर, रेस्टोरेंट में आने वाले ग्राहक, सरकार का मदिरा-महकमा, बार बालाओं को 'कॉल' पर मँगवाने वाले 'बड़े लोग', रेस्टोरेंट मालिकों के यार-दोस्त वगैरा-वगैरा थे। मुम्बई के वातावरण में गूँजते मूल प्रश्न को अनेक पूरक प्रश्न घेरे हुए थे, जिनमें एक बड़ा प्रश्न था—'क्या पुलिस द्वारा लड़ा जा रहा युद्ध बारबालाओं के इन सब हिस्सेदारों के खिलाफ़ था?' इस पूरक प्रश्न की पूँछ को पकड़े हुए उसी के अनुपूरक प्रश्न का स्वर मुम्बई के बहुमंजिला भवनों से टकराने लगा—

"अभियान के उपरांत बारबालाओं से मुम्बई की मुक्ति के पश्चात् बेआसरा हो जाने वाली इन बारबालाओं का मुक्तिमार्ग मुम्बई से बाहर किस दिशा को जायेगा?"

इन सभी सवालों को छोड़कर थॉमस डिसूजा पुलिस थाना गिरगाँव चौपाटी से रवाना हो गया। वह सीधा पुलिस कमिश्नर अनंत कावड़े के दफ़्तर गया। वहाँ उसने बारबाला

अभियान की प्रगति से अवगत कराया। अगले दिन के लिए आवश्यक निर्देश प्राप्त किये। फिर अपने दफ़्तर में काम-काज निबटाया। किसी रेस्टोरेंट से खाना मँगवाकर वहीं खाया। अपने इलाके का भ्रमण करता हुआ रात के तीसरे पहर वह अपने निवास पर पहुँचा।

डिसूजा के दो बच्चे थे। नौ साल का बेटा और छ: साल की बेटी। उन दोनों को सुबह स्कूल जाना था। डिसूजा उनके लिए 'सन्डे पापा' भी नहीं था। पुलिसवालों को सालभर के सभी सप्ताहों में से प्रत्येक सप्ताह के सातों दिनों के प्रति चौबीस घंटें सक्रिय रहना होता है। जीवन की इस सचाई से वे वाकिफ़ थे, इसलिए अपने कमरे में सो गए थे। डिसूजा की पत्नी ने देर रात तक पति का इंतज़ार किया। टी.वी. देखते-देखते वह भी बिस्तर पर लुढ़क गयी। जब डिसूजा घर पहुँचा तब उसका निजी नौकर 'बहादुर' लॉबी में लेटा हुआ था। कॉल बेल पर उसी ने दरवाज़ा खोला।

''अरे भई, बहादुर, तुम अभी जाग रहे हो!''

बहादुर ने इतना ही कहा, ''सर, अपन की सारी मुम्बई रात भर सोती नहीं, फिर आपके आने से पहले मैं कैसे सो सकता हूँ?

''अब सो जाओ, मैं खाना खाकर आया हूँ।'' यह कहकर डिसूजा अपने ड्राइंग रूम में चला गया। वर्दी उतार कर स्लीपिंग सूट पहनते हुए वह सोचे जा रहा था कि ''मंगोलाईड नस्ल के सभी लोगों के नाम 'बहादुर' इसलिए होते हैं कि वे मूलत: पहाड़ी होते हैं और पहाड़ का आदमी डरता नहीं। जो डरता नहीं, वही असल में बहादुर होता है। इंसानों को सबसे अधिक डर रात का होता है। मुम्बई का आदमी रातों से डरता नहीं। क्या वह भी बहादुर होता है?''

लाख कोशिश करने के बावजूद डिसूजा को नींद नहीं आ रही थी। बेचैन डिसूजा सोफ़े पर बैठ गया। छत की तरफ़ देखने लगा। फिर कक्ष की दीवारों पर निगाह पसारी। सामने की दीवार पर टँगे हुए छायाचित्र पर उसका ध्यान अटक गया। गोल्डन फ्रेम में जड़ा हुआ वह छायाचित्र गोवा के प्रसिद्ध बोम जीसस चर्च का था, जिसके मध्य में सेंट फ्रॉसिस ज़ेवियर का पौने पाँच सौ बरस पुराना शव दिखाई दे रहा था। उसके कुछ ऊपर दाहिनी ओर प्रभु ईसा मसीह की तस्वीर टँगी हुई थी। यकायक डिसूजा की दृष्टि उस तरफ़ गयी। वह देखने लगा, माँ मरियम की गोद से शिशु ईसा चिपके हुए थे। ना जाने क्यों डिसूजा की दोनों आँखें स्वत: ही मुंद गयीं। बंद आँखों के अंदर उसे अपनी माँ दिखी, जिसे गुज़रे हुए अर्सा हो गया था। बारबालाओं के धरपकड़ अभियान के दौरान डिसूजा ने जितनी लड़कियों को गिरफ्त में लिया, उन सभी में उसे अपनी माँ की छवि दिखाई देने लगी। माँ की प्रतिमा में मरियम की प्रतिकृति की अनुभूति हुई। डिसूजा के नेत्रों से अनायास ही दो बूँद आँसू ढलक आये। चैन के अंत के साथ चिंता का जन्म होता है और चिंता का अतिरेक चेतना को तिरोहित कर देता है। चेतना की विलुप्ति से

उत्पन्न शून्य में ही नींद का वास होता है, चाहे वह शारीरिक विश्रांति हो अथवा मानसिक निष्क्रियता। डिसूजा सोफ़े पर ही लेट गया। वह नींद में था।

11

अगली सुबह डिसूजा कब जागा, कब तैयार हुआ, कब घर से रवाना हुआ, इस सब का उसे पता ही नहीं चला। वह सीधा गिरगाँव चौपाटी थाने गया। कुछ देर उसने थानाधिकारी नवीन सतपुड़े के साथ विनोद से पूछताछ की। विनोद को थाने में बिठाये हुए तीन दिन हो गए थे। अब तक उसने बहुत सारी बातें पुलिस को बता दी थीं। ए.सी.पी. डिसूजा व थानाधिकारी सतपुड़े दोनों संतुष्ट थे। मुम्बई में वेश्यावृत्ति विरोधी इस अभियान में उन्हें विनोद जैसा आदमी नहीं मिला जिसने वेश्यावृत्ति जैसे अपने गैरकानूनी धंधे को लेकर करीब-करीब सब कुछ सहजता व पूरे आत्मविश्वास के साथ बताया हो। अपने वरिष्ठ अफ़सरों को विश्वास में लेकर दोनों अफ़सरों ने निर्णय ले लिया कि ''विनोद को पुलिस का मुखबिर बनाकर उसकी सहायता से अभियान की कार्यवाही को और अधिक सफल बनाया जाये।'' विनोद को गिरफ़्तार नहीं किया गया। जहाँ-जहाँ उसके लिंक थे, उन शहरों की पुलिस की सहायता लेते हुए मुम्बई पुलिस ने अपने अभियान को आगे बढ़ाया। अब मुम्बई पुलिस के इस अभियान ने राष्ट्रीय विस्तार ले लिया था।

मुम्बई से सभी पुलिस अफ़सर और उनके मातहत पुलिसकर्मियों ने जी-जान लगाकर महानगर के सारे-के-सारे बदनाम रिसॉर्ट, होटल, रेस्टोरेंट व अन्य ठिकानों से बारबालाओं एवं कॉलगर्ल्स सहित दीगर किस्म की वेश्याओं, धन्धेबाज़ों, दलालों आदि की भारी धरपकड़ के साथ इस तरह की समस्त गतिविधियों पर पाबंदी लगा दी। मुम्बई की समस्त नाच गान वाली मदिरा-बार बंद करवा दी गयीं।

बारबालाएँ एकदम बेरोज़गार हो गयीं। निशा एड्स की दृष्टि से तो सही-सलामत थी लेकिन अब वह कहाँ जाये? यह सवाल उसके मन में नाग की तरह फन फैलाये हुए था। सतीश बेहद खुश हुआ यह जानकर कि निशा किसी यौन रोग से पीड़ित नहीं है। वह उससे मिलने पुणे से मुम्बई पहुँचा। उसे देखकर निशा को लगा जैसे उसका खोया हुआ सा प्रेमी उसे फिर से मिल गया।

''ऐसा करो कि तुम वापस होपपुरा चली जाओ। यहाँ तुम्हारे लिए कोई रोज़गार मुझे दिखाई नहीं देता,'' सतीश ने झिझकते हुए कहा।

''यह तो आपको पता है ही कि वहाँ पुलिस ने हमारा धंधा पहले से ही बंद कर दिया है। पूनम आँटी अधिकांश वक्त आगरा रहती हैं। फिर मेरी जवानी भी अब ढलने को आ रही है। आप ही बताइये कि मैं कहाँ जाऊँ और क्या करूँ?'' लाचारी और बेबसी से

बोझिल स्वर में निशा ने पूछा। भीतर-ही-भीतर वह सोचे जा रही थी कि क्या इस नरक तुल्य जीवन से कभी मुक्ति नहीं मिलेगी?

सतीश की समझ में कुछ नहीं आ रहा था। जब से निशा से उसकी मुलाकात हुई तभी से वह चाह रहा था कि संसार की कोई निशा उमा नहीं बने। मगर वह क्या कर सकता है और क्या नहीं, इस उलझन को सुलझा नहीं पा रहा था। कभी-कभी उसके दिमाग में यह विचार आता कि निशा से शादी कर ले। लेकिन लोक-लाज इस रिश्ते के बीच हिमालय बनकर खड़ी हुई थी। उसे कैसे पार किया जाये? उसे पार करने की हिम्मत सतीश में नहीं थी। ''हाँ, रखैल के रूप में वह निशा को रख सकता है,'' यह उसने कई बार सोचा ज़रूर था। इस विचार पर भी यह प्रश्न हावी हो जाता था कि रखैल के रूप में भी रखे तो कहाँ रखा जाये? आगरा में लोगों को पता चल जाने का खतरा, पुणे सतीश का अस्थायी प्रवास और धौलपुर भी आगरा से दूर नहीं। होपपुरा तो किसी भी तरह से उचित नहीं, जहाँ निशा को जबरन उमा बनाया गया। स्वयं निशा होपपुरा वाले प्रस्ताव पर राज़ी नहीं हो सकती।

आखिर सतीश ने पूनम से फ़ोन पर वार्ता की। मुम्बई में जो कुछ घटनाचक्र गुज़र रहा था, उस सबके विषय में विस्तार से बताया। उमा का क्या करे, यह उलझन भी उसने कह डाली। दिल की बात बताने में अब सतीश को पूनम से कोई संकोच नहीं रहा था। निशा के दिल में भी पूनम ने थोड़ी-बहुत जगह बना ली थी।

चम्बल नदी में बहुत पानी बह चुका था। सतीश एवं निशा दोनों उस घटना को नहीं भूले थे जब एक दिन होपपुरा में अपने घर पर भावुक क्षणों में पूनम ने अपने पापों पर आत्म-स्वीकृतियाँ करते हुए भीषण पश्चाताप किया था। सतीश और निशा के सामने वह खूब रोई थी। बुरे-से-बुरे इंसान में भी कहीं एक भला आदमी किसी शुभ घड़ी का इंतज़ार किये बैठा होता है। वही इंसान पूनम के हृदय की गहराइयों से उस घड़ी बाहर निकला था।

''मैं का करूँ बाबूजी, मोयबी एक दिन ऐसे ही उठा के लाया गया बताया था। मो जैसी मानुस के दो जनम हैबे करे है। एक नासमझ बचपन, दूसरो जवानी ते बुढ़ापे तक को परबस। हम जैसी बैयर तो परंपरा की संकरी गली में ते चलिबे कू मजबूर है जा बे करें है। मेरो बस चले तो ई उमा ए मैं माफी नामा के संग याके घरवारेन के ढिंग छोड़ि आऊँ। पर हम दोनों ही जानत हैं के अब याय कौउ बी अपनायेगो नायं।'' जब पूनम ने अंतिम वाक्य कहा था तब निशा चौंकी थी। उसके दिल में यह सवाल उठा था कि क्या यह वही दुष्ट औरत है जिसने अच्छी-खासी निशा को उमा बनने के लिए मजबूर किया? वह सोच रही थी कि ''क्या कोई व्यक्ति घोर यंत्रणाएँ देने के बाद किसी को प्यार कर सकता है?'' मंद-मंद बयार के भीतर से हौले से यह प्रश्न बुदबुदाया था कि

''क्या हर इंसान के अंतर्मन के किसी अज्ञात कोने में सुकरात, बुद्ध, ईसा अथवा गाँधी का अंश छिपा रहता है?''

मुम्बई और धौलपुर दोनों जगहों पर वेश्यावृत्ति के खिलाफ़ पुलिस द्वारा ज़बरदस्त मुहिम चलायी जा रही थी। एक तो यह वजह तथा दूसरी यह कि निशा और साथ ही पूनम बेड़िनी दोनों का एक तरह से इस वृत्ति से मोहभंग हो चुका था। वस्तुत: दोनों ने ही मन से इस पेशे को नहीं चुना था। इन दोनों को तो इस दलदल में धकेला ही गया था। वैसे भी ऐसे धंधे में जानबूझकर कोई पड़ना नहीं चाहता। पूनम तो कब की प्रौढ़ावस्था पार कर चुकी थी। वह जीवन के अंतिम सोपान को सुधारना चाहती थी। मगर उस बिल्ली की तरह नहीं, जो नौ सौ चूहे खाकर हज करने चली थी, प्रत्युत पूनम सच्चे दिल से अपने किये पर प्रायश्चित कर रही थी। निशा अपने यौवन के उत्तरार्ध में चल रही थी। वह अभी इस पेशे के लायक थी, लेकिन वह उससे छुटकारा चाहती थी। उसकी विडम्बना थी कि वह कौन से महात्मा बुद्ध की शरण में जाये, जैसे चली गयी थी किसी ज़माने में आम्रपाली?

सतीश ने पूनम के साथ फ़ोन पर जो लम्बी वार्ता की उसका परिणाम यह निकला कि सतीश की निशा या कहें पूनम की उमा को होप्पुरा भेज दिया जाये। यह भी तय कर लिया गया कि जब तक कोई अन्य विकल्प उपलब्ध नहीं हो, तब तक उसके जीवनयापन का प्रबंध सतीश करेगा।

फ़ोन वार्ता की समाप्ति पर, ''मैं अगले हफ़्ते आऊँगा, तुम होप्पुरा चलने की तैयारी करो'' यह कहकर सतीश पुणे चला गया।

निशा पीछे से बहुत सारी आशंकाओं के घटाटोप में घिरी महसूस करने लगी। उसका मन मुम्बई से तो उचाट हो रहा था, पर होप्पुरा की याद आते ही वह सिहर उठती थी। उसे पूनम के भीतर एक जल्लादी भूत नज़र आने लगा और होप्पुरा एक यातना गृह। यद्यपि सतीश व स्वयं निशा की पूनम से हुई फ़ोन पर सारी बातचीत से दुर्भावनाओं का कोहरा काफ़ी हद तक छँट गया था, फिर भी सवाल यह था कि निशा की त्रासद स्मृतियों के तहखानों के अंधकार में पैदा होने वाले संदेहों और आशंकाओं का निवारण समय से पूर्व कैसे हो? यह एक स्वाभाविक संदेह था निशा के मन में।

सूरज अस्त हो रहा था। पश्चिमी क्षितिज पर विरल बादल बूढ़े सूरज के साथ छेड़खानी कर रहे थे। सूरज उनकी हरकतों से बेपरवाह पृथ्वी के उस पार समाधिस्थ होता हुआ कुछ पलों में अंतर्ध्यान हो गया। बादल उसे असफल ढूँढ़ते रह गये। निशा अपने फ़्लैट की बालकनी में बैठी-बैठी यह सारा मंज़र चुपचाप देख रही थी।

बेमन से उसने खाना खाया और निढाल होकर बिस्तर पर लेट गयी। नींद नहीं आ रही थी। उसने ट्रांज़िस्टर ऑन किया। विविध भारती रेडियो स्टेशन से गाना आ रहा था,

‘‘संसार है इक नदिया दुःख-सुख दो किनारे हैं, न जाने कहाँ जाएँ हम बहते धारे हैं..।’’

बहुत देर बाद निशा की आँख लगी.

12

होपपुरा चौक में स्थानीय एवं बाहरी लोगों की भारी भीड़ जमा थी। ज़ोर से हल्ला-गुल्ला हो रहा था। किसी की कुछ समझ में नहीं आ रहा था। एक अधेड़ वय औरत चिल्लाये जा रही थी। उसकी कोई नहीं सुन रहा था। पकी जवानी वाला एक आदमी उसे चुप कराने की कोशिश कर रहा था। कई जने नेतानुमा सफ़ेद पोशाक धारण किये हुए थे। वे अपनी पंचायत एक कोने में कर रहे थे। गाँव के बच्चे भौंचक्के इधर-उधर दौड़े जा रहे थे। कुछ जवान स्त्रियाँ एक बड़े से घर के भीतर रो रही थीं। कुछ बुज़ुर्ग उन्हें समझाने का असफल प्रयास कर रहे थे। तभी अचानक पुलिस की बख्तरबंद गाड़ियाँ आयीं, जिनमें हैलमेट पहने पुलिस के जवान ठसाठस भरे हुए थे। नेतानुमा लोगों को वे जवान उठा-उठा कर जबरन पुलिस के वाहनों में भर रहे थे। वे लोग ज़ोर-ज़ोर से पुलिस विरोधी नारे लगा रहे थे। कई जने बहस कर रहे थे। पुलिस उनकी एक भी नहीं सुन रही थी। डंडों से उनके साथ मारपीट करने लग गयी। एक नेता की टोपी हवा में उड़ती दिखाई दी। नेतानुमा समस्त लोगों को लेकर पुलिस के वाहन गाँव से चल दिए। अब रोती हुई स्त्रियाँ गाँव के चौक में एकत्रित हो गयीं। चिल्लाने वाली अधेड़ वय महिला अब शांत थी। औरतों की जमा भीड़ को वह संबोधित करने लगी। वह कोई ऐसी भाषा बोल रही थी जो किसी की समझ में नहीं आ रही थी। पूनम के घर की छत पर अकेली बैठी हुई निशा यह सब कुछ चुपचाप निहार रही थी। भीतर-ही-भीतर बहुत खुश नज़र आ रही थी। उसका ध्यान उस अधेड़ औरत के चेहरे पर टिका हुआ था। यकायक एक लघु विमान धीरे से पूनम बेड़िनी की छत पर उतरा। एक युवक का हाथ बाहर निकला। निशा को हौले से अपनी लपेट में लेता हुआ पुन: विमान में प्रविष्ट हो गया। विमान मंद गति से हवा में उठने लगा। होपपुरा के आकाश में तैरने लगा। नीचे सब लोग अचंभित थे। केवल वह अधेड़ उम्र की औरत विमान की तरफ़ देखकर धीरे से मुस्कराती रही। निशा की ओर हाथ से इशारा करती हुई जैसे कह रही हो, ‘‘अलविदा मेरी प्यारी बेटी, अलविदा!’’ विमान के भीतर केवल एक युग्म था। पुरुष के रूप में सतीश और स्त्री निशा। दोनों एक-दूसरे को गले लगाये हुए थे। आकाश के अनंत की दिशा में ऊपर चढ़ता हुआ विमान स्वचालित था। निशा गहन निद्रा के अंतरिक्ष में स्वप्न के झूले में झूल रही थी और झुला रहा था उसे सतीश।

अचानक निशा का स्वप्न टूट गया। अब वह जागी हुई थी मुम्बई वाले अपने फ़्लैट के कक्ष में। बाहर मुम्बई तब भी जाग रही थी अपनी चकाचौंध के ताम-झाम के संग।

मुंबई प्रवास के दौरान निशा पत्राचार पाठ्यक्रम के माध्यम से मुम्बई विश्वविद्यालय से बी.ए. अंतिम वर्ष की तैयारी कर रही थी। दस जमा बारह तक की शिक्षा उसने आगरा में अपने बचपन की अवस्था में पूरी कर ली थी। उसका बौद्धिक स्तर अच्छा था। शारीरिक उम्र की तुलना में उसका मस्तिष्क अधिक परिपक्व लगता था। शिक्षा के स्तर में वृद्धि होते-होते उसे जीवन की समझ आने लगी। किशोरावस्था में रेलयात्रा के दौरान धौलपुर पहुँचते ही निशा की ज़िन्दगी पटरी से उतर गयी। फिर यकायक एक त्रासद सुरंग में चली गयी। वहाँ सब कुछ भयावह था। घृणित और घिनौना! ऐसा अनुभव तो उसने कभी सपने में भी नहीं किया। भोगी हुई पीड़ा के उन घावों को वह सतीश के संग गुज़ारी घड़ियों की सुखद अनुभूतियों का मलहम लगाकर सुखाना चाहती थी। मुम्बई में पुलिस द्वारा चलाये जा रहे बारबालाओं द्वारा नृत्य प्रस्तुति की गतिविधि पर प्रतिबन्ध के अभियान की वजह से उसकी इच्छा की पूर्ति संभव नहीं थी। निशा को मन मारकर होपपुरा जाना पड़ा।

होपपुरा से मुम्बई और मुम्बई से होपपुरा के बीच आते-जाते निशा स्वयं एक फुटबाल बन गयी थी, जिसे मुम्बई के समुद्र की तटीय लहरें ठोकर मारतीं तो वह धौलपुर के निकट जाकर होपपुरा के दलदल में जा पड़ती। सौ कोशिशों के बावजूद उस दलदल से निकलती तो वह पुन: मुम्बई के सागर की सतह पर आ गिरती। सतीश पुणे में व्यस्त हो गया। वह मुम्बई नहीं आ सका। उसकी सलाह पर निशा अकेली होपपुरा चली आई। इसी दौरान पूनम भी आगरा से वहाँ वापस आ गयी।

बेड़िया समुदाय की बस्ती होपपुरा का नाम पंचायत मुख्यालय पचगाँव के साथ नत्थीबद्ध है। हाल ही में पंचायत चुनाव हुए थे। होपपुरा वार्ड से बुद्धा बेड़िया को पंच चुन लिया गया। चुनाव में उसे खड़ा करने के पीछे सरपंच बसंतीलाल बोहरा का हाथ था। इसी एहसान की वजह से बुद्धा पंच अक्सर सरपंच की हवेली पर हाज़िरी देने जाया करता था।

''पंडितजी जी, हमऊँ बी तो या ई तुमरे पचगाम (पचगाँव) ते सटे होपपुरा के बासी हैं। फिर आंपन कू देखिते हमारी हालित काये इतेक बुरी है?'' सरपंच की हवेली के बरामदे में बातचीत के दौरान बुद्धा बेड़िया ने पूछ लिया।

सरपंच बसंतीलाल खुद को सरपंच की जगह 'पंडित जी' कहलवाना अधिक पसंद करता था। वैसे इलाके के ज्यादातर लोग इस खानदान के बड़े सदस्यों को ''बोहरा जी' के नाम से संबोधित करते रहे थे। ब्राह्मण जाति में जन्म लेने से बसंतीलाल को यह मालूम था कि 'पंडित जी' की पदवी एक तो परंपरागत है, दूसरे, बहुमत या आरक्षण के आधार पर कोई पिछड़ी जाति का व्यक्ति सरपंच बन भी जाये तो भी उसका कद गाँव के ब्राह्मण से बड़ा नहीं हो सकता। राजस्थान में बेड़िया समुदाय को अनुसूचित जाति वर्ग में रखा हुआ है।

बसंतीलाल ने बुद्धा को ज्ञान देते हुए कहा कि ''देख रे बुद्धा, तू ठहरो अनपढ़,

गंवार और जात को बेड़िया। अमीरी-ग़रीबी की माया मिनख नायं रचिबे करे। ई सब तो आनसी जनमन के करमन को फल होत है। अब हम तोय बताएँ के भैया, ई गाम के भागन ने तो बिधाता ने पैले ते ई अपने भई-खातेन (बही-खातों) में मांड के नी रक्खे हैं। बस्ती भले एकऊ काहे न होबे करे, पिन ऊ नाम को गनित तो अपनों काम करेगो ई ने।''

''हाँ, पंडितजी तुमारे मुख ते तो सच्च बात ई निकसबे करे।''

''ई बाते तो तुम जानित होई के पचगाम कू बसाबे वारे पाँच बनिया सबन ते पैले इते आये। ऊ के पीछे हमारे बडे बूडे बी आ गे। तुमारे पुरखान कू अंग्रेज़न ने इते बसायो। तुम लोगन में चोरी-चुकारी की लत परि गयी। अर भैया आगे का बताऊँ, कछु कहबे में लज्जा सी आवत है। ई ससुरी रांडबाज़ी के धंधा में बी तुम लोग फंसि गे। लालच बुरो होबे करे, तुमारे बहुतेरे परिवार या ई नरक में जीबे लगि गे। दीगर रुजगारन माई झांकिबे की अकल ई जाती रही। भैया बुद्धा, ई गोरखधंधे में तुमारे पिछले जनमन के करमन को बी हात रह्यो होयगो। मैंने भई बुद्धा पंच, जोतिस सास्तर बी पढ्यो है। जिन पाँच बनियेन ने ई गाम बसायो बिनऊँ ने बी काऊ ज्ञानी ते सलाह सूत करिके नी ई ठौर पे बसावट करी होयगी। मैं तोय ई बात को भेद बताऊँ। पाँच बनियांन के संग पाँच को अंक जुर्यो है। नेक गौर करियो। ई अंक ते बुध ग्रह को नातो बतायो जात है। अर ई नातो समरिधि लावत है। ई अंक ते जिन मिनखन को वास्तो रहत है ना, बे कदेऊ गलत फैसलों ना कर सकत। उन ब्योपारिन के काजे ई पाँच को अंक भौत ई फायदो पहुँचाबे वारो सिद्ध भयो है।''

''मैं गँवार मिनख ठहरो। जोतिस औ हिसाब-किताब के इलमन ने मैं का जानूं? मोय इ बात पल्ले ना परि रई के पचगाम कू बसाबे वारे बनिया भये। तुम तो बामन हो। गाम बसबे को ई कैसो मुहूरत भयो, जे ऊ बनियान को तो न्हाँ ते निकास है गो, अर तुम फलिबे फूलिबे लग रहे हो ?''

''तोय जादा मगज मारिबे की जुरत नायं। बसापित के काजे खूँटो गाडिबे को महातम है बा करे, ऊ ठौर पे कौन जात बसे, इन बातन को कौऊ फरक नायं।''

''पंडितजी, हमऊँ बी तो या ई बस्ती ते जुड़े रहत हैं ना।''

''मेरी बात तुमारे पल्ले ना परी। तुमारी आबादी पचगाम को हिस्सो अवस है। तुम नेक ई बात-ए समझिबे की कोसिस करियो, के तुमारी जे बसावट है ना, ई गाम के बाहिर चली गयी। दूसरी तोड़ की बात मैंने पैले कह ई दी है, के तुमारे पूरब जनमन को पापऊ तो भोगनो परेगो के नायं ?''

सरपंच की बात पर बुद्धा बेड़िया झिझकता हुआ बोला, ''तो म्हाराज, ई जनमन को फेर तो हमऊ अगले जनमन में ऊ पीछे नायं छोड़ेगो !''

सरपंच बसंतीलाल ने झट्ट जवाब दिया, ''भैया, जोतिस के हिसाब ते तो ई बात सोलह आना सच्च है।''

कुछ सोचकर सरपंच ने फिर कहा, ''अब तू मेरी तत्त की बात पे गौर करियो। जे तुम लोग हम जैसे धरमातमान के कहबे में चलत रहोगे ना, तो तुमारो राम जी भलो करेगो। तोय या सीख ते नेकऊ जादा माथापच्ची करिबे जरूरत नायं। अब तुम घर जाओ, कल सकारे बातचीत करेंगे। संध्या है गई। मोय अगरबत्ती बगैरा करिके नी, भगवान को भजन करनो है।''

बुद्धा बेड़िया बसंतीलाल के यहाँ से चल दिया। घर तक की पूरी राह वह अपने समुदाय की दुर्दशा और उसके भाग्य व कर्मों पर सोचता रहा।

इधर पूनम बेड़िनी के आँगन में उदास मुद्रा में बैठी हुई निशा पश्चिम दिशा में साँझ के अँधेरे को पसरता हुआ देखे जा रही थी।

13

एक शाम सतीश ने निशा को फ़ोन पर खबर दी कि ''सर्वोच्च न्यायालय ने मुम्बई सहित समूचे महाराष्ट्र में डांस बार पर लगी रोक हटा दी है।'' निशा व पूनम दोनों के लिए यह बड़ी खुशख़बरी थी। निशा के भीतर नया आत्मविश्वास जागा। पूनम से सलाह करके निशा फिर मुम्बई चली गयी।

दरअसल हुआ यह था कि महाराष्ट्र सरकार ने सन् 2016 में 'प्रोहिबिशन ऑफ़ ऑब्सीन डांस एंड प्रोटेक्शन ऑफ़ डिगनिटी ऑफ़ वुमेन' कानून बनाया। मुम्बई जैसे महानगरों के अनेक रेस्तराँ में डांस पार्टी के नाम पर अश्लीलता एवं जिस्मफ़रोशी की बढ़ती गतिविधियों पर नियंत्रण करने के आशय से यह कानून बनाया गया था, किंतु अश्लीलता रोकने के नाम पर इसमें काफ़ी कठोर नियम बना दिये गए, जिससे बार व डांस रेस्तराँ व्यवसाय पर काफ़ी विपरीत असर पड़ा। एक तरह से यह धंधा ही चौपट होने लग गया था। इस कानून को इंडियन होटल एंड रेस्टोरेंट एसोसिएशन के साथ सामाजिक कार्यकर्ता नलिनी काले ने चुनौती दी। सर्वोच्च न्यायालय ने अपने निर्णय में कहा कि डांस बार में पैसे और सिक्के न उछाले जाएँ। किसी भी तरह की अश्लीलता नहीं होनी चाहिए। कोर्ट ने बारबालाओं को टिप देने व मदिरा परोसने के कृत्य को सही बताया।

निशा को और अधिक तसल्ली यह सुनकर हुई कि सुप्रीम कोर्ट के फ़ैसले के मुताबिक ''शाम 6.30 बजे से रात 11.30 बजे तक डांस बार चलाये जा सकते हैं।'' उसने मन-ही-मन सोचा कि 'चलो, रात तो अपने वश में रहेगी।'

न्यायालय का यह फ़ैसला बारबालाओं के जीवनयापन से गहरा संबंध रखता था।

अधिकतर बारबालाएँ गरीबी की हालत में मुम्बई आती रही हैं। बार रेस्तराँ में डांस करके उनकी आर्थिक दशा में सुधार हुआ। इनमें से काफ़ी अपने बच्चों को कॉन्वेंट स्कूलों तक में पढ़ाने में सक्षम हुई हैं। निशा ने भी तो फ़्लैट ले लिया था।

निशा गहन निद्रा में थी। इस अवस्था में वह समष्टि के अतीत में खोती चली गयी। समय की सीढ़ियों के सहारे वह खंडहर-दर-खंडहर उतरती जा रही थी। अतल गहराइयों से एक धीमा स्वर सुनाई दिया जो शनै:-शनै: ऊँचा उठता गया।

''समय की गति का दूसरा नाम है सृष्टि की यात्रा। समय का कोई वर्तमान नहीं होता। वर्तमान का कोई काल-क्षण हो ही नहीं सकता। इसे संक्रान्ति कालीन फिसल-पट्टी भी नहीं कहा जा सकता। समय के जो पल पीछे सरकते जा रहे होते हैं, वे भूत के तहखाने में संगृहीत अतीत में परत-दर-परत वृद्धि करते चले जाते हैं। जो घटित होने को होता है, काल की वह लघुतम अवधि भविष्य में से झरती हुई विगत का अंश बनती चली जाती है। वर्तमान के नाम पर शून्य-क्षण का अस्तित्व भी मात्र कल्पना है, जिसका कोई यथार्थ नहीं। भविष्य भी केवल कल्पना, संभावना व आशा-निराशा की अवधाराणाओं पर टिका है। यथार्थ की व्याख्या व विश्लेषण के आधार पर पहचान संभव है। यह भी निरपेक्ष सत्य नहीं हो सकता। इसलिए मिथकों व पौराणिक आख्यानों सहित लिपिबद्ध इतिहास के दर्पण में भी अतीत के प्रतिबिम्ब को हू-ब-हू नहीं देखा जा सकता। सत्य के उद्घाटन का कोई कितना ही दावा क्यों न करे, वह उद्घाटन अंतत: वैयक्तिक अथवा वर्गीय होता है। अतीत के प्रति ज्ञान का यह सिद्धांत स्त्री की दशा पर भी लागू होता है। पुरुष द्वारा प्रस्तुत किया जाता रहा नारी का पक्ष और विपक्ष दोनों ही पूर्वाग्रहों से मुक्त नहीं रहे। ''यत्र नार्यस्तु पूज्यन्ते रमन्ते तत्र देवता:'' व्यवहार में भिन्न रूप लेता रहा है।

''अतीत में खलनायकों द्वारा किये गए कुकृत्यों को ढँकने का खूब प्रयास किया जाता रहा है, किंतु इतिहासेतर पौराणिक कथाओं में तो ऐसे पात्रों को दिव्य नायकों के रूप में प्रतिष्ठित कर दिया गया। जिस कालखंड को जितना गौरवान्वित किया गया, स्त्री की दृष्टि से वह उतना ही पतित रहा। ऐसे कालखंडों को तथाकथित पवित्र ग्रंथों में क्रमश: सत, त्रेता व द्वापर युगों की संज्ञा दी गयी। यह स्थापित किया गया कि सतयुग में धर्म अपने चारों पैरों पर खड़ा रहा था, वह मानवता का सर्वोत्तम कालखंड था। त्रेतायुग में उसका एक पाँव खंडित हो गया। धर्म को तीन पाँवों पर खड़ा होना पड़ा। द्वापर में एक और पैर नष्ट हो गया और धर्म विवश होकर दो पाँवों पर निर्भर रह गया। अभी कलियुग चल रहा है। इसलिए युगांत पर धर्म की क्या दशा होगी, इस संबंध में निश्चित रूप से कुछ भी नहीं कहा जा सकता।''

''तो क्या पवित्र पौराणिक ग्रंथ विश्वसनीय नहीं?'' निशा ने जिज्ञासा प्रकट की।

''हाँ, धर्म की ऐसी व्याख्या विकास के वैज्ञानिक सिद्धांत से पुष्ट नहीं करती।

पौराणिक कल्प-कथाओं की वैज्ञानिक व्याख्या की जाये तो यह निष्कर्ष निकाला जा सकता है कि सतयुग मानव की वह आरंभिक अवस्था थी जब वह चौपाया प्राणियों से भिन्न नहीं था। त्रेता में उसका एक पाँव निष्क्रिय नहीं हुआ, बल्कि उसने हवा में उठने में सफलता प्राप्त कर ली। द्वापर में वह पिछले दो पैरों पर खड़ा होकर अपना काम करने लगा और आगे के दोनों पाँवों को हाथों में परिवर्तित कर लिया। यह विकास-क्रम चौपाया प्राणी से वानर-मानव फिर मानव-वानर और अंतत: मानव के रूप में उत्थान का रहा है। यह विश्लेषण पौराणिक आख्यानों की समूची प्रस्थापना को शीर्षासन करा देता है। तर्क व तथ्यों के आधार पर कोई भी यह नहीं कह सकता कि काल-यात्रा धर्म से अधर्म की दिशा में अग्रसर हुई है। इस यथार्थ को सिद्ध करने के लिए पौराणिक आख्यानों के ही दृष्टांत दिए जा सकते हैं।''

निशा स्वप्न में बड़बड़ायी, ''यह विश्लेषण मानव प्रजाति पर लागू हो सकता है, किंतु देव व ऋषियों जैसी महान आत्माओं से जुड़ी कथाओं पर संदेह कैसे किया जा सकता है?''

''इस संदेह को सिद्ध करने के लिए बात सतयुग से ही आरंभ की जा सकती है। इन्द्र की स्वर्ग-संस्कृति में नारी रूपा अप्सराओं के जीवन को मनोरंजन के माध्यम तक सीमित कर दिया था। इन्द्र की पदवी पर जो भी बैठा, उसने स्त्री की गरिमा को कोई महत्त्व नहीं दिया। देवासुर संग्राम में असुरों की शक्ति से भयभीत होकर जब इन्द्र अपना सिंहासन त्याग कर गुप्त स्थान पर छिप गया और असुरों ने स्वर्ग पर आधिपत्य कर लिया तब नहुष के पराक्रम के कारण असुरों की पराजय हो गयी। इन्द्रासन पर नहुष आरूढ़ हो गया। यद्यपि वह साधु स्वभाव का नृप रहा था किंतु स्वर्ग का वैभव व विलास देखकर उसका व्यवहार परिवर्तित होकर पतित होने लगा। इसी क्रम में एक दिन नहुष ने इन्द्र की पत्नी शची से सहवास करने की चेष्टा कर दी। इस कृत्य के कारण ब्राह्मणों ने उसे इन्द्रासन से च्युत कर दिया। राजा नहुष पुन: पृथ्वी पर शासन करने लगा। उसके 6 पुत्रों में से एक का नाम ययाति था। नहुष के बाद उनका पुत्र ययाति सम्राट बना। उसने महादानी सम्राट की ख्याति अर्जित की। ययाति की पुत्री माधवी थी। माधवी सर्वांग सुंदरी थी। उसे वरदान मिला हुआ था कि चार चक्रवर्ती पुत्रों को जन्म देने के पश्चात् भी वह अक्षत कौमार्य से युक्त रहेगी। नारी के रूप में उसका दैहिक शोषण सतयुग की बड़ी त्रासदी थी।''

''क्या ययाति जैसा शक्तिशाली और दानी सम्राट भी अपनी पुत्री की रक्षा नहीं कर सका?'' स्वप्नावस्था में भी निशा का यह एक सचेत-सा प्रश्न था।

''हाँ, ययाति शक्तिशाली होने के साथ दानवीर नरेश था। विश्वामित्र का शिष्य गालव गुरु दक्षिणा के लिए श्यामकर्णी 800 श्वेत अश्वों की खोज में निकला। ययाति की ख्याति सुनकर वह उसके पास पहुँचा। अश्व खरीदने के लिए उसने धनराशि की याचना

की। ययाति का राजकोष रिक्त हो चुका था। उसने अपनी पुत्री माधवी को दान में सौंपते हुए कहा कि ''इसके माध्यम से आप संसार में कुछ भी क्रय कर सकते हो।'' गालव माधवी को लेकर एक-एक कर अयोध्या के राजा हर्यश्व, काशी नरेश दिवोदास, भोज नगरी के नृप उशीनर के पास पहुँचा। तीनों ने माधवी से क्रमश: वसुमना,प्रतर्दन व शिवि नामक चक्रवर्ती राजकुमारों की प्राप्ति की। इसके बदले में तीनों के यहाँ से दो-दो सौ वांछित घोड़े लेकर गालव पुन: विश्वामित्र के पास लौटा। पृथ्वी पर ऐसे कुल 600 घोड़े ही थे। स्वर्ग से 800 उतारे बताये, जिनमें से 200 गंगा में बह गए। शेष रहे 200 अश्वों की भरपाई वृद्ध गुरु विश्वामित्र ने माधवी से अष्टक नामक एक अन्य पुत्र की प्राप्ति की।

इस सम्पूर्ण पौराणिक कथा से बड़ा सवाल उठता है कि सतयुग के सर्वोच्च राजसिंहासन पर आरूढ़ रहे नहुष से लेकर उसके दानवीर पुत्र ययाति, विख्यात गुरुकुल के अधिष्ठाता ऋषि विश्वामित्र, उसके महान शिष्य मुनि गालव और हर्यश्व, दिवोदास, उशीनर जैसे उस काल के प्रतापी नरेशों द्वारा सुंदर एवं विदुषी नारियों के साथ कैसा-कैसा निकृष्ट व्यवहार किया गया ? इस आचरण की त्रासदी अंतत: माधवी को भोगनी पड़ी। बिन-ब्याही माधवी को पराये पुरुषों के साथ सम्भोग करते हुए चार पुत्रों की माँ बनने को विवश किया गया। उसके लिए पुरुषों द्वारा किया गया यह कृत्य किसी व्यभिचार या दुष्कर्म से कम नहीं था। इसके पश्चात् भी अक्षत यौवना रही माधवी ने प्रतिकार स्वरूप विवाह नहीं किया। सतयुग की समस्त व्यवस्था के विरुद्ध माधवी ने विद्रोह किया। अंत में वह ययाति के दुर्ग-प्रासादों को त्याग कर वन में चली गयी और जीवन भर नारी मुक्ति को समर्पित हो गयी!

''सतयुग के तथाकथित सद्गुणों के यथार्थ सामने लाने वाले उक्त कथाक्रम के पश्चात् त्रेतायुग के संदर्भ लिए जा सकते हैं। अहल्या के प्रसंग में दोष इन्द्र का होता है, किंतु अहल्या के पति ऋषि गौतम द्वारा पत्थर में परिवर्तित हो जाने का श्राप अहल्या को भोगना पड़ता है। आगे जब उसके उद्धार की घटना होती है तो वहाँ भगवान राम के चरणों का स्पर्श महत्त्वपूर्ण बन जाता है। प्रश्न यह नहीं है कि त्रेतायुग की यह कथा काल्पनिक है अथवा वास्तविक, विचारणीय बिंदु यह है कि उस निर्दोष किंतु अभिशप्त नारी के शीश पर हाथ रखकर भी तो उसका उद्धार किया जा सकता था! उस युग की अन्य त्रासद स्त्री-कथाओं में सीता की बार-बार अग्नि-परीक्षा, वनवास और उर्मिला के चौदह वर्षीय विरह पर ध्यान दिया जाना चाहिए। द्वापर युग तो ऐसी दुखी स्त्रियों से भरा पड़ा है। भाई की सताई देवकी, सखा द्वारा बिसराई राधा, भीष्म पितामह द्वारा अपहृत अम्बा, अम्बिका व अम्बालिका, परशुराम जैसे पुत्र द्वारा मारी गयी रेणुका, अंधे धृतराष्ट्र को अनिच्छा से ब्याही गांधारी, कुँवारी माँ कुंती और द्रौपदी, जिसका चीरहरण भरी राजसभा में किया गया! इस कलिकाल में कम-से-कम प्रेम करने के लिए तुम स्वतंत्र हो।''

''अब तो मैं प्रेम जैसे उदात्त भाव को लेकर भी भ्रमित हो गयी हूँ। सुना है कि लौकिक प्रेम की पराकाष्ठ सम्भोग में होती है। सम्भोग ही यदि गंतव्य है तो यह क्रिया

सीधे-सीधे विवाह, वासना-दुष्कर्म-व्यभिचार, संतानोत्पत्ति, सम्भोग से समाधि जैसी वाममार्गी साधनाओं से जुड़ी हुई है। पूर्व के युगों में नारी के प्रति पुरुष का आचरण कैसा रहा, पौराणिक कथाओं की कल्पनाएँ कहाँ-कहाँ तक पहुँचीं, स्वयं ईश्वरों की उपस्थिति अथवा उनके अवतारी वर्चस्व के सामने क्या-क्या घटित हुआ, इस सबसे मेरे वर्तमान कालखंड का क्या संबंध? इस सबके पारायण में तो मेरे होने का अर्थ नहीं खोजा जा सकता। यह सब तो मेरा गंतव्य नहीं। यह ज्ञान तो स्त्री का मुक्ति-मार्ग कदापि नहीं!'' निशा गहन सोच में डूब गयी।

सुबह की फ़्लाइट से सतीश मुंबई लौट आया। यात्रा के अंतिम चरण में उसने सूर्योदय का दृश्य देखा। वायुयान के भीतर भी उसने ताज़ा हवा महसूस की। वह जानता था कि सूरज की पहली किरण के साथ ही धरती की सतह पर ऑक्सीजन का सर्वाधिक उत्सर्जन होने लगता है। वह सीधा निशा के फ़्लैट पर पहुँचा। उसके भीतर ताज़गी थी। उसने निशा के चेहरे को पल भर निहारा। हल्का चुम्बन लिया। प्यार से बोला, ''डियर, बढ़िया सी चाय पिलाओ।''

फ़्लैट की बालकनी में चाय के साथ उन दोनों का वार्तालाप हुआ। निशा ने स्वप्न वाला सारा वृत्तान्त सतीश को सुनाया। निशा के सपने में सतीश भी खोता चला गया। बालकनी के नीचे सड़क पर मुम्बइया ट्रैफ़िक बेतहाशा दौड़ रहा था। सबको जल्दी थी। यह वक्त सुबह आठ से नौ बजे का था। लोग अपने रोज़गार स्थलों की तरफ़ भागे जा रहे थे।

सतीश ने अपना सारा कारोबार पहले ही मुम्बई से समेट लिया था। पुणे से भी कोलकाता शिफ़्ट करने की सोच रहा था। अबकी बार वह विशेष रूप से निशा से ही मिलने आया था। वह पूरे दो दिन निशा के पास ही ठहरा। इस दौरान निशा बार रेस्टोरेंट नहीं गयी। सतीश ने ऐसी अनुमति बार संचालक अपने मित्र आनंद से ले ली थी।

संध्या का वक्त था। सतीश व निशा फ़्लैट की बालकनी में बैठे-बैठे बतिया रहे थे। इस दफ़ा सतीश को मुम्बई आये पूरा एक साल बीत गया था। निशा ने साल भर की शिकायतों का ढेर सतीश के सामने रख दिया।

''मैं एक वेश्या हूँ। वेश्या की ज़िन्दगी में प्यार-मोहब्बत जैसी कोई चीज़ नहीं होती। आपने मुझे मुम्बई में ठिकाना दिया। रोज़गार भी दिलवाया। होपपुरा में सारा धंधा चौपट हो जाने के बाद भी मैं यहाँ ठाठ-बाट के साथ रही। हमारे बीच जो रिश्ते बने उनकी बुनावट प्रीत के धागों सी हुई। ज़िन्दगी के उतार-चढ़ाव और टेढ़े-मेढ़े रास्तों से गुजरते हुए मैं इतना-सा ही सीख सकी कि प्रेम में समर्पण होता है। किसी प्रकार के अधिकार की आशा तो मैं कब की त्याग चुकी हूँ। मेरे मन में बहुत सारे सवाल हैं। मैं स्वयं भी तो समाज के सामने एक बड़ा सवाल बन गयी हूँ। समाज में आपका एक अलग दर्जा है। मैं आपसे बहुत कुछ कहना चाहती हूँ, मगर मेरे भीतर बहुत सारी झिझक

भी है। इसलिए इच्छा होते हुए भी कुछ कहने की मनोदशा में नहीं हूँ। मैं चाहती हूँ कि आप मुझे कोई राह सुझाएँ।''

सतीश के भीतर स्वयं की ज़िन्दगी के सपने थे। उसने निशा की बात का कोई जवाब नहीं दिया। इधर-उधर की बातों में ही उसे उलझाये रखा। अगले दिन भी सतीश को मुम्बई ठहरना था, किंतु वह व्यावसायिक कारण बताते हुए प्रस्थान कर गया।

मुंबई से सतीश को गए एक महीना होने को था। निशा को पता चल गया कि वह गर्भवती है। पिछली मुलाकात में सतीश ने निशा को भरपूर प्यार दिया था। उसी का यह सुखदायक बीज था। निशा के भीतर आशा की किरण फूटती उससे पहले उसके आसमान में आशंका के बादल गहराने लगे, जिनके बीचोंबीच नागफणी की आकृति का एक बड़ा सवाल दिखाई दिया। पिछली मुलाकात की आखिरी बेला में निशा सतीश से अपने हृदय की बात कहना चाहती थी, मगर सतीश ने विषय परिवर्तित कर दिया था। निशा को इस पल उसके द्वारा कहा गया यह वाक्य याद आया, ''मैं स्वयं भी तो समाज के सामने एक बड़ा सवाल बन गयी हूँ।''

''तयशुदा कार्यक्रम से एक दिन पहले सतीश मेरे यहाँ से क्यों चला गया?'' सतीश के इस कदम ने निशा को बेचैन कर दिया। उसके जाने की रात से पहले की रात उसे याद आई। मुंबई में सतीश के कई ठिकाने हैं। उस रात सतीश ने निशा के पास ही गुज़ारने की इच्छा व्यक्त की। निशा के जीवन में उस रात का अनुभव अनूठा था। उसे ऐसा महसूस हुआ जैसे वह कोई वेश्या नहीं है और न ही सतीश के भीतर वह पुरुष जो अपनी कामवासना की पूर्ति के लिए उसके संग बिस्तर पर हो। निशा के आग्रह के बाद भी सतीश ने सुरक्षित सम्भोग के कोई एहतियात नहीं बरते थे। यकायक निशा को वह उमा याद आ गयी जिसकी नथ उतराई का जलसा होप्पुरा में जब हुआ था और सतीश ने कुँवारी वेश्या जानकर उसे भोगा था।

व्यभिचारी और वेश्या के बीच कामकेलि की उस घड़ी में पुरुष व स्त्री के पवित्र सरोकार पैदा हो गये थे। आगरा के सेठ कृष्णकुमार सिंघल के अय्याश बेटे की जगह वह शरीफ़ किस्म का सतीश आ पहुँचा और उमा की जगह निशा आ गयी थी। होप्पुरा में उमा नाम की वेश्या के संग रात गुज़ारने वाला ''शरीफ़ किस्म का सतीश'' मुंबई की निशा को इस रात में प्रेमी प्रतीत हुआ।

अज्ञात नारी का सधा हुआ स्वर वातावरण में गूँजा, ''पवित्र प्रेम है तो उसका प्रेमी विश्वसनीय होगा ही। सच्ची प्रेम कथाओं से इतिहास भरा हुआ है, जिनमें बिम्बिसार-आम्रपाली, चंद्रगुप्त-हेलेना, पृथ्वीराज-संयोगिता, बाजबहादुर-रूपमती, बाजीराव-मस्तानी, सलीम-अनारकली, सोनीं-महिवाल, हीर-राँझा, लैला-मजनूँ, ढोला-मारू एवं भूमल-महेंद्र जैसे प्रेमी युगलों का नाम लिया जा सकता है। औरंगज़ेब जैसा निष्ठुर हृदयी बादशाह

भी जैनाबाई नामक नर्तकी को अपना दिल दे बैठा था। राधा और कृष्ण का संबंध तो लौकिक व अलौकिक दोनों स्तरों के प्रेम का उदाहरण है ही।''

यकायक वह स्वर लड़खड़ाया, ''मगर तुम तो वेश्या हो!''

''क्या कोई वेश्या सच्चा प्यार नहीं कर सकती?'' निशा की आवाज़ गले के अंदर ही दबकर रह गयी।

''यह एक लंबी कहानी है- स्त्री-पुरुष के मध्य प्रेम व विवाह से जुड़े यौन-कर्म को क्रमश: नैसर्गिक और सामाजिक कहा जा सकता है। इससे इतर के संबंधों पर सवाल उठते रहे हैं,'' इतना कहकर अज्ञात स्त्री चुप हो गयी।

निशा को नेपथ्य से यह वार्तालाप सुनाई दिया—

''हे त्रिलोकीनाथ, लंका ढहा दी गयी है। कैसा होगा रामराज्य, अब तो सीता सुरक्षित रहेगी ना?'' अयोध्या के लिए विदाई देते हुए वृद्ध जाम्बवंत ने भगवान श्रीराम से पूछ लिया। भगवान बिना कोई उत्तर दिए प्रस्थान कर गए।

कालयात्रा चलती रही। त्रेता से द्वापर युग आ गया।

महाभारत के युद्ध में विजयश्री प्राप्त करने के पश्चात् अर्जुन ने भगवान श्रीकृष्ण से पूछा, ''हे लीला पुरुष, अब तो द्रौपदी हमें स्वीकार कर लेगी ना?''

''द्रौपदी संग सभी पांडव स्वर्गारोहण करो!'' यह कहकर भगवान ने मौन धारण कर लिया।

आकाश और पृथ्वी के बीच अधर झूलता रहा यह प्रश्न, ''पांडवों के पीछे-पीछे द्रौपदी का अनुगमन मूक सहमति थी अथवा मूक प्रतिरोध?''

14

सितंबर का महीना चल रहा था। दिन-रात हो रही बारिश में भीगी मुंबई पर गणेश चतुर्थी का उत्साह छाया हुआ था। जगह-जगह आयोजन किये जा रहे थे। इस पर्व के अवसर पर हमेशा की तरह आनंद ने अपने रेस्तराँ के बार में डांस की प्रस्तुति स्थगित कर दी थी, लेकिन कुछ फ़ार्म हाउस स्थलों पर नृत्य की विशिष्ट प्रस्तुतियों के लिए उसके रेस्तराँ की सभी बारबालाओं की एडवांस बुकिंग हो गयी थी। निशा का मन उचटा हुआ था। देर सुबह बारिश के थमते ही निशा फ़्लैट से निकल पड़ी थी। अन्यमनस्क सी दशा में ऑटो रिक्शा लेकर वह जुहू चौपाटी की ओर चल दी। मुम्बई वासियों की आदत और पर्यटकों का शौक था कि बारिश के रुकते ही वे लोग सागर किनारे पहुँच कर मनोरम

दृश्य का आनंद लें। उस वक्त तक सागर तट पर खूब भीड़ हो गयी थी। रिक्शे से उतर कर निशा पैदल-पैदल समुद्र के किनारे चलती रही। पाव भाजी, भेल-पूरी, पानी-पताशा, चाट जैसी खाद्य सामग्री अथवा सपेरे, खिलौने, फल, झूले यहाँ तक कि ज्योतिषि आदि में उसकी कोई रुचि नहीं थी। निर्जन एकांत की खोज में वह दूर तक निकल गयी। मुम्बई जैसा महानगर दिन-रात भागता रहता है, जैसे वह उफनता हुआ कोई विराट मानव-नद हो। ट्रेन, बस, कारें, ऑटो-रिक्शा, दुपहिया वाहन सब-के-सब मनुष्यों को ढोते हुए यहाँ से वहाँ दौड़े जा रहे थे। साथ ही पैदल लोगों का अंतहीन रेला। ऐसी आपाधापी में निर्जन एकांत कहाँ? करीब 5 किलोमीटर लंबा यह सागर तट नारियल व ताड़ के पेड़ों से घिरा है। वहीं एक स्थान पर निशा बैठ गयी। नितांत एकांत तो नहीं था किंतु आस-पास कोई व्यक्ति मौजूद भी नहीं था। पेड़ों के लम्बे तनों के बीच खाली स्थान से समुद्र की जलराशि के विस्तार को निशा एकटक निहारने लगी। करीब घंटे भर से बरसात थमी हुई थी। सुबह देर तक जमकर बरसात हुई थी। समुद्र में चार-चार मीटर ऊँची लहरें उठ रही थीं। उठती-गिरती लहरों की तरह निशा के भीतर भी भावनाओं का ज्वार उमड़ता जा रहा था। वह सतीश के बारे में सोचने लगी। अब सतीश उसे विश्वसनीय प्रेमी नहीं, प्रत्युत केवल और केवल नारी के प्रति निर्मोही पुरुष प्रतीत होने लगा। निशा की आँखें बंद हो गयीं। वह विचारों के अंतर्मुखी प्रवाह में बहने लगी।

अज्ञात स्त्री का पहले से परिचित स्वर समुद्र की उन्मादी लहरों के शोर को दबाता हुआ निशा तक पहुँचा। ''नारी का वास्तविक रूप तो प्रकृति का है, जिससे समस्त पदार्थों की उत्पत्ति हुई। सतही तौर पर देखने से पदार्थ का स्वभाव निर्जीवी प्रतीत होता है, किंतु उसमें चैतन्य समाहित होता है। इसी को पुरुष की संज्ञा दी गयी है। इस प्रकार प्रकृति और पुरुष का संबंध अन्तर्निहित व अविच्छिन्न है। पदार्थों के विविधरूपीय मिश्रण से जीवन का विकास हुआ है। उसकी यात्रा सरल से जटिल होती चली गयी। अभी तक इसका जटिलतम स्वरूप मनुष्य के रूप में हमारे सामने है। पुरुष सृष्टि के उद्भव का निमित्त अवश्य है किंतु सृजन की मूल शक्ति प्रकृति ही है। मानव समाज में यही प्रकृति माँ का रूप है और पुरुष की भूमिका पिता की है। इतिहास इस यथार्थ को प्रमाणित करता है कि मनुष्य की आदमीयता का अभी भी प्रतिनिधित्व करने वाले अनेक समुदाय हैं जिनमें पारिवारिक व सामाजिक स्तर पर स्त्री की प्रधानता मिलेगी। मानव की विकास यात्रा में धीरे-धीरे नर के रूप में पुरुष ने परिवार और समाज पर वर्चस्व स्थापित कर लिया। वर्चस्व की इसी लालसा ने प्रकृतिरूपा स्त्री को पुरुष की वासनापूर्ति के माध्यम में परिवर्तित कर दिया, जिसकी मुख्य क्रिया सम्भोग है। पुरुष की यह प्रवृत्ति प्रेम, विवाह एवं संतानोत्पत्ति के लिए प्रच्छन्न दशा में और व्यभिचार व दुष्कर्म में क्रमशः अनैतिकता व उत्पीड़न के रूप में अभिव्यक्त होती है। सामाजिक ही नहीं, बल्कि इससे बहुत आगे धार्मिक क्षेत्र में पुरोहितों ने मंदिर की देवदासी और आध्यात्मिक स्तर पर वाममार्गी साधकों ने सम्भोग से

समाधि के मार्ग में नारी को मात्र भोग्या बनाकर रख दिया। धर्म और अध्यात्म का ऐसा स्वरूप भारत के प्राचीन मंदिरों, पर्वत गुफ़ाओं, शैल चित्रों आदि में आज भी देखा जा सकता है, जहाँ जितनी दिव्यता मिलेगी उससे अधिक निर्लज्जता!''

''हाँ, हम जैसी बारबालाओं का नृत्य कौशल भी तो सीधा-सीधा हमारी देह के शोषण से जुड़ा हुआ है ना।'' निशा के हृदय में उमड़ती एक लहर इन शब्दों में रूपांतरित हो गयी। अगले ही क्षण में निशा ने स्वयं से प्रश्नों की झड़ी लगा दी, ''क्या सतीश भी मेरे कौमार्य के प्रति उस रात आकृष्ट हुआ था, जब उसने पहली बार मुझे होप्पुरा में देखा? उसका वह आकर्षण बारबाला के रूप में मेरे नृत्य से अधिक घनीभूत होता गया और अंतत: उसने मेरी देह को वास्तव में ऐसे भोगा था जैसे मैं उसकी पत्नी हूँ? अथवा वहाँ भी उसका पौरुषेय अहंकार हावी था? मैं भी कैसे भूल गयी थी उस घड़ी कि पत्नी नहीं बल्कि उसकी रखैल हूँ, या वेश्या मात्र?''

जिस बेचैन मनोदशा में निशा जुहू सागर तट पर पहुँची थी उसी अवस्था में वापस अपने फ़्लैट पर लौट आई।

15

मुंबई के जीवन में समय की रफ़्तार बहुत तेज़ थी। जो उस रफ़्तार के साथ नहीं चले उन्हें राह के हाशिये पर धकेल दिया जाता है। मुम्बई का यह रहस्य निशा को सतीश ने समझाया था। सतीश और आनंद की मित्रता बनी हुई थी। निशा आनंद के बार रेस्तराँ में नियमित रूप से जाती थी। उसकी हमउम्र बारबालाओं की आयु तीस पार कर गयी थी। सभी को आनंद के रेस्तराँ से बाहर का रास्ता दिखा दिया गया था। उनमें से कई डांस कोचिंग व्यवसाय से जुड़ गयीं। अनेक अपने मूल ठिकानों पर लौट गयीं। कुछ ने मुम्बई या आस-पास के इलाकों में चकला-घर खोल लिए। बारबालाओं की आयु-योग्यता प्राय: अट्ठारह साल से पच्चीस-छब्बीस साल हुआ करती है। निशा और उसकी अंतरंग सहेली संतो को बारबालाओं के प्रबंधन का काम सौंप दिया गया। साज-सज्जा, असरदार नाच व लुभावनी अदाओं की सिखलाई से लेकर हिसाब-किताब और बारबालाओं के खान-पान, रहन सहन व उन पर निगरानी वगैरा का सारा ज़िम्मा इन दोनों के ऊपर था। निशा देर रात तक अपना काम-काज निबटा कर फ़्लैट पर चली जाती थी और दिन के तीसरे पहर तक रेस्तराँ पर आ जाती थी। संतो रेस्तराँ के एक कमरे में ही रहती थी। वहीं एक हॉल में बारबालाओं का आवास था जिनकी संख्या एक समय में चार-पाँच हुआ करती थी। दो चार महीनों में इनकी अदला-बदली कर दी जाती थी ताकि ग्राहकों-दर्शकों के सामने नए 'माल' को पेश किया जाता रहे। इस काम के लिए आनंद के पास दो डांस-बार रेस्तराँ दूसरे इलाकों में थे ही।

सतीश व निशा के बीच की निकटता की जानकारी तो संतो को थी, लेकिन वह इतना ही जानती थी कि यह मसला सतीश जैसे धनी पुरुष की अय्याशी और वेश्यावृत्ति से जुड़ी निशा जैसी युवती के धंधे तक ही सीमित है। निशा अपनी सीमाएँ जानती थी, इसलिए सतीश से यदा-कदा झिझकती हुई ही फ़ोन पर बात करती थी। सतीश के जाने के बाद उसने दो-एक दफ़ा उसके मोबाइल पर बात करनी चाही, किंतु सतीश ने व्यस्त होने का कहकर फ़ोन टाल दिया।

निशा फ़्लैट की बालकनी में बैठी थी। नीचे सड़क पर वाहनों की भीड़ इधर से उधर भागी जा रही थी। सुबह के दस-ग्यारह बजे उसने सतीश का मोबाइल मिलाया। दूसरी तरफ़ से यह टेप सुनाई दिया, ''जिस नंबर से आप संपर्क करना चाहते हैं, वह उपलब्ध नहीं है।'' कई दफ़ा कोशिश करने के बावजूद यही आवाज़ सुनाई दी। सतीश को गए महीने भर से ज़्यादा वक्त गुज़र गया था। उससे कोई संपर्क नहीं होने की स्थिति ने निशा की बेचैनी को बढ़ा दिया।

इस शैक्षणिक सत्र में निशा को बी.ए. अंतिम वर्ष की परीक्षा देनी थी। आगरा में छूट चुके शिक्षा के क्रम को वह कतिपय व्यवधानों के बावजूद मुम्बई में चालू किये जा रही थी। उसे जानकारी थी कि मध्यकाल में लोदी सल्तनत के दौरान देश की राजधानी को दिल्ली से आगरा तब्दील किया गया और मुगल शहंशाह शाहजहाँ उसे फिर से दिल्ली ले गया था। यह इतिहास की बात थी। धौलपुर इलाके में होपपुरा प्रवास के दौरान निशा को उसके वर्तमान की यह जानकारी भी हासिल हो गयी थी कि दिल्ली, आगरा, मेरठ, ग्वालियर व धौलपुर समेत उत्तर भारत के इस इलाके में वेश्यावृत्ति किस कदर फलतीं फूलती रही है। मुम्बई में निशा की जानकारी में और इज़ाफ़ा होता गया। अंग्रेज़ी राज के प्रमुख प्रेसीडेंसी-केंद्रों में मुम्बई के अलावा कलकत्ता व मद्रास हुआ करते थे। मुम्बई तो बारबाला-व्यवसाय के लिए बदनाम है ही, वेश्यावृत्ति के लिहाज़ से एशिया का सबसे बड़ा अड्डा आज के कोलकाता का सोनागाछी व कालीघाट और मद्रास प्रेसीडेंसी का वर्तमान सम्पूर्ण दक्षिण भारत देवदासी प्रथा के रूप में वेश्यावृत्ति के अनूठे संस्करण के दलदल में आज भी फँसा पड़ा है।

निशा की आँखों के सामने प्रिज़्म घूमने लगा, जिसमें एक नगर था। उसके मुख्य द्वार पर बड़े-बड़े स्वर्णाक्षरों में लिखा हुआ था, ''इस देव नगरी में आपका स्वागत।'' नगर के मध्य में विशाल मंदिर था। उसके दीर्घ व घुमावदार गलियारों में किशोरवय देवदासियाँ इधर-से-उधर भाग रही थीं, उन्हें पकड़ने के लिए मंदिर के पुजारियों का एक दल पीछा किये जा रहा था। युवतियाँ मंदिर के स्थूल स्तंभों से माथा टकरा रही थीं। पुजारियों का एक अन्य दल उन्हें बलपूर्वक उठाकर कक्षों में धकेले जा रहा था। सूने कोनों में प्रौढ़ा स्त्रियाँ छाती पीटती हुई रो रही थीं। पुजारियों का तीसरा दल उन सबको घसीटता हुआ मंदिर के द्वारों से बाहर फेंक रहा था। मंदिर के शिखर पर मुख्य देवप्रतिमा

विभिन्न मुद्राओं में नृत्य कर रही थी। उसके दाहिने हाथ में धर्म-ध्वज और बाएँ हाथ के पंजे में केश बिखरे हुए कोई नारी भिंची हुई थी। मंदिर के चहुँ-दिशी-द्वारों पर सैंकड़ों अन्य देव-प्रतिमाएँ नाच रही थीं। उनकी नृत्य-मुद्राएँ भी अनूठी थीं। मुख्य अथवा सहभागी देव-प्रतिमाओं का कोई भी नृत्य शिव-तांडव अथवा भगवान विष्णु के मोहिनी नृत्य से मेल नहीं खा रहा था। इस चित्र-श्रृंखला के तत्क्षण पश्चात् प्रिज्म में दूसरा दृश्य उभरने लगा। अब क्षितिज तक पसरा हुआ दलदल दृश्यमान था। उसमें असंख्य स्त्रियाँ आकंठ डूबी हुई थीं। उनके केश बिखरे हुए थे। सभी के हाथ बचाव की मुद्रा में आसमान की तरफ़ उठे हुए थे। चित्र की जड़ता में उनका स्वर पूरी तरह से दबा हुआ प्रतीत हो रहा था।

यकायक प्रिज्म का ढक्कन बंद हो गया। उसके स्थान पर चलचित्र का बड़ा पर्दा फैला हुआ दिखाई दिया।

सोलह श्रृंगार किये हुए एक युवा देवदासी ने मंदिर के पिछवाड़े की तरफ़ खुलने वाले गवाक्ष में से बाहर झाँका। वहाँ उसका प्रेमी प्रतीक्षा किये जा रहा था। उसने घुटनों तक धोती पहन रखी थी। कमर से ऊपर का शरीर उघड़ा था। पाँव नंगे थे। बदन गठा हुआ था। अँधेरे में भी उसके हावभावों का अंदाज़ा लगाया जा सकता था कि वह घबराया हुआ और बहुत जल्दी में था। लड़की ने दुस्साहस किया। वह बाहर की तरफ़ कूद गयी। उसके प्रेमी ने उसे थाम लिया। वे दोनों गले मिले और वहाँ से भाग पड़े। मंदिर के सभी द्वारों पर सुरक्षा प्रहरी सजग थे। वे दोनों मकड़-युगल की भाँति मंदिर के परकोटे पर चढ़ गए। किसी सुरक्षा प्रहरी की दृष्टि उन दोनों पर पड़ी। पल भर में आपातकालीन घंटा-ध्वनि से पूरा मंदिर परिसर गुँजायमान हो गया।

''अनर्थ! घोर पाप!! देव प्रतिमा का तिरस्कार करके भागना धर्म-संहिता का सबसे बड़ा अपराध!!!'' इस उद्घोष के विरोध में नेपथ्य से धीमा स्वर सुनाई दिया, ''कुत्सित काम वासना की पूर्ति हेतु पुरुष का दैवीकरण!''

''दुष्टा को पकड़ो, पकड़ो, पकड़ो,'' का समवेत उच्च स्वर कानों में झनझनाने लगा। मंदिर के पुजारी, प्रबंधक, सुरक्षाकर्मी, सेवादार सहित वहाँ उपस्थित सभी लोग चिल्ला रहे थे।

प्रेमी युगल मंदिर के परकोटों से दूर निकल गया। थोड़ी देर में वे दोनों उस नगर के बाहर आ गए। अब वे ताड़ व नारियल के सघन वन में प्रवेश कर गए। दूर-दूर तक फैले उस वन में कोई मनुष्य दिखाई नहीं दिया। यहाँ-वहाँ वन्यजीव घूम रहे थे। उनमें बाघ, चीता, वृक, हाथी, रीछ, लोमड़ जैसे हिंसक जानवरों की संख्या अधिक थी। प्रेमी जोड़े को इन प्राणियों से कोई भय नहीं लगा। वे अपनी राह जा रहे थे। अब वे थोड़ा निश्चिंत हो गए थे। जंगल पार करने में उन्हें सारी रात और अगला पूरा दिन लग गया। संध्या होते-होते वे वनांचल के बाहर आ गए। अब वे सागर तट पर थे। युवती

देवदासीत्व से मुक्त हो जाने से उत्साहित दिख रही थी और युवक इस मुक्ति का माध्यम बनने से हर्षित था। आती-जाती लहरों की गोदी में वे अपने पैर पसार कर तट की रेत पर बैठ गए। सामने आक्षितिज जलराशि और ऊपर अनंत आकाश जैसा उन्मुक्त भविष्य उन्हें दिखाई देने लगा। दोनों ख़यालों में खो गए। युवती ने यकायक युवक की कलाई की त्वचा को नोचा।

युवक चौंका, ''क्या हुआ?''

''नहीं, कुछ नहीं।'' यूँ ही बस, तनिक आश्वस्त होने के लिए कि यह कोई सपना तो नहीं?''

''प्रिये, अपने अतीत को भयावह स्वप्न मानकर भुला दो। जो कुछ तुम देख और महसूस किये जा रही हो, वह सुखदायक घड़ी हमारे वर्तमान का सच है,'' कहते हुए युवक ने अपना हाथ प्रेमिका के कंधे पर रख दिया। युवती को विश्वसनीय भविष्य की अनुभूति हुई। दोनों पुन: विराट समुद्र को निहारने लग गए।

''ये रहे ईश्वर के घोर अपराधी!'' भारी और कठोर आवाज़ के साथ प्रेमी युग्म के कंधों पर किसी बलिष्ठ पुरुष के पंजों का प्रहार हुआ। दोनों आगे की तरफ़ लुढ़क गए। समुद्र की वेगवान लहर ने दोनों को भिगो दिया। दोनों के चेहरों पर रेत के कण चिपक गए।

मुम्बई की सड़क पर दौड़ते वाहनों में से एक ट्रक का टायर फटा। भीषण विस्फोट जैसी आवाज़ ने आस-पास के भवनों को कंपा दिया। निशा का ध्यान भंग हो गया।

16

वेश्यावृत्ति की त्रासद सुरंग में धकेले जाने के पहले निशा को जो यातनाएँ होप्पुरा में दी गयीं, वे सब शारीरिक और मानसिक स्तर पर उसके लिए असह्य थीं। वक्त के साथ शारीरिक उत्पीड़न से वह बाहर निकल गयी। मन को मारकर उसने वेश्यावृत्ति के पेशे को अपनाया था। मानसिक अभिघात मस्तिष्क की कंदराओं में भटकता चला जा रहा था। सतीश से बढ़ती जा रही दूरियों ने इस भटकाव को तेज़ कर दिया। यह भटकाव निशा के भावनात्मक व संज्ञानात्मक पक्षों पर हावी होता जा रहा था, परंतु अभी पारस्परिक मानव संबंधों के स्तर पर प्रभावित नहीं कर रहा था, जिसके आधार पर निशा किसी प्रकार के मनोविकार से ग्रसित दिखाई दे।

निशा स्वयं को सतीश से दूर जाती हुई महसूस कर रही थी। इसी दरम्यान उसने कन्या को जन्म दिया। इस शिशु ने निशा को माँ होने का एहसास कराया। माँ के रूप ने उसे नारी की महिमा की अनुभूति कराई। बार रेस्तराँ संचालक आनंद को यह मालूम

था कि इस कन्या का पिता अन्य कोई न होकर सतीश ही है। वह सतीश का अंतरंग मित्र जो था। करीब महीना भर के अवैतनिक अवकाश के बाद उसने निशा को फिर से काम पर रख लिया। नवजात को निशा की सहेली संतो भी खूब स्नेह करती थी। कन्या का नाम पुष्पिता रख दिया। निशा का गड़बड़ाता जा रहा मानसिक संतुलन पुन: पटरी पर लौटने लगा।

वह नववर्ष की दोपहर की घड़ी थी। रात भर नए साल का जश्न मनाने के लिए आये लोगों ने बारबालाओं के नाच का आनंद लिया। अच्छी आमदनी हुई थी। आनंद स्वयं आनंदित था। निशा व संतो ने कई दिनों से नए साल के आयोजन की तैयारी की थी। इन दोनों सहित सभी बारबालाओं को रेस्तराँ की तरफ़ से अच्छी बख्शीश दी गयी थी। आनंद तनिक भावुक हो गया।

''सतीश को मैं अच्छी तरह से जानता हूँ। वह मन का बुरा आदमी नहीं है। एक न एक दिन वह ज़रूर लौटेगा,'' आनंद ने एकांत में निशा को भरोसा दिया।

''सर, जितना प्यार सतीश जी को मैंने किया है, उससे बढ़कर उन्होंने मुझे किया है। हमारी पहली भेंट भले ही मेरी नथ उतराई की प्रथा के साथ अनैतिक सम्भोग की रात रही हो, किंतु उसी रात से सतीश मुझे प्रेम करने लगे थे। उन्होंने मुझे कभी रखैल नहीं माना। यह दीगर मसला है कि सामाजिक हैसियत व पारिवारिक कारणों से उन्होंने मुझसे विवाह नहीं किया। सच्चे प्रेम के लिए क्या विवाह ज़रूरी है?'' निशा के भीतर कब से अटका हुआ सवाल बाहर आ निकला। बात बढ़ती देखकर आनंद को एहसास हुआ कि वह इस लड़की की ज़िन्दगी के गोपनीय गलियारे में अनावश्यक घुसा जा रहा है। ''चलो, तुम लोग शाम की तैयारी करो।'' यह कहता हुआ आनंद वहाँ से अपने चैंबर की तरफ़ चला गया।

''क्या बात है निशा! आज तो आनंद सर भी तुम पर फ़िदा हुए जान पड़ते हैं,'' कहते हुए संतो उछल पड़ी।

''बकवास न कर। वे तो मुझे धीरज बँधा रहे हैं। यह उनका बड़प्पन है। वैसे भी वे सतीश के दोस्त हैं ही।''

''कहीं गुपचुप आनंद सर के ऊपर भी तो डोरे डालना शुरू नहीं कर दिया?'' संतो ने निशा के जवाब को अनसुना करते हुए सवाल दाग़ दिया। उनके इस वार्तालाप को अन्य लड़कियाँ सुन रही थीं।

''सस्स...चुप्प।'' निशा ने संतो के मुख पर तर्जनी रखते हुए वार्तालाप का अंत कर दिया।

''जीजी, पुष्पिता जाग गई। मम्मी...मम्मी चिल्लाती हुई वह रो रही है,'' एक बारबाला ने निशा को खबर दी।

निशा तत्काल उठ खड़ी हुई और तेज़ कदमों से बारबाला आवास कक्ष में पहुँची। पुष्पिता की आँखों के आँसू और बहती नाक का स्राव एकमेक हो रहे थे। निशा ने बेटी को गोदी से चिपकाया। अपने दुपट्टे के छोर से मासूम का चेहरा पोंछा। निशा के हृदय में अपनी पुत्री के प्रति वात्सल्य का जो धवल समुद्र उफनने को था, उसका आंशिक दुग्ध स्तन छिद्रों के बाहर स्रावित होने लगा। निशा ने पुत्री को छाती से सटा लिया। पुष्पिता स्तनपान करने लग गयी।

अनवरत प्रवाहित काल के उन क्षणों में निशा उमा नहीं थी। वह निशा भी नहीं थी। न वह होप्पुरा की रंडी उमा और न ही मुम्बई की बारबाला निशा। तो फिर वह क्या थी? हाँ, उस बेला में उस स्त्री के जीवन को दसों दिशाओं से घेरे रहने वाले काल के दोनों पंजों की दसों अँगुलियाँ कोमल हो गयीं। उनके नुकीले नाखून पुष्प-पंखुड़ियों का आभास दिलाने लगे। निशा ने बेटी के माथे पर हाथ फेरा। उसकी पीठ को सहलाया। उसके नितंबों को थपथपाया। फिर उसके गाल को चूमा। दिन का तीसरा पहर था। कक्ष की खिड़की से मुट्ठी भर आकाश कब से भीतर झाँक रहा था। उसी मुट्ठी भर आकाश को अभी-अभी सूरज ने पार किया। धूप की एक परत पुष्पिता के मुख को चूमती गुज़र गयी। उसी खिड़की से होकर वायु की एक के पश्चात् एक-एक कर कई लहरियाँ कक्ष में प्रविष्ट हुईं और कोनों में समा गयीं। एक साथ गुलाब, मोगरा, चंपा, केवड़े जैसे फूलों की सुगंध ने वातावरण को मनोरम बना दिया।

पुष्पिता दूध पी चुकी थी। उसने कुछ पल दाहिने हाथ के अंगूठे के पिछले हिस्से को मुँह पर रखते हुए 'बब्बा...बब्बा...' का स्वर निकाला और सो गयी। अगले ही क्षणों में वह गहरी नींद में चली गयी। निशा जागृत थी। उसका यह जागरण नींद से देह को बाहर रखने वाले एहसास से अलग था। पुष्पिता की नींद के साथ उत्पन्न हुई यह एक ऐसी चेतना थी जिसने निशा को भीतर से जगा दिया।

''क्या संतान के प्रति ममत्व की अनुभूति माँ की महिमा से बड़ी होती है?'' मृदु स्वर में सना प्रश्न निशा के अंतस्तल से प्रस्फुटित हुआ।

''हाँ!'' धीमा-सा यह उत्तर किसी अपरिचित का था।

''तो क्या मातृत्व के बगैर नारीत्व अधूरा है?'' यह निशा का स्वयं से प्रतिप्रश्न था।

विराट सृष्टि का सृजनक्रम काल के रथ पर आरूढ़ होकर अग्रसर होता जा रहा है। इसलिए समय से कुछ भी छिपा हुआ नहीं रह सकता। उसी समय का स्वर कक्ष में गूँजने लगा।

''माँ के रूप में स्त्री का अस्तित्व मानव समाज में संतानोत्पत्ति ही नहीं, अपितु सम्पूर्ण सृष्टि का कारण है। नारी के सौंदर्य की उदात्त अभिव्यक्ति सृजन के क्षण में ही

होती है। उस घड़ी काया के क्षीण हो जाने के पश्चात् भी उसका मुखमंडल अनोखी आभा से चमकने लगता है। यह हृदय के भीतर के सौंदर्य की बाह्याभिव्यक्ति ही होती है। नारी के लिए माँ शब्द का उच्चारण ही हृदय के संवेदना तंत्र को झंकृत कर देता है। आस्तिकों ने इसीलिए यह स्थापना दे दी है कि ब्रह्माण्ड को संचालित करने वाले विधाता की प्रतिनिधि है नारी और यह समस्त सृष्टि ही नारीमय है। संत ज्ञानेश्वर ने तो स्वयं को स्त्रीवत होना ही घोषित कर दिया था। धरती को माँ की मान्यता इसी महिमा की वजह से दी गयी है।

''तुम्हें भी तो अब तक के जीवन में सर्वाधिक आनंद की अनुभूति तब ही हुई ना, जब तुमने पुत्री को जन्म दिया। संभव है, गर्भाधान का पता चलते ही तुम्हें मानसिक विचलन की प्रतीति हुई हो। वह केवल इसलिए कि तुमने सतीश की पत्नी बनकर नहीं, प्रत्युत उसकी प्रेमिका के रूप में अपनी पहली संतान के बीज को धारण किया। बीज को धारण करने के साथ ही मातृत्व की अनुभूति होने लगती है, जिसकी पराकाष्ठा प्रसव में होती है। जितनी प्रसव वेदना उतनी ही सुंदर सर्जना, यह आभास तुम्हें पुष्पिता के जन्म के साथ हुआ है। अब तुम माँ हो, एक सम्पूर्ण नारी। वह भले ही पत्नी हो, प्रेमिका हो अथवा रखैल ही क्यों न हो, इससे माँ की महिमा कम नहीं हो जाती। यही माँ की नैसर्गिक अवधारणा है, समाज इसे चाहे जैसे देखे।''

पुष्पिता के 'अवैध संतान' के रूप में जन्म लेने की निशा के मन में जो कुंठा विकसित हो गयी थी, उसे समय के स्वर ने पिघला कर त्वचा छिद्रों के माध्यम से बाहर निकाल दिया। उस एकांतिक घड़ी में निशा का चित्त माँ शब्द की परिक्रमा किये जा रहा था, जैसे वह भाषा का कोई शब्द मात्र नहीं होकर निशा के भीतर फैले अंधकार का हरण कर सकने वाला दिव्य ज्योति-पुँज हो।

17

दिन दूनी और रात चौगुनी गति से बड़ी होती पुष्पिता की आभा शुक्ल पक्ष के चंद्रमा की भाँति निखरती जा रही थी। उधर निशा की चिंता सुरसा के मुख की तरह फैलती चली गयी।

''सतीश क्यों नहीं आया?''

''क्या वह इस मासूम बच्ची की सुध लेने भी नहीं लौटेगा??''

''क्या पुष्पिता इस दुनिया में अवैध संतान कहलाएगी???''

निशा के भीतर सवाल-दर-सवाल बरछे की नोक की नाईं चुभने लगे।

''सतीश को आना चाहिए। उसे आना ही होगा।'' यकायक निशा का आत्मविश्वास जागा।

''मम्म...मम्मम..., इल्ला...इल्ल्ला..., ऊँवां...ऊँवां...ऊँवां...।'' के उच्च से उच्चतर होते स्वर ने निशा का ध्यान भंग कर दिया। यह पुष्पिता थी। वह भागकर उसके पास पहुँची। बेटी को दोनों हाथों से उठाया, छाती से लगाया और एक ही स्थान पर खड़ी-खड़ी उसे बाँहों में झुलाने लगी। पुष्पिता उदर से भूखी थी और निशा हृदय से। निशा ने बेटी को वक्ष से चिपकाया। स्तनपान कराते वक्त निशा का दिल ज़ोर-ज़ोर से धड़कने लगा। वह समझ नहीं सकी कि यह पुष्पिता द्वारा किये जा रहे दुग्धपान की घड़ी में उसके स्तनों से निर्झरित रासायनिक क्रिया थी अथवा कुछ और? उसे होप्पुरा की वह रात याद आने लगी, जब सतीश ने उमा उर्फ़ निशा की देह से अपनी देह का स्पर्श करते हुए ऐसा संगम किया था जो सम्भोग के दरिया को पार करता हुआ एक ऐसी सरिता में परिवर्तित हो गया जो सीधे प्रेम के महासागर में विलीन हो गयी। प्रेम के उसी महासागर में निशा अब तक तैर रही थी और सतीश न जाने किस तट से बाहर निकल गया अथवा क्षितिज के नेपथ्य में विलीन हो गया। प्रीत पगी निशा सागर के किनारे की तरफ़ लौटना नहीं चाहती थी। वह विराट सिंधु की अनंत जलराशि में स्वयं को पिघला देने की मानसिकता में चेतन से अर्द्ध चैतन्य अवस्था में चली गयी—

''उमा के रूप में मेरी प्रथम भेंट सतीश से हुई थी, निशा से नहीं। निशा ने तो उस मिलन का अनुगमन किया है। उमा नाम भले ही असहनीय बदबूदार गंदे नाले की याद दिलाने वाला हो, परंतु उसी गंदे नाले में सतीश जैसा खिला कमल मिला। सतीश के संग ने उसी गंदे नालग को शीतल, शांत व सुगंधित बना दिया। मगर फिर सवाल यह उठता है कि उस गंदे नाला से बाहर तो निशा ही निकल सकी, उमा क्यों नहीं? मैं किशोरावस्था तक निशा थी। अपहरण की घटना के साथ उमा के रूप में परिवर्तित कर दी गयी। यह परिवर्तन मेरी इच्छा से नहीं हुआ था। मैं इसे अब तक भी स्वीकार नहीं कर सकी। मैं पुनः निशा बन गयी और अब आगे निशा के रूप में ही जीवन व्यतीत करना चाहती हूँ।''

यह जून माह का प्रथम सप्ताह था। अक्सर मुम्बई में मानसून इस महीने के पहले पखवाड़े में आ जाता है। उस साल कुछ देर हो रही थी। मुम्बई का समूचा वातावरण उमस से तरबतर था। आकाश में एक अजीब किस्म की घुटन छाई हुई थी। धरती से आसमान तक नमी तो थी, किंतु बरसाती बादलों की आवाजाही नहीं दिखाई दे रही थी। अरब सागर में कहीं दूर मानसून अटका पड़ा था। निशा का मन उमा व निशा के द्वंद्व में फँसा हुआ था। उसे महसूस हुआ जैसे आँखों के सामने एक मकड़जाल पसरा हुआ है। धीरे-धीरे उसके तंतुओं ने निशा की देह को चारों तरफ़ से घेरना आरंभ कर दिया। निशा उसी में उलझती जा रही थी। निशा ने डर के मारे आँखें मूँद लीं। बंद नेत्रों के भीतर के अंधकार में उसे बाहर का मकड़जाल धुँधला-सा दिखाई देने लगा। उसके दोनों छोर लोहे के कड़ों में बँधे थे, जिन्हें दो विपरीत दिशाओं में मानवाकार दो छाएँ खींचने लगी। लोहे के कड़े स्पष्ट दिखाई दे रहे थे, किंतु दोनों मानवाकार छायाएँ जाल के तंतुओं से भी धुँधली थीं।

निशा ने अपनी आँखों को ज़ोर से भींचा। अब उसे प्रतीत हुआ जैसे लौह-कड़ों के दोनों वृत्त अपनी-अपनी परिधियों को विस्तार दे रहे हैं। पहले वृत्त के भीतर उमा और दूसरे में निशा की छवि स्पष्ट होने लगी। असली निशा ने अब अपनी आँखें खोलीं। उसके कानों में उमा व निशा का मिश्रित स्वर सुनाई देने लगा, जिसमें उमा अट्टहास किये जा रही है तो निशा दहाड़ मार कर रो रही है, और उमा चीख रही है तो निशा पागलों की भाँति हँस रही है। निशा ने कानों में अँगुलियाँ डाल लीं।

निशा के अंदर के इस मानसिक परिवर्तन से वह स्वयं अनभिज्ञ थी। उसकी सहेली संतो को आभास होने लगा था कि निशा के व्यवहार में कुछ गड़बड़ी है। उसने आनंद को यह बात बता दी। आनंद ने इसे गंभीरता से नहीं लिया। इसी मानसिकता में निशा अपने नाम के अर्थ को समझने का प्रयास करने लगी। एक सुबह वह अपने फ़्लैट से पुष्पिता को संग लेकर ऑटो से जुहू रोड की तरफ़ निकल गयी। आगे उसे शिवमंदिर दिखाई दिया।

एक भगवा गणवेश में एक युवक आया और निशा का ध्यान खींचता हुआ बोला, ''मैडम जी, हमारे गुरुजी बहुत पहुँचे हुए ज्योतिषी हैं। आपको कुछ पूछना हो तो मेरे संग आइये,'' निशा यंत्रवत उसके पीछे-पीछे चल दी। मंदिर के बाहर दुकानों की कतार के मध्य अवस्थित एक कक्ष में युवक उसे ले गया।

''महाराज, मेरा नाम निशा है। मैं दुखिया नारी हूँ। यह मेरी पुत्री है। ज़रा मुझे बताइयेगा कि इसके भाग्य में क्या लिखा है?'' कक्ष के अंदर अधोवस्त्र के रूप में धोती को लुंगी की तरह बाँधे हुए ज्योतिषी बनकर बैठे हुए प्रौढ़ से निशा ने बिना किसी औपचारिकता के पूछ लिया। वह ज्योतिषी लकड़ी के पाटे पर आसन जमाये हुए था। उसकी धोती सफ़ेद थी, किंतु गले में लिप्त उत्तरीय गेरुए रंग का था। उसके कंठ पर मोटे रुद्राक्ष की माला और ललाट पर श्वेत-पीत वर्णी त्रिपुंड तिलक मंडा हुआ था। उसकी गंभीर मुखमुद्रा के पीछे वास्तविक भावों को निशा पढ़ने व समझने में असमर्थ थी। उसने ऐसा कोई प्रयत्न भी नहीं किया। ज्योतिषी ने युवक की तरफ़ कुछ इशारा किया। निशा के कान के पास आकर युवक फुसफुसाया। निशा असहज-सी हुई, किंतु अगले ही पल सँभल कर उसने पर्स में से पाँच सौ रुपये का नोट ज्योतिषी के चरणों में रख दिया। ज्योतिषी के मुख पर अब तक पसरा गाम्भीर्य मुस्कराहट में बदल गया।

''हाँ, देवी, पुत्री से पहले तुम्हारा भविष्य तो पढ़ने दो। उसी पर तो पुत्री का भविष्य टिका हुआ है।''

''जैसी महाराज की आज्ञा,'' निशा धीरे से बोली।

ज्योतिषी ने निशा की हस्त-रेखाएँ पढ़ने का उपक्रम किया। हथेली पर दृष्टि गड़ाये उसके ललाट पर सलवटें पड़ने लगीं। ऐसा प्रतीत हुआ जैसे निशा की हथेली में मंढ़ी हुई रेखाएँ ज्योतिषी के ललाट पर चिपक गयी हों।

''हाँ, तो देवी,तुमने अपना नाम निशा बताया। वैदिक ज्योतिष के अनुसार व्यक्ति का नामकरण जन्म की घड़ी के मुहूर्त व नक्षत्र-दशा के आधार पर रखा जाता है। उसी के विश्लेषण से भविष्यवाणी संभव होती है। क्या तुम्हारे नाम के साथ ऐसा हुआ है?''

''नहीं महाराज, मुझे कुछ याद नहीं है। माँ-बाप से मेरा विछोह किशोरावस्था में हो गया। अब मेरे जीवन की नाव दुर्भाग्य के महासागर में हिचकोले खा रही है। इसके अलावा मैं कुछ नहीं जानती।''

निशा का उत्तर सुनकर ज्योतिषी बोला, ''कोई बात नहीं। भाग्य बताता है कि तुम्हारे व्यक्तित्व में बोलना, लिखना, गाना, अभिनय और शिक्षण-प्रशिक्षण के गुण हैं। मैं तुम्हें एक परामर्श देना चाहता हूँ, वह यह कि किसी अच्छे पुरुष साथी की खोज करो। मेरा आशीर्वाद तुम्हारे साथ है।'' निशा के भविष्य को इन चंद शब्दों में लपेट कर ज्योतिषी ने थमा दिया।

निशा के पश्चात् ज्योतिषी ने निशा की बेटी के मासूम चेहरे को निहारते हुए उसका नाम पूछा।

''पुष्पिता,'' कहते हुए निशा की वाणी में कंपन था।

''मुझे यह बताइये कि क्या इस बच्ची की जन्मपत्री है?''

''नहीं महाराज। यह भी मेरी तरह से अभागिनी है।''

''धैर्य रखो, तुम्हारी पुत्री की राशि कन्या और बुध इसका ग्रह है। इसके स्वभाव में उच्छृंखलता अवश्य है, परंतु साहस, बौद्धिकता एवं अपनी बात को प्रभावशाली ढंग से कहने की विलक्षण प्रतिभा विकसित होने के स्पष्ट संकेत मुझे दिखाई दे रहे हैं। यह नयी पहल करते हुए चुनौतियों का सामना करने में सफल रहेगी। मैं यही परामर्श दूँगा कि इसका पालन-पोषण सही रूप में किया जाता रहे।''

निशा ने ज्योतिषी के पाँव छूकर विदा ली।

''अगली बार आना, मैं इसकी जन्मकुंडली तैयार कर दूँगा,'' निशा ने ये शब्द सुने अथवा नहीं, इसका उसे कोई भान नहीं हुआ। रास्ते भर वह स्वयं से अधिक अपनी बेटी पुष्पिता के भविष्य को लेकर चिंतित रही। इसी मनोदशा में वह कब फ़्लैट पर लौट आई, इसका उसे अहसास नहीं हुआ।

<h1 style="text-align:center">18</h1>

आनंद के बार रेस्तराँ में निशा काम किये जा रही थी, किंतु अब उसका मन वहाँ नहीं लग रहा था। उसने यह बात कई दफ़ा अपनी पुरानी और प्रिय सहेली संतो को बताई।

संतो के दिमाग में यह बात पुख्ता होती जा रही थी कि निशा यदा-कदा असंतुलित सा व्यवहार करने लगी है। वह कई बार बहकी-बहकी बातें करती है।

''साली, कुछ ज्यादा ही सजधज कर रहने लगी है! लड़की है, जरा सँभल के चल।'' एक दिन जब बार में आयी एक नयी लड़की को निशा ने इस तरह डाँटा तो संतो सन्न रह गयी। उसे अचरज हुआ कि सब लड़कियों को प्यार से सँभाल कर रखने वाली निशा ने ऐसा आचरण क्यों किया? उसका मन हुआ कि यह बात तुरंत आनंद को बताई जावे, मगर वह यह सोचकर रुक गयी कि कहीं निशा की नौकरी खतरे में नहीं पड़ जाए।

''निशा दीदी, एक बात पूछूँ।''

संतो की तरफ़ तनिक विस्मय के भाव से झाँकती हुई निशा बोली, ''क्या बात है री, तू तो मेरी अंतरंग सखी है। तेरे अलावा इस मायानगरी में मेरा है ही कौन! मुझसे कोई बात पूछने में तुझे यह संकोच कैसे हुआ?''

''तू मुझे यह बता कि तेरी बच्ची के जन्मते ही तुझे बेहद ख़ुशी हुई थी। और फिर तू इसे लाड़-दुलार करने में इतना रमती रही कि मुझ जैसी सहेली से भी दूरी बढ़ाती चली गयी। आज तो तूने हद ही कर दी, जब रेस्तराँ में आयी उस नयी लड़की को सजने-सँवरने पर डाँट दिया। तू तो हमेशा इन लड़कियों को सज-धज कर ग्राहकों को अपनी तरफ़ खींचने की सीख देती रही है। अब तुझे क्या होता जा रहा है जो इस बच्ची पर भी झल्लाने लगती है?'' संतो ने कुछ दूरी पर सोती हुई पुष्पिता की ओर इशारा करते हुए सवाल किया।

''संतो, मैं नहीं चाहती कि पुष्पिता भी इन नाचने-गाने वाली और और...,'' कहती हुई निशा ठिठक गयी।

''बोल ना, मैं तेरा मतलब समझी नहीं। क्या बात है?''

''संतो, मुझे डर है, कहीं यह पुष्पिता भी!'' निशा का गला रुँध गया। उसके शब्द कंठ के नीचे ही कहीं अटक कर रह गए।

''क्या होगा पुष्पिता को? इसे लेकर तू क्यों घुटी जा रही है?''

संतो के अगले सवाल का निशा उत्तर देती तभी इंटरकॉम पर रिसेप्शन से संदेश आया कि ''निशा को आनंद सर ने बुलाया है।''

संदेश सुनकर निशा व संतो दोनों को एक साथ किसी अनहोनी की आशंका हुई। वे इकदूजे को अचरज से देखने लगीं। संतो ने निशा को तुरंत आनंद के पास चले जाने का इशारा किया। वह स्वयं पुष्पिता के सिरहाने जाकर बैठ गयी और उसके माथे पर हाथ रखकर उसे दुलारने लग गयी। निशा यह दृश्य देखती हुई वहाँ से चली गयी।

''क्या हुआ निशा?'' निशा के लौटते ही पुष्पिता के पास बैठी संतो खड़ी हुई। उसने निशा की छाती से लिपटते हुए बड़ी बेचैनी से जिज्ञासा प्रकट की।

''नहीं कुछ नहीं। आनंद सर ने कहा है कि यह जो नयी लड़की है ना, इसकी डिमांड एक ग्राहक की तरफ़ से आई है। इसे अच्छी तरह से मगर जल्दी तैयार कर देना। इसे बाहर जाना है। ठीक पाँच बजे कोई इसे लेने आएगा। यह रात भर वहीं रहेगी।'' एक साँस में निशा ने यह सब कह दिया जैसे यह संदेश उसने भली-भाँति रट लिया हो।

वक्त दोपहर बाद करीब तीन बजे का था। निशा के रेस्तराँ मालिक के आदेश के अनुसार पाँच बजे से पहले उस नयी लड़की को सजा-धजा कर तैयार कर दिया गया। निशा ने उसे तैयार करते हुए कई दफ़ा उसके मुख को निहारा, जिसके ऊपर मासूमियत झलक रही थी। भरे हुए डील-डौल को देखते हुए उसकी उम्र सत्रह वर्ष के लगभग होगी। संभव है कि इससे भी एकाध साल कम हो। रेस्तराँ से उस लड़की को वहाँ आई हुई एक महँगी कार में बैठा कर रवाना कर दिया। उसके चले जाने का जीवंत दृश्य निशा की आँखों के परदे पर टँग कर झूलने लग गया।

निशा ने स्वयं से ही सवाल कर दिया, ''क्या इसकी भी नथ उतराई की रस्म की जाएगी?''

लड़की के चले जाने के दृश्य ने निशा को भीतर से विचलित कर दिया। वह सीधे आनंद के चैंबर में पहुँची। सर झुकाकर हाथ जोड़ती हुई निवेदन किया कि ''सर, आज मेरी तबीयत ठीक नहीं है। मुझे चक्कर से आ रहे हैं। मुझे घर जाने की इजाज़त दे दीजिये। संतो सब कुछ सँभाल लेगी।''

''कोई बात नहीं। इसमें इतना सोचने की क्या बात है? तुम चली जाओ। और अपनी बच्ची का ध्यान रखना।'' आनंद के मुँह से बच्ची के ध्यान रखने की सलाह से निशा को काफ़ी तसल्ली हुई। उसने सोचा कि जैसे आनंद नहीं, बल्कि यह सलाह पुष्पिता के पिता स्वयं सतीश ने दी हो।

संतो को सब कुछ बताते हुए पुष्पिता को लेकर निशा अपने फ़्लैट पर चली गयी। पूरी राह वह पुष्पिता के प्रति आनंद के कहे हुए शब्दों पर गहराई से सोचती रही। उसे ज्योतिषी का यह वाक्य याद आया जब उसने पुष्पिता को लेकर कहा था कि ''इसका पालन-पोषण सही रूप में किया जाता रहे।'' फ़्लैट में घुसते ही निशा को उस नयी लड़की की चिंता सताने लगी।

संध्या का समय था। वह शरद पूर्णिमा की तिथि थी। मुम्बई का मौसम सुहावना था। सूरज पाश्चात्य क्षितिज के परदे की ओट में चला जा रहा था। अरब सागर की दिशा से आ रही वायु की गति निशा के फ़्लैट तक मंद गति ले रही थी। उधर सूर्य अस्त हुआ

कि पूरब दिशा के क्षितिज के द्वार खोलता हुआ पूर्णिमा का भरा-पूरा चाँद बाहर निकल रहा था। गोदी से चिपकी पुष्पिता के मुखड़े को निशा ने कई बार निहारा व चूमा। कभी वह पुष्पिता के चेहरे को देखती तो कभी शरद पूर्णिमा के चन्द्रमा को। निशा को दोनों में समानता की अनुभूति हुई। चाँद शनै:-शनै: आकाश की ऊँचाइयों पर चढ़ रहा था। वायु प्रदूषण की दृष्टि से मुम्बई भारत के महानगरों में सत्रहवें स्थान पर है। हालात अभी संतोषप्रद हैं। जितनी चकाचौंध इस मायानगरी की सड़कों व इमारतों पर दिखाई देती है, पूरणमासी की रातों में इस धरा का आसमान उससे कम रोशन नहीं होता। ऐसी रातों में आकाश में बिखरी चाँदनी महानगर के कृत्रिम प्रकाश को फीका कर देती है। बस इस अंतर को देखने वाली दृष्टि और दिल चाहिए। निशा के पास यह दृष्टि थी। नाच-गान के प्रशिक्षण व प्रदर्शन की कला ने उसे यह अनुभव दिया। पुष्पिता के जन्म के साथ वह कृत्रिम और प्राकृतिक उजाले के फ़र्क को समझ सकने वाले दिल से भी समृद्ध बन गयी थी।

''मेरी बच्ची, बड़ी होकर पुरुष के षड्यंत्रों को समझना और दुनिया की चकाचौंध में कभी खो मत जाना,'' निशा ने अपनी बेटी को अकस्मात ही ऐसी परिपक्व सीख दे डाली। चाँद अपनी आसमानी आयु की किशोरावस्था में पहुँच गया था। इधर निशा को पुष्पिता की देह की अवस्था भी इतनी ही प्रतीत हुई, हालाँकि वह अभी शिशु ही थी। निशा ने पुष्पिता को वक्ष में भींचते हुए एक विहंगम दृष्टिपात दृश्यमान मुम्बई महानगर पर किया। यकायक उसे महसूस हुआ जैसे आसमान से धरती पर आते-आते चंद्रमा की आभा क्षीण होती चली जा रही है। जैसे-जैसे चाँद आसमान में चढ़ता गया वैसे ही रात गुज़रती जा रही थी। निशा बालकनी से चलकर कमरे में आ गयी। आते-आते उसने बालकनी का दरवाज़ा बंद कर दिया। खिड़की से बाहर की दुनिया का कोई हिस्सा भी नहीं दिखाई दे, यह सोचकर उसने पर्दा फैला दिया।

खाना खा लेने के बाद पुष्पिता को कमरे में सुला कर निशा ड्राइंग कम डाइनिंग कक्ष में लौट आई। वहीं टी.वी. था। निशा ने जैसे ही टी.वी. खोला तो 'दा क्वेस्ट' चैनल पर मुम्बई के कामाठीपुरा रेड लाइट एरिया के बारे में विस्तार के साथ दिखाया जा रहा था। उसमें प्रोफ़ेसर पूजा अत्राम का साक्षात्कार भी सम्मिलित किया गया था। इसी दरम्यान यह सूचना दी गयी कि ''कोई भी सेक्स वर्कर अपनी तकलीफ़ों को लेकर पूजा अत्राम से अमुक मोबाइल नंबर पर संपर्क कर सकती है।''

निशा ने मोबाइल नंबर नोट कर लिया। अगले दिन सुबह पूजा से बात की।

बेड़िया समुदाय पर पी.एच.डी. प्राप्त करने के पश्चात् पूजा का चयन मुम्बई विश्वविद्यालय के समाजविज्ञान विभाग में सहायक आचार्य के पद पर हो गया। मुम्बई में रहते हुए वह कामाठीपुरा की यौनकर्मियों के जीवन में दिलचस्पी लेने लग गयी। उनके जीवन के विभिन्न पक्षों की जानकारी इकट्ठा करने के बाद वह गंगूबाई काठियावाड़ी की

याद में गठित ''कामाठीपुरा की आवाज़'' नामक संगठन से जुड़ गयी। यह संगठन सेक्स वर्कर्स के कल्याण के लिए काम करता रहा है।

तीन-चार दिन बाद दोनों की मुलाक़ात जुहू तट पर हुई। पूजा ने यह सोचकर कि उसकी मुहिम में निशा अहम दायित्व निभा सकती है, कामाठीपुरा में उनके संगठन द्वारा किये जा रहे कार्यों की जानकारी दी।

''मुम्बई के कामाठीपुरा में अंग्रेज़ों ने अपने सैनिकों को 'यौन सुविधा' उपलब्ध कराने के लिए वेश्यावृत्ति का अड्डा विकसित किया था। अंग्रेज़ चले गए किंतु इस बदनाम बस्ती का विस्तार मायानगरी के लिए छोड़ गए। धीरे-धीरे यह बस्ती मुम्बई का सबसे बड़ा रेड लाइट एरिया बन गई। सन् उन्नीस सौ साठ-सत्तर के दशक में अमरीकी फ़ोटोग्राफ़र मैरी एलेन मार्क ने कामाठीपुरा की वेश्याओं की दिनचर्या को अपने कैमरे में उतारा। इस छायाचित्र शृंखला को उसने ''दा केज गर्ल्स ऑफ़ बॉम्बे'' नाम दिया। तत्पश्चात् इसी व्यवसाय को लेकर उनकी प्रसिद्ध सचित्र पुस्तक *फाल्कलैंड रोड : प्रोस्टीट्यूट्स ऑफ़ बॉम्बे* प्रकाशित हुई, जिसमें सेक्स वर्कर्स पर किये जाने वाले अत्याचारों, बीमारियों व गरीबी का तथ्यात्मक व मार्मिक चित्रण किया गया है। गंगूबाई ने इसी बस्ती के लिए काम किया। इस बस्ती के तार मुम्बई के अंडर वर्ल्ड से जुड़े हुए रहे हैं। दाऊद इब्राहिम व छोटा राजन जैसे बड़े गैंगस्टर्स यहाँ आते-जाते थे। इन हालात में यहाँ देह व्यापार के साथ ड्रग्स और कई अन्य अवैध धंधों ने पाँव पसारे।''

पूजा ने अपनी बात जारी रखते हुए मुम्बई की समाजसेविका गंगूबाई काठियावाड़ी और उसके साथ वेश्यावृत्ति कल्याण व निवारण के अनुभव विस्तार से साझा किये।

पूजा की बातें सुनकर निशा के सामने पूरी की पूरी मुम्बई की चकाचौंध के पिछवाड़े का अँधेरा घिरता चला गया। मायानगरी मुम्बई का तिलस्म सुरसुरों और ईश्वर की माया से भी जटिल रहस्य है। यहाँ की फ़िल्मी लीलाओं में सबसे बड़ी माया चलचित्रित होती रही हैं। निशा ने इस मायानगरी की रंगीन रातों को निकट से देखा और महसूस किया था। मुम्बई को राष्ट्र की व्यावसायिक राजधानी कहा जाता रहा है। व्यवसाय के केंद्र में पैसा होता है। पैसे को कबीर ने माया कहा है, ''माया महाठगिनी हम जानी''।

सब जानते हैं, यह मुम्बई है, मायानगरी! यहाँ चौराहे पर खड़े आदमी को पैसे के लालच में बेच दिया जाता है। कामाठीपुरा की वेश्याएँ बिकती रही हैं। उनके अधिकारों के लिए लड़ने वाली गंगूबाई पहले से ही बेची जा चुकी है। करोड़ों-करोड़ों में खेलने वाले और आसमानी ऊँचाइयों तक की शोहरत बटोरने के बावजूद फ़िल्मी सितारे बिक रहे हैं। आज तो हालात ये हैं कि कोई जूते-चप्पल बेच रहा है तो कोई तेल, अगरबत्ती, साबुन, शैम्पू, क्रीम, तोलिया, चड्डी, बनियान वगैरा-वगैरा। मायानगरी के रहस्यों को सब के सब दबाये बैठे हैं! जब बड़ी-बड़ी हस्तियाँ बिकती हैं, तो औरों की क्या औकात जो

बिकने से बच जाएँ। इसलिए यहाँ गंगूबाई बिकती है, बारबालाएँ बिकती हैं। संतो बिकती है,निशा बिकती है। क्या-क्या नहीं बिकता इस लीला और लालच की मायानगरी में?

ऐसे ही मुम्बई के माहौल में निशा की भेंट पूजा अत्राम से हुई थी। एक दिन वे दोनों कामाठीपुरा भी गयीं। पूजा ने वेश्याओं की दुर्दशा दिखाई। उनकी सीलनभरी तंग कोठरियों की दीवारों पर टँगी हुई गंगूबाई काठियावाड़ी की तस्वीरें दिखायीं। उन तस्वीरों पर चढ़ी हुई फूलमालाएँ दिखायीं। गंगूबाई को लेकर उन वेश्याओं के मन में बसे गहरे सम्मान की अनुभूति कराई। गंगूबाई जैसी वेश्या द्वारा वेश्याओं की भलाई की मुहिम की प्रत्यक्ष जानकारी प्राप्त कर निशा के भीतर कुछ हलचल सी होने लगी।

उसने सहसा ही पूछ लिया, ''उसकी मौत कैसे हुई?''

''खबरों में गंगूबाई की मौत का कारण दिल का दौरा बताया गया था। कामाठीपुरा की वेश्याओं का मानना है कि गंगूबाई को अपनी देह के भीतर कमज़ोर दिल जैसी कोई बीमारी नहीं थी, बल्कि उन्हें कामाठीपुरा ही नहीं, बल्कि दुनिया भर की नारियों के दैहिक शोषण का गहरा दुःख था। दुःख के उसी दबाव ने उसे मानसिक आघात पहुँचाया। वही आघात मौत में तब्दील हो गया।'' गंगूबाई की मौत का ज़िक्र करते हुए पूजा का गला रुँध गया। कुछ क्षणों के लिए वह कहीं खो गयी।

पूजा और निशा दोनों को कामाठीपुरा की उस घड़ी में गंगूबाई के प्रति उमड़ती श्रद्धा की भावभूमि पर बेहतर भविष्य के फूलों के अंकुरण की अनुभूति हुई थी।

निशा के लिए पूजा अत्राम दूसरी गंगूबाई थी। होपपुरा में निशा के साथ क्या-क्या नहीं हुआ, फिर भी वह उस बस्ती को अपना मानने लगी थी। पूनम बेड़िनी में वह खलनायिका से अधिक माँ का रूप देखने लगी थी। जीवन के महानदीय भँवरों में डूबती निशा के लिए पूनम ही तिनका बनी थी। सतीश इस मानसिक परिवर्तन का माध्यम बनकर आया था। निशा के जीवन में आज पूनम और सतीश के अलावा और कोई नहीं। पूजा नया संबल बनकर आई, जिसमें वह अपनी और अपनी जैसी सैकड़ों स्त्रियों की मुक्ति देख रही थी।

19

''संतो, आजकल निशा मुझे परेशान सी दिखाई देने लगी है। उसके चेहरे पर अजीब से भाव नज़र आते हैं। तुम्हें कुछ पता है?'' आनंद ने पूछ।

''सर, आजकल वो अपनी बेटी पुष्पिता की परवरिश को लेकर थोड़ी परेशान दिखाई देती है। जितना मैं समझ सकी हूँ, उससे मुझे लगता है कि वह सतीश जी से संपर्क नहीं होने की वजह से भी चिंता करती है।'' सप्ताह भर पहले रेस्तराँ में आई नयी

लड़की के साथ निशा ने जो बर्ताव किया, उस घटना को संतो कहना चाहती थी, लेकिन कुछ सोचकर उसने बात को छिपा लिया।

आनंद सोचने लगा कि उसके रेस्तराँ में सबसे पुरानी, अनुभवी और भरोसेमंद निशा ही थी। उसके बाद संतो का स्थान आता था। वह निशा व सतीश के संबंधों से शुरू से ही परिचित था। सतीश के कहने पर ही तो उसने निशा को रेस्तराँ में काम दिया था। बारबाला के रूप में निशा ने जिस आकर्षण व आतिथ्य भाव से ग्राहकों की संख्या में बढ़ोतरी करवाई उससे अधिक ज़िम्मेदारी का काम वह नयी-से-नयी बारबालाओं की सिखलाई व सार-सँभाल के लिहाज़ से किये जा रही थी। निशा की उपयोगिता के साथ आनंद को उससे सहानुभूति भी होने लगी थी। आनंद ने सतीश को फ़ोन लगाया।

''अरे भाई, सतीश, क्या हमें पूरी तरह से भूल गए?'' दुआ-सलाम के बाद आनंद ने उलाहना दिया।

''नहीं बॉस, व्यावसायिक कारणों से इन दिनों मैं कुछ ज़्यादा ही फँसा हुआ हूँ। दरअसल पुणे से मैं अपने सारे तामझाम को समेट कर कोलकाता शिफ़्ट हो रहा हूँ। वहाँ मेरे कुछेक रिश्तेदार हैं। उन्हीं की सलाह पर मैंने यह कदम उठाया है। सब कुछ बहुत दबाव व जल्दबाज़ी में हो रहा है, इसलिए तुम्हें भी वक्त पर खबर नहीं दे सका। और बताओ, वहाँ के क्या हालचाल हैं?''

''यूँ तो ठीक-ठाक चल रहा है। मुम्बई आओगे तब और सारी बातचीत करेंगे। फ़िलहाल यह कहना चाहता हूँ कि यार, वो जो निशा है ना, तुम्हें तो पता ही होगा, उसने बेटी को जन्म दिया है। उसे लेकर निशा तुम्हें बहुत याद करती है। अरे भई, ज़रा अपने चहेतों का ख़याल रखा करो। और हाँ, निशा का मोबाइल नंबर मैसेज कर रहा हूँ, वक्त मिले तो उससे बात कर लेना। आजकल वह परेशान-सी रहने लगी है। अच्छा, अपना ध्यान रखना।'' कहते हुए आनंद ने फ़ोन काट दिया।

''निशा की बेटी!'' सुनकर सतीश चौंका। उसे थोड़ी दुविधा की अनुभूति हुई। फिर उसे निशा का ध्यान आया। निशा की जीवन यात्रा पर उसने गहराई से सोचा। उसका चित्त भटकता हुआ होपपुरा चला गया। सतीश को एक पुरानी बात याद आ गयी।

''जिन लड़कीन कू बाहर ते लावें हैं ना, बिन्हें ई धंधे में डाले हैं। इन सबत्ती लड़कीन की ग़ैरकानूनी औलादन के रूप में जो लड़कियाँ हमें मिले हैं, उनते बी या धंधो करवाते हैं। अब आप जानत हो, ऐसी लड़कियाँ हमारा खून थोड़े ई होती हैं। अरे बाबूजी, ऊ तो आप जैसों के ई 'जल' तेजनमिलेत हैं।''

होपपुरा की पूनम ने बातचीत के दौरान यह कहा था। सतीश का पूरा ध्यान 'जल' शब्द पर अटक गया।

सतीश को यह भरोसा था कि मुम्बई प्रवास के कुछ वर्षों बाद निशा ने केवल सतीश के साथ ही शारीरिक संबंध सीमित कर लिए थे। हृदय के किसी कोने में वह सतीश को लेकर भविष्य के सपने देखने लगी थी। अविवाहित रहने के बावजूद यौन संबंधों की दृष्टि से सतीश भी निशा तक ही सिमट गया था। यह बात उसने भावुक होकर एकाधिक बार निशा को बता दी थी। उन दिनों कहीं-न-कहीं सतीश के मन में भी निशा के लिए स्थान फैलता गया था।

''मेरा जल, मेरा अंश, निशा की संतान! क्या इस कन्या के संग भी निशा जैसा... ?'' इस अधूरे सवाल ने सतीश को भीतर तक हिला दिया। बेचैनी, दुविधा, किंकर्तव्यविमूढ़ता के मिश्रित और तप्त संवेग पर स्नेह व वात्सल्य की ठंडी फुहारें पड़ने लगीं। निशा की परेशानी की खबर उसके लिए अहम बन गयी। उसने निशा को फ़ोन मिलाया। फ़ोन पर बार-बार स्विच ऑफ़ का टेप सुनाई दिया। सतीश के मन में कई किस्म के ख़याल आने लगे। उसके कानों में चारों तरफ़ जैसे दर्जनों टी.वी. चैनल चिल्ला-चिल्ला कर ताज़ा खबरें प्रसारित किये जा रहे हों।

''पॉप गायक मिका सिंह की मैनेजर ने नींद की गोलियाँ खाकर आत्महत्या की, डॉ. पायल तग़वी ने फाँसी लगाकर अपनी जान दी, डिम्पल वाडीलाल ने बहुमंज़िला इमारत से कूद कर आत्महत्या की, नताशा पादबिरी ने फंदा लगाकर प्राण गँवाये। इसी क्रम में ''बिल्किस बानो, कविता व लीना रामोजी नामक बारबालाओं की आत्महत्या के साथ कालवा में मिला एक अन्य शव भी किसी अज्ञात बारबाला का पाया गया।''

सतीश के लिए निशा की पहचान एक बारबाला से अधिक कुछ नहीं थी। ''बारबालाएँ आत्महत्या कर रही हैं।'' यह वाक्य कई बार सतीश के कानों में गूँजा।

उन्हीं दिनों सारी दुनिया में कोरोना नामक महामारी फैल गयी। भारत में सबसे बुरा असर महाराष्ट्र और उसमें भी मुम्बई जैसे महानगर की ज़िन्दगी पर पड़ा। वेश्यावृत्ति के दलदल में तो यूँ ही अनेक प्रकार के संक्रमणों का खतरा बना रहता है, इस महामारी ने स्वस्थ लोगों के मन में भी परस्पर मिलने को लेकर भय का वातावरण पैदा कर दिया। लॉकडाउन ने इस भय को महामारी से बचने की व्यवस्था में तब्दील कर दिया। ज़िस्मफ़रोशी के धंधे में तो मर्द व औरत की जिस्मानी मुलाकात ज़रूरी है, जिसका कोई विकल्प नहीं। यौनकर्मियों का जीवन घोर संकट में पड़ गया।

सतीश पुणे में था, जहाँ उसे कोरोना का भीषण रूप देखने को मिला। शहर में किये लॉकडाउन के साथ इस इलाके को प्रतिबंधित क्षेत्र घोषित कर दिया गया। देह व्यापार पूरी तरह बंद हो गया। यहाँ की आधी से अधिक वेश्याएँ अपने गाँव-कस्बों को लौट गयीं।

कोरोना महामारी के दौरान सतीश का पुणे हो अथवा निशा का मुम्बई, यौनकर्म में लिप्त महिलाओं का पेट-पालन केवल और केवल सरकारी व समाजसेवी संगठनों

की मदद पर निर्भर हो गया। ''कोरोना के कारण मुम्बई की सेक्स वर्कर्स में आत्महत्या की बढ़ती प्रवृत्ति'' शीर्षक से जो खबर टी.वी. व अख़बारों में आई, उसने सतीश को व्याकुल कर दिया।

''कोरोना, वेश्यावृत्ति, बेरोज़गारी, भूख और आत्महत्या!'' सतीश के कानों में ये शब्द कई बार टकराये। आनंद का डांस बार रेस्तराँ भी तो कोरोना की चपेट में आ गया होगा। निशा बेरोज़गार हो गयी होगी। क्या वह भी परेशान होकर खुदकुशी की सोच सकती है? इस सवाल का पीछा दूसरा सवाल किये जा रहा, आप जैसों के 'जल' वाले कथन ने सतीश को झकझोर दिया।

''मेरा जल, मेरा अंश, निशा की संतान पुष्पिता!'' इस अधूरे से वाक्य को सतीश ने कई बार बड़बड़ाया।

20

निशा ने एक दिन संध्या के वक्त टी.वी. पर देवराज इन्द्र पर निर्मित सीरियल देख लिया। उसमें इन्द्र की राजसभा एवं रंगशाला के कई दृश्य थे। सीरियल के उस एपिसोड को देखने के बाद उसने फ़्लैट की बालकनी से मुम्बई महानगर की चकाचौंध पर विहंगम दृष्टिपात किया। फिर वह महानगर के कोलाहल के बीच अपने फ़्लैट के एक अँधेरे कोने के निस्वन एकांत में दीवार से सर लगाकर अन्यमनस्क भाव से बैठ गयी। टी.वी. पर देखे गए दृश्यों ने उसकी मनोदशा को घेर लिया।

''स्त्री जी नहीं रही, तो मर भी नहीं रही, यह दशा कब से?'' निशा के कानों में यह प्रश्न जैसे दीवार ने ही पूछ लिया। उसने दीवार से ही अपना दाहिना कान सटा दिया।

''मैं जड़ दीवार नहीं। मैं सचेत काल हूँ। जब मैं अपनी ही यात्रा के पथ को पीछे मुड़कर देखता हूँ तो तुम जैसे मनुष्यों के संदर्भ में आदिम युग को ठीक तरह से याद कर पाता हूँ। मानव जीवन के उस आरंभिक सोपान में स्त्री व पुरुष के मध्य भेदभाव पैदा नहीं हुआ था। जिस धरा को दर्जनों भगवानों की 'अवतार भूमि' कहकर जनसाधारण को ''यत्र नार्यस्तु पूज्यन्ते रमन्ते तत्र देवता:'' का पाठ सिखाया जाता रहा है, वहीं नारी का शोषण और उत्पीड़न सर्वाधिक होता रहा है।''

निशा उलझन में पड़ गयी। उसने तत्क्षण अपना कान दीवार से हटा लिया और आँखें बंद कर लीं। उसी पल उसे विभ्राँति का दौरा पड़ा। फिर वह स्वर्ग के स्वप्नलोक में चली गयी।

इन्द्र की नगरी दिव्य आलोक से जगमगा रही है। उसके प्रत्येक कोने में यौवन, उमंग, उल्लास, मंगल, शोभा छायी हुई है। राजसभा के सर्वश्रेष्ठ व सर्वोच्च सिंहासन पर

देवराज अपनी भार्या शची के संग आसीन हैं। कांति, कीर्ति व लज्जा नामक त्रिदेवियों की वहाँ उपस्थिति है। निशा को आभास हुआ जैसे इन तीन देवियों में से अचानक कांति गहन कुहासे में विलीन होती जा रही है, कीर्ति अपयश में परिवर्तित हो रही है और सम्पूर्ण राजसभा में लज्जा का अट्टहास गूँजने लगा है। सभा में उपस्थित सभी मरुद्गण, सिद्ध, देवर्षि, गन्धर्व चिंतित दिखाई दे रहे हैं। वहाँ स्वर्ग की अधिकारिणी कतिपय नारी-छवियाँ प्रकट हो रही थीं, जिनमें गार्गी के उन्नत भाल को देखकर ऋषि याज्ञवल्क्य ने अपना शीष झुका लिया। गौतम ऋषि अहल्या के समक्ष आने से झिझक रहे थे। विश्वामित्र के प्रिय शिष्य गालव, ययाति पुत्री माधवी के आगे लज्जित थे। तारामती के सामने राजा हरिश्चन्द्र की सत्य व निष्ठा क्षीण हुई जा रही थी। राजसभा की बगल में जो रंगशाला गंधर्व समूह द्वारा प्रस्तुत संगीत को सुनने एवं अप्सराओं के नृत्य को निहारने में खोयी हुई थी, वहाँ वैराग्य-सा छाने लगा। अगले ही क्षण रम्भा के आह्वान पर रंगमंच से मेनका, उर्वशी, तिलोत्तमा, कृतस्थली, पुंजिकस्थला, प्रम्लोचा, अनुम्लोचा, घृताची, वर्चा व पूर्वचित्ति सब की सब अप्सराएँ राजसभा की तरफ़ हेय दृष्टिपात करती हुई मृत्युलोक की दिशा में प्रस्थान कर गयीं।

यह दृश्य देखकर निशा के मस्तिस्क में विस्फोट सा हुआ। उसकी सारी-की-सारी तंत्रिकाएँ तेज़ी के साथ काँपने लगीं। ''वे सब की सब मेरे पास आ रही हैं।'' इन शब्दों के साथ वह अचेत हो गयी। जब उसे होश आया तब पुष्पिता उसकी छाती से लिपटी हुई थी। निशा के पूरे बदन में अकड़न और दर्द हो रहा था। वह बड़ी कठिनाई से खड़ी हुई। पुष्पिता को लेकर बालकनी में जाकर बैठ गयी।

निशा की मनोदशा दिन-ब-दिन बिगड़ती जा रही थी। बिगड़ाव की इस प्रक्रिया में अब वह अक्सर खुद से बतियाती रहती। यह बतियाना नहीं बल्कि बड़बड़ाना था।

वेद में देववाणी का संदर्भ देते हुए बताया जाता रहा है कि ''विराट पुरुष ने मानव समाज के चारों वर्णों की सृष्टि की।''

''नहीं, वह चाहे विराट हो,परंतु आखिर में है तो पुरुष ही। इसलिए उसने सभी वर्णों के सिर्फ़ पुरुषों की रचना की, स्त्रियों की नहीं। मनुष्य से भिन्न स्त्री की रचना आगे चलकर पुरुष ने की है। अब आगे से स्त्री को स्वयं ही मनुष्य के रूप में गढ़ना होगा।''

निशा के मन में विचार आया कि ''स्त्री के पंख काटकर उसे बताया जाता रहा है कि वो उड़ नहीं सकती। जिस दिन औरत अपनी ताकत को पहचान लेगी उस दिन से वह पुरुष के शोषण से मुक्त होने की राह पर चल पड़ेगी। पुरुष ने स्त्री को जिस प्रकार का बनाया है, उस छवि को ध्वस्त करना होगा।''

आफ़त अकेली नहीं आती। वह अपने पूरे कुनबे और लाव-लश्कर को साथ लेकर चलती है। निशा की बिगड़ती जा रही मनोदशा को अनेक आँधियों ने घेरना आरम्भ कर

दिया था; खंडित व्यक्तित्व, व्यग्रता विकार, मानसिक द्वंद्व, विघटनशीलता, मनोविकार, मनस्ताप, संभ्रम, उन्माद, दु:स्वप्न और न जाने क्या-क्या! बाहरी दुनिया के प्रति सम्पूर्ण नकार का घटाटोप उसके मानस पर छाने लगा। घना अंधकार निरंतर और दसों दिशाओं से उसे घेरने लगा। निशा गहन अवसाद में चली गयी। उसी मनोदशा में दु:स्वप्न की चपेट में आ गयी। उसे आभास हुआ जैसे एक विराट कृष्ण विवर उसे अपनी तरफ़ बलात् खींचता जा रहा है और वह धीरे-धीरे उसके भीतर समाती जा रही है। अब उस कृष्ण विवर के भीतर एक अजीब किस्म का तिलस्मी उजास दिखाई दिया। आगे एक काल्पनिक लोक था। मुम्बई की चकाचौंध से भी हज़ारों गुणा प्रकाश वहाँ तैर रहा था। प्रकाश के नीचे सफ़ेद बादलों की मोटी तह बिछी हुई थी। उस तह पर से भी प्रकाश की किरणें परावर्तित हुई जा रही थीं। निशा को एकदम दिशाभ्रम हो गया। उसे पता नहीं चला वह कौन सी दिशा थी, जिधर नीले रंग का एक बड़ा-सा पर्दा टँगा हुआ था, जिसके किनारों पर सितारे जड़े हुए थे। पर्दे के बीच रंगमंच सजा हुआ था।

''क्या यही है इन्द्रलोक?'' निशा ने दबी आवाज़ में पूछा। उसे कुछ भान नहीं, यह प्रश्न वह किससे पूछ रही थी।

''हाँ, शायद यही है इन्द्रलोक, जो स्वयं आलोकित है, किंतु वह एक विराट कृष्ण विवर के केंद्र में बसा हुआ है।'' यह समय का स्वर था। निशा पहचान गयी।

''तो क्या ऐसा इसलिए कि दिव्य कहे जाने वाले उस लोक के यथार्थ को कृष्ण विवर से बाहर की दुनिया से छिपाया जाता रहे?''

''हाँ,'' शब्द के साथ समय पुन: अपनी अदृश्यता में विलीन हो गया।

निशा को प्रतीति हुई जैसे स्वर्ग का दृश्य उसके सामने हो। रंगमंच पर गंधर्व गायन के साथ अप्सराओं का नृत्य आरम्भ हो गया। एक के बाद एक अनिंद्य सुंदरियाँ देहयष्टि और भाव-भंगिमाओं से दर्शकों का ध्यान खींच रही थीं। दर्शक और कोई न होकर देवता थे। देव-पत्नियाँ साथ बैठी हुई थीं। सुरापान चल रहा था। देव जितना झूम रहे थे उससे अधिक उनकी पत्नियाँ लज्जा से अपने शीश झुकाए हुए थीं। उनकी मनोदशा पर किसी देव का ध्यान नहीं था।

निशा की आँखों के सामने स्मृति की एक कौंध प्रकट हुई जिसके प्रकाश में उसे पहले देखे गए इन्द्र के सीरियल का वह दृश्य दिखाई देने लगा जिसमें रम्भा के आह्वान पर रंगमंच से सब की सब अप्सराएँ राजसभा की तरफ़ हेय दृष्टिपात करती हुई मृत्युलोक की दिशा में प्रस्थान कर गयीं। अगले ही पल निशा को आभास हुआ जैसे वे सारी की सारी अप्सराएँ अपने हाथ उठाये उसी की तरफ़ भागी आ रही थीं। अप्सराओं के समूह से ''त्राहि माम....त्राहि माम'' का समवेत हाहाकार गूँज रहा था। निशा मूर्च्छित होकर फ़र्श पर गिर पड़ी।

निशा का मनोविकार बढ़ता जा रहा था। कोई भी काल्पनिक दृश्य चाहे उसने टी.वी. के परदे पर देखा हो या अपने ख़यालों अथवा ख़्वाबों में, वही दृश्य उसकी आँखों के सामने कई-कई बार घूमने लग जाता और फिर वह चेतनाशून्य हो जाती।

21

पुणे शिफ़्ट हो जाने के बाद सतीश ने अपना फ़्लैट बेच दिया था। उसका दफ़्तर किराये का था। उसे खाली कर दिया गया था। अब मुम्बई में सतीश का ठिकाना निशा का फ़्लैट ही रह गया। पुणे से मुम्बई रवाना होने से पहले फ़ोन पर उसकी बातचीत निशा से हो गयी थी। मुम्बई पहुँचते ही सतीश पहले आनंद के रेस्तराँ गया।

कोरोना का डर लोगों के दिलोदिमाग में इस कदर बैठा हुआ था कि सब एक-दूसरे को दूर ही से दुआ-सलाम करने लगे थे।

''अरे सतीश, तुम आ गए,'' आनंद के इस वाक्य में कोई अचरज नहीं था। उसे पहले से पता था।

सतीश ने चलने से पहले आनंद को खबर दे दी थी।

''हाँ, भई, पुणे के हालात तो मुम्बई से भी खराब हैं। सारा व्यवसाय चौपट हो गया। कुछ समझ में नहीं आ रहा, कहाँ जाएँ और कहाँ नहीं?''

''वो तुम्हारे कोलकाता के प्लान का क्या हुआ?''

''वहाँ भी तो इस महामारी ने सब कुछ बर्बाद कर रखा है। इस दौरान तो जो जहाँ है, वहाँ ही सिमट कर बैठा रहे, बस इसी में भलाई है। वैसे भी लॉकडाउन के चलते कोई कहीं नहीं जा सकता। चला भी गया तो क्या कर लेगा?'' सतीश के जवाब में घोर निराशा भरी हुई थी। यही मनोदशा आनंद की थी।

''थोड़ा बहुत धंधा दिन-दिन का चलता है। वह भी सुबह नौ से शाम सात बजे तक। इसके बाद लॉकडाउन की वजह से सब गतिविधियाँ बंद। मेरा कारोबार तो सारा का सारा रात का ही है। वो सब ठप्प हो गया। रेस्तराँ के साथ दो-चार लड़कियों की रात के लिए जो बुकिंग हो जाया करती थी, उसके लिए भी कोई राज़ी नहीं होता। डांस बार में काम करने वाली सभी लड़कियों को हटाना पड़ा। अन्य कोई रास्ता मेरे पास था भी नहीं।'' सतीश को यह बात निशा ने फ़ोन पर नहीं बताई थी। वह कुछ पल चुप रहकर निशा के बारे में सोचता रहा। चाय-नाश्ता करने के बाद सतीश वहाँ से चल दिया और सीधा निशा के फ़्लैट पर पहुँचा।

फ़्लैट की कॉल बेल सुनकर निशा ने दरवाज़ा खोला।

ब्लैक होल में स्त्री / 91

‘‘अच्छा हुआ जो आप आ गए। मैं आपके इंतज़ार में ही मुम्बई रुकी हुई थी। यहाँ सब कुछ चौपट हो गया। इस बच्ची को सँभालना मेरे लिए मुश्किल हो गया है,’’ निशा ने पुष्पिता की तरफ़ हाथ करते हुए बोला। पुष्पिता भी अपनी माँ के पीछे-पीछे दरवाज़े तक आ गयी थी। अब वह ढाई साल की हो गयी थी। यदा-कदा संतो, नहीं तो दिन-रात उस बच्ची ने अपनी मम्मी के अलावा किसी अन्य व्यक्ति का दुलार नहीं पाया। सतीश को देखकर पुष्पिता झेंप गयी। वह उसे अजनबी लगा। उस मासूम को क्या पता जो पुरुष उसके सामने है, वही उसका पिता है।

‘‘लो बेटी, देखो तुम्हारे लिए क्या लाया हूँ?’’ कहते हुए सतीश ने पुष्पिता को गोदी में ले लिया। जेब में से चाकलेट निकाल कर उसके हाथ में थमा दी। पुष्पिता ने वह चाकलेट ले ली। उसका ध्यान बँट गया। निशा ने इस दृश्य को देखकर एक गहरी साँस ली। उसके मन में संतोष की एक लहर उमड़ आई।

इसी दरम्यान निशा को घबराहट-सी हुई। वह लड़खड़ायी। चक्कर खाकर गिरती-गिरती बची। सतीश ने पुष्पिता को गोदी से उतार कर निशा को सहारा देते हुए बैड पर लिटा दिया। जैसे ही सतीश ने निशा के ललाट पर हाथ रखा, निशा को सुकून मिला। उसे महसूस हुआ जैसे अब वह बेसहारा नहीं है। बीती हुई रात निशा भारी मानसिक तनाव में रही थी। उसे नींद बिलकुल नहीं आई। कुछ समय तक वह सतीश के चेहरे को निहारती रही। सतीश ने गौर से निशा को देखा। निशा की मनोदशा उसे सामान्य से भिन्न प्रतीत हुई, जैसे उसकी आँखों में दूर-दूर तक शून्य का विस्तार समाया हो और उस शून्य में विकट सन्नाटा पसरा हो।

सतीश ने अपनी दोनों हथेलियाँ निशा के गालों पर रख दीं। सतीश के स्पर्श ने किसी अचूक औषधि का-सा काम किया। निशा के नेत्रों से आँसुओं की धारा बह निकली। अनभिव्यक्त पीड़ा की प्रकृति सदैव तप्त होती है। इसलिए उस अश्रुधारा से ऐसा प्रतीत हुआ जैसे वह निशा के हृदय में संचित वेदना के खदबदाते लावे का नेत्रों से स्रावित कोई अंश हो। इन्हीं पलों में निशा की आँखें रिक्त होती गयीं। उसके सामने अँधेरा पसरता गया और धीरे-धीरे निशा की पलकें बंद हो गयीं। उसके होंठ बुदबुदाये, ‘‘संतो बारबालाओं को लेकर कामाठीपुरा चली गयी।’’ फिर निशा सो गयी।

कुछ देर सतीश की दृष्टि सोयी हुई निशा के मुख पर टिकी रही। पुष्पिता को अकेला देखकर सतीश उसके पास गया। उस रात सतीश ने पुष्पिता को अपनी बगल में सुलाया था। पुष्पिता को भी गहरी नींद आयी थी। निशा के चित्त की जागृत, सुप्त और विचलित दशाओं के मध्य सामंजस्य का यह एक अद्भुत संयोग था।

पुरुष जितने रूपों में जिस-जिस प्रकार की पीड़ा स्त्री को देता रहा है, वे सारी-की-सारी घनीभूत होकर मस्तिष्क के भाव-खंड की कोशिकाओं के सामान्य आचरण को

अस्त-व्यस्त करने लगती है। अपने जीवन में इस तरह के उत्पीड़न को कभी भी सहने वाली स्त्री किसी पुरुष द्वारा किये गए सकारात्मक व्यवहार को भी संदेह की भावना से देखने लगती है। इतने दिनों बाद सतीश से सुखद भेंट होने की बेला में भी निशा की ऐसी दशा उसे घेरे जा रहे संभ्रम के मनोरोग के कारण होती जा रही थी।

अगले दिन सतीश ने निशा को मनोचिकित्सक को दिखाया। उसने कई परीक्षण करने के बाद अकेले सतीश से पूछा, ''मैं आपसे निशा के बारे में एक बात पूछना चाहता हूँ। वैसे मुझे किसी की ज़िन्दगी की व्यक्तिगत और नितांत गोपनीय बात पूछने का अधिकार नहीं है, किंतु इसकी मनोदशा को समझने और उसे सामान्य करने के लिए यह बेहद ज़रूरी है।''

''डॉक्टर साहब, मुझे आप इस महिला का दोस्त मानिये। मैं इसके बारे में सब कुछ तो नहीं जानता, किंतु फिर भी जितनी जानकारी मुझे है, उसे आपको बताऊँगा,'' सतीश ने झिझकते हुए यह जवाब दिया।

''क्या इसके साथ कभी दुष्कर्म जैसा हादसा हुआ है?''

डॉक्टर के इस प्रश्न ने सतीश को भीतर तक हिला दिया। वह गहन सोच में पड़ गया। निशा के साथ अपने संबंधों की स्मृतियों के तहखानों में खोता चला गया। ''क्या मैंने होपपुरा में निशा के संग पहली दफ़ा जो कुछ किया, वह दुष्कर्म था? क्या किसी वेश्या के साथ पुरुष द्वारा की जाने वाली सम्भोग की प्रत्येक क्रिया दुष्कर्म की श्रेणी में आती है? यदि निशा की असामान्य मनोदशा उसके साथ किये गए ऐसे ही किसी व्यवहार का परिणाम है तो क्या उसके इस मानसिक विचलन के लिए मैं भी ज़िम्मेदार हूँ?'' सतीश को ऐसा प्रतीत होने लगा जैसे एक मनोचिकित्सक के सामने किसी मनोरोगी को इलाज के लिए लाने वाला मददगार खुद मनोरोगी बनकर बैठा हो।

''डॉक्टर साहब, निशा की पृष्ठभूमि वेश्यावृत्ति से जुड़ी रही है। मैं इसके अलावा और कुछ नहीं जानता,'' सतीश ने साहस जुटाकर यह संक्षिप्त सा उत्तर दिया।

निशा के मनोपरीक्षण के बाद डॉक्टर को यह ज्ञात हो चुका था कि वह घटनापूर्व स्मृतिलोप (रेट्रोग्रेड एमेनेसिया)की शिकार रही है। ऐसी स्थिति में विलुप्त स्मृतियों को पुनर्जागृत किया जाकर उनके आधार पर रोग का निदान बहुत लम्बी और खर्चीली पद्धति हो सकती है। यह बात डॉक्टर ने सतीश को बता दी। सतीश ने इतना ही कहा कि जो कुछ वर्तमान दशा है, उसे देखते हुए ही इलाज करना उचित होगा। मनोचिकित्सक भी भाँप गया था कि सतीश का निशा के साथ जो रिश्ता है, वह भी जटिल लग रहा है और निशा का जीवन भी सामान्य नहीं है।

''वेश्यावृत्ति जैसा व्यवसाय कोई भी स्त्री स्वेच्छा से नहीं करती, बाहरी तौर पर दिखने

वाली सहमति के पीछे भी कोई-न-कोई प्रत्यक्ष अथवा परोक्ष दबाव होता है। वेश्यावृत्ति को लेकर अब तक किये गए शोध-अध्ययनों का निष्कर्ष यही है।'' यह तथ्य डॉक्टर के ध्यान में था। वह यह भी जानता था कि मस्तिष्क में आयी किसी चोट की वजह से भले ही उससे पूर्व की समस्त स्मृतियों का लोप हो जाये, फिर भी जीवन के उस भाग में आया कोई गहरा सदमा आगे भी मानसिक विकार का कारण बन सकता है। ऐसी मनोदशा में कई दफ़ा प्रभावित व्यक्ति के मन में अपने अस्तित्व को लेकर भय की आशंका होने लगती है। अकारण उत्तेजना, अस्त-व्यस्त दिनचर्या, भटकाव, किंकर्तव्यविमूढ़ता, अव्यवस्थित विचारक्रम, अस्पष्ट उच्चारण, अत्यधिक क्रोध और दूसरे व्यक्तियों अथवा कभी-कभार स्वयं के प्रति शत्रुवत भावना की प्रवृत्तियाँ भी देखी जा सकती हैं।

निशा की पूरी जाँच-पड़ताल करने के बाद डॉक्टर ने कुछ दवाइयाँ देते हुए सतीश को विशेष रूप से सलाह दी कि ''रोगी को निरंतर भावनात्मक संबल दिया जाना ज़रूरी है।''

22

सतीश निशा का ख़याल रखने लग गया। बड़ी बात यह थी कि वह निशा से अधिक पुष्पिता के भविष्य को लेकर चिंता करने लगा। निशा के जीवन की सर्वोच्च प्राथमिकता पुष्पिता पहले से ही थी। उसके हृदय की घाटियों में से प्रवाहित होती हुई चिंता की नदी अब सतीश के मन के मैदानों को सिंचित करती हुई आगे बढ़ने लगी। निशा को प्रतीत हुआ जैसे उसका मानसिक विकार हल्का होता जा रहा है। इसी ग़फ़लत में वह मनोरोग की दवा लेने में लापरवाही बरतने लगी थी।

एक दिन संध्या के वक्त जब सतीश पुष्पिता को नज़दीकी पार्क में घुमाने ले गया तब अचानक निशा बेवजह ''हा...हा, हा...हा..।'' कर हँसने लगी। फिर अट्टहास करती हुई फ़्लैट के भीतर इधर-से-उधर भागने लगी, जैसे अभी इस दीवार से अथवा उस दीवार से टक्कर खाते-खाते बाल-बाल बची। अगले ही पल वह बालकनी में चली गयी। वहाँ खड़ी होकर मुम्बई के विस्तार को निहारती हुई जोर से चिल्लाई—

''मैं सती, शिव की अर्द्धांगिनी। मैं रणचंडी दुर्गा। मैं भैरवी!

''मैं इन्द्र की बंधक अप्सराओं में से कोई नहीं। किसी दान-दम्भी पिता द्वारा याचक को सौंप दी गयी और बार-बार बेची जाने वाली त्रेता की माधवी नहीं। अपने वध का प्रतिकार न करने वाली परशुराम की माँ रेणुका नहीं। गौतम ऋषि की पत्नी अहल्या की भाँति मुझे प्रस्तर प्रतिमा बनना कतई स्वीकार नहीं। मैं सीता की तरह बिना किसी अपराध के दे दिए गए अग्निपरीक्षा के आदेश को नहीं मानती। मैं ''धनुष से छूटे बाण'' की नाई कान्हा के अचानक चले जाने के पश्चात् प्रत्यँचा बनकर काँपने वाली राधा बनकर नहीं

94 / ब्लैक होल में स्त्री

जी सकती। मैं द्रौपदी अवश्य हूँ, किंतु उन समस्त पतियों का परित्याग करती हूँ जिन्होंने जुए में हार जाने के पश्चात् मुझे दाँव पर लगाने की अनधिकार चेष्टा की। मैं प्राचीन काल की कोई गणिका या राजगणिका नहीं। मैं किसी देवता को समर्पित कर दी गयी कोई देवदासी भी नहीं। किसी नवाब के मनोविनोद का साधन नहीं। ट्रावनकोर राज्य की नाडर व इजावा नारियों की तरह स्तन उघाड़े रखने की विवशता के विरुद्ध लड़ने वाली निशा हूँ। पुरुष के मनोरंजन अथवा भोग के लिए मैं कभी चाँद की परी बनकर आसमान से धरा पर नहीं उतरूँगी।'' निशा के होंठों से निकले उद्गारों के साथ ऐसा प्रतीत होने लगा जैसे उसकी आँखों से अंगारे निकल रहे हों।

निशा फिर अपने काल्पनिक लोक में चली गयी।

यह दृश्य अत्रि ऋषि का आश्रम था। उस कालखंड तक आदिदेव शिव को भी मिथक के रूप में स्थापित करते हुए ब्रह्मा व विष्णु के साथ जोड़ कर त्रि-ईश की अवधारणा बना दी गयी थी। ये तीनों अत्रि ऋषि की पत्नी अनुसूया के पत्नी-व्रतत्व की परीक्षा लेने पहुँच गए। यहाँ अनुसूया के स्थान पर निशा बैठी हुई थी। अत्रि ऋषि की अनुपस्थिति में जैसे ही तीनों ईश्वरों ने ब्राह्मण वेश धारण कर आश्रम में प्रवेश किया। आतिथ्य सत्कार के समय निशा को अनुसूया मानते हुए यह माँग कर बैठे कि ''देवी! यदि आप निर्वस्त्र होकर हमारा आतिथ्य करें तो हम आपके यहाँ भिक्षा ग्रहण करेंगे अन्यथा नहीं।''

वह अनुसूया रही होगी जिसने उत्तर दिया दिया कि, ''मैं आप लोगों का विवस्त्र होकर आतिथ्य करूँगी। यदि मैं सच्ची पतिव्रता हूँ और मैंने कभी भी काम-भाव से किसी पर-पुरुष का विचार नहीं किया हो तो आप तीनों छ:-छ: माह के बच्चे बन जाएँ,'' अनुसूया का इतना कहना था कि तीनों भगवान तत्क्षण छ:-छ: माह के बच्चे बन गये जिन्हें उसने स्तनपान कराया और खेलने के लिये पालने में डाल दिया। जब उनकी पत्नियाँ आयीं तो उन्हें वास्तविक रूप में सकुशल लौटा दिया।

यह निशा थी जिसने उन तीनों ईश्वरों को यह कहते हुए कि ''आपका स्वागत है'', उसके हृदय में कब से धधकता हुआ यह सवाल पूछ लिया कि ''क्या आप लोगों ने कभी किसी पुरुष के पत्नी-धर्म को लेकर भी ऐसी परीक्षा ली है?''

निशा का प्रश्न निरुत्तर छोड़ कर तीनों ईश्वर उल्टे पाँव वहाँ से चले गए।

तत्काल पश्चात् दूसरा दृश्य प्रकट हुआ, जिसमें राजा जनक की सभा में शास्त्रार्थ चल रहा था। एक से एक धुरंधर ऋषि, मुनि, वेदज्ञ, ब्रह्मज्ञानी वहाँ उपस्थित थे। संयोग से वहाँ गार्गी नामक एक स्त्री को भी निमंत्रित कर लिया गया। ऋषि याज्ञवल्क्य और गार्गी के मध्य संवाद आरंभ हो गया। गार्गी के प्रश्नों में अटक कर याज्ञवल्क्य तिलमिला गए। उन्होंने क्रोधित होकर गार्गी को कह दिया कि ''गार्गी, मातिप्राक्षीर्मा ते मूर्धा व्यापप्त,''

अर्थात् ''गार्गी, इतने प्रश्न मत करो, कहीं ऐसा न हो कि इससे तुम्हारा मस्तक फट जाए।''

इन कटु शब्दों को सुनकर गार्गी तो चुप रह गयी, किंतु इस दृश्य में अचानक गार्गी का स्थान निशा ने ले लिया। ऋषि याज्ञवल्क्य की आँखों में झाँकते हुए निशा ने पूछ लिया कि ''ऋषिवर, मुझे यह बताइये कि शास्त्रार्थ के दौरान एक के बाद एक जटिल प्रश्न पूछने पर गार्गी जैसी विदुषी की भाँति क्या किसी ज्ञानी पुरुष का मस्तक भी फट जाता है ?''

अगले दृश्य में निशा अपने काल्पनिक लोक में रहते हुए भी भारत के प्राचीन इतिहास के स्मृति खंड में प्रविष्ट हो जाती है। यहाँ जयशंकर प्रसाद का 'ध्रुवस्वामिनी' नाटक खेला जा रहा है। सम्राट रामगुप्त के राज्य पर शकराज आक्रमण कर देता है। रामगुप्त मदिरा और विलासिनियों में डूबा रहता है। उसका विश्वासपात्र शिखरस्वामी जैसे ही आक्रान्ता शकराज का संदेश सुनाता है कि ''संधि की शर्त पर वह महारानी ध्रुवस्वामिनी को अपने लिए और सामंतों की पत्नियों को अपने सैनिकों के लिए माँग रहा है।'' रामगुप्त जैसा कापुरुष शत्रु की इस शर्त को मान लेता है। तब अपने देवर समुद्रगुप्त से मिलकर ध्रुवस्वामिनी अपने शौर्य का प्रदर्शन करती हुई शत्रु पर विजय प्राप्त कर लेती है।

इस दृश्य में निशा ध्रुवस्वामिनी के ध्रुव संकल्प और सफलता को देखकर पूरी तरह से संतुष्ट होते हुए तटस्थ दृष्टा बनकर रह जाती है।

निशा की इस मनोदशा में उभरने वाला चौथा दृश्य वर्तमान की पुरुष-पीड़िता फूलनदेवी की ज़िन्दगी से जुड़ जाता है। इस दृश्य के प्रथम भाग में उत्तरप्रदेश का बेहमई गाँव है, जहाँ दलित युवती फूलन के साथ ताकतवर पुरुषों द्वारा दुष्कर्म किया जाता है और उसके बाद उस असहाय नारी को नग्न अवस्था में गाँव में घुमाया जाता है। दृश्य के दूसरे हिस्से में वह कमज़ोर दलित महिला दस्यु सरगना बनकर हथियारबंद दल के साथ उसी गाँव में लौटती है। अपने ऊपर घोर अत्याचार करने वाले ठाकुर समुदाय के 22 लोगों को मौत के घाट उतार देती है। अन्याय के विरुद्ध लड़ाई करने वाली वह साहसी व बहादुर स्त्री पहले बैंडिट क्वीन और फिर लोकसभा की सदस्य के रूप में इतिहास में अपना नाम लिखवाती है।

निशा ने अपने कल्पना जगत में प्रकट हुए चारों दृश्यों में जो कुछ भी देखा, उसके बाद वह दिमागी तौर पर बहुत हल्का महसूस करने लगी। उसे यह भी पता नहीं चला कि बालकनी में खड़े हुए उसे बहुत देर हो गयी थी। वहीं रखी हुई कुर्सी पर वह बड़े इत्मीनान के साथ बैठ गयी।

अब वह कल्पनाओं के आकाश से धरती पर उतर आई थी। मुम्बई महानगर के पूर्वी भाग पर सूरज काफ़ी चढ़ आया था। कुछ क्षणों तक निशा उसी दिशा के क्षितिज को एकटक देखती रही। महानगर के शोरोगुल के बीच एक पल के लिए अचानक निःशब्दता छा गयी। उसके कानों में पहचाना-सा स्वर गूँजने लगा।

''मैं सती, शिव की अर्द्धांगिनी। मैं रणचंडी दुर्गा। मैं भैरवी!'' निशा के कंठ से उबलते हुए ये शब्द एक बार फिर वातावरण कँपाने लगे।

बाहरी दुनिया के लिए निशा भले ही अर्द्धविक्षिप्त दिखाई दे रही हो, किंतु उसकी गंभीर वाणी चित्त की गहराइयों में से प्रस्फुटित हो रही थी। उसकी पलकें मुँदी हुई थीं। नेत्र भीतर सचेत थे। अपनी चेतना में वह दक्षपुत्री सती का रूप धारण किये थी। यज्ञभूमि पर समस्त देवताओं के स्थान निश्चित किये हुए थे। शिव को बहिष्कृत रखा गया। अर्द्धनारीश्वर महादेव का घोर निरादर देखकर सतीरूपी निशा ने सम्पूर्ण यज्ञ स्थल नष्ट कर दिया। वह रौद्र रूप धारण किये हुए थी, जैसे स्वयं शिव-तांडव किये जा रही हो। उसने इन्द्रपुरी में जाकर रंगशाला को नष्ट कर दिया और सभी अप्सराओं को वहाँ से मुक्त करते हुए पृथ्वी लोक पहुँचा दिया। निशा का विध्वंस अभियान तेज़ गति से अग्रसर था। वह प्राचीन भारत के उन सभी नगर-स्थलों पर गयी जहाँ क्षेत्र की कुमारियों को एकत्रित कर उनमें से राजगणिकाओं का चयन किया जाता था। उसने उन सभी नगरों को ढहा दिया। कोणार्क जैसे मंदिरों एवं अजंता जैसी गुफा-श्रृंखलाओं को तोड़ती हुई आगे बढ़ी। किसी अज्ञात संग्रहालय में जाकर *कामसूत्र* की पाण्डुलिपि को जला दिया। निशा ने मिथक व इतिहास के उन सभी अध्यायों को फाड़कर फेंक दिया जिनमें पुरुष द्वारा नारी स्त्री को मानवता की श्रेणी से नीचे गिराकर उसकी अस्मिता को रौंदा गया है। निशा की इच्छा हुई कि पुरुष द्वारा रची और भोगी गयी स्त्री का कोई पदचिह्न काल के यात्रा-पथ पर शेष नहीं रहे।

विध्वंस के इस समस्त अघटित अभियान के पश्चात् निशा पूरी तरह से थक गयी थी। संतोष के वटवृक्ष की छाया में वह जाकर बैठ गयी। निशा की नियति में पूरा संतोष और शांति नहीं थी। अगली ही घड़ी उसकी इस अस्थायी विश्रांति को भंग करता स्वर वातावरण में गूँजने लगा।

''क्या पुरुष द्वारा सृजित नारी के संसार का सम्पूर्ण विध्वंस से ही नारी का आदर्श लोक निर्मित होगा? इस तरह के विनाश की पृष्ठभूमि में यथास्थिति का नकार होता है। किसी भी प्रकार के नकार से केवल प्रतिशोध उत्पन्न किया जा सकता है। पुरुषवादी व्यवस्था के विरुद्ध ऐसा प्रतिशोध कहीं स्त्री के भीतर पुरुष के ही सम्पूर्ण नकार की मानसिकता तो नहीं ले आयेगा? सृष्टि-यान की संरचना, संचालन और संरक्षण तो पुरुष व स्त्री दोनों के भावनात्मक व व्यावहारिक संयुक्त अवदान से ही संभव होता है। नारी भी तो आदर्श के एकरेखीय पथ पर सदैव नहीं चली, फिर पुरुष के ही सर पर सारे विकारों का ठीकरा फोड़ना कहाँ तक न्यायसंगत है?''

इन समूचे उलझन भरे सवालों के कोलाहल को शांत करता हुआ एक उत्तर निशा के सामने प्रस्तुत हो गया।

''हाँ, मुझे पुरुष के पर्वत को तोड़ना है। उसे समतल करना है, ताकि नारी की नदी उसे सींच कर कोमल बना सके। मानव के रूप में नारी की पहचान। उसकी छीनी गयी गरिमा, अस्मिता और सम्मान की पुनर्प्राप्ति का अभियान!'' यही उत्तर निशा के अभियान का संकल्प बन गया।

इस अभियान का आरंभ धरती के उसी अँचल से किया जाये जहाँ से निशा के रूप में स्त्री के अस्तित्व को खंडित किया गया।

इस विचार के साथ ही निशा का कल्पना लोक अनंत अंतरिक्ष में विस्तार पाने लगा, जहाँ पृथ्वी का पिंड चक्कर लगा रहा था। पृथ्वी के शीर्ष बिंदु पर होपपुरा की बसावट दिखाई दी। उस बस्ती में बेड़िया समुदाय की झोंपड़ियाँ बिखरी हुई थीं। उन्हीं के बीच पूनम बेड़िनी का अड्डा था और उस अड्डे के भीतर उमा नाम की किशोरी के ऊपर किये जा रहे उत्पीड़न, अत्याचार व अनाचारों का असह्य अट्टहास!

जब सतीश पुष्पिता को लेकर वापस आया तो पुष्पिता प्रसन्नचित्त दिखाई दे रही थी। वह अपनी माँ से लिपट गयी। उसने पहली बार माँ व पिता के स्नेह का अनुभव किया। वह अभिभूत थी। यह दृश्य देखकर निशा भी हर्षित थी। कुछ समय पहले निशा के भीतर पैदा हुए रौद्र रूप को पुष्पिता के मुख पर उभरी मुस्कान ने ढँक दिया।

23

निशा की मानसिक दशा में काफ़ी सुधार हो गया। अब वह क़रीब-क़रीब सामान्य थी। सतीश अब उसका खूब ख़याल रख रहा था।

इधर मुम्बई की बारबालाओं की दशा बिगड़ती जा रही थी।

मुम्बई के बार-डांस रेस्तराँओं के संचालन को लेकर कभी पुलिस की पाबंदी व चौथवसूली, सरकार और न्यायालयों के नित नये आदेशों और बारबालाओं के जीवन की जटिलता से तंग आकर आनंद ने वह व्यवसाय छोड़ दिया। उसने रेस्तराँ भवन में तोड़फोड़ कर उसे रेज़िडेंशियल अपार्टमेंट में तब्दील कर लिया। वह रियल एस्टेट के कारोबार से जुड़ गया।

निशा और संतो बेरोज़गार हो गयीं।

यौन-रोग, एड्स, पुलिस की सख्ती, दलालों का लालच, अड्डा खत्म करने के लिए मकान मालिकों का दबाव आदि के कारण कामाठीपुरा में यौनकर्मियों की हालत बद-से-बदतर होती जा रही थी। अनेक वेश्याएँ अपने पुश्तैनी मकानों को सस्ते दामों पर बेचकर दूसरे स्थानों की ओर पलायन कर गयीं।

किसी की तकलीफ़ों को देखकर समय अपनी रफ़्तार को नहीं रोकता। उसे तटस्थ होकर बढ़ते रहना होता है। उसका भला अथवा बुरा होना, इंसानों द्वारा किया गया विभाजन है। भले-बुरे का ज़िम्मेदार समय कभी नहीं होता। मनुष्य की यात्रा में सुख हैं तो दुःख भी होंगे ही।

काल अपने पाँवों को धरती पर टिका कर नहीं चलता, फिर भी धरती पर उसके कदमों के निशान अंकित होते चले जाते हैं। कदम-दर-कदम जुड़ती कड़ियों की पहचान के आधार पर मनुष्य इतिहास की रचना करता है। यह निरपेक्ष समय की सापेक्षिक व्याख्या है। समय के पैर हवा में रहते हैं। हवा की रफ़्तार कितनी ही धीमी या तेज़ क्यों न हो, समय की अपनी ही गति होती है। इस गति को पकड़ सकना इंसान के लिए मुश्किल है। इसीलिए उसे भनक भी नहीं लगी कि काल की राह में कोरोना महामारी का विकराल दलदल कब आ गया। इंसान महामारी की गिरफ़्त में चला जा रहा था। हालात बद-से-बदतर होते जा रहे थे। बस्ती के गली-मोहल्लों और चौराहों पर आवारा पशुओं और कुत्तों का बेख़ौफ़ राज कायम होता जा रहा था। सबसे ज़्यादा दिक्कत हुई रोज़ कमाकर खाने वालों की। इसी तबके के निचले पायदान पर यौनकर्मियों का स्थान था। इनका रोज़गार छिन गया। न इनके यहाँ कोई मर्द आ सकता था, न ये किसी मर्द के पास जा सकती थीं। इनके लिए रोज़गार, रोटी, आसरा और जीने का कारण सिर्फ़ बाहर का मर्द है। इनकी दुनिया में इंसान सिकुड़ कर केवल ग्राहक बनकर रह जाता है। ग्राहक की संचालिका शक्ति गणित होती है। गणित में कोई संवेदना, भावना, अपनत्व और सहानुभूति नहीं होती। बगैर इन गुणों के मानवता मर जाती है। कामाठीपुरा में मानव ग्राहक में और ग्राहक मर्द में तब्दील होता रहा है। इस बस्ती से मर्द डरने लगा था। कोरोना महामारी ने यहाँ की औरत और यहाँ आने वाले मर्दों के गणित को बिगाड़ दिया। मर्द के लिए यह कोई ख़ास बात नहीं थी। वह इंतज़ार कर लेगा। कामाठीपुरा की यौनकर्मी महिलाएँ कहाँ जाएँ?

कामाठीपुरा की यौनकर्मियों को लेकर पूजा अत्राम बहुत परेशान हो गयी।

उसने फ़ोन पर निशा से बात की और उसे कामाठीपुरा साथ चलने के लिए कहा। निशा ने आग्रह किया कि वह उसे फ़्लैट से ले ले। पूजा सहमत हो गयी।

''ये सतीश जी हैं। इन्होंने ही मुझे मुम्बई में रोज़गार और यह ठिकाना दिलवाया है,'' निशा ने परिचय करवाया। सुनकर एक बार तो पूजा के मन में यह सवाल उठा कि ''बारबाला का काम भी कोई रोज़गार है?'' फिर उसे ख़याल आया कि वह स्वयं भी तो यौनकर्मियों के व्यवसाय को मान्यता दिलाने की लड़ाई से जुड़ी हुई है। निशा ने सतीश को पूजा अत्राम के विषय में पहले ही बता दिया था। सतीश ने हाथ जोड़कर पूजा का अभिवादन किया। एक प्रोफ़ेसर से मिलते हुए उसने गर्व का अनुभव किया।

वार्तालाप के दौरान कामाठीपुरा, गंगूबाई काठियावाड़ी एवं प्रो. पूजा अत्राम की

मुहिम के प्रति सतीश की दिलचस्पी पैदा होने लगी। जब बात कामाठीपुरा जाने की हो रही थी तो सतीश ने भी साथ चलने की इच्छा व्यक्त की।

''आपका वहाँ चलना अभी ठीक नहीं रहेगा। बड़ी बदनाम बस्ती है वह।''

''मैंने उस कॉलोनी के बारे में सुना है,'' सतीश ने इतना ही कहा।

''अगली दफ़ा आपको लेकर चलेंगे। फ़िलहाल आपकी इजाज़त हो तो हम दोनों वहाँ चली जाएँ,'' कहते हुए पूजा के मन में आशा का तनिक संचार होने लगा कि ''यदि यौनकर्मियों के कल्याण के काम में सतीश जैसे आदमी का साथ मिल जायेगा तो यह एक बड़ी बात होगी।''

सतीश सहमत हो गया। उस वक्त सतीश के साथ निशा के भीतर पुष्पिता की देखभाल का मुद्दा भी था।

दिन के तीसरे पहर की बेला में निशा को लेकर पूजा अत्राम कामाठीपुरा पहुँची। संतो वहाँ थी ही। 'कामाठीपुरा की आवाज़' संगठन की स्थानीय मुखिया वही थी। अक्सर देश के किसी भी इलाके अथवा समाज के तबके के मुखिया का दर्जा आम आदमी से ऊँचा होता है। यह बात कामाठीपुरा की यौनकर्मियों पर लागू नहीं होती। किसी ज़माने में यहाँ गंगूबाई काठियावाड़ी का सिक्का चलता था। वह यहाँ की मुखिया थी। आज यहाँ की मुखिया संतो है। हर कोई संतो गंगूबाई नहीं बन सकती। संतो का घर एक कोठरी है, जिसमें लकड़ी के फट्टों से बैड बनाया हुआ है। मुश्किल से एक व्यक्ति पाँव पसार कर सो सकता है, यौन क्रिया के वक्त ऊपर व नीचे दो अवश्य! इस बस्ती की एक-एक कोठरी में पच्चीस-पच्चीस यौनकर्मी रहने को मजबूर होंगी तो हालात इससे बेहतर नहीं हो सकते। बेहतर इसलिए कि इन इंसानों के वास्ते रहने का कोई ठिकाने तो कम-से-कम है। हमारे महान भारत में दो से ढाई करोड़ आबादी तो किसी किस्म के रिहायशी ठिकाने के बगैर घूमंतू या अर्द्ध-घूमंतू दशा में यहाँ से वहाँ भटकती रहती है। जब फिरंगियों ने यहाँ अपने सैनिकों के लिए 'कम्फर्ट ज़ोन' बनाया था, उससे पहले आंध्रप्रदेश (वर्तमान तेलंगाना क्षेत्र) से काम की तलाश में आने वाले लोग (कामा ताठी आले ले लोक) इस जगह पर आये थे। उन्हीं के नाम से इस बस्ती का नाम कामाठीपुरा पड़ा। बाद के वक्त में यहाँ गुजरात, बंगाल, कर्नाटक, तमिलनाडू, उड़ीसा, असम और नेपाल तक से लोग आते गए। मज़दूरों और वेश्याओं का यह इलाका प्राचीन और महान भारत देश का बदनाम लघु-भारत बन गया! और फिर मज़दूर भी यहाँ से पलायन करते चले गए। आज कामाठी मज़दूर बहुत कम रह गए हैं। यौनकर्मी भी यहाँ से भगाये जा रहे हैं। यहाँ की ज्यादातर इमारतें जर्जर हो चुकी हैं। अधिकतर मालिक इन भवनों को बेचना चाहते हैं या फिर इन्हें तोड़फोड़ कर बहुमंज़िला आवास बनाना चाहते हैं। मुम्बई के दीगर इलाकों की बनिस्पत यहाँ मकान सस्ते हैं। अन्यत्र स्थानों से आकर लोग यहाँ बसना चाहते हैं। ऐसे लोग भी

चाहते हैं कि यौनकर्मियों को यहाँ से निकाल कर कॉलोनी की बदनामी से राहत मिल सके।

संतो की सहेली आनंदीबाई का अपना पुश्तैनी दो कमरों वाला मकान है। इसी के एक कोने में संतो की कोठरी है। आनंद के रेस्तराँ से बेदखल हो जाने के बाद संतो को आनंदीबाई ने यहीं शरण दी थी। संतो ने कामाठीपुरा की चुनिंदा यौनकर्मियों को इसी मकान के कमरे में एकत्रित किया। पूजा ने सभी के सामने उनके भविष्य को लेकर विस्तार के साथ चर्चा करते हुए कहा कि ''मैं कुछ महीने पहले कलकत्ता के सोनागाछी इलाके में जा कर लौटी हूँ।'' पूजा आगे बोलना चाहती थी, तभी उसके मोबाइल पर विशाखा दास का फ़ोन आया।

''हेलो, पूजा, तुम कैसी हो ? यहाँ के हालात बहुत ख़राब हैं।''

''मैं ठीक हूँ। यहाँ भी सब कुछ बहुत ख़राब चल रहा है। इसी सिलसिले में हम यहाँ एक मीटिंग कर रहे हैं।'' संक्षिप्त सा जवाब देते हुए पूजा ने विशाखा को कामाठीपुरा की दुर्दशा विस्तार से बताते हुए सोनागाछी व कलकत्ता के अन्य इलाक़ों की यौनकर्मियों की ख़बर जानने की इच्छ जताई। विशाखा यौनकर्मियों के अधिकारों को लेकर कलकत्ता में संघर्ष करने वाली ''दुर्बार महिला समन्वय समिति'' की सक्रिय सदस्य थी।

''तुम्हें पता है सोनागाछी, वाटगंज व कालीघाट जैसे मोहल्लों में कभी सन्नाटा नहीं होता था। आज कोरोना रोग की वजह से दिन-रात मातम-सा पसरा हुआ है। यौनकर्मियों के सामने भूखों मरने की नौबत आई है। बहुत सारी यौनकर्मी घरों का किराया नहीं चुका पा रही हैं। सोनागाछी में जहाँ रोज़ाना 35 से 40 हज़ार ग्राहक आते थे, वहाँ अब 500 भी नहीं आ रहे हैं। देह व्यवसाय की वजह से हज़ारों दलालों, रिक्शावालों और छोटे-मोटे दुकानदारों की रोज़ी-रोटी संकट में पड़ गयी है। कोरोना से बचाव को लेकर हमारी समिति ने यौनकर्मियों में जागरूकता अभियान चला रखा है। संगठन ने मकान मालिकों से कुछ दिनों तक किराया माफ़ करने का अनुरोध किया है। सरकार एवं समाजसेवी संस्थाओं द्वारा की जा रही मदद भूखे-प्यासे ऊँट के मुँह में जीरा व बूँद के बराबर है। अनेक यौनकर्मी इलाका छोड़कर अपने मूल निवास अथवा रिश्तेदारों के यहाँ चली गयी हैं। लम्बे समय तक यौन कर्मियों को रोज़गार देता रहा यह इलाका आज घोर दरिद्रता की चपेट में है। 90 फ़ीसदी यौनकर्मी कर्ज़ के भँवर में फँसी हुई हैं। कभी यौन रोग, कभी एड्स और अब कोरोना! यहाँ की 73 फ़ीसदी यौनकर्मी इस धंधे को छोड़ना चाहती हैं किंतु उनके पास विकल्प नहीं है।'' विशाखा व पूजा दोनों ने पंद्रह-बीस मिनट तक अपनी कठिनाइयों एवं यौनकर्मियों के दुःख साझा किये।

कामाठीपुरा में यौनकर्मियों के बीच बैठक समाप्त हो गयी। पूजा की अगुवाई में बृह्ममुंबई महानगरपालिका के स्थानीय दफ़्तर में यहाँ की यौनकर्मियों की समस्याओं को लेकर ज्ञापन दिया।

पूजा के पास अपनी कार थी। निशा को लेकर वह कामाठीपुरा से चल दी। वह मुम्बई की सड़कों पर कार चला रही थी। सारा ध्यान उसका कलकत्ता की सड़कों पर था। कामाठीपुरा पीछे छूट गया। पूजा को महसूस हुआ जैसे वह सोनागाछी की दिशा में अग्रसर है।

''क्या बात है पूजा दीदी?'' निशा ने इन शब्दों से पूजा की चुप्पी तोड़ी।

''कुछ नहीं।'' पूजा के इस जवाब ने निशा को बहुत कुछ सोचने को विवश कर दिया। उसका दिमाग भारी होने लगा जैसे पूजा द्वारा कहे गए इन दो शब्दों का बोझ वह सहन करने की दशा में नहीं थी। उसने कार की खिड़की की तरफ़ गर्दन मोड़ ली।

''कोई ख़ास बात नहीं। कामाठीपुरा और सोनागाछी की मौजूदा बदहाली से मैं बेचैन हो गयी। मुझे कामाठीपुरा में सोनागाछी, सोनागाछी में कामाठीपुरा और इन दोनों बस्तियों के चारों तरफ़ हिन्दुस्तान के सारे-के-सारे रेड लाइट एरिया चक्कर लगाते हुए प्रतीत हो रहे हैं। मुझे यह बताओ कि इन यौनकर्मियों की दुर्दशा को लेकर संतो, आनंदीबाई, विशाखा सहित तुम और मैं ही क्यों चिंतित हैं? बृह्ममुंबई महानगरपालिका के उस स्थानीय अफ़सर ने ऐसा तीखा जवाब क्यों दिया कि ''तुम्हारी रोज़ी-रोटी के वास्ते क्या सरकार इस कॉलोनी में बाहर से पुरुषों की आमदरफ़्त शुरू कर दे?''

''हमने तो सरकार से इस विपदा के वक्त थोड़ी मदद ही तो माँगी है ना,'' पूजा के स्वर में सरकार के प्रति तल्खी उभर आई।

''दीदी, आप तो कामाठीपुरा की तकलीफ़ों को लेकर लम्बे अर्से से जूझ रही हैं। आपसे हमें हिम्मत बँधती है। आप ही ऐसे बोलेंगी तो काम कैसे चलेगा?''

निशा की प्रतिक्रिया पर पूजा ने अपनी बायीं हथेली उसके कंधे पर रखी। निशा कार की खिड़की की तरफ़ से मुड़कर पूजा को निहारने लगी। उन दोनों ने आँखों ही आँखों में एकदूजे को ढाढ़स बँधाया। इस दरम्यान पूजा की कार ने दादर क्षेत्र पार कर लिया था। अब वह तेज़ रफ़्तार से जुहू चौपाटी की दिशा में भागी जा रही थी।

विशाखा दास के साथ फ़ोन पर हुई बातचीत के बाद से ही पूजा के मस्तिष्क के पिछवाड़े में सुस्ता रही सोनागाछी की यात्रा और वहाँ किये गए प्रवास के सारे दृश्य उसकी आँखों के सामने चैतन्य हो उठे।

सोनागाछी में यौनकर्मियों का संगठन काफ़ी मज़बूत है। संगठन ने यहाँ तक घोषित कर दिया है कि ''ग़रीबी व बेरोज़गारी के कारण यौनकर्मी देह व्यवसाय के धंधे को अपनाने के लिए बाध्य होते हैं। अगर कोई दूसरा रास्ता उनके आगे हो तो कोई भी इस काम को नहीं करना चाहेगी। सोनागाछी, एशिया का सबसे बड़ा वेश्यावृत्ति का केंद्र है।''

किसी ज़माने में यहाँ सनाउल्ला नाम का कुख्यात डाकू अपनी बूढ़ी माँ के साथ रहा

करता था। उस डाकू की मौत पर जब उसकी माँ बेहद गमगीन थी तभी उसकी झोंपड़ी के भीतर से आवाज़ आई, ''माँ, रो मत, मैं गाड़ी बन गया हूँ।''

अरबी भाषा में गाड़ी का मतलब ऐसे योद्धा से है, जो दूसरे इलाके के लोगों को जीतकर उन्हें इस्लाम कबूल करवाता है। ऐसे आदमी को धर्म-योद्धा भी कहा गया। इस समझ के आधार पर लोग उस डाकू की झोंपड़ी को पवित्र स्थान मानने लगे। ऐसी चर्चा फैलने लगी कि वहाँ जाने से शारीरिक व मानसिक कष्टों का निवारण होने लगता है। सनाउल्ला की उस वृद्ध माँ ने वहाँ एक मस्जिद का निर्माण करवा दिया। इसे पवित्र आश्रय-स्थल मानते हुए बांग्ला शब्द 'सोनागाछी' का नाम मिल गया। जिसका अर्थ ''स्वर्ण वृक्ष'' होता है। यहाँ सनाउल्ला की दरगाह आज भी है। दस्यु परंपरा के प्राचीन इतिहास का निकट संबंध बंगभूमि से रहा है। हिन्दू डाकू काली माँ के उपासक रहे हैं। कई स्थानों पर ''डाकाते (डाकू निर्मित) काली मंदिर'' आज भी देखे जा सकते हैं। इन डाकुओं में ज़्यादातर रॉबिनहुड जैसे थे जो अमीरों का धन लूटकर उससे ऐसे धर्म स्थल बना दिया करते थे अथवा उस धन को ग़रीबों में बाँट दिया करते थे। विश्वविख्यात कवि रवीन्द्रनाथ टैगोर का जन्म भी निकटवर्ती ठाकुरबाड़ी में हुआ था।

सर्वशक्तिशाली दुर्गा माता, धर्म प्रचारक, रॉबिनहुडों और महान कवि से जुड़ी ऐसी पावन भूमि देह व्यवसाय का अड्डा कैसे बन गयी, यह सवाल हर किसी को सोचने के लिए बाध्य करता है। इसका जवाब हमें ब्रितानी हुकूमत के दौर में कोलकाता में स्थापित फ़ौजी छावनियों एवं बाज़ारों के इतिहास में मिलता है। इस तथ्य पर भी गौर किया जाना चाहिए कि सोनागाछी का वर्तमान बाज़ार का क्षेत्र बहुत पहले से काली माँ मंदिर के लिए 'तीर्थयात्री मार्ग' के रूप में इस्तेमाल होता रहा था। व्यावसायिक गतिविधि, फ़ौजी छावनियों तथा यात्रियों व पर्यटकों की उपस्थिति और वेश्यावृत्ति के अड्डों का पुराना रिश्ता रहा है। सोनागाछी क्षेत्र में करीब 11,000 सक्रिय यौनकर्मियों का वास है। एक वक्त प्रसिद्ध बंगाली परिवार इन वेश्यालयों के मालिक हुआ करते थे। कई बड़े भवनों के नाम 'प्रेम कुटीर' रखे हुए हैं।

''क्या वास्तव में इन इमारतों के भीतर प्रेम जैसे तत्व की अनुभूति होती है?'' यादों से भरी मटमैली तख्ती पर किसी ने काली स्याही से मोटे-मोटे अक्षरों में यह सवाल माँड दिया। पूजा के कलकत्ता प्रवास के दौरान देश भर के ट्रांसजेंडर कलाकारों ने एक अभियान चलाया था, जिसके अंतर्गत सोनागाछी के भवनों की दीवारों पर रंगीन चित्र बनाये जा रहे थे। इस मुहिम का मकसद यौनकर्मियों के अधिकारों और उन पर की जाने वाली हिंसा को रोकने को लेकर जागरूकता फैलाना था। इसके पहले सोनागाछी रेड लाइट एरिया के बच्चों के ऊपर ऑस्कर सम्मानित डॉक्युमेंट्री बॉर्न इन टू ब्रोथल बनायी जा चुकी थी।

''पश्चिम बंगाल का सबसे बड़ा त्योहार दुर्गा पूजा है। माँ दुर्गा की प्रतिमा की

निर्माण-सामग्री में सोनागाछी की माटी मिलायी जाती है।'' जब पूजा सोनागाछी गयी थी, तब गाइड ने यह बात बताई थी। वहाँ की औरतों की धरा को दिए जाने वाले इस 'सम्मान' के बारे में भी पूजा को तभी पता चला था।

पूजा ने सोचा था कि ''देखो, बंगाल की धरती कितनी महान है, जो सर्वशक्तिमान माँ देवी की पूज्य प्रतिमा में वेश्याओं जैसी समाज की नीच, निकृष्ट, अधम, हीन व पापिनी जैसी स्त्रियों को भी देवी का दर्जा देती रही है।'' वह गाइड काली माँ के मंदिर का पंडा था।

पूजा ने एक दुकानदार से इस बात की तस्दीक की थी, जिसने गाड़ी सनाउल्ला और उसकी माँ की कहानी से सोनागाछी की माटी की पवित्रता को जोड़ा था। वह आदमी मुसलमान था।

पूजा को याद आया जब वह सोनागाछी की गलियों से गुज़र रही थी तो उसकी नज़रें किताबों की एक दुकान पर पड़ी थी। वह उसके भीतर चली गयी। एस. हुसैन जैदी द्वारा लिखी पुस्तक *माफ़िया क्वीन्स ऑफ़ मुंबई* को देखते ही उसने ख़रीद ली। रात भर पूजा उस किताब को पढ़ती रही। उसमें एक किस्सा दर्ज था—

''एक बार गंगूबाई काठियावाड़ी ने तत्कालीन प्रधानमंत्री पं. जवाहरलाल नेहरू से मुलाकात की। यौनकर्मियों के अधिकारों को लेकर गंगूबाई के विचारों से नेहरू अच्छी तरह से प्रभावित हुए। इस दौरान नेहरू ने गंगूबाई से पूछा कि ''वह इस धंधे में क्यों हैं? उन्हें अच्छी नौकरी और अच्छा पति मिल सकता है।'' गंगूबाई ने तुरंत नेहरू से कहा कि ''अगर आप मुझे पत्नी के रूप में स्वीकार करते हैं तो मैं तुरंत यह काम छोड़ दूँगी।'' गंगूबाई की बात सुनकर नेहरू चौंक गए और अपनी असहमति जताई। इसके बाद गंगूबाई ने कहा, ''प्रधानमंत्री जी, नाराज़ मत होइए। मैं सिर्फ़ अपनी बात साबित करना चाहती थी। सलाह देना आसान है लेकिन उसे खुद अपनाना मुश्किल है।''

मुम्बई महानगर की सड़कों पर आपाधापी व कोलाहल का जितना भारीपन था, उसके विपरीत पूजा की कार के भीतरी वातावरण में नि:शब्दता का हल्कापन व्याप्त था। पूजा सोचे जा रही थी जैसे देहाती इलाकों की सीलन भरी, अँधेरे में डूबी हुई कच्ची झोंपड़ियों से लेकर महानगरों के भव्य भवनों के विलास-कक्षों तक पहुँचने को विवश देहदानी स्त्रियों की समूची बस्तियाँ पृथ्वी के किसी कोने में एकीभूत होकर शक्तिशाली ब्लैक होल में परिवर्तित हो गयी हों, जिसके मुहाने पर पुरुषों का सख्त पहरा हो। इस ब्लैक होल में धकेल दी गयीं स्त्रियों में से कोई भी बाहर नहीं आ सकती।

''उनमें से किसी को बाहर नहीं लाया जा सकता है। उनके पास रोशनी की कोई किरण नहीं पहुँचाई जा सकती।''

''कहाँ की बात कर रही हो दीदी ?'' निशा ने पूछा। पूजा ने निशा के प्रश्न को अनसुना कर दिया। उस जैसी संवेदनशील महिला के व्यवहार में ऐसा रूखापन पहली बार झलका था।

निशा को उसके फ़्लैट पर छोड़ती हुई पूजा मुम्बई विश्वविद्यालय की तरफ चल दी। रात के दस बज गए थे। पूजा बुरी तरह से थकी हुई थी। उसने फटाफट स्नान किया। ख़राब मन थोड़ा सुधरा। उसने दो अण्डों का ऑमलेट बनाया। ब्रेड के चार टुकड़े सेंके। एक गिलास दूध गरम किया। उस रात यही प्रोफ़ेसर पूजा अत्राम का डिनर था।

यह मुम्बई के जागने का वक्त था। यह महानगर रात भर सोता नहीं। रात का दूसरा पहर इस मायानगरी के लिए एक तरह से भोर का आगाज़ होता है। इसी महानगर के महात्मा गाँधी रोड पर मुम्बई विश्वविद्यालय का परिसर है। यहाँ का वातावरण और जीवन की गतिविधियाँ भिन्न हैं। दिन का अधिकांश पूजा ने मायानगरी में बिताया था। अब वह विश्वविद्यालय रूपी ज्ञानपुरी में थी। जहाँ ज्ञान होता है वहाँ शांति होती बताई जाती है। प्रोफ़ेसर पूजा का आवास इसी परिसर में था। उसके भीतर ज्ञान था फिर भी शांति नहीं! वह बेचैन थी। उसका माथा भन्ना रहा था। उसके आवास के अंदर घुटन थी। घुटन की वजह ऑक्सीजन की कमी नहीं। ऑक्सीजन तो यहाँ मुम्बई के किसी भी इलाके से ज्यादा थी।

पूजा अपने क्वार्टर की बालकनी में आ गयी। वहाँ से आसमान का एक हिस्सा दिखाई दे रहा था, जहाँ कुछ नक्षत्र मुस्करा रहे थे। पूजा की बेचैनी तनिक कम हुई। कुछ देर वह वहीं कुर्सी पर बैठ गयी। पूजा अत्राम को आकाश अच्छा लग रहा था। राजस्थान के होपपुरा की वेश्याओं को लेकर शोध किया, तब से उसे यह धरती पहले से कम अच्छी लगने लगी थी। मुम्बई और कोलकाता की यौनकर्मियों की दशा को देखकर वह विचलित व बेचैन रहने लगी थी। पूजा के भीतर सुख की मात्रा धीरे-धीरे घटती जा रही थी। तनिक सुख का उजास होने लगता कि दुःख के काले बादल उसे ढँकने लगते। सितारों भरे आकाश की सुंदर छवि को वह और निहारती रहना चाहती थी। वह ऐसा नहीं कर सकी। उसकी नज़रें आसमान से धरती पर लौट आयीं। यहाँ मुम्बई महानगर का विस्तार फैला हुआ था। इस विस्तार के ऊपर से पूजा को कोलकाता की अनुभूति हुई, जहाँ सोनागाछी तड़प रही थी।

24

अगले दिन सुबह के वक्त निशा और सतीश फ़्लैट की बालकनी में बैठे-बैठे बतिया रहे थे। पुष्पिता अभी सो रही थी।

''सतीश जी, आपने देखा, यह पूजा मैडम इतनी बड़ी यूनिवर्सिटी में प्रोफ़ेसर होकर भी वेश्याओं के कल्याण के लिए रात-दिन सोचती रहती है। और उस गंगूबाई ने तो इस काम में अपना पूरा जीवन ही होम दिया था। उसके ऊपर तो अब फ़िल्म भी बन गयी है,'' निशा ने बात छेड़ी।

''तुझे वह फ़िल्म देखनी है क्या ?''

''अजी, नहीं। मेरा यह मतलब नहीं था। मैं तो यह कह रही थी कि अब यहाँ मुम्बई में कोई काम-काज नहीं है। क्यों नहीं मैं होपपुरा चली जाऊँ?'' सतीश समझ नहीं सका, निशा के इस वाक्य में उसकी किसी सलाह का आग्रह था अथवा यह उसकी इच्छा थी ? उसका मन अब पुष्पिता के निकट होता चला जा रहा था। वह उलझन में पड़ गया। सोचने लगा कि यदि निशा होपपुरा जाएगी तो ज़ाहिर सी बात है, पुष्पिता भी उसके संग रहेगी। सतीश किसी भी कीमत पर होपपुरा नहीं जाना चाहता था। उसका वहाँ क्या लेना-देना। सतीश ऐसी मनोदशा में था, जहाँ उसके लिए पुष्पिता से दूर रहना बहुत कठिन हो गया था। दूसरी तरफ़ बिना निशा के पुष्पिता उसके पास नहीं रह सकती थी। पुष्पिता का भविष्य सतीश के लिए ज़िन्दगी का अहम मसला बन गया था।

''वहाँ जाकर भी क्या करोगी ?'' उसने पूछा।

''यूँ तो मेरे लिए यहाँ और वहाँ में कोई फ़र्क नहीं। सवाल पेट भराई का है। इससे बड़ा सवाल पुष्पिता की पढ़ाई का।''

निशा कुछ और कहना चाह रही थी। सतीश बीच में बोल उठा, ''देखो, मैंने पुणे से सारा कारोबार समेट लिया है। मैं कोलकाता शिफ़्ट होना चाह रहा था, मगर बात बैठ नहीं रही। अब मैंने आनंद के साथ प्रॉपर्टी का बिज़नेस शुरू कर दिया है। ठीक-ठाक सी कमाई होने लगी है। आगे और अच्छी उम्मीद है। वैसे तुम्हें पता है ही कि आगरा में सरसों के तेल का हमारा पुश्तैनी व्यवसाय चल ही रहा है। वह भी मेरे लिए आमदनी का बड़ा ज़रिया है। इसलिए जहाँ तक पुष्पिता की पढ़ाई का मुद्दा है तो मेरे दिमाग में यह विचार है कि उसे किसी ढंग के बोर्डिंग स्कूल में भर्ती करा दिया जाए। उसके खर्चे की व्यवस्था मुझे करनी है। इसके लिए तुम्हें सोचने की कोई ज़रूरत नहीं है।''

''तो आप चाहते हैं कि मैं पुष्पिता को छोड़कर अकेली कहीं भी भटकती फिरूँ!'' निशा की बात सुनकर सतीश कुछ भी कहने की दशा में नहीं था। निशा की पीड़ा से वह परिचित था। उसे पता था कि निशा को भावनात्मक संबल देना अभी भी आवश्यक है। मनोचिकित्सक की ऐसी सलाह थी। वह सोचने लगा, ''यदि निशा को पुष्पिता से अलग कर दिया गया तो संभव है, निशा का मनोविकार फिर से परेशानी पैदा करने लग जाए।''

काफ़ी विचार करने के बाद सतीश बोला, ''क्या तुम समझती हो कि पुष्पिता की

परवरिश होपपुरा में ठीक से हो पायेगी ?''

''मेरी सबसे बड़ी चिंता इसी को लेकर है। किसी भी सूरत में मैं नहीं चाहती कि यह भी ज़िन्दगी में मेरी तरह भटके।''

निशा के इस वाक्य ने सतीश को बेचैन कर दिया। पुष्पिता केवल निशा की बेटी ही नहीं, वह स्वयं उसका पिता है। सतीश को पुष्पिता के पिता होने का अहसास हुआ। इस अहसास ने उसे पुष्पिता की देखरेख का बोध कराया।

सतीश इस दृष्टि से सोच ही रहा था कि निशा आगे कहने लगी, ''मैं चाहती हूँ कि जिस तरह से पूजा मैंडम कामाठीपुरा की महिलाओं को लेकर काम कर रही है, मैं होपपुरा में जाकर वेश्यावृत्ति की समस्या के ख़िलाफ़ क्यों न लड़ाई छेड़ दूँ। यह इसलिए कि मेरे जीवन की दिशा को बर्बादी की राह पर इसी बस्ती ने मोड़ा है। मैंने कई दफ़ा यह सोचा है कि कुछ ऐसा काम करूँ जिससे आगे मेरी तरह गंदगी के इस दलदल में कोई अन्य लड़की नहीं पड़े। कम-से-कम होपपुरा को तो इस बुराई से छुटकारा मिले।''

कुछ देर सतीश चुप रहा। निशा भी उसकी उलझन को भाँप गयी थी। अंत में सतीश ने निशा से वादा किया कि होपपुरा में ऐसा अभियान छेड़ा जाना चाहिए। वह स्वयं भी तन, मन और धन से साथ देने को राज़ी हो गया। वैसे ऐसा निर्णय निशा ने मुम्बई में पत्राचार माध्यम से बी.ए. फ़ाइनल की अपनी परीक्षा का सफल परिणाम आने के वक्त ही ले लिया था। उस दिन वह बहुत खुश हुई थी। दोनों ने अपने इस फ़ैसले से पूजा अत्राम को फ़ोन पर अवगत कराया। पूजा ने उन्हें अपने आवास पर बुलाया जहाँ लम्बी चर्चा की गयी।

''मैडम, हम दोनों चाहते हैं कि आप एक बार हमारे संग होपपुरा चलें। वहाँ लोगों से बातचीत करें। ऐसे मामलों को लेकर आपका अच्छ अनुभव है। हमें मदद मिलेगी। लोगों पर आपकी बात का असर भी होगा।'' सतीश और निशा के ऐसे आग्रह को पूजा ने स्वीकार कर लिया। निशा ने फ़ोन द्वारा पूनम को सूचित कर दिया कि ''वह आगरा से तुरंत होपपुरा चली जाए। अगले सप्ताह हम भी वहाँ पहुँच जायेंगे।''

पूनम भी अब वेश्यावृत्ति के घृणित पेशे से ऊब चुकी थी। वैसे भी उसने अपने बेटे के साथ मिलकर आगरा में संगीत नृत्य सिखाने का नया धंधा आरम्भ कर दिया था। देह व्यापार के व्यवसाय को पूरी तरह तिलाँजलि दे दी थी। अगर किसी को शक होता कि पूनम बेड़िनी ने संगीत नृत्य की आड़ में वेश्यावृत्ति चालू कर रखी है तो उसे सचाई का पता लग जाने पर बाद में अपने संदेह पर पछताना ही पड़ा था। यूँ भी पूनम की उम्र स्वयं कोई व्यवसाय करने की नहीं रही थी। हाँ, वह गाइड कर सकती थी, सुपरवीज़न कर सकती थी ज़िन्दगी के अपने लम्बे तजुर्बे के साथ किसी भी काम का जो अब उसकी रुचि का हो।

धौलपुर का रामनरेश गोयल वकील काफ़ी वृद्ध हो गया था। इस अवस्था के बावजूद उसकी सेहत काफ़ी अच्छी थी। उसके दोस्त वैद्य राधेश्याम जोशी का देहांत हो गया था। स्वास्थ्य की दृष्टि से वह वकील का गुरु था, लेकिन स्नान करते समय पाँव फिसलने से उसके माथे में गंभीर चोट आयी। उसका ब्रेन हेमरेज हो गया। कई दिनों तक कोमा में रहने के बाद उसकी मृत्यु हुई। रामनरेश वकालत के साथ सामाजिक कार्यों में भी रुचि लेता रहा था। धौलपुर क्षेत्र में औरतों की ख़रीद-फ़रोख़्त व वेश्यावृत्ति के मामले की पड़ताल के लिए जब अभिषेक कपूर उससे मिला तब से गोयल ने महिला उत्पीड़न के मुद्दों को लेकर अधिक सक्रियता दिखाना आरंभ कर दिया था। चीलपुरा के ठाकुर गोवर्धन की मौत कैंसर के रोग से हो गयी थी। उसके बाद वहाँ औरतों की ख़रीद-फ़रोख़्त का धंधा पूरी तरह से ख़त्म हो गया था। ठाकुर की मौत के पश्चात् इलाके में किसी ने आल्हा छंद की तर्ज़ पर ये बोल रच दिए थे, जिनका ख़ासकर राजाखेड़ा अँचल में ख़ूब प्रचलन रहा।

चीलपुरा के अम्बर में अब, चीलन के टोले मंडराय

मरि गये देहन के ब्योपारी, घूँघट में बैयर मुसकाय।

जैसा तय किया उसी के मुताबिक मुंबई से निशा, सतीश व प्रो. पूजा अत्राम होपपुरा आ गए। पुष्पिता साथ ही रही। निशा की सहेली और पूजा के संग कामाठीपुरा में काम कर रही संतो की इच्छा को देखते हुए उसे भी साथ ले लिया।

पूजा अत्राम अपने शोध के सिलसिले में एकाधिक बार होपपुरा में आ चुकी थी। तब अन्य स्थानीय प्रमुख व्यक्तियों के साथ गोयल वकील से भी मिली थी। होपपुरा पहुँचते ही उसने खबर दी। जैसे ही उसे पता लगा कि पूजा मुम्बई से यहाँ आई हुई है, वह तुरंत पचगांव आया। सरपंच बसंतीलाल बोहरा से उसके बहुत अच्छे ताल्लुकात थे। उस घड़ी पूजा सहित मुम्बई से आने वाले सभी लोग होपपुरा में मिला-भेंटी कर रहे थे। रामनरेश ने बोहरा की हवेली से एक सेवक को भेजकर उन्हें वहीं बुलवा लिया।

भेंट होते ही पूजा रामनरेश वकील को पहचान गयी। हाथ जोड़कर नमस्ते के अभिवादन के साथ वह बोली, ''अरे, वकील साहब, आप तो वैसे के वैसे ही दिखाई दे रहे हैं। अब मुझे आपके हालचाल पूछने की कोई ज़रूरत नहीं।''

''इतने अर्से बाद आपने मुझे पहचान लिया!''

''हाँ, क्यों नहीं। आप जैसे सादा जीवन उच्च विचार वाली शख़्सियत को कोई कैसे नहीं पहचानेगा? वैसे भी आप यहाँ की जानी-मानी हस्ती हैं।'' पूजा ने बड़ी आत्मीयता से वकील गोयल के अचरज का समाधान कर दिया।

''देखो, ये सतीश जी हैं। इनसे मेरी मुलाकात मुम्बई में हुई। मूलतः आपके पड़ोस आगरा के रहने वाले हैं। अब आगरा में ही इनका सरसों के तेल का बड़ा व्यवसाय है।''

पूजा ने सतीश का परिचय कराया। उसके बाद एक-एक कर निशा की बेटी पुष्पिता और संतो को मिलवाया।

''वकील साहब, यह उमा और संतो दोनों अपनी ही बच्चियाँ हैं। इस बस्ती को छोड़े बहुत दिन हो गए हैं। मुम्बई जैसी बड़ी जगह पर रहने के बाद भी इनका मन वहाँ नहीं लगता। दो-चार महीनों में यहाँ आती रहती हैं। और यह मेरी प्यारी पोती।'' पूनम ने तीनों के कंधों पर हाथ रखते हुए पूजा की बात को आगे बढ़ाया। वह वकील गोयल को अच्छी तरह से जानती थी। वह अक्सर मुकद्दमों में बेड़िया समुदाय की मदद किया करता था। होपपुरा का पंच बुद्धा उन दिनों बोहरा जी की हवेली का एक ज़रूरी कोना हुआ करता था। हवेली के बरामदे में हो रही समूची बातचीत को वह बड़े गौर से सुन रहा था। उसके मन में सवाल उठ रहा था कि ''अगर हमारे समुदाय की लड़कियाँ जिस्मफरोशी का धंधा नहीं करेंगी तो परिवारों की रोज़ी-रोटी का क्या होगा?''

इस वार्तालाप के दौरान निशा भटकाव की मनोदशा में थी। कभी उसके ख़यालों में होपपुरा या मुम्बई तो कभी मुम्बई का कामाठीपुरा या कलकत्ता का सोनागाछी इलाका आता गया। जब पूनम ने वकील गोयल से उसका व संतो का परिचय 'अपनी बच्चियाँ' और पुष्पिता को 'प्यारी पोती' के नाम से करवाया तब निशा गहन द्वंद्व में फँस गयी थी। और इसी बीच जब पूनम ने उसे 'उमा' की पहचान दी तब तो निशा के भीतर आक्रोश की आग भड़क गयी थी।

धौलपुर रेलवे स्टेशन पर हुए हादसे और स्मृति-लोप की त्रासदी ने निशा के जीवन का आरंभिक सोपान या कहें सम्पूर्ण ब्रह्मचर्याश्रम को ही उसके अस्तित्व से काट कर जैसे किसी अंधकूप में फेंक दिया हो। और अब उसे पुन: खोजना नितांत असम्भव था!

'उमा, उमा, उमा!' यह दहकता संबोधन निशा के भीतर खौल रहे प्रसुप्त ज्वालामुखी में से निकला और मुँह से बाहर निकलने से पहले ही कंठ की सुरंग में विलीन हो गया। इसी के साथ ''नहीं...।'' के दीर्घ आलाप के साथ वह ''निशा'' पुकारती हुई द्रुत वेग से चिल्लाई।

उपस्थित लोगों ने मिलकर उसे सँभाला। निशा की यह क्षणिक उत्तेजना थी जो अगले ही पल शांत हो गयी। अब वह सामान्य मनोदशा में थी। सतीश, संतो व पूजा तीनों ने एक साथ सोचा, 'कहीं निशा को मनोरोग का दौरा फिर से तो नहीं पड़ गया?'

पड़ोस और जाति ने रामनरेश गोयल व सतीश सिंघल के औपचारिक परिचय को अनौपचारिकता की तरफ़ बढ़ा दिया। बातचीत के दौरान उन दोनों का कोई दूर का रिश्ता भी निकल आया। कुछ ही दिनों में संबंधों की घनिष्ठता बढ़ गयी थी। सतीश की वजह से रामनरेश गोयल ने वेश्यावृत्ति उन्मूलन के अभियान में विशेष रुचि लेना शुरू कर दिया।

उसी घड़ी सतीश ने एक और अहम फ़ैसला ले लिया। उसने तय किया कि मुंबई को पूरी तरह से छोड़कर वह अपना पूरा ध्यान आगरा में चल रहे तेल के व्यवसाय पर देगा। उनके परिवार का यह धंधा स्थायी था और कमाई वाला भी। करीब साल भर पहले सतीश के पिता का देहांत हो गया था। तभी से सतीश इस मुद्दे पर गहराई से सोच रहा था। सतीश के पिता की आगरा धान मंडी में अनाज की आढ़त का कारोबार भी था। उसे भी सतीश को ही सँभालना था। उसके पिता मानव कल्याण के कामों से भी जुड़े रहे थे। सतीश के मन में कहीं-न-कहीं यह बात भी बैठी हुई थी, जिसने निशा के मिशन से जुड़ने को और मज़बूत कर दिया।

पचगांव में बसंतीलाल बोहरा की हवेली में हुई बैठक के बाद सभी लोग होप्पुरा आ गए। वहाँ पूनम के आवास पर निशा, सतीश,पूजा, संतो, पूनम व बुद्धा सहित दो-चार अन्य लोगों के बीच अच्छी चर्चा हुई। इस चर्चा में अहम भूमिका वकील रामनरेश की रही। स्थानीय स्तर पर इस अभियान को गोयल जैसा एक वरिष्ठ, विधिविज्ञ एवं प्रभावशाली व्यक्ति मिल गया। अपनी वृद्ध आयु को देखते हुए वकील गोयल अभियान के लिए पर्याप्त भागदौड़ करने की स्थिति में नहीं था। सतीश के विशेष आग्रह को स्वीकार करते हुए उसने अभियान के मुख्य परामर्शदाता की भूमिका का दायित्व ग्रहण कर लिया।

गोयल को पता चल गया था कि निशा का होप्पुरा का नाम उमा है और यह भी कि पूनम उसे अपहरण कर यहाँ लायी थी। उसने यह भी जान लिया कि स्मृति-लोप के कारण निशा इस सचाई से अनभिज्ञ थी। वार्ता के दौरान यही तय किया गया कि निशा को अब केवल निशा ही कहा जायेगा। सतीश, पूजा व संतो तीनों ने मिलकर इस मुद्दे पर बुद्धा व पूनम को अलग से समझाया। इसके लिए निशा के मनोरोग का भी हवाला देते हुए यह तर्क दिया गया कि यदि उसे उमा के नाम से संबोधित किया गया तो उसका दबा हुआ मनोरोग फिर से सक्रिय हो जायेगा। यह भी तय किया गया कि अगर कहीं से यह बात आये कि वह कभी उमा थी तो उसे दबाने का प्रयास किया जायेगा। लोगों को यही बताया जायेगा कि उमा नाम की किसी महिला को वे नहीं जानते। यह तो केवल निशा है जो मुम्बई से वेश्यावृत्ति उन्मूलन के काम से यहाँ आई है। यह भी कि यह एक अच्छे घराने की पढ़ी-लिखी स्त्री है जो मूलतः आगरा की निवासी है लेकिन मानव मंगल की भावना लेकर घर से बाहर निकली है। बुद्धा व पूनम के मन में निशा उर्फ़ उमा नाम को लेकर उथल-पुथल चलती रह गयी। वे दोनों भली-भाँति अवगत थे कि ''होप्पुरा के पुराने आदमी इस महिला को 'उमा' के नाम से ही जानते हैं, उनका मुँह कैसे बंद किया जायेगा?''

वेश्यावृत्ति के विरुद्ध चलाये जाने वाले इस अभियान के विचार और बैठक को लेकर अगले दिन स्थानीय अख़बारों में ख़बर छपी, जिसमें मुम्बई की निशा व पूजा का ज़िक्र करते हुए बसंतीलाल बोहरा, वकील रामनरेश गोयल व सतीश को केंद्र में रखा गया। धौलपुर अभी भी पूरा शहर नहीं बना था। उसका माहौल कस्बाई अधिक था। बहुत

से लोग एक-दूसरे को ठीक-ठाक से जानते थे। बसंतीलाल बोहरा के परिवार की पहचान अभी भी स्वामीनाथ बोहरा से चल रही थी। इस परिवार को धौलपुर ही नहीं, बल्कि पूरे इलाके की ब्राह्मण जाति अपना मुखिया मानती थी। यहाँ का दूसरा पुराना नामी घराना सेठ जी के नाम से मशहूर था, जो बनिया जाति से था। हिन्दुस्तान की आज़ादी के बाद से ही इन दोनों घरानों में राजनैतिक प्रतिस्पर्द्धा चली आ रही थी। स्वयं को बड़ा और दूसरे को छोटा साबित करने की कोशिशें लगातार जारी थीं। वकील रामनरेश गोयल इस झंझट से दूर था। पूरे क़स्बे में उसकी इज़्ज़त थी।

अखबारों में छपी ख़बरों को पढ़कर क़स्बे में अनेक तरह की प्रतिक्रिया होने लगीं। जितने मोहल्ले, जितने बाज़ार, जितने चौराहे, जितने दफ़्तर, चाय की जितनी थड़ियाँ, उतनी ही बातें।

पचगाँव का इतिहास जानने वाले किसी ने कहा, ''पचगाम बसाबे वारे बनिया परिवारन को तो काऊ बच्चा भी अब ऊ बस्ती में ना बच्यो। मेरी समज में ई बात ना आ रई के बे बनियान (बनियों) के पीछे इते आके नी बस बे वारे ई बोहरा खानदान के लोगबाग ई बेड़ियान की रांडबाजी जैसे जुरमन ते बचाबे में सबन ते आगे रहे हैं। आज बा ई परिवार को मुखिया ''नौ सौ बिलाई खा के नी हज़ करिबे कू चल्यो है!'' उसका इशारा बसंतीलाल बोहरा की तरफ़ था।

दूसरे आदमी ने दूसरी जगह बोला, ''भैया, रंडीबाजी के खिलाफ़ ई मुहिम से जुड़ने के पीछे ई बोहरा परिवार की कछु न कछु छुपी हुई चाल है सके। ये तो नेता लोग हैं, इनको का। अचरज तो ई बात को हा के हमारे गोयल वकील साब को माथा काह कू फिर गो, जो बोहरा जी के चक्कर में आ गे।''

कई लोगों की ज़बान पर यह बात भी आई कि ''वकील सठिया गयो लगत है।''

गोयल वकील के सामने किसी की हिम्मत नहीं थी कि कुछ बोले। हाँ, पीठ पीछे की जाने वाली टीका-टिप्पणियाँ लगातार उसके पास पहुँच रही थीं। वह समझदार ही नहीं, बल्कि गंभीर किस्म का आदमी भी था। अदालत के अलावा बाहर बहुत कम बोलता था। अपने काम से मतलब रखता था।

शहर धौलपुर में हुई टीका-टिप्पणियाँ हवा में छन-छन कर पचगाँव में बोहरा की हवेली तक पहुँचीं।

स्थानीय अख़बारों में छपी ख़बर से ज़िला प्रशासन के कान खड़े हुए। कलेक्टर व पुलिस अधीक्षक ने परस्पर चर्चा की। उधर गोयल वकील चाहता था कि वेश्यावृत्ति निवारण के लिए जागरूकता फैलाने में प्रशासन का सहयोग लेना बहुत आवश्यक है। वकील होने के नाते वह बख़ूबी वाकिफ़ था कि जिस्मफ़रोशी जैसे गैरकानूनी धंधे के

खिलाफ़ कोई भी मुहिम हुकूमत के बगैर कामयाब नहीं हो सकती। रामनरेश गोयल ने पी.ए. के मार्फ़त फ़ोन पर कलेक्टर से मिलने का समय ले लिया। संध्या के वक्त दोनों की बातचीत हुई। कलेक्टर जानता था कि वेश्यावृत्ति एक संवेदनशील विषय है। इसको लेकर कोई भी अभियान आरंभ किया जाता है तो उसमें ज़िला प्रशासन की अग्रणी भूमिका दिखनी चाहिए। वैसे भी काम तो मुम्बई से आयी टीम और रामनरेश जैसे प्रभावशाली स्थानीय व्यक्ति की देखरेख में होने की संभावना लगती ही है।

''सर, आप तो ज़िला के मालिक हो। मैं कोई समाज सेवक नहीं हूँ। वकील होने के नाते मेरा वास्ता कानून से रहा है, और वह भी ख़ासकर फ़ौजदारी मामलात से। ये जो मुम्बई से आये हुए लोग हैं ना, इनमें एक वहाँ की यूनिवर्सिटी में प्रोफ़ेसर है। कई साल पहले वह जिस्मफ़रोशी को लेकर यहाँ रिसर्च करने आई थी। तब वह मुझसे मिली थी। मैं तो दरअसल भूल ही गया था। न जाने कैसे मैं उसके ज़हन में बैठा रहा? यहाँ आते ही उसी ने मुझे याद किया। सतीश मेरा दूर का रिश्तेदार है, जिसने लम्बे समय तक मुम्बई में ही कारोबार किया है। हुकुम, अब ये सब कितने भी बड़े बन गए हों, मेरे लिए तो बच्चे ही हैं। मैं इन 'बच्चों' का जज्बा देखकर इनकी मुहिम से जुड़ना चाहता हूँ। आप जानते हैं, मेरी क्या औकात, जो फ़िजूल में कोई ऊदफ़ैल (डींग हाँकना) करूँ।''

बातचीत के बाद सैद्धांतिक स्तर पर तय हो गया कि ''इस मुद्दे को लेकर ज़िला स्तरीय बैठक आयोजित कर ली जाए''

25

वेश्यावृत्ति की समस्या एवं उसके समाधान पर रामनरेश गोयल ने बहुत गहराई से सोचा और एक लेख तैयार कर दिया।

''बेटा, ज़रा इसे देखना।'' लेख की टंकित प्रति अपने भतीजे पुनीत को सोंपते हुए रामनरेश बोला।

''यह क्या है चाचा।''

''पहले तू एक नज़र तो मार ले।'' वकील ने इतना ही कहा।

''ठीक है, पढ़कर बताऊँगा।''

रामनरेश समझदार व गंभीर आदमी था, साथ में धैर्यवान भी। उसे किसी काम में जल्दबाजी नहीं रहती थी। इसीलिए वह हर काम को तसल्ली के साथ सम्पन्न किया करता था। उसके द्वारा लिए गए निर्णय और किये गए काम प्रायः सही ठहरते थे। न्यायिक

अधिकारी भी उसकी बात को वज़नदार मानते थे।

''चाचा, आपने तो कमाल कर दिया। इस लेख में बहुत-सी नयी जानकारियाँ हैं। मैं ऐसा करता हूँ कि इसे अपने दोस्त अभिषेक कपूर को भेज देता हूँ। वह किसी स्तरीय अख़बार में इसे छपवा देगा।''

रामनरेश ने भतीजे की सलाह को मानते हुए इतना ही कहा कि 'जैसी तुम्हारी मर्ज़ी।''

वकील गोयल का पूरा लेख दिल्ली से प्रकाशित होने वाले एक राष्ट्रीय अख़बार में छप गया। शीर्षक था 'जिस्मफ़रोशी आखिर कब तक'। लेख का एक अंश यूँ था। 'चम्बल क्षेत्र का धौलपुर ज़िला औरतों की खरीद-फ़रोख़्त एवं वेश्यावृत्ति के लिए खूब बदनाम रहा है। उस जैसे ज़िले में और वेश्यावृत्ति जैसे सार्वभौमिक एवं सार्वकालिक अनैतिक व्यवसाय की समाप्ति के लिए मुम्बई से निशा व पूजा नाम की जागरूक महिलाओं के साथ सतीश सिंघल ने धौलपुर के निकट होप्पुरा में इस अनैतिक व्यवसाय के विरुद्ध अभियान चलाने का मानस बनाया और लोगों में जागरूकता पैदा करने के प्रयास आरंभ कर दिए हैं।''

लेख में ज़िला प्रशासन के सहयोग की आशा जताते हुए इस बात पर ज़ोर दिया गया कि ''इस मुहिम का लोगों को स्वागत करना चाहिए और तन-मन व धन से इसमें शामिल होना चाहिए, खासकर समाज कल्याण विभाग, पुलिस एवं अन्य गैर सरकारी संगठनों को सहयोग देना चाहिए।''

स्थानीय नागरिकों के लिए शीर्षक से अधिक आकर्षण लेखक के नाम को लेकर पैदा हुआ। शहर भर के पढ़े-लिखे लोगों के बीच यह चर्चा का मुद्दा बन गया। ज़िला कलेक्टर, पुलिस अधीक्षक, न्यायालय परिसर समेत अन्य कार्यालयों एवं बाज़ारों में लेख को पढ़कर बहस शुरू हो गयी। सप्ताह भर पहले पचगाँव में हुई बैठक को लेकर कुछ लोगों ने वकील रामनरेश पर 'सठिया गया' जैसी टिप्पणियाँ की थीं, उन्हें पश्चाताप करना पड़ा। लोग गोयल वकील को बधाई देने लगे। दबी जुबान ऐसा भी सुनने को मिला कि ''कई वर्ष पहले दिल्ली के किसी पत्रकार ने वेश्यावृत्ति व औरतों की बिक्री को लेकर धौलपुर को जमकर बदनाम किया था, अब यह काम वकील गोयल कर रहा है।''

''चाचा, आज तो पूरे धौलपुर में आपके नाम का डंका बज रहा है,'' कहते हुए पुनीत ने रामनरेश गोयल को बधाई दी। वह इतवार का दिन था। रविवारीय पृष्ठ पर ही वह लेख छपा था। दिन भर अफ़सरों, वकीलों, राजनेताओं, शिक्षकों, पत्रकारों सहित अनेक लोगों ने गोयल वकील को फ़ोन पर बधाई देते हुए उनके लेख की तारीफ़ की।

कलेक्टर ने पुलिस अधीक्षक के साथ फ़ोन पर चर्चा करते हुए उसे रिपोर्ट तैयार करने की सलाह दी ताकि इस विषय को लेकर ज़िले की तथ्यात्मक सूचना गृह विभाग

को समय आने पर भेजी जा सके। उन दिनों राजस्थान विधानसभा का सत्र चल रहा था। उन दोनों अफ़सरों को पूरी आशंका थी कि विपक्ष द्वारा इस संबंध में सवाल पूछा जा सकता है।

''वकील साहब हैं क्या? मैं कलैक्टर साहब के बंगले से बोल रहा हूँ। साहब बात करना चाहते हैं।''

''हाँ, मैं गोयल वकील ही बोल रहा हूँ। बात कराईयेगा।'' कलेक्टर के आदेश पर बंगले पर ड्यूटी कर रहे कर्मचारी को वकील ने जवाब दिया। उसने अंदाज़ लगाया कि अखबार में छपे लेख को लेकर ही शायद कलेक्टर बात करना चाहता होगा।

उसका अंदाज़ सही निकला। कलेक्टर ने बधाई देते हुए अगले दिन सुबह ग्यारह बजे रामनरेश गोयल को अपने कार्यालय में बातचीत के लिए आमंत्रित किया।

''सर, मुझे ख़ुशी है कि आपको यह लेख अच्छा लगा। मैंने इस लेख में कोई गुस्ताखी कर दी हो तो माफ़ करना।''

''नहीं, ऐसा कुछ नहीं है। मैंने यही सोचा कि जब प्रशासन से संबंधित विषय है तो क्यों ना चर्चा कर ली जाये।''

''ठीक है। मेरी एक गुज़ारिश है।''

वकील गोयल की इस बात पर कलेक्टर ने आगे पूछा, ''हाँ, बताईये। कोई ख़ास बात?''

''हुकुम, अर्ज़ यह है कि दोपहर से पहले अतिरिक्त ज़िला सत्र न्यायालय में व्यस्त रहूँगा। यदि आपको असुविधा न हो तो मेहरबानी करके दोपहर बाद का वक्त रख लीजिये।''

कलेक्टर ने वकील की सलाह मानते हुए कहा, ''ठीक है। मैं उसी हिसाब से अपना शिड्यूल बना लेता हूँ। तो फिर मैं दोपहर बाद तीन बजे आपका इंतज़ार करूँगा।''

तीसरे पहर ज़िला कलेक्टर ने अपने दफ़्तर में रामनरेश गोयल से मुलाकात की। कलेक्टर ने वकील के लेख की प्रशंसा के साथ वार्तालाप आरंभ किया। यह संक्षिप्त वार्तालाप था, किंतु इस दौरान एक बड़ी बात तय कर ली गयी कि अगले दिन सुबह ग्यारह बजे ज़िला पुलिस अधीक्षक एवं ज़िला स्तरीय चुनिंदा अफ़सरों की बैठक का आयोजन कर लिया गया। उस बैठक में मुम्बई से आये कार्यकर्ताओं निशा, प्रो. पूजा अत्राम व सतीश को भी सम्मिलित कर लिया गया। ज़िला कलेक्टर के दफ़्तर में बैठक आरंभ हुई।

इस बैठक को औपचारिक रूप देते हुए विषय को भी वेश्यावृत्ति तक सीमित नहीं रखते हुए महिला उत्पीड़न से संबंधित दीगर मुद्दों को भी शामिल कर लिया। इसके पीछे अहम मकसद यह था कि वह बैठक वकील गोयल के लेख से सीधे-सीधे नहीं जुड़े।

इसलिए बैठक में पुलिस अधीक्षक सहित अभियोजन, समाज कल्याण, महिला एवं बाल विकास, नारी सुधार गृह जैसे विभागों के अधिकारियों को बुलाया गया। चुनिंदा गैर सरकारी संगठन के प्रतिनिधियों को भी शामिल कर लिया गया।

''सर, बैठक की कार्रवाही आरंभ की जाये।'' अतिरिक्त कलेक्टर ने इन शब्दों में ज़िला कलेक्टर से अनुमति माँगी।

''अवश्य।''

सबसे पहले बैठक में उपस्थित लोगों का परिचय कराया गया। तत्पश्चात् सभा की शुरुआत कर दी गयी।

ज़िला कलेक्टर के संकेत पर पुलिस अधीक्षक ने कहा, ''हमारे पुलिस विभाग ने पिछले कई वर्षों से वेश्यावृत्ति के विरुद्ध कड़े कदम उठाये हैं। उसी का प्रभाव है कि अब यह धंधा ज़िले में कहीं भी खुले रूप में नहीं हो रहा है। हम सब जानते हैं कि पहले यह व्यवसाय खुले रूप में हुआ करता था। यहाँ-वहाँ बेड़िया, नट एवं सांसी बस्तियों में ही नहीं, प्रत्युत मध्य वर्ग तथा संभ्रांत घरों से सम्बन्ध रखने वाली लड़कियों को भी वेश्यावृत्ति विरोधी कानून, मेरा मतलब पीटा एक्ट के तहत गिरफ़्तार किया गया। मैं इस सम्बन्ध में यहाँ मौजूद लोक अभियोजन विभाग के अतिरिक्त निदेशक को याद दिलाना चाहता हूँ कि हम वेश्यावृत्ति से जुड़े व्यक्तियों को सज़ा दिला सकने में पूरी तरह सफल नहीं हो पा रहे हैं। इसकी दो खास वजह सामने आ रही हैं। एक यह कि कितना भी कंट्रोल करें आखिर में गवाह पक्षद्रोही हो जाते हैं। दूसरे हमारे न्यायालयों का दृष्टिकोण वेश्याओं के प्रति नरम रहता है। हम इस मुद्दे पर गौर करें कि वेश्यावृत्ति के मुकद्मों में अधिक-से-अधिक सज़ा हम दिला सकें।''

''एस.पी. साहब के इस सुझाव से मैं इत्तेफाक रखते हुए एक बात कहना चाहता हूँ कि सज़ा दिलाना इस बड़ी समस्या का एकमात्र हल नहीं है। हमें कई दृष्टिकोणों से विचार करना होगा। पुलिस और न्यायिक कार्यवाही इस मुद्दे का एक पक्ष है। सवाल यह उठता है कि जिन लड़कियों को इस पेशे में जबरन धकेला जाता है उसकी रोकथाम करने के लिए हमें और कौन से कदम उठाने चाहिए?'' कलेक्टर ने चर्चा को विस्तार देने के उद्देश्य से हस्तक्षेप किया।

''जनता को जागरूक करने के लिए एक अभियान चलाना चाहिए ताकि लड़कियाँ राह चलते किसी के बहकावे में आकर वेश्यावृत्ति से जुड़े लोगों के चंगुल में न फँसें।'' स्वानुभूति के आधार पर निशा ने दखल दिया। प्रशासन के बड़े अफ़सरों की मौजूदगी में चल रही किसी ऐसी सभा में बोलने का उसका प्रथम अवसर था। उसने अपनी बात को स्पष्टता एवं आत्मविश्वास के साथ कहा। अपनी बात समाप्त करते ही उसने पूजा अत्राम की तरफ़ देखा, जैसे उसकी इच्छा हो कि ''दीदी, अब आगे आप ही कमान सँभालो।''

पुलिस अधीक्षक ने निशा की बात को बहुत ध्यान से सुनने के पश्चात् कहा कि ''आप ठीक कह रही हैं। हमें एक व्यापक अभियान जन सहयोग से इस मुद्दे को लेकर अवश्य चलाना चाहिए। जहाँ तक कलेक्टर साहब द्वारा कही गयी बात का सवाल है, तो मैं मानता हूँ कि इस धंधे के लिए जहाँ से लड़कियों को भर्ती किया जाता है, उन स्थानों और परिस्थितियों को हमें चिह्नित करना चाहिए और यह हमने पुलिस के स्तर पर करने का प्रयास किया है। धौलपुर ज़िले में जितने केस बने हैं उनसे सम्बन्धित लड़कियाँ मुख्य रूप से राजस्थान के अतिरिक्त उत्तरप्रदेश, मध्यप्रदेश, उत्तरांचल एवं पश्चिमी बंगाल की रहने वाली हैं। यह उनकी तस्दीक से पता चला है। इतने व्यापक क्षेत्र पर रोकथाम कैसे लगायी जाये ? हमने इस सवाल पर गहराई से विचार किया है। सम्बन्धित राज्यों की पुलिस से संपर्क करने के बाद यह बात सामने आयी कि यह समस्या केवल कानून अथवा पुलिस की ही नहीं है, बल्कि इसका संबंध सामाजिक एवं आर्थिक परिस्थितियों से अधिक है। केस स्टडीज़ बताती हैं कि इस व्यवसाय में किसी लड़की या औरत के प्रविष्ट होने के पीछे गरीबी एवं घरों से बेदखली प्रमुख कारण रहे हैं। उन कारणों से कैसे निबटा जाये ? यह मेरा सवाल है।''

''देखिये गरीबी तो पूरे भारत की समस्या है। इसलिए अगर हम यह सोचें कि जब तक गरीबी नहीं हटेगी तब तक यह समस्या बरकरार रहेगी तब तो हम कुछ नहीं कर सकेंगे।''

''कलेक्टर साहब, मेरा मतलब यह नहीं है कि जब तक गरीबी नहीं हटती हम हाथ पर हाथ धरे बैठे रहें। आपने देखा है कि गत वर्षों में यह धंधा काफ़ी कमज़ोर पड़ा है। यहाँ तक कि होपपुरा जैसी बदनाम बस्तियों से इस धंधे से जुड़े लोग काफ़ी संख्या में बाहर पलायन कर गये हैं।'' कलेक्टर की टिप्पणी पर पुलिस अधीक्षक द्वारा कही गयी इस बात का पूजा सहित कई लोगों ने सिर हिलाकर समर्थन किया।

''सर, जैसा कि आप खूब वाकिफ़ हैं, इस सम्बन्ध में मेरा निवेदन है कि सरकार ने वेश्या पुनर्वास के लिए ''नारी सशक्तिकरण योजना'' में प्रावधान बना रखे हैं। हम इस तरह के ग्राउंड्स देते हुए कुछ राशि प्रस्तावित अभियान के लिए रिज़र्व रख सकते हैं। धौलपुर की विशिष्ट परिस्थितियों को देखते हुए यह संभव है।'' ज़िला समाज कल्याण अधिकारी ने बहुत महत्त्वपूर्ण बात कही।

''यू नो, प्रिवेंशन एंड लेटर-ऑन प्रोटेक्शन, आई मीन टू से रिहेबीलिटेशन, ये दोनों अहम मुद्दे हैं। और (एस.पी. की ओर झाँकते हुए) प्रोसीक्यूशन भी। हमें इन तमाम मुद्दों पर व्यावहारिक योजना बनानी चाहिए ताकि इस काम को एक मुहिम के स्तर पर सफल बनाया जा सके।'' कलेक्टर ने यह कहते हुए वकील गोयल की तरफ़ ऐसे देखा जैसे वह उसकी राय जानना चाहता हो।

रामनरेश गोयल समझ गया। बैठक में पहली बार अपनी चुप्पी तोड़ते हुए वह

बोला, ''हुकुम, मैं तो यह जानता हूँ कि अगर हम सब कंधे-से-कंधे मिलाकर इस अनैतिक व्यवसाय के पीछे पड़ जाएँ तो कोई ताकत नहीं जो कामयाबी की राह को रोक सके। बाँस है तो बाँसुरी बनायी जाएगी और बाँसुरी होगी तो उसे बजाया भी जायेगा। इस मामले को लेकर जब पूजा मैडम और इनके साथियों से मैंने पचगाँव में चर्चा की, तब भी मैंने इसी बात पर ज़ोर दिया था कि होपपुरा के सभी लोग तय कर लें तो यह धंधा हमेशा के लिए खत्म हो सकता है। मुहिम की शुरुआत इसी होपपुरा से की जानी चाहिए। इसके लिए बहुत ज़रूरी है कि पहले प्रशासन इस बस्ती के परिवारों को कोई रोज़गार मुहैया करवाये।''

''वकील साहब ठीक कह रहे हैं। बिना कोई अन्य रोज़गार मिले ये लोग सदियों से चले आ रहे इस धंधे को कैसे छोड़ देंगे ? ठीक यही समस्या हमारे सामने मुम्बई में आयी। वहाँ तो यह अस्थायी विकल्प खोज लिया गया कि जब तक इस धंधे से जुड़ी महिलाएँ कोई अन्य काम नहीं तलाश लें, तब तक उन्हें स्वेच्छा से इस काम को करने दिया जाये। बस ख़याल यह रखना है कि उन्हें अत्याचारों, शोषण व ज़बरन बेदखली से बचाया जाता रहे। आखिर काम कोई आदमी कुछ भी करे, सबसे बड़ा सवाल उसके मौलिक अधिकारों के संरक्षण का है।'' प्रो. पूजा की यह बात कई अधिकारियों को अटपटी लगी। मुम्बई के कामाठीपुरा अथवा कोलकाता के सोनागाछी के हालात और वहाँ की यौनकर्मियों की आवाज़ से वे अपरिचित थे। उनकी जानकारी होपपुरा जैसे माहौल तक ही सीमित थी।

कलेक्टर समझ गया कि बैठक को जितना लम्बा खींचा जायेगा, चर्चा उतनी ही फैलती चली जाएगी। उसमें नए-नए सुझाव आते रहेंगे, जिन्हें सँभालना ज़िला प्रशासन के बस की बात नहीं होगी। बैठक में जिन गैरसरकारी संगठनों के नुमाईन्दे आये थे उनके भीतर कोई खास दिलचस्पी देखने को नहीं मिली। 'विश्वास' नामक एनजीओ की संचालिका छाया गर्ग बीमार होने के कारण उपस्थित नहीं हो सकी।

''चलो, बहुत समय हो गया। आप सभी लोगों को मैं धन्यवाद देता हूँ। अभियान का आरंभ हमें जन जागरण एवं ज्यादा-से-ज्यादा प्रचार के साथ करना चाहिए। वकील साहब ने अख़बारों की सुर्खियों के साथ इसकी शुरुआत कर ही दी है। मैडम पूजा व उनके साथियों को प्रशासन पूरा सहयोग देगा।'' इस आश्वासन के साथ कलेक्टर ने बैठक के समापन की घोषणा कर दी।

26

ज़िला प्रशासन के सामने बहुत से काम थे। मंत्रियों व राज्य स्तरीय अधिकारियों की आवाजाही के बंदोबस्त, सरकार के वर्तमान कार्यक्रमों की क्रियान्विति, उनका प्रचार-प्रसार,

भविष्य के लिए योजनाओं की निर्मिती, उनके लिए सर्वेक्षण व आँकड़ों का विश्लेषण, आगामी चुनावों की व्यवस्थाएँ आदि। ये सब बड़ी प्राथमिकताएँ थीं। कम प्राथमिकताओं के भी अनगिनत काम लंबित चल रहे थे। अनेक ऐसे काम थे जो प्राथमिकताओं की श्रेणी के नहीं थे, फिर भी प्रशासन के ज़िम्मे तो थे ही। उन्हीं में से एक काम वेश्यावृत्ति के विरुद्ध अभियान का था। यह काम प्रशासन ने स्वयं हाथों में नहीं लिया था। बस इसमें सहयोग देने का आश्वासन दिया था, अभियान का संकल्प नहीं लिया था। संकल्प तो पूजा अत्राम, सतीश सिंघल, गोयल वकील, साथ में संतो और सबसे अधिक निशा ने लिया था। प्रशासन संकल्पबद्ध होकर साथ देता तो यह कदम वेश्यावृत्ति उन्मूलन का अभियान बन सकता था। इसके बावजूद प्रशासन का आश्वासन एक संबल तो था ही। समस्या का निदान न सही, उसके ख़िलाफ़ मुहिम तो चलायी जा ही सकती थी।

ज़िस्मफ़रोशी के खिलाफ़ मुहिम शुरू हो गयी। रामनरेश वकील उसे राह दिखा रहा था, निशा अगुवाई कर रही थी। उसके पीछे-पीछे संतो बढ़ी चली जा रही थी। पूजा अत्राम की भूमिका अहम सलाहकार की थी। निशा दिन-रात मेहनत किये जा रही थी। पूनम यद्यपि वृद्धावस्था की देहरी की ओर तेज़ी से बढ़ रही थी फिर भी अपने कर्मों के पश्चाताप से ऊर्जा ग्रहण करती हुई निशा का साथ दिये जा रही थी। अब वह भी उमा को निशा नाम से ही पुकारने लगी थी। हर बात पर वह प्रतिक्रिया व्यक्त करती कि ''जैसी निशा की मरज़ी।''

निशा के मन में यह बात बैठ गयी थी कि चाहे होपपुरा हो अथवा मुम्बई, यह धंधा देहात की किसी झोंपड़ी में होता हो अथवा महानगर के पंचसितारा होटल में, ग्राहक कोई ट्रक ड्राइवर हो अथवा धन्ना सेठ, जिस्मफ़रोशी से जुड़ी प्रत्येक स्त्री की पहचान केवल और केवल एक वेश्या की होती है। वह किसी की बेटी या बहन अथवा माँ भी हो सकती है, लेकिन कहलायेगी वेश्या ही। देह व्यापार में धकेली गयीं जिन लड़कियों ने बेड़िया समुदाय में जन्म नहीं लिया और कहीं से भगाकर या खरीदकर भी लायी गयी होती हैं तो वे सब भी जीवन भर बेड़िया नाम से ही जानी जाती रहेंगी। यहाँ बेड़िया आदिम समुदाय एक पेशेवर तबके में रूपांतरित हो जाता है। पूजा ने बेड़िया समुदाय पर शोध किया है। वह इन सब बातों से अच्छी तरह से वाकिफ़ थी।

होपपुरा में जिस्मफ़रोशी के खिलाफ़ पंचायत आयोजित की गयी। बस्ती के कुछ लोग इकट्ठा हुए, कुछ नज़दीकी तमाशबीन बने रहे, कुछ दूर से देखते रहे। बहुत सारे ऐसे लोग थे जो सभास्थल पर नहीं आये। उनमें से बहुत ऐसे थे जो सभा में जानबूझकर सम्मिलित नहीं हुए। उनके मन में एकाधिक भ्राँतियाँ, संदेह, आशंकाएँ, अनिश्चितताएँ थीं। उन्हें यह भान नहीं था कि इन सबका निवारण करना भी पंचायत के एजेंडे में जोड़ा हुआ था। दो-तीन दिनों तक पंचायत का ढोल पीटने के बाद भी लोगों की ऐसी मानसिकता बनी रही।

जैसी भी थी पंचायत आखिर पंचायत होती है। लोग निकट रहें या दूर, पंचायत की आवाज़ दूर तक सुनाई देती है। उस दिन की पंचायत में लोग भले ही कम एकत्रित हुए हों, पंचायत के अगुआ व आयोजकों के अतिरिक्त उपस्थित लोगों के भीतर उत्साह भी भले कम हो, लेकिन बड़ी बात यह थी कि वेश्यावृत्ति के सैंकड़ों वर्षों से चले आ रहे व्यवसाय के विरुद्ध बातचीत करने के लिए ऐसी पंचायत उस बस्ती में पहली बार आयोजित की जा रही थी।

रामनरेश वकील ने सभा की कार्रवाही आरंभ की।

''जब से मैंने होश सँभाला है, तभी से तुम लोगों की इस बस्ती की बदनामी को सुनता आ रहा हूँ। केवल बदनामी ही नहीं, तुम लोगों की बर्बादी का कारण जिस्मफ़रोशी का धंधा रहा है। पुलिस आये दिन तुम्हें तंग करती है। दोषी व निर्दोष सभी को परेशानी भुगतनी पड़ती है। तुम्हारे आदमी झूठे-सच्चे मुकद्दमों में फँसते हैं। वकील, उनके मुंशी, अदालत के मुलाज़िम, दलाल सब मिलकर तुम्हें लूटते रहे हैं। धंधे में जो कमाई होती होगी, वह सारी-की-सारी बर्बाद हो जाती है। इस बात पर कभी गौर किया है तुम लोगों ने? एक बात और बता दूँ, शायद तुम लोगों में से बहुत से लोगों को पता नहीं हो कि तुम्हारे समुदाय की जीवनशैली घूमंतू रहती आई थी। अंग्रेज़ों के ज़माने में जब तुम जैसे समुदायों को ज़रायम पेशा कानून के तहत अपराधी घोषित किया, तब तुम्हारे ऊपर हुकूमत की निगरानी रखने के लिए कई बस्तियाँ बसाई गयी थीं। उन्हीं में से एक तुम्हारी यह बस्ती है। इसका होपपुरा नाम एक फिरंगी अफ़सर के नाम पर रखा गया। उसका पूरा नाम रॉबर्ट होप था।''

वकील गोयल ने इतिहास की यह बात भी बताई कि ''पचगाँव की बसावट होपपुरा से पहले हो गयी थी। यह गाँव आज से करीब साढ़े चार सौ साल पहले पाँच वणिक बंधुओं ने बसाया था। इतिहास का यह ऐसा दौर था जब मुगल बादशाह हुमायूँ को हराकर शेरशाह सूरी द्वारा स्थापित सूरी वंश के शासक सिकंदर शाह सूरी से हुमायूँ ने पुनः सत्ता छीन ली थी। उन दिनों आगरा में बड़ी उथल-पुथल मची हुई थी। अपने मूल स्थान आगरा को छोड़कर यहाँ आ बसे उन पाँच बनियों के नाम पर पचगाँव बसाया गया। वक्त के साथ अच्छे व्यवसाय की खोज में धीरे-धीरे एक के बाद एक इनके वंशज यहाँ से मुरैना एवं ग्वालियर चले गये। कुछ अर्से बाद उनके कई वंशज फिर से आगरा लौट गए। यूँ कर पचगाँव को बसाने वाले बनियों की संतान मुरैना, ग्वालियर, आगरा सहित अनेक शहर-कस्बों में फैल गयी, लेकिन उनका कोई कुल-कुटुंबी पचगाँव में नहीं रहा। उन पाँच वणिक-बंधुओं के वंशज अभी भी वर्ष में एक बार अपने पितरों का तर्पण करने यहाँ आते हैं। पचगाँव में अन्य जातियाँ भी रहती हैं। पचगाँव की बगल में होपपुरा बसाया गया। धौलपुर में एक प्रभावशाली ब्राह्मण परिवार रहता आया है। उसने पचगाँव में काफ़ी ज़मीन ख़रीद रखी थी। उसी खानदान में से स्वामीनाथ बोहरा नाम का आदमी यहाँ आ बसा।

होपपुरा के कई बेड़िया चोरी व जिस्मफ़रोशी जैसे गलत काम करने लग गए थे। बोहरा स्वामीनाथ ने इनको संरक्षण देना प्रारंभ कर दिया। उसका ध्यान हमेशा किसी-न-किसी तरीके से पैसा कमाना था। इन आपराधिक तत्त्वों से उसने मदद के बदले अपना हिस्सा लेना शुरू कर दिया। यह सिलसिला एक बार शुरू हुआ तो आगे पीढ़ियों तक चलता रहा। वह ब्राह्मण घराना सूद पर रकम दिया करता था। ऐसे धनी व्यक्तियों को आज भी बोहरा कहा जाता है। बोहरा स्वामीनाथ रंगीन मिज़ाज का व्यक्ति था। उसका यह शौक भी बेड़िया लोग पूरा करते थे। तभी से इनमें वेश्यावृत्ति का धंधा और अधिक पसरता चला गया।''

बेड़ियों की बस्ती के नाम का इतिहास वहाँ उपस्थित बहुत से लोगों के लिए नयी जानकारी साबित हुई।

''तो महाराज, आप तो बड़े आदमी हो। हम जैसे गरीब और कौन-सा धंधा करें?'' ऐसी प्रतिक्रिया व्यक्त करने वाला एक बुजुर्ग बोला। उसकी दिलचस्पी गाँव के इतिहास में नहीं होकर वर्तमान में थी।

''इसकी बजाय तो कहीं मज़दूरी करके पेट पाल लो। कम-के-कम बदनामी का टीका तो ललाट पर नहीं रहेगा,'' वकील ने तथ्यों और तर्कों के माध्यम से अपनी बात जारी रखी, लेकिन वैकल्पिक रोज़गार को लेकर कोई ठोस सुझाव उसके पास नहीं था। बीच में टोकने वाले बुजुर्ग का तन और मन दोनों कसमसाता रहा।

पूजा अत्राम ने सभा को संबोधित करते हुए कहा, ''अंग्रेज़ों व देसी रजवाड़ों के ज़माने में आपके जीवनयापन के पुराने तौर-तरीके छिन गए, जिनमें शिकार और जंगली फल व कंद-मूल इकट्ठा करना शामिल हुआ करता था। कई परिवार जिस्मफ़रोशी में फँस गए। जो कुछ हम देख या सुन रहे हैं, वह तुम्हारी असलियत नहीं है। जिस्मफ़रोशी औरत के खिलाफ़ एक बड़ा जुर्म है। तुम समझते हो यह सब कुछ रज़ामंदी से किया जाता है। अपने दिल में झाँक कर खुद से पूछो, ''इस धंधे के पीछे किसकी रज़ामंदी होती है?'' तुम अपने परिवारों की शादीशुदा औरतों से यह धंधा क्यों नहीं करवाते? कुँवारी लड़कियों को ही इस गलत धंधे की आग में क्यों झोंकते हो? वे भी तो किसी की बेटी या बहनें हैं। चाहे तुम्हारी अपनी हों अथवा बाहर से बहलाकर, भगाकर या खरीद कर लायी गयी हों, हैं तो वे भी आखिर इंसान! दो पैसे के लालच में उनके ऊपर यह अनाचार क्यों किये जा रहे हो? यह कानूनन अपराध है और अपराध से बड़ा पाप।''

पूजा ने काफ़ी अच्छी-अच्छी बातें बतायीं। इनमें से जो बातें वहाँ उपस्थित जनसमूह के पल्ले पड़ीं वे असरदार थीं। जो समझ में नहीं आईं, वे हवा में उड़ कर रह गयीं। पंचायत में शामिल किसी बुजुर्ग महिला ने दबी आवाज़ में वही सवाल खड़ा किया जो थोड़ी देर पहले बुजुर्ग पुरुष ने पूछा था। पूजा भी उस सवाल का कोई मुकम्मल जवाब नहीं दे पायी।

कुछ देर तक सभा में सन्नाटा छा गया। लोग आपस में खुसर-फुसर करने लगे। सतीश बोलने लगा। वह आत्मविश्वास के साथ अपनी बात नहीं कह पा रहा था। उसने अपना संक्षिप्त-सा वक्तव्य दिया। पंचायत में चल रही खुसर-फुसर बंद नहीं हो रही थी। अब निशा ने कमान सँभाली। पूरे होपपुरा में वह सबसे अधिक शिक्षित थी। जब से 'घर-घर शिक्षा' का सरकारी कार्यक्रम देहाती इलाकों में शुरू किया गया, तभी से बस्ती के लोगों में साक्षरता को लेकर जागरूकता का आगाज़ होने लगा था। साक्षरता अभियान की वजह से बस्ती के कुछ लोग साक्षर भी हुए, परंतु स्कूली शिक्षा का ग्राफ़ धीरे-धीरे ही उठ रहा था। मिड-डे मील के लालच में बालक स्कूल जाने लगे थे। उनमें से कुछ पढ़ाई में रुचि ले रहे थे, अन्य की समझ में बहुत कम आ रहा था। यह ज़रूर था कि बच्चों समेत बस्ती के ज़्यादातर लोग शिक्षित आदमी के प्रति आदर की भावना रखने लग गए थे। सभा के मंच पर बोलने के लिए निशा के खड़े होते ही पंचायत में चल रही कानाफूसी कम होती हुई कुछ ही क्षणों में शांत हो गयी।

''आप सब लोग जानते हैं कि हमारे वकील साहब गोयल काका हमारी भलाई के लिए यहाँ पधारे हैं। मैं आप सबकी तरफ़ से इनको धन्यवाद देती हूँ।'' कहते हुए उसने वकील रामनरेश के पाँव छुए। वकील गोयल ने निशा के माथे पर दोनों हाथों को रखकर आशीर्वाद दिया और हाथ जोड़कर लोगों का अभिवादन किया।

''यह पूजा दीदी हमारे संग मुम्बई से आयी हैं। बहुत पढ़ी-लिखी हैं। वहाँ के सबसे बड़े स्कूल में पढ़ाती हैं, जिसे विश्वविद्यालय कहा जाता है। इन्हें वहाँ की प्रोफ़ेसर कहकर पुकारा जाता है।'' इन शब्दों के साथ निशा ने पूजा का दुबारा परिचय कराया।

''और यहाँ सतीश जी विराजे हुए हैं, ये बहुत बड़े सेठ हैं। हम जैसे गरीब लोगों की भलाई के लिए काम करते हैं। यहाँ हमारी इस बस्ती को सुधारने की मंशा लेकर पधारे हैं।'' निशा ने जब यह कहा तो सभा के बीच में बैठी एक वृद्ध स्त्री ने कई बार सतीश की तरफ़ जिज्ञासा एवं संदेह के मिश्रित भाव के साथ झाँका। ऐसा प्रतीत हुआ जैसे उसकी कमज़ोर आँखें साफ़-साफ़ देख सकने की क्षमता खो चुकी थीं।

निशा ने पंचायत में शामिल लोगों को वेश्यावृत्ति की बुराइयों से अवगत कराया। उस घड़ी उसके मन में स्वयं द्वारा भोगी पीड़ा व यहाँ से वहाँ होते रहे भटकाव की यादों की घटाएँ उमड़-घुमड़ रही थीं। इसीलिए बीच-बीच में कई दफ़ा वह भावुक भी हो गयी थी। निशा की बातों का गहरा प्रभाव लोगों पर पड़ा। उसके वक्तव्य के वक्त जो लोग सभास्थल से दूर बैठे थे, उनमें से भी काफ़ी पंचायत में चुपके से आकर बैठ गए थे।

''आपकी बातें अच्छी लग रही हैं। हमारे दिमाग में बड़ा सवाल यही है कि इस पुश्तैनी धंधे को छोड़कर हम आखिर कौन-सा साफ़-सुथरा रोज़गार करेंगे? हमारे पास न खेती-बाड़ी है और न ही कोई दूसरा रोज़गार!'' एक प्रौढ़ व्यक्ति ने बड़ी हिम्मत करके

यह सवाल पूछ लिया। दर्जन भर युवकों ने हाथ उठाकर उसका समर्थन किया। निशा ने बड़े ही धीरज के साथ सवाल के पीछे मज़बूती के साथ खड़ी आशंका का निवारण करते हुए कहा कि ''आप एक बार इस गलत धंधे को छोड़ने का मन बनायें, रोज़गार की समस्या का समाधान हम सरकारी अफ़सरों से मिलकर करेंगे। इस मुद्दे को लेकर ज़िला कलेक्टर व दूसरे अफ़सरों के साथ हमारी बातचीत हो गयी है। हमें प्रशासन से पूरी उम्मीद है। वह हमारी मदद करेगा। मैं आपको भरोसा दिलाती हूँ।''

निशा के इस आश्वासन को सुनकर वकील गोयल के चेहरे पर संतोष के भाव छा गए। पूजा अत्राम के हृदय में ऊर्जा का अतिरिक्त संचार होने लगा। सतीश को स्वयं पर लज्जा की अनुभूति हुई। सभा में उपस्थित जनसमूह को निशा के रूप में बेहतर भविष्य की किरण दिखाई देने लगी।

निशा की होप्पुरा में सतीश से पहली मुलाकात जिन भी हालात में हुई हो, निशा के जीवन में वह रात होप्पुरा की सभी रातों में सबसे सुंदर थी। इसके बाद निशा उस बस्ती के किसी ऐसे दिन की तलाश में थी जो उसे उस रात जैसी ख़ुशी भले ही न दे, मगर थोड़ा सुकून दे सके। उस दिन की पंचायत ने यह इच्छा पूरी कर दी। आखिर उस पंचायत का मुख्य आकर्षण निशा ही तो थी।

27

''तुम का बेई उम्मा हौ जौन हियां से बंबई गई तीं ? तुम क्या वही उमा हो जो यहाँ से मुम्बई गयी थी ?''

यह सवाल उसी वृद्धा ने एक दिन निशा से उसके एकांत में अचानक पूछ लिया, जिसने पंचायत के दौरान सतीश को साफ़-साफ़ देखने की असफल कोशिश की थी। उस वक्त निशा का ध्यान इस बुज़ुर्ग महिला की ओर नहीं गया था। निशा को उमा नाम से चिढ़ बैठ गयी थी। उसने इस प्रश्न का उत्तर देने से पूर्व थोड़ी देर कुछ सोचा और फिर उस महिला की आँखों में दृष्टि गड़ाकर बहुत गंभीरता के साथ अपनी तरफ से सवाल दागा, ''हाँ, मैं वही लड़की हूँ, वही किशोरी उमा। युवती उमा, जिसकी जवानी अब ढलने लगी है। मेरे ज़हन में यह निशा नाम क्यों बैठा हुआ है, यह मैं कतई नहीं जानती। हाँ, यह बात ज़रूर तय है कि इस नाम से मेरा कोई-न-कोई वास्ता रहा है। मुझे यह भी पता नहीं कि मुझे उमा बनने को क्यों मज़बूर किया ?''

मूलत: बुंदेलखंड से ताल्लुक रखने वाली बेड़िनी जाति की वह स्त्री विमला थी जो केवल उमा के रूप में निशा का अतीत जानती थी। अब वह भी वेश्यावृत्ति के पेशे से तंग आ चुकी थी। सचाई तो यह थी कि वह स्वयं अब इस पेशे की माँग नहीं रही थी।

हाँ, सक्षम थी अन्य लड़कियों से धंधा करवाने में। वह चोरी-छिपे यह व्यवसाय करवाती भी थी, मगर अब अपने घर में नहीं बल्कि कॉलगर्ल के रूप में लड़कियों को ग्राहकों के साथ बाहर भेजकर। उसके ग्राहक कहीं दाएँ-बाएँ से उपलब्ध करायी लड़कियों को अपनी सुविधा से ले जाते थे और वापस सुरक्षित स्थल तक छोड़ जाया करते थे। वह चुनिंदा ग्राहकों के साथ ही यह काम करती थी। इसीलिए उसका सौदा महँगा हुआ करता था। पिछले दिनों अखबारों में छपी ख़बरों को लेकर किसी ग्राहक ने विमला को सचेत किया था। तब से वह पशोपेश में थी कि क्या किया जाये? धौलपुर ज़िला कलेक्टर द्वारा ली गयी वेश्यावृत्ति विरोधी मुहिम चलाने की बैठक की खबर ने उसके इस सवाल को और तीखा कर दिया था।

''हओ बिटिया जा धंधा में पटकवे के लानें हमें कउँ से उठा कें ल्याये ते। जौ रहस दारु पीकें बुत्त डरे हमारे मालिक ने हमाये सामने खोलौ तोजा सुनतई हमाय तौ होस उड़ गये ते। हम तौ समझत ते कै हम ऊकी बिटिया आंय। बौ सोइ हमें बिटिया घाईं चाउत रऔ। पै तब लों तौ हम जा पेसा के रस्ता पै भौत आंगें बडयायते। मैं तो रात भर सो नई पाईती जा सुनकें। हमें तो अपने मताई-बाप की असलियत जानबे की बात ने भौतइ पैर द औ। जब लों बात कौ भेद खुलो, तब लों तो भौत देर है गई ती।''

(हिन्दी अनुवाद; ''हाँ बेटी, इस धंधे से जोड़ने के लिए मुझे भी कहीं से उठाकर लाया गया था। एक दफ़ा शराब पीकर मेरे मालिक ने मेरे सामने यह भेद खोला था। वह जानकारी हासिल करके मैं एकदम चौंकी थी। मैं तो यही समझती थी कि मैं उसकी बेटी हूँ। वह मुझे अपनी बेटी की तरह प्यार करता था। तब तक मैं इस पेशे की राह पर बहुत आगे बढ़ चुकी थी। हालाँकि रात भर मुझे नींद नहीं आई थी। अपने असल माँ-बाप के बारे में सोचती हुई मैं बेहद परेशान रही। भेद खुलने की उस घड़ी तक बहुत देर हो चुकी थी।'')

''कोठा के मालिक बा आदमी ने भुन्सरां होतइ बड़े लाड़ सें हमें समझाओतो कै 'बिटिया, अब तुम कितै जैहो? अब तौ हमईं खों पक्को खयाल नईं बचो कै तुमें इते हमाय लिंगां को छोड़ गओ तौ। बैसें है तो मुस्किल काम, कउँ तुमें पतो चलाइ जाय कै तुमाये मताई-बाप को आयं तौ का बे तुमें राख लैहें?' ऊ टैम हमाये तरवन तरे सें जमीन सटक गईती। हमाइ छाती फटन लगी ती,आकास के छत्ता के छेदन सें जौन रोसनी झर रईती, बामें तनक पांव धरबे लायक धरती दिखानी तौ बस जेई होपपुरा बस्ती में हती, जितै हमाओ अकेलो आसरो कोठावारो मालिक कौ रऔ जीके हियां हम पेसा करतरये। जिन्दगानी की गैल कांटे-कंकरन सें भरी ती,ऊपे चले के इलावा हमाये पास और कौनऊँ रस्ता नईं रऔ बा दलदल में धंसत गये,ऐसे में और कछू नईं सूझी।''

(हिन्दी अनुवाद; ''चकलाघर के मालिक उस आदमी ने अगली सुबह होते ही मुझे बड़े प्रेम से समझाया था कि 'बेटी, अब कहाँ जाओगी? अब तो मुझे भी पूरा ध्यान नहीं

कि तुम्हें कौन छोड़कर गया था मेरे पास यहाँ? हालाँकि बहुत मुश्किल है फिर भी अगर अपने माँ-बाप का पता लगा भी लोगी तो क्या होगा? क्या, वे तुम्हें स्वीकार करेंगे?' उस वक्त मेरे पाँवों तले की ज़मीन खिसक गयी थी। मेरी छाती फटने लगी थी। अम्बर की छतरी में छेद दिखाई देने लगे थे। जो कहीं थोड़ी-सी धरती दिखाई दी तो वह इसी होपपुरा की बस्ती में थी, यहाँ पर भी मेरा एकमात्र आसरा वही चकलाघर मालिक था, जिसके यहाँ मैं यह पेशा करती थी। ज़िन्दगी की राह काँटों-कंकड़ों भरी थी, उस पर चलने के सिवा कोई चारा भी नहीं था। उस वक्त इस दलदल में धँसते रहने के अलावा मुझे कुछ भी नहीं सूझा।'')

विमला की कहानी सुनकर निशा चौंकी।

''क्या बकवास कर रही हो? यह तुम्हारी कहानी होगी।''

''हओ बिटिया, तुमाय हिसाब सें ऐसोइ हो सकत है, पै हमाई सबकी कहानी एकइ सी है।''

(हिन्दी अनुवाद; ''हाँ बेटी, तुम्हारे हिसाब से ऐसा हो सकता है। वैसे हम सबकी कहानी एक सी ही है।''

यह विमला का अनुभव था जो शब्दों में रूपांतरित हुआ।)

''हऔ बिटिया, जा धंधा में पटकवे के लानें हमें कऊँसें उठा कें लै आयते।

(हिन्दी अनुवाद; ''हाँ बेटी, इस धंधे से जोड़ने के लिए मुझे भी कहीं से उठाकर लाया गया था।'')

विमला के कहे गए शब्द निशा के मस्तिष्क में चक्कर काटने लगे।

''क्या मुझे भी कोई...!'' निशा को स्वयं सहित सारी दुनिया संदेह के शिकंजों में जकड़ी हुई प्रतीत हुई।

''कऊँ तुमें पतो चलइ जाय अपने मताइ-बाप कौ तौ का होजे? का बे तुमें राख लैहें?''

(हिन्दी अनुवाद; ''अपने माँ-बाप का पता लगा भी लोगी तो क्या होगा? क्या वे तुम्हें स्वीकार करेंगे?'')

निशा की चेतना पर इन दो सवालों के गहरे बादल मँडराने लगे।

निशा ने ज़िन्दगी के बहुत से उतार-चढ़ाव देखे थे। नारी उत्पीड़न की त्रासदी से लेकर प्रेम के उदात्त क्षणों की सुखद अनुभूति तक की अतियां उसके स्मृति-लोक में सुरक्षित थीं। उसका सारा जीवन द्विखंडित था। पल-प्रति-पल दो विपरीत दिशाएँ उसे

अपनी-अपनी ओर खींचे जा रही थीं। पूरी ज़िन्दगी वह दुखों के अनंत मरुस्थल में सुख की कतिपय बूँदों की आस करती रही। महासागरों की आक्षितिज जलराशि के भीतर पाँव रख सकने का लघुतम द्वीप खोजती रही। उसकी दुनिया में पसरे घोर अंधकार में रोशनी के ज़रा से टुकड़े का सपना देखती रही। उसके सारे के सारे ख़्वाब अधूरे रह गए। आखिर में जो कुछ मिलता रहा, निशा उसी में सब्र करती रही। जो उसके नसीब में नहीं था, उस पर उसने ज्यादा नहीं सोचा।

''चाची, जो तुम कह रही हो ना कि हम सबकी कहानी एक जैसी है,'' यह गलत है। सच तो यह है कि हम सबकी कहानियाँ अलग-अलग हैं। सबकी कहानियाँ एक जैसी हो ही नहीं सकतीं। मुझे मेरी कहानी गढ़नी है, तुम्हें तुम्हारी। या फिर अपनी-अपनी कहानी गढ़ने के मेरे और तुम्हारे इस हक को किसी और ने ज़बरन छीन लिया। मैं उमा के रूप में जवानी ढलने तक निशा की तलाश करती रही। काफ़ी जद्दोजहद और मानसिक मंथन के बाद अब मुझे मेरा असल रूप निशा मिल गया है। क्या तुम चाहती हो मैं फिर से उमा बन जाऊँ?'' निशा के अंतिम वाक्य में कठोरता स्पष्ट संप्रेषित हो गयी थी।

निशा के कठोर शब्द उग्र होते जा रहे थे। उसकी आँखों में क्रोध की लालिमा झलकने लगी। एक पल पश्चात् वह फिर से बोली, ''चाची, मैं निशा हूँ। उमा नहीं। क्या अब भी यह पूछना चाहोगी कि क्या मैं वही उमा हूँ?''

निशा का यह रूप देखकर विमला घबरा गयी। उसका कंठ सूख गया। वह एक शब्द भी बोलने की मनोदशा में नहीं थी। निशा को आभास हुआ जैसे विमला कह रही हो कि ''नहीं बेटी, अब कतई नहीं। अब तुम मेरे ही क्या सारे संसार के लिए निशा हो।''

उस वक्त से विमला के सूने आकाश में निशा की प्रेरणा का सितारा उगा। विमला निशा की हो गयी। अब उसने प्रण कर लिया कि वेश्यावृत्ति के उन्मूलन के लिए जो कुछ निशा कहेगी, विमला बेड़िनी वही करेगी। विमला के चकलाघर का वह मालिक कब का दुनिया छोड़ चुका था। विमला सोच रही थी कि अगर वह आज होता तो मैं उससे भी वेश्यावृत्ति का यह धंधा छुड़वाकर दम लेती।

निशा के लिए वह दिन बहुत आशाओं से भरा हुआ निकला। उसका हौसला चार गुना बढ़ गया था। कई तरह की आशंकाओं से भरा उसके मन के आकाश का धुंधलका खुली सुबह की तरह साफ़ हो गया था।

एक दिन निशा ने पूनम को बताया, ''आँटी, हमारे इस होपपुरा में फैलती जा रही इस बदनामी को जल्द-से-जल्द खत्म करना है।''

''हाँ, बिटिया, तेरी जैसी लड़की के हौसला कू मैं हाथ जोड़ती हूँ। पर उमा....नहीं, मेरी लाडली निशा, गंदगी के इतके लम्बे-चौड़े फैलाव कू काऊ जल्द-से-जल्द कैसे सकेल के नी फेंक सकत है?'' निशा के लिए सलाम के साथ यह सवाल भी पूनम ने

एक गहरी साँस लेते हुए छोड़ दिया।

निशा ने पूनम के सवाल को लेकर कुछ नहीं सोचा। उसने तय किया कि कम-से-कम पाँच परिवारों के पास प्रति दिन जाएगी और उन्हें समझायेगी।

''वेश्यावृत्ति के व्यवसाय में बदनामी के सिवाय कुछ नहीं रखा है। दिन-रात पुलिस की दबिश की तलवार सर पर लटकी रहती है। एक ही दबिश में सब कुछ ख़त्म हो जाता है। मुकद्दमों में चाहे दोषमुक्त हो जाओ लेकिन पैसे और वक्त की बर्बादी का कोई हिसाब नहीं। एक बार पकड़े जाने पर हमेशा के लिए पुलिस की काली सूची में आ जाना एक अन्य बड़ी समस्या बन जाती है। ऊपर से बेइज्ज़ती और बदनामी। दो कौड़ी का आदमी बकवास करने लगता है। किस-किस से उलझते रहो! ग्राहकों को पटाने के लिए तुम लोगों को कौन-कौन से पापड़ नहीं बेलने पड़ते।'' यह बात निशा ने हर घर में जाकर कही। अपनी मुहिम में निशा को दिन-प्रतिदिन सफलता मिलने लगी।

28

इसी दरम्यान राजस्थान की विधानसभा में विपक्ष ने वेश्यावृत्ति को लेकर हंगामा कर दिया। राजधानी के राजनीतिक गलियारों में यह मुद्दा तभी से सुलगने लगा था जब से गोयल वकील का लेख राष्ट्रीय अखबार में प्रमुखता के साथ छपा। मुख्यमंत्री ने पुलिस मुख्यालय से महानिरीक्षक स्तर के अफ़सर को धौलपुर भेजा। उसके संग भरतपुर रेंज का डी.आई.जी. भी आया। ज़िले के सभी थानाप्रभारियों एवं वरिष्ठ अधिकारियों की बैठक बुलाई गयी। महानिरीक्षक व रेंज के डी.आई.जी. ने उन्हें वेश्यावृत्ति को लेकर सरकार एवं पुलिस मुख्यालय की चिंता से अवगत कराया। पुलिस अधीक्षक ने दोनों आला अफ़सरों को विश्वास दिलाते हुए कहा कि ''सर, हम पहले से ही इस मुद्दे को लेकर सचेत हैं। कलेक्टर की अध्यक्षता में ज़िला स्तरीय अफ़सरों एवं गणमान्य व्यक्तियों के साथ मीटिंग भी कर चुके हैं। यह धंधा सैकड़ों वर्ष पुराना है, इसलिए इसके उन्मूलन में वक्त लग सकता है। मैं यह संकल्प करता हूँ कि ज़िला पुलिस इस अनैतिक काम को काबू में करने के लिए कोई कसर नहीं छोड़ेगी।''

सर्किट हॉउस में लंच के वक्त कलेक्टर को भी आमंत्रित किया था। उसने भी पुलिस के दोनों उच्चाधिकारियों के सामने यह बात रखी कि ''ज़िला प्रशासन इस मुहिम में स्थानीय पुलिस को अपनी तरफ़ से पूरा सहयोग देगा।''

अगले ही दिन से पुलिस ने होपपुरा में धरपकड़ आरंभ कर दी। इस कार्रवाई को लेकर बस्ती में हड़कंप मच गया। वहाँ के जो लोग निशा के अभियान से असहमत चल रहे थे, उन्होंने यह अफ़वाह फैलानी शुरू कर दी कि ''पुलिस की कार्रवाई के पीछे निशा वगैरा का हाथ है।''

वकील गोयल तक यह सूचना पहुँचाई गयी। वह तुरंत होपपुरा में आया और निशा सहित ख़ास-ख़ास लोगों से मिला। उसने आश्वासन दिया कि ''सरकार के दबाव के कारण पुलिस ऐसी कार्रवाई करने को मजबूर हुई है।'' वकील ने साथ ही यह सलाह दी कि हम सभी ने मिलकर वेश्यावृत्ति के उन्मूलन का जो अभियान आरंभ किया है, उसमें सब लोगों को साथ आना पड़ेगा। अगर आप लोग मेरी बात से इत्तेफ़ाक रखते हों तो मैं एस.पी. से मिलकर पुलिस द्वारा की जा रही कार्रवाई को आगे से रुकवाने की कोशिश करूँ।''

वकील की सलाह का सभी ने समर्थन किया। बस्ती के ऊपर सबसे बड़ी आफ़त पुलिस की ही थी। जब-जब पुलिस ने बस्ती पर दबिश दी या पकड़ा-धकड़ी की तभी पूरी बस्ती को परेशानी भुगतनी होती थी। सबसे बड़ी समस्या पुलिस व अदालतों में होने वाले खर्चे को लेकर हुआ करती थी। ग्रामीणों द्वारा वकील को दिए गए समर्थन व सहयोग ने निशा का कद पहले से ज्यादा ऊँचा कर दिया।

''किसी भी जुर्म पर पाबंदी लगाने के वास्ते जाँच-पड़ताल व पकड़ा-धकड़ी से ज्यादा बेहतर उसकी रोकथाम की कार्रवाई होती है। अपराध के लिहाज़ से जो इलाका अधिक संवेदनशील होता है, वहाँ की जनता का साथ पुलिस के लिए सबसे अधिक मददगार होता है।'' वकील ने यह बात जोर देकर ज़िले के पुलिस कप्तान के सामने रखी। एस.पी. इस किस्म के तरीके को अच्छी तरह से समझता था।

''गोयल जी, अगर आप गारंटी लेते हो कि गाँववाले अपने स्तर पर इस अनैतिक धंधे को ख़त्म करने की कसम खाकर हालात में बदलाव लाने की कोशिश कर सकेंगे तो मैं सप्ताह भर के लिए पुलिस कार्रवाई को रोक देता हूँ। ध्यान रखना होगा कि किसी पर कोई असर नहीं पड़ा तो उच्चाधिकारियों को मैं मुँह दिखाने लायक नहीं रहूँगा।'' गोयल वकील पर पुलिस अधीक्षक को काफ़ी भरोसा होता जा रहा था। इसलिए उसने यह बात कह दी। दोनों की इस बातचीत के वक्त अन्य कोई आदमी उपस्थित नहीं था।

कलेक्टर एवं एस.पी. पूरे मददगार सिद्ध हो रहे थे। सतीश अक्सर होपपुरा इस काम के लिए और निशा से मिलने प्रेमभाव से आया करता था। गोयल वकील भी अक्सर वहाँ आने लगा था। अब वह जितना ध्यान वकालत के पेशे पर देता था, उससे अधिक ध्यान वेश्यावृत्ति उन्मूलन के काम में देने लगा था। विमला व पूनम बेड़नियाँ मन से निशा के साथ थीं। इलाके के तहसीलदार व थानेदार ने होपपुरा के कई चक्कर लगाये। एस.डी.एम. एवं डिप्टी.एस.पी. ने भी दौरा किया। अब सभी का ज़ोर समझाइश पर हो गया था।

रविवार की एक सुबह रामनरेश गोयल होपपुरा में पहुँच गया। वह सीधा पूनम के घर गया, जहाँ निशा रहने लगी थी। ख़बर सुनते ही पंच बुड्ढा, संतो, विमला सहित दर्जन भर लोग वहाँ इकट्ठा हो गए। ये सब मुहिम से जुड़ गए थे। जिन मर्द व औरतों के मन में शंका व चिंता थी, उन्हें भी वेश्यावृत्ति के उन्मूलन में ही बेहतर भविष्य दिखाई देने

लगा था। दिनोंदिन अधिक-से-अधिक लोग इस अभियान के पक्ष में आते जा रहे थे। अब इनका बहुमत हो गया था।

''बहुत लोग मन से वेश्यावृत्ति के धंधे को छोड़ने के लिये तैयार होते दिखाई दे रहे हैं। मुझे इस बदलाव से उम्मीद जगती हुई लग रही है। अब क्यों न हम समय लेकर कलेक्टर व एस.पी. साहबान से मुलाकात करें और उन्हें ताज़ा हालात की जानकारी दें। वैसे वे ज़िले के आला अफ़सर हैं। उनके पास हर इलाके की पल-पल की खबरें रहती होंगी, फिर भी हमारा फ़र्ज़ बनता है कि उनसे रू-ब-रू हुआ जाये।'' पूनम के आँगन में मौजूद सभी लोगों के सामने वकील गोयल ने यह सुझाव रख दिया।

''मेरा कहना है कि इससे पहले बस्ती की एक और पंचायत बुला ली जाये, जिससे पता चल सके कि अब भी कौन-कौन ऐसे आदमी हैं जो इस काम में साथ नहीं देना चाहते हैं। कल को ऐसे लोग कोई बखेड़ा पैदा नहीं कर सकें, इस वास्ते इनकी पुख़्ता जानकारी हमारे पास होनी चाहिए।'' इस सलाह में बुद्धा बेड़िया के पंच होने का अनुभव झलकता दिखाई दिया।

उसी दिन शाम को बुद्धा के घर पर बस्ती की बैठक आयोजित कर ली गयी। जिन लोगों को किन्हीं अन्य कारणों से बुद्धा से खुन्नस थी, उनके अलावा ज्यादातर लोग सभा में शामिल हुए। आम सहमति से फ़ैसला कर लिया गया कि ''बस्ती से जिस्मफ़रोशी का धंधा पूरी तरह से बंद कर दिया जाए, इसी में सबकी भलाई है। इसके बाद भी जो कोई बंदा इस धंधे को जारी रखेगा, तो बस्ती का कोई पंच-पटेल खुले तौर पर पुलिस या अदालत में उसकी मदद नहीं करेगा।''

इस निर्णय से सबसे अधिक प्रसन्नता निशा को हुई। बुद्धा पंच को इसमें अपना राजनीतिक लाभ दिखायी दिया। संतो और विमला की ख़ुशी किसी भी काम में निशा से भिन्न हो ही नहीं सकती थी।

रामनरेश गोयल ने अपने मोबाइल फ़ोन से ज़िला कलेक्टर से संपर्क किया। अगले दिन सुबह 11 बजे मिलने का समय निर्धारित हो गया।

वकील रामनरेश गोयल के नेतृत्व में प्रतिनिधिमंडल धौलपुर जाकर ज़िला कलेक्टर एवं एस.पी. से मिला। वेश्यावृत्ति उन्मूलन अभियान में इस प्रतिनिधिमंडल का उत्साह देखकर दोनों अधिकारी अत्यंत प्रसन्न हुए। गाँव में जाकर सभा आयोजित करने की एक तिथि तय कर दी गयी।

नियत तारीख के दिन ज़िला कलेक्टर व एस.पी. दोनों आला अफ़सर समाज कल्याण अधिकारी, जनसंपर्क अधिकारी और मीडिया के लोगों के साथ पचगाँव पहुँच गये। अधीनस्थ अधिकारी पहले ही वहाँ पहुँच चुके थे। उन्होंने होपपुरा के सभी लोगों

को ग्राम पंचायत भवन के प्रांगण में इकट्ठा कर लिया।

सबसे पहले पुलिस अधीक्षक ने वेश्यावृत्ति अभियान से जुड़े सभी पुलिस अधिकारियों व जवानों को शाबाशी दी। ज़िला कलेक्टर का विशेष आभार व्यक्त करते हुए प्रशासन के अन्य अफ़सरों को धन्यवाद दिया। रामनरेश वकील, निशा, सतीश एवं बुद्धा पंच आदि सहित होपपुरा के लोगों को बधाई दी।

''आज से लगभग सौ बरस पहले का एक ऐतिहासिक दिन वो था जब तुम्हारे पुरखों के ललाट पर अपराधी कौम का ठप्पा लगाकर अंग्रेज़ों ने ज़बरन यहाँ बसाया और तुम लोगों को वंशानुगत अपराधी बना दिया गया। वह दिन तुम्हारे इतिहास में काले दिन के रूप में जाना जायेगा और एक आज का यह दिन है जब प्रशासन और खासकर हमारे वयोवृद्ध वकील रामनरेश साहब एवं इनके अन्य सहयोगियों द्वारा अथक प्रयास करने के बाद हम सब वेश्यावृत्ति उन्मूलन के लिए एकत्रित हुए हैं। इस दिवस को तुम्हारे गाँव के इतिहास में स्वर्णिम दिवस के रूप में याद किया जायेगा। मैंने अपनी बात कहने से पूर्व आप सब से हाथ खड़ा करवाकर यह जान लिया था कि ''आज सारे बेड़िया परिवार सहमत हैं कि वे आईन्दा यह धंधा नहीं करेंगे।'' आज सभी शपथ लेंगे कि ''हम वेश्यावृत्ति जैसे घृणित पेशे को तिलाँजलि देते हैं और किसी के बहकावे में आकर सपने में भी इस धंधे में संलिप्त नहीं होंगे।'' कलेक्टर के इस आह्वान का उपस्थित जन समुदाय ने तालियाँ पीटकर व अपने हाथ उठाकर समर्थन किया।

निशा के चेहरे पर जीवन की सार्थकता के भाव स्पष्ट दिखाई दे रहे थे। उसकी आँखें नम हो गयी थीं। वकील गोयल की छाती पहले से और अधिक चौड़ी हो रही थी। सतीश सिंघल बेहद खुश था कि अपने पिता के मानव कल्याण के काम को उसने आगे बढ़ाया। संतो ने उस दिन स्वयं को अपने कद से कहीं बड़ा महसूस किया। पूनम और विमला को पहली दफ़ा अपने जीवन की सार्थकता का अहसास हुआ।

कलेक्टर और एस.पी. तथा उनकी पूरी प्रशासनिक टीम संतुष्ट थी।

ज़िला कलेक्टर के भाषण के उपरान्त निशा ने विस्तार से अपनी बात कही। उसने विशेषकर यह बताया कि वेश्यावृत्ति उन्मूलन के इस काम में शुरू-शुरू में कितनी मुश्किलें आयीं। फिर दिन-ब-दिन काम आसान होता गया। उसने अपनी सारी टीम को धन्यवाद दिया। सफलता के लिए ज़िला कलेक्टर, एस.पी. तथा अन्य अधिकारियों के वरदहस्त की भूरि-भूरि प्रशंसा की। वकील रामनरेश गोयल के सहयोग को आशीर्वाद स्वरूप माना। उसने सतीश का नाम बड़े सम्मान के साथ लेते हुए कहा कि ''इस मुहिम के लिए मेरा हौसला हमेशा सतीश जी ने बढ़ाया है।''

इसी क्रम में वह आगे बोली, ''इस वक्त हमारे बीच में मैडम पूजा अत्राम नहीं

हैं। वे बहुत व्यस्त रहती हैं। दरअसल इस मुद्दे को लेकर सबसे बड़ा सबक मैंने उन्हीं से सीखा है।''

अंत में ज़िला धौलपुर के कलेक्टर ने उपस्थित बेड़िया समुदाय के सभी सदस्यों को वेश्यावृत्ति उन्मूलन की औपचारिक शपथ दिलाई।

29

जिस्मफ़रोशी के खिलाफ़ चल रही मुहिम को जनता और प्रशासन दोनों ने मिलकर आगे बढ़ाया। इसका विचार बेशक मुम्बई से चलकर यहाँ तक आया था, लेकिन उसका बीज होपपुरा की ज़मीन में अंकुरित हुआ। स्थानीय जनता का सबसे बड़ा चेहरा वकील रामनरेश गोयल था। अभियान की नायिका निशा का होपपुरा से संबंध एक दुर्घटना थी। आगरा वाले सतीश के बेड़ियों की बस्ती से जुड़ने के इतिहास का पहला अध्याय देह व्यवसाय के अनैतिक प्रदर्शन से भरा हुआ था।

''बेटा, पुनीत मेरा मन कर रहा है कि चंबल के पुल की तरफ़ एक चक्कर लगा आयें,'' रामनरेश गोयल ने अपने भतीजे को कहा। संध्या के पाँच बज रहे थे। वेश्यावृत्ति के विरुद्ध अभियान के सफल सफ़र के बाद भी वकील बेचैन था। मानसून की दस्तक के साथ उस दिन धौलपुर में काफ़ी अच्छी बरसात हुई थी। पूरे गोयल खानदान में पुनीत सबसे अधिक सम्मान अपने चाचा का करता था। उनकी किसी बात को टालना उसके लिए असम्भव था। अपनी कार में बैठाकर वह वकील चाचा को चंबल के पुल की तरफ़ ले चला। शहर की सड़कें, गलियाँ, चौराहे और इमारतें भीगी हुई थीं। पिछले पंद्रह दिनों में गर्मी ने रिकॉर्ड तोड़ दिया था। वैसे भी धौलपुर उत्तर भारत की गर्म पट्टी का हिस्सा है। जितनी गर्मी इस धरा की सतह पर पड़ती है, उससे अधिक यहाँ के लोगों के भीतर भरी रहती है। चंबल में अथाह जलराशि होते हुए भी यहाँ का जीवन सूखा रहता है। ताप और रुक्षता अग्नि का घर होता है। अग्नि से क्रोध उपजता है। क्रोध, आक्रोश और प्रतिशोध चंबल के जल और उसके प्रभाव क्षेत्र के कण-कण में घुला हुआ है। भारत की बड़ी नदियों को देखते हुए चंबल उलटी दिशा में बहती है। जिन नदी-नालों का पानी इसमें मिलता है, उनसे जुड़े सम्पूर्ण भू-भाग पर चंबल का प्रभाव पड़ता रहा है, जैसे जिधर से चंबल में जल आया उधर के अँचल पर चंबल का अभिशप्त प्रभाव फैलता रहा है। लोकमानस में वह पौराणिक कथा अभी भी ताज़ा थी, जिसके अनुसार द्रौपदी के प्रासाद में जब दुर्योधन के भ्रमित होने पर द्रौपदी ने 'अंधों के अंधे ही पैदा होते हैं' कहकर उपहास किया था, तब से द्रौपदी से दुर्योधन प्रतिशोध लेना चाह रहा था। इसी चंबल के किनारे द्रौपदी का चीरहरण हुआ। द्रौपदी ने चम्बल को श्राप दिया था कि 'तुम्हारी झोली में अथाह और मीठा जल होने के पश्चात् भी तुम्हारी बाँहों में उलिप्टी सारी धरा अनुर्वर और आतंकग्रस्त

रहेगी।' समय के साथ जनश्रुतियों के संस्करण परिवर्तित होते रहते हैं। वर्तमान में इनकी विषयवस्तु में पौराणिक चीरहरण के स्थान पर स्त्री का दैहिक शोषण सम्मिलित हो गया।

धौलपुर-ग्वालियर राष्ट्रीय उच्च मार्ग पर निर्मित चंबल-सेतु के इस पार खड़ा वृद्ध वकील गोयल चंबल के जल भँवरों को सूक्ष्म दृष्टि से निहारने लगा।

''चाचा, क्या चंबल को पहली दफ़ा देख रहे हो?'' पुल के एक छोर पर खड़े-खड़े रामनरेश गोयल ने अपने भतीजे पुनीत के इस सवाल का ऐसे जवाब दिया जैसे वह वहाँ न होकर आकाश की किसी अदृश्य खिड़की से चंबल के विस्तार को देख रहा हो।

''पहले से इस नदी का जल-प्रवाह अनवरत चल रहा है। तब से अब तक बहुत जल बह चुका है। इससे कई गुना अधिक बहने को शेष होगा। नदी की गहराई पहले से कम नहीं हुई है। उसके बीहड़ों में से दस्युदलों का आतंक समाप्तप्राय हो गया है। डाकुओं से खाली हुए स्थान पर बजरी माफ़िया का कब्ज़ा हो गया। हिन्दुस्तान को आज़ाद हुए पूरे सात दशक बीत गए। ज़िला धौलपुर को स्वतंत्र ज़िला बने हुए 40 साल का समय हो गया। इस अवधि में धौलपुर ज़िले में कलेक्टर व एस.पी. भी 40 के लगभग पदस्थापित हो चुके हैं। ज़िला स्तरीय अन्य अफ़सरों की अदलाबदली की संख्या भी 2000 से अधिक हो चुकी है।

''दुनिया रोज़ बदल रही है। राष्ट्रीय सीमाओं को तोड़ती पूँजी व तकनीकी, विश्व को जोड़ता मीडिया व बाज़ार, राजनीतिक उथल-पुथल, लोकतंत्र की बदलती तस्वीरें और धौलपुर की धरती के ऊपर के आसमान में अनगिनत हवाई जहाज़ों की यहाँ से वहाँ, वहाँ से यहाँ और न जाने कहाँ से कहाँ-कहाँ तक दूरदराज़ की उड़ानें। और यह हमारा धौलपुर इस ज़माने में भी वहीं का वहीं!''

देश-दुनिया के इतिहास और वर्तमान से लौटकर गोयल वकील ने पुनीत के कंधे पर अपनी हथेली रखते हुए फिर कहा, '' बेटा, लोकतंत्र में असली ताकत सरकार के पास होती है। सरकार की डोर सत्ताधारी राजनेताओं के हाथों में रहती है। धौलपुर की राजनीति को मैंने निकट से देखा है। उसके भीतर मैं झाँकता रहा हूँ। एक दफ़ा इस ज़िले से निर्वाचित विधायक को राज्य के मुख्यमंत्री का पद मिला, लेकिन उसका मन यहाँ से करीब 500 किलोमीटर दूर के भूभाग में ही अटका रहा। कुल मिलाकर यहाँ की राजनीति ढाई घरानों के कब्ज़े में चलती रही। एक वह जो राजाखेड़ा इलाके के ठाकुर गोवर्धनसिंह जैसे देह-व्यवसायी को पालता, पनपाता व बचाता रहा। दूसरा वह जिसका चोली दामन का संग होपपुरा की जिस्मफ़रोशी से रहता आया। और आधा घराना अपना राजनीतिक भविष्य कभी इस तो कभी उस घराने की छत्र-छाया में खोजता रहा।''

एक गहरी साँस लेता हुआ रामनरेश गोयल कुछ पलों के लिए चुप हो गया।

''चलें बेटा, बहुत देर हो गयी।'' पुनीत समझ गया था कि चाचा का मूड ठीक नहीं है। वह उसे वापस घर ले आया।

चंबल के पुराने जल में बारिश का ताज़ा पानी मिलकर उसके बहाव को खूब गति दिए जा रहा था। बीहड़ों की हवा में भी पहले की तरह ताज़गी थी। चंबल का आसमान भी धुँधला नहीं हुआ था। बागियों की बंदूकों से निकलने वाला धुआँ अब नहीं के बराबर था। औद्योगिक विकास बहुत कम होने के कारण इस अँचल का जनजीवन न्यूनाधिक अभी भी कृषि व पशुपालन पर निर्भर था। इसलिए यहाँ का आसमान पहले से ज़्यादा साफ़ रहने लगा था। अरावली की पर्वत श्रेणियों का कद भी नहीं घटा था। धौलपुर से पचगाँव का फ़ासला पहले के ही बराबर था और होपपुरा अभी भी पचगाँव के पाँवों में पड़ा था।

''पचगाँव का ठेकेदार बना बैठा बसंतीलाल बोहरा होपपुरा में जिस्मफ़रोशी के खिलाफ़ चल रही मुहिम में अब तक क्यों चुप है?'' इस सवाल ने गोयल वकील को विचलित कर दिया। वह रात भर नहीं सो सका। रामनरेश धौलपुर शहर का मौज़ीज़ शख्स था और बसंतीलाल तो पचगाँव का सरपंच था ही। वह अक्सर पचगाँव की अपनी खानदानी हवेली में रहता था। उसका बड़ा भाई सुनहरीलाल धौलपुर कोठी में रहता था। धौलपुर ज़िले के दो प्रमुख घरानों में से एक का मुखिया वह स्वयं था। रामनरेश गोयल और बसंतीलाल के बीच लंबा व नज़दीकी रिश्ता चला आ रहा था। वैसे भी दोनों हमउम्र थे। जब भी गोयल पचगाँव आता तो बसंतीलाल बोहरा से अवश्य मिलता। वेश्यावृत्ति के विरुद्ध पहली सामूहिक चर्चा भी रामनरेश की पहल पर बोहरा की हवेली पर ही की गयी थी। इसके बावजूद बसंतीलाल ने इस मुहिम में न तो कोई रुचि दिखाई और न ही ऐसा आभास कराया जैसे वह इसके खिलाफ़ हो।

अगली बार जब गोयल वकील होपपुरा में गया तो सबसे पहले उसने बसंतीलाल बोहरा से मुलाकात की। हवेली के बरामदे से जुड़ा हुआ बड़ा-सा हॉल उसकी बैठक हुआ करती थी, जहाँ से बरामदे में होकर बाहर आम रास्ते तक सब कुछ साफ़ दिखाई देता था।

''राम राम, बोहरे, का हालचाल हैं, तबीयत पानी तो ठीक है ना?''

''हाँ वकील भैया, हम तो ठहरे गाम के बासी। तुमारे शहर की बनिसपत गामन (गाँवों) में हवा-पानी बढ़िया है तो तबीयत पानी बी कछु ठीक ठाक ई रेह्गे। तुमारी मज्जी ते (मर्ज़ी से) अबी तो जिनगी की गाड़ी ढुलक रई है। आगे की आगे देखी ज्यागी। तुमन ने तो इते अपनो झंडो गाड़ ई ध्यो है।'' बसंतीलाल ने कटाक्ष किया।

वकील गोयल को बोहरा का ऐसा बर्ताव अच्छा नहीं लगा। 'झंडा गाड़ने'' वाली बात उसे चुभी।

''अरे, तुम आज ठाड़े-के-ठाड़े काय कू रह्गे?'' बोहरा ने वकील को टोका।

‘‘बोहरे, मोय कचैरी (अदालत) में खड़ो रह्बे की आदत है। तुमनेई हवेली में पहली बेर खड़ो कद्यो (कर दिया)। खैर कौऊ बात नायं। अब इते तुमारे ठीये पे आ ई गो तो भैया, बैठूँगो तो सई।’’ कहता हुआ वकील पास ही रखे मूढ़ों में से एक पर बैठ गया।

‘‘भैया, तुम वकील हो ना, बाल की खाअले (खाल को) निकासिबे के तौर-तरीके तुमें खूब आवत हैं। बातन को बतंगर बनाबे में बी वकील होश्यार होबे है ई। पर हमने तो ऐसी कौऊ बात अपने मूं (मुँह) ते कई नायं, जाय सुन के न तुम अपनी मूं फुलाओ। और अब न्हाँ बैठ ई गये तो नेक या मूड़ाय मेरे ढिंग (निकट) खेंच लेओ।’’ जिस मूड़े पर बैठा था, गोयल वकील ने उसे बोहरा के दीवान के निकट सरका लिया। झंडा गाड़ने वाली बात वकील के दिल में कहीं अटक गयी थी। उसने महसूस किया कि जैसे पहली बार इस हवेली में बोहरा खानदान और गोयल परिवार के बीच एक खाई पड़ गयी हो। उसे बख़ूबी पता था कि बोहरा घराना एक राजनीतिक अड्डा है। इस अड्डे के सदस्य बसंतीलाल ने पचगाँव पंचायत इलाके में राजनीति के अलावा सामाजिक तौर पर भी खेल बिगाड़ने का काम किया है। वकील ने क्षण भर के लिए सोचा कि ‘‘कहीं यह शख़्स जिस्मफ़रोशी के खिलाफ़ चल रहे अभियान में कोई खलल नहीं पहुँचा दे।’’

‘‘खूंटे गाड़ने वाली बात मेरी समज ते परे है, ई का बात भई। नेक या को भेद तो बता बोहरे भैया?’’

‘‘अरे गोयल बाबू, तुम तो बिन बात ई बुरा मनिगे। तुम हमारे लंगोटिया यार हो। हम दोनून को फ़र्ज़ बने है के इकदूजे को ख़याल रखें। वा दिन जब तुमारे कहने ते हमने या ई हवेली में ऊ बंबई वारेन (मुंबई वालों) के संग बैठक रखी ही ना। हमने सपने में ऊँ कदे ना सोचो के ऊ बात इतेक आगे निकस ज्यागगी। मोय ई बात को अचरज है रो है, के इन ससुरे बेरियान (बेड़ियों) की भलाई के भूते (भूत को) तुम जैसो नामी मिनख अपने माथे पे लादे फिरेगो और तुमने तो इनकी बस्ती में ई डेरे डाल द्ये!’’ बसंतीलाल बोहरा के इन शब्दों के पीछे गहरा भाव छिपा हुआ था।

वह आगे बोला, ‘‘फिर भी भैया, हमें का लेनो-देनो। तुम कछु बी करो। मोय कलेस इ बात को है के इन लोगन के बीच रांडबाजी को जे काम बरसन ते चलतो आयो हा ना, इ में हमारे कुटुम खानदान को नाम लपेटो जा रो है। और ऊपर ते तुमने चुप्पी ओढ़ रक्खी है। हमारे संग तुमारी ई कौन सी दोस्ती भई?’’ जिस्मफ़रोशी को लेकर पिछली पंचायतों में बोहरा कुल का नाम जोड़ने की बात को बसंतीलाल गाँठ बाँधकर बैठा था।

बोहरा घराना की जाति ब्राह्मण थी। इस खानदान का मुख्य धंधा बोहरगत अर्थात् ब्याज पर रकम देकर कमाई करना रहा था। बोहरगत से यह परिवार बोहरा के नाम से प्रसिद्ध होता गया। धनबल का संबंध सामाजिक प्रभाव से रहता आया है। आर्थिक एवं सामाजिक प्रतिष्ठा के आधार पर आधुनिक लोकतंत्र में राजनीतिक हस्तक्षेप सरल हो जाता है।

धौलपुर का दूसरा घराना सेठजी का था। रामनरेश गोयल बनिया होते हुए भी सेठजी के वणिक खानदान की बजाय बोहरा परिवार के निकट था। इसकी एकमात्र वजह बसंतीलाल बोहरा से दोस्ती थी। इस वार्तालाप ने वकील का मन खट्टा कर दिया।

वकील गोयल से बसंतीलाल बोहरा की नाराज़गी आज की नहीं थी। इसका बीज उस दिन पड़ गया था जब वकील के आग्रह पर इसी हवेली में वेश्यावृत्ति को लेकर पहली बैठक हुई थी और फिर उसका समाचार अख़बारों में छपा था। बसंतीलाल के ज़हन में वह बात बैठ गयी थी जब धौलपुर शहर में किसी ने कहा था, ''पचगाँव को बसाने वाले बनिया परिवारों का तो कोई बच्चा भी अब उस गाँव में नहीं रहता, किंतु यह बात समझ में नहीं आ रही कि उन बनियों के बाद जो बोहरा परिवार पचगाँव में बेड़ियों की वेश्यावृत्ति जैसे आपराधिक व अनैतिक धंधों में मदद करता रहा, आज उसी परिवार का मुखिया ''नौ सौ चूहे खाकर बिलाई की नाईं हज़ करने को चला है!'' जिस्मफ़रोशी की खिलाफ़त को लेकर वकील गोयल की बढ़ती सक्रियता से बोहरा को यह वहम हो गया कि ''हो न हो, वकील धौलपुर के सेठ परिवार से भीतर-ही-भीतर मिला हुआ है और बोहरा खानदान को बदनाम करना चाहता है।''

''अब बसंती भैया, कौन का बक रो है, जे बात को तो मेरे ढिंग काऊ तोड़ है नायं। मेरी जबान ते कछु उलटो सीदो निकसो होय तो मोय बता। वैसेई मेरे माथा पे ठीकरो फोरे तो मैं का कर सकत हूँ।''

वार्तालाप को आगे बढ़ाने में दोनों में से किसी की दिलचस्पी नहीं थी। औपचारिकता की रामा-श्यामा के बाद रामनरेश वकील धौलपुर के लिए चल दिया।

30

पचगाँव की आबादी अब 4000 और होपपुरा की 2000 हो गयी थी। सन् अस्सी के दशक में हुई सी.आई.डी. जाँच के बाद बेड़िया परिवारों की वेश्यावृत्ति से जुड़ी अधिकांश लड़कियाँ दिल्ली व मुम्बई जैसे महानगरों में चली गयीं। जी.बी. रोड दिल्ली के चकलाघरों और मुम्बई डांस-बार रेस्तराँ की बारबालाओं में अक्सर इन्हीं को देखा जा सकता था।

करीब 20 साल पहले होपपुरा का नाम बदल कर आदर्शनगर रख दिया गया था। अधिकतर लोग कृषिकर्म से जुड़ गए। शिक्षा का प्रसार होने लगा। कुछ परिवारों के युवक पुलिस, वन एवं चिकित्सा विभागों की सरकारी नौकरियों में भी भर्ती हो गए। अभी भी कई परिवार हथकड़ कच्ची शराब का धंधा करते रहे। कई परिवारों की कृषि भूमि धौलपुर-भरतपुर उच्च मार्ग के आजू-बाजू में आने की वजह से भोजनालय व अल्पाहार केंद्र तथा अन्य व्यावसायिक गतिविधियों से जुड़ने लगे।

पूनम के पति का नाम रामकिशन था। पूनम की बेटी के रूप में निशा का नाम इस परिवार के राशनकार्ड में दर्ज करवा दिया था। पंचायत के आगामी चुनावों के लिए निर्वाचन विभाग ने आरक्षित ग्राम पंचायतों की सूची जारी कर दी। पचगाँव की ग्राम पंचायत को अनुसूचित जाति वर्ग में रखा गया। राजस्थान में बेड़िया इसी श्रेणी में आते हैं। आदर्शनगर स्वतंत्र ग्राम्य इकाई बन गया था फिर भी पचगाँव ग्राम पंचायत का हिस्सा ही था। वकील रामनरेश के प्रयासों से निशा को सरपंच का उम्मीदवार बना दिया गया। वह उसे कांग्रेस पार्टी का टिकट दिलवाना चाहता था। कांग्रेसी नेता एवं पूर्व सरपंच बसंतीलाल बोहरा ने उसका साथ नहीं दिया। इसलिए निशा निर्दलीय प्रत्याशी की हैसियत से चुनाव लड़ी। आदर्शनगर नामकरण हो जाने के बाद भी समाज पर जातिगत राजनीति हावी थी। बसंतीलाल बोहरा ने चाल चली। निशा के खिलाफ़ वह विषवमन करवाने लगा। इसी शख़्स के पूर्वजों ने बेड़िया परिवारों को जिस्मफ़रोशी के जाल में उलझाया था। उन्हीं का वारिस बसंतीलाल बोहरा आज दूसरा खेल खेलने लगा। बसंतीलाल ने कुंजीलाल बेड़िया को कांग्रेस का टिकट दिलाकर सरपंची के मैदान में उतार दिया। यह अफ़वाह फैला दी गयी कि ''निशा बेड़िया जाति की नहीं है। इसे कहीं से उठाकर लाया गया है। इसकी जाति-धर्म का कोई पता नहीं। इसलिए यहाँ के बेड़िया लोग उसे वोट नहीं दें।'' कुंजीलाल विजेता घोषित हुआ और निशा हार गई।

बसंतीलाल बोहरा की चालाकी के सामने रामनरेश वकील का अनुभव, समझदारी, सामाजिक सुधार की प्रतिबद्धता एवं संकल्प सब कुछ बेकार साबित हो गया। अब नया सरपंच कुंजीलाल नये बजरी माफ़िया के रूप में उभरता हुआ नवधनाढ्य बनने की राह पर बढ़ता जा रहा था। यह राह बसंतीलाल बोहरा द्वारा सुझाई गयी, जो असल में उसकी खुद की राह थी। जिन लोगों ने होपपुरा को आदर्शनगर का नाम दिया, उन्होंने सोचा भी नहीं होगा कि इस कदर यहाँ आदर्शों की परिभाषाएँ परिवर्तित कर दी जाएँगी। भारत में वह दौर शुरू हो गया था जब धर्म व राष्ट्र जैसे आदर्शों की नयी राजनीतिक व्याख्या की जाने लगी एवं धन्ना सेठों को विकास के प्रेरणा-पुरुषों के रूप में प्रचारित किया जाने लगा था।

निशा का किसी किस्म की राजनीति से कोई लेना-देना नहीं था। अब उसकी समझ में आया कि इरादे किसी के भी कितने ही नेक क्यों न रहे हों, उसके हिसाब से तो उसे इस दलदल में ऐसा धकेला गया कि चुनावी जीत-हार के बाद ऐसी राजनीति से मोहभंग हो जाने के बावजूद भी इस दलदल की दुर्गंध में वह फँसी रही। चुनाव प्रचार के दौरान निशा को हराने के लिए जिन मुद्दों को उठाया गया उन सबने निशा की मानसिकता को पूरी तरह से डगमगा दिया।

संसार का कोई भी मानव शिशु यह नहीं जानता कि उसके माँ-बाप कौन हैं, जाति का सवाल तो आगे का है। शिशु का पालन-पोषण जो करते हैं, उसी को वह अपना माई-बाप मान लेता है। असल में उसका माँ और पिता कौन है, यह तो माँ-बाप और अन्य

लोग ही उसे बताते हैं और सूचना के इस परोक्ष स्रोत के आधार पर वह उन्हीं माँ-बाप की संतान मानने के सत्य को जीवन भर स्वीकार करता हुआ चला जाता है। निशा को शिशु अवस्था में किसने पाला-पोसा, किसने आरंभिक शिक्षा दिलवाई, किशोरवय तक किसके संरक्षण में वह रही, यह सब तो उसके जीवन की स्मृतियों में से विलुप्त हो चुका था।

''निशा बेड़िया भी नहीं है। उसे तो पूनम कहीं से उठाकर लायी थी। निशा कहाँ की है, उसकी जाति क्या है, उसके माँ-बाप कौन हैं, यह कोई और नहीं जानता।'' इस तरह की चर्चाएँ निशा के लिए अविश्वसनीय, अप्रत्याशित, आश्चर्यजनक और असहनीय थीं।

चुनाव प्रचार के दौरान इन अफ़वाहों को खारिज़ करते हुए रामनरेश वकील ने निशा को यह कहते हुए अच्छी तरह से समझाने का प्रयास किया था कि ''वह बेड़िया समुदाय से ही है।''

रामनरेश गोयल की इस बात का निशा पर गहरा असर पड़ा कि ''वह बेड़िया समुदाय से ही है।''

चंबल और मुम्बई के पानी में बहुत अंतर है। यहाँ नदी की अथाह गहराई के साथ जल का माधुर्य है। वहाँ धरती की सतह को चूमता सागर है, किंतु वह क्षारयुक्त है। निशा ने दोनों प्रकार के जल का स्वाद चखा था। उसके जीवनानुभव भी अतियों से भरे हुए रहे थे। कभी प्यार तो कभी तिरस्कार। वेश्यावृत्ति के दलदल में धँसे रहना उसका यथार्थ रहा तो इन्द्र की अप्सराओं और राजगणिकाओं का वैभव उसका कल्पनालोक रहा। अतियों के मध्य सामंजस्य नहीं बैठ सकता। अतियों का मिश्रण संभव नहीं हो सकता। यदि कोई व्यक्ति ऐसा करने का प्रयास करता है तो उसका एक प्रकार की द्वैध मानसिकता में चले जाना अटल होता है। निशा ऐसी ही दुविधा में रहती रही थी। अपने जैविक अस्तित्व के सर पर विभाजित व्यक्तित्व को ढोते रहना उसकी नियति बन गयी। जीवन की भौतिक परिस्थितियाँ मनुष्य के मनोविज्ञान का निर्माण करती हैं। इन्द्रियबोध युक्त वस्तुगत संसार ही सत्य है। निशा इस सत्य को जीवन में नकारते रहने का असफल प्रयत्न करती रही थी। इसी मनोदशा के चलते वह अनेक बार सायास अथवा अनायास किसी स्वप्नलोक में विचरण करने लगती तो कभी न चाहते हुए भी दुःस्वप्न जगत में फँस जाती। मनुष्य कल्पनालोक में इच्छ से भ्रमण नहीं कर सकता।

पंचायत चुनावों से पहले निशा अपने लोगों के लिए कुछ कर सकने के उत्साह, उमंग एवं संकल्प से भरी हुई थी। चुनाव के परिणाम के साथ ही उसकी परिवर्तनकामी आशाएँ धूल में मिलती हुई दिखाई दीं।

चुनाव परिणाम की घड़ी निशा को बार-बार याद आ रही थी। उस वक्त बहुत भारी मन से ग्राम पंचायत भवन से वह निकलकर घर चली गयी। होपपुरा में जहाँ निशा रहती आई थी, उस घर की पहचान भी तो पूनम के नाम से थी। फिर निशा का क्या?

होपपुरा में एक तरफ़ नवनिर्वाचित सरपंच कुंजीलाल का विजयोल्लास व्याप्त था तो दूसरी तरफ़ पूनम के घर में उदासी छाई हुई थी। वकील रामनरेश जैसे सरपरस्त सहित निशा के सभी समर्थक व सहयोगी अपने-अपने ठिकानों को चले गए थे। वह ज्येष्ठ मास का पूर्वार्द्ध था। दिन भर धूलभरी हवा चली थी, इसलिए लू का प्रकोप कम रहा था। बस्ती के ऊपर संध्या गहराती जा रही थी। आकाश धूलि-कणों से पटा हुआ था। धुँधलाये सूरज के ढलने के साथ हवा थमती जा रही थी।

''बिटिया उमा।'' यह पूनम का स्वर था। अपना वोट देने के बाद वह घर चली आई थी। उसकी तबीयत ठीक नहीं थी। आवाज़ में कँपकँपाहट झलक रही थी। 'उमा' नाम सुनते ही निशा चौंकी। उसे बहुत बुरा लगता था जब कोई इस नाम से संबोधित करे। निशा ने कोई उत्तर नहीं दिया। निशा ने जब घर में प्रवेश किया तब पूनम की तरफ़ ध्यान नहीं गया था। वह सीधे घर के भीतर अपने नियत कमरे में घुस गयी और संध्या होते-होते छत पर पहुँचकर एकांत में बैठ गयी थी। सूर्यास्त के पश्चात् घड़ी भर में पश्चिमी क्षितिज पर उभरी लालिमा को शनै: शनै: हलके अँधेरे ने अपनी बाँहों में समेट लिया। इसी के संग बस्ती की राहों पर खड़े खम्भों एवं घरों के भीतर व बाहर टँगे बल्बों के जलने से यहाँ-वहाँ रोशनी फैल गयी थी। निशा नीचे आँगन में उतर आई। उसकी पदचाप सुनकर पूनम ने फिर आवाज़ दी, ''निशा बेटी।'' पहले 'उमा' नाम उच्चारने के अहसास का बोझ उसके स्वर में झलका।

''क्या बात है, बोल।'' निशा ने सपाट पूछा। मानसिक विचलन में वह पूनम को आँटी का संबोधन करना भूल गयी। हाँ, उसके मन में कहीं-न-कहीं पूनम बसी हुई रहती थी। निशा ने पूनम के निकट जाकर उसके ललाट को छुआ। ''अरी, आँटी, तुझे तो काफ़ी तेज़ बुखार है। घर में कहीं दवा रखी है। तूने ली कि नहीं?'' कहते हुए निशा के भीतर 'उमा' नाम का जलता हुआ शब्द बुझ गया।

''लाली (बेटी के अर्थ में), हाथ-पाँवन में सकारे ते ई भड़भड़ाहट सी है रई है। वोट देबे के काजे जानो हो, सो चली गयी। लौटते ई खटिया पे पसर गयी। दिन भर तो घर के भीतर परी ही। तीसरे पहर जब तनिक तावड़ो (धूप) कम भयो तो इहाँ आँगन में आ गयी। बिटिया, नेक देर पीछे ऊ बुद्धो (बुद्धा) बड़बड़ातो सो निकस के नी जा रो हो, मोय कछु ऐसो जान पर्यो के ऊ कुंजीलाल के जीत जाबे की बात कर रो हो। मेरो चित्त ठिकाने पे ना हो, सो ढंग ते कछु ना समजी। तू बता सरपंची को का भयो?''

''क्या होना था, क्या बोहरे जी को तू अब तक भी नहीं समझ सकी? बुद्धा सही कह गया था कि कुंजीलाल जीत गया।'' यह कथन सुनते ही पूनम बेहोश हो गयी। होश तो उसने दिन भर भी कई बार खोये होंगे, परंतु किसी को कोई खबर नहीं लगी। इस पल उसके होश निशा के सामने उड़े थे। निशा ने मटकी के जल में भिगोकर कपड़े का

टुकड़ा पूनम के ललाट पर रख दिया और उसके पाँव दबाने लगी।

''कुछ खाने की इच्छा है क्या ?''

''नायं बिटिया।'' पूनम के होंठों से मंद स्वर बड़ी कठिनाई से बाहर आया। ज्वर का ताप कुछ कम महसूस होते ही निशा ने घर में रखी हुई बुखार की एक गोली देते हुए पूनम को घूँट भर पानी पिलाया। थोड़ी देर में पूनम को नींद आ गयी। निशा का मन घर अथवा बाहर कहीं भी नहीं लग रहा था। वह घर की छत पर चली गयी। वक्त की अपनी रफ़्तार होती है। किसी आदमी का वक्त चैन की नींद में तेज़ी से भागता चला जाता है। दूसरे के लिए बेचैनी की वजह से वक्त गुज़ारना भारी पड़ जाता है। उस घड़ी बेचैनी की गिरफ्त में आया आदमी और कोई नहीं, स्वयं निशा थी। पचगाँव की आबादी में अधिकांश घर सवर्णों के थे। वे करीब-करीब सभी पक्के थे, बहुत सारे दुमंज़िला थे। वहाँ सरकारी विद्युत् की आपूर्ति नियमित और पर्याप्त होने के कारण खूब उजाला फैला हुआ था। होपपुरा में सभी घर बेड़ियों के थे। इनमें से ज़्यादातर कच्चे मकान व झोंपड़ियाँ थीं। इस पूरी बस्ती में बिजली कभी आती, कभी गायब हो जाती। अधिकतर समय अँधेरा ही पसरा रहता था। यूँ तो किसी शहरी मोहल्ले अथवा देहाती बस्ती में रात के समय कुत्ते कहीं भी भौंका करते हैं। उस रात ऐसा लगा जैसे दुनिया भर के आवारा कुत्ते होपपुरा में इकट्ठा होकर हर घर के पिछवाड़े में भौंकने लगे हों। कुत्तों के शोरगुल ने निशा की बेचैनी को और बढ़ा दिया। रात ढलती रही, आकाश में छाया धुँधलका कम होता गया और कुत्ते भी भौंकते-भौंकते थकने लगे थे। यकायक पचगाँव की बिजली गुल हो गयी। होपपुरा की बिजली को तो पहले ही गायब हो जाना था। तीन-चार दिन पहले अमावस्या थी। शुक्ल पक्ष का पहला सप्ताह चल रहा था। निशा के लिए यह घोर काली अमावस्या ही थी। बिजली जाने के बाद रात पहले से अधिक अँधेरी दिखने लगी। कुत्ते फिर से भौंकने लगे। यह अंदाज़ नहीं लगाया जा सकता था कि बढ़ते अंधकार के कारण भयवश उनका भौंकना पुनः आरंभ हुआ अथवा वे समवेत स्वर में बिजली की माँग करने लगे थे ?

''वह बेड़िया समुदाय से ही है।'' रामनरेश गोयल द्वारा निशा के लिए कहे गए ये शब्द होपपुरा के आसमान में व्याप्त सुनसान अँधेरे के सर से फिसल कर निशा के कानों से टकराने लगे।

थोड़ी देर बाद बेड़िया-बस्ती समेत पचगाँव में बिजली आ गयी। घरों के भीतर-बाहर, सड़क-चौराहों, आँगन-पिछवाड़ों, जहाँ-जहाँ भी बल्ब टँगे हुए थे, वे सब-के-सब अपना उजास फैलाने लगे। कुत्तों के भौंकने का शोर थम गया। उजास फैलने और शोर थमने के पश्चात् भी निशा के भीतर का अंधकार कम नहीं हुआ।

''कौन बेड़िया ?'' निशा बुदबुदाई।

''बेड़िनी क्यों नहीं कहते?'' अगले ही क्षण निशा के मुख से झुँझलाहट भरा स्वर-संवेग फूटा।

''जी.बी.रोड, सोनागाछी, कामाठीपुरा की कोई रंडी अथवा किसी धनाढ्य के भव्य भवन की शोभा बढ़ाने वाली कॉलगर्ल, नाच-गाकर नवधनाढ्यों का मनोरंजन करने वाली मुम्बई की कोई बारबाला, नवाबों को रिझाने वाली लखनऊ की कोई तवायफ, खजुराहो के कला महोत्सव में दर्शकों को आनंदित करने वाली कोई नर्तकी, किसी देव प्रतिमा को रिझाने के लिए मंदिर परिसर में नृत्यरत देवदासी, सुरपति के मदिरालय में सुरा-चषक सौंपती गंधर्व कन्या अथवा देवताओं को अपने मंचभिनय से सम्मोहित करने वाली कोई अप्सरा?'' वेश्यावृत्ति से जुड़ी स्त्री की सभी श्रेणियाँ प्रश्नों में परिवर्तित होकर निशा को चारों तरफ़ से घेरने लगीं। बेड़िया समुदाय का मिथक, इतिहास और वर्तमान भिन्न-भिन्न भूभागों को समेटता उलटी दिशा में दौड़ता हुआ दिखाई देने लगा।

दसों दिशाओं में घोर अँधकार फैला हुआ था। समस्त ब्रह्मांड उसी में समाया हुआ था। यह किसी ब्लैक होल से भी भयानक था, जैसे अनंत विस्तार लिए हुए कोई विराट गह्वर। इसका कोई आदि-अंत नहीं। निशा उसके मध्य कहाँ थी, किसी को कुछ पता नहीं था।

''यह कौन-सा लोक है? घनीभूत अँधेरे के अतिरिक्त यहाँ कुछ भी नहीं दिखता। इस अंध ब्रह्मांड में कोई आकाशगंगा, मंदाकिनी, निहारिका, तारामंडल, नक्षत्र, ग्रह, उपग्रह, उल्का, क्षुद्र पिंड अथवा कोई धूमकेतु नहीं। यहाँ तो किसी प्रकार के पदार्थ अथवा ऊर्जा का आभास भी नहीं। अणु और शून्य के संकेत भी नहीं! फिर पृथ्वी, पृथ्वी पर बसी किसी मुंबई अथवा पचगाँव के निकट की बेड़िया आबादी कहाँ से होगी?'' तमाच्छादित भारीपन के बीच ऐसे सवालों को सर पर रखे निशा स्वयं को यहाँ से वहाँ और वहाँ से और आगे कहीं अपने से दूर उड़ती-सी और अपने भीतर खोयी हुई सी महसूस करने लगी।

''यह क्या?'' विराट गह्वर में से एक पतली-सी लघुधारा को देखकर निशा चौंकी। वह लघुधारा तत्क्षण जल प्रवाह का रूप लेती हुई झील में, झील नदी में, नदी सागर में परिवर्तित होती दिखाई देने लगी। सागर में समाती जा रही जलराशि विराट महासिंधु का सृजन करती चली गयी। उस विराट जलराशि के मध्य में एक हिमशिखर उठने लगा। उसके नीचे एक के पश्चात् एक और फिर इनके पीछे शिखरों का पिरामिड खड़ा होता चला गया। अब यह विशाल हिमालय था।

क्या यह माया, लीला, मिथ्या, भ्रम
या स्वप्न, कल्पना, इन्द्रजाल या गह्वर की ही कोई गुत्थी
अंधकारमय वह विराट ब्रह्मांड समाया सारा जिसमें
क्या उसका प्रतिनिधि यह हिमगिरी
अनसुलझी यह कैसी गुत्थी?

ब्लैक होल में स्त्री / 139

अभी-अभी सृजित हिमनग के प्रथम व उत्तुंगतम शिखर से जैसे ही ये पंक्तियाँ उच्चरित हुईं, वैसे ही उस हिमाँचल उच्च प्रदेश के ऊपर कुँवारा प्रकाश फैलने लग गया। ब्रह्मांड को अँधा करने वाला अंधकार उसी पल ब्रह्मांड में ही कहीं विलीन हो गया। (उसे अन्यत्र विलीन होना भी कहाँ था!) समूचा भू और आकाशमंडल देदीप्यमान हो गया। गगनचुम्बी शृंगों से सजे हिमालय पर्वत की एक घाटी में गंधर्व देश अवस्थित था। यह कोई मिथक नहीं, प्रत्युत गंधर्वों का यथार्थ था।

नगराज हिमालय की गोदी में बसी गंधर्व नगरी सृष्टि का सम्पूर्ण सौंदर्य समेटे हुए थी। चारों दिशाओं में दृष्टिगत गगनचुम्बी चोटियाँ बर्फ से ढँकी थीं, जैसे उन सभी ने श्वेताम्बर ओढ़ रखा हो। पुर के प्राकृतिक वैभव ने सर्वत्र आनंद बिखेर रखा था। नगर के सभी नर-नारी यौवन से परिपूर्ण लग रहे थे। उन्हें देखकर अमरत्व का भ्रम होने लगता था। भ्रम यह भी होता कि कहीं गंधर्वों के जीवन में आयु-वृद्धि की कोई अवधारणा कभी उत्पन्न नहीं हुई हो। हिमालय के आँचल में बसा होने के कारण वह नगर किसी बाह्य आक्रमण से पूर्णत: सुरक्षित था, जैसे स्वयं नगराज उसका सशक्त प्रहरी बनकर खड़ा हो। नगर के चहुँ ओर दिखाई दे रहे अनगिनत गिरि-गह्वर किसी विशिष्ट प्रकार का रहस्य बने हुए लग रहे थे। सघन, सरस, सपुष्प व सुफलदायक तरुओं की छाँह सूर्य के ताप की तनिक सी भी तेज़ी के सामने ढाल बनी हुई थी। चंदन कानन की दूर दिशा से आता हुआ पवन सुगंध बिखरा रहा था। वायु के कण-कण में मधु का आभास हुआ जा रहा था। हिमालय की अन्य घाटियों में यक्ष, किरात, सिद्ध, भल्ल, वसु, मरुद, किन्नर, रिक्ष, वानर, नाग, विद्याधर जैसे दर्जनों समुदायों की बस्तियाँ थीं।

ऐसा प्रतीत हो रहा था जैसे हिमालय के समस्त शिखर धरती से मिलने के लिए नभ को आमंत्रित कर रहे हों। ऐसी गंधर्व नगरी में यदि कहीं तम का तनिक भी अंश था तो वह घबराकर किसी कंदरा में शरण लेने के लिए इधर-उधर भागता जा रहा था, जैसे वह भूलकर इस अँचल में आ गया हो। पुरी का सम्पूर्ण परिवेश शुभ, नीरव, सुरम्य था। वहाँ की सारी-की-सारी निशायें अंधकारविहीन थीं और सभी दिवस संगीत, नृत्य, यौवन, उमंग से भरे हुए थे।

उस नगर की उत्तर दिशा में पर्वतराज का सर्वोच्च शिखर था। पश्चिम में कैलाशवास, जहाँ आदिदेव शिव का निवास हुआ करता था। तलहटियों में एक से बढ़कर एक मनोरम दृश्य दिखाई दे रहे थे। हिमालय के विभिन्न स्थलों से उद्गमित सिंधु, सरस्वती, गंगा, यमुना जैसी सरिताओं से नीचे का समूचा समतल प्रदेश अन्न-धन से समृद्ध बना हुआ था। सुदूर दक्षिण, दक्षिण-पश्चिम और दक्षिण-पूर्वांचल की सीमाओं के पार सागर व महासागरों की विराट जलराशि क्षितिजों तक फैली हुई थी।

विश्व के सर्वोच्च हिमाँचल के मध्य में वह गंधर्व देश था जिसके ठेठ पूरब में

सबसे पहले सूर्योदय उदित होकर सीमांत पश्चिम दिशा में अस्त होता था। अस्ताँचल के उसी बिंदु पर गांधार देश हुआ करता था। वहाँ भी गंधर्व समुदाय ही रहता था। दोनों ही नगरों के गंधर्व अपने दो पूर्वज बंधुओं की संतान थे। गंधर्वों की इन दोनों शाखाओं का संबंध सिंधुघाटी की सभ्यता से था।

हिमालय के मध्याँचल में बसी गंधर्व नगरी में शरदोत्सव का आयोजन हो रहा था। पावस ऋतु विदा हो गयी थी। नभमंडल में पूर्णिमा का चाँद अंतरिक्ष की छत से लटके हुए नक्षत्रों की आभा को क्षीण किये दे रहा था। चंद्र-घट के कोटिश: छिद्रों से निकली हुई ज्योत्स्ना से धरामंडल जगमगा रहा था। ऐसा आभास हो रहा था जैसे पृथ्वी पुत्र चंद्रमा अपने हजारों हाथों से चंद्रिका वस्त्र सद्यस्नात अपनी माँ को सौंपे जा रहा हो। धवल देह, धवल मुकुट, धवल हार, धवल कंगन, धवल मेखला, धवल नूपुर धारण किये हुए धरती के दृग नभोमुखी थे। नभ भी सम्मोहित हो वसुधा को एकटक निहारे जा रहा था। नर रूपी नभ और नारी रूपी वसुंधरा प्रेमी-प्रेमिका बनकर परस्पर आकर्षित हो रहे थे।

अनंत व्योम की आभा का एकमात्र स्रोत मयंक बना हुआ था। उसी से निर्झरित कौमुदी की शुभ्रता ने गंधर्व देश के सौंदर्य में कई गुना वृद्धि कर रखी थी। धरा पर खिले काँस व सरोज के श्वेत पुष्पों और यहाँ से वहाँ उड़ते राजहंसों के श्वेत पंखों की छटा इस सौंदर्य को और अधिक निखार रही थी। पुरी के आनंददायक वातावरण में गंधर्व युग्मों का नृत्य चल रहा था। ऐसा प्रतीत हो रहा था जैसे नगर की प्रत्येक वाटिका, प्रत्येक चतुष्पद, प्रत्येक वीथिका, प्रत्येक भवनाँगन सहित पर्वताँचल की उस घाटी का प्रत्येक स्थल नृत्यरत हो। गंधर्व प्रजाति को सोम का रक्षक माना जाता है, इसलिए सुरापान इस उत्सव की अभिन्न क्रिया थी। हिमनगरी का सौंदर्य स्वयं में ही अनुपम था। वहाँ के नर नारी, उनका नृत्य, उनका संगीत इसे अद्वितीय बना रहे थे।

सम्पूर्ण पृथ्वी पर गंधर्व ही एक ऐसा आदिम समुदाय था जिसे उद्भव काल से संगीत की विरासत प्राप्त हुई। जहाँ संगीत होगा, वहाँ नृत्य होगा ही। संगीत व नृत्य में नाद और गति की संगत सम्मिलित रहती आई है। इसलिए सृष्टि के सौंदर्य की सर्वोत्तम उदात्त अभिव्यक्ति नृत्य को माना गया है। चौंसठ कलाओं में नृत्य को प्रमुखता दी जाती रही है। विश्व की सबसे सुंदर जाति गंधर्व ही रही होगी। तभी तो अप्सराओं ने किसी देवता को पति नहीं मानकर केवल गंधर्व को पति स्वीकार किया।

शरदोत्सव में सम्मिलित गंधर्वों की पदगति में नाच की थिरकन थी। उनकी वाणी में गान फूटता रहा था। वाद्ययंत्र थामने वाले हाथों से तान झंकृत हो रहा था। उत्सव के माध्यम से छायी हुई उमंग के उस दृश्य का सर्वाधिक आकर्षण गंधर्वों का प्रधान चित्ररथ था। यहाँ चल रहे शरदोत्सव में चित्ररथ के संग कोई अप्सरा नहीं, बल्कि वह नर्तकी

थी जिसकी कांस्य प्रतिमा कालांतर में सिंधुघाटी की सभ्यता के उत्खनन में प्राप्त हुई।

शरदोत्सव में तल्लीन उस प्राचीन गंधर्व नगरी के भू-अँचल को कालक्रम अपनी बाँहों में समेटता हुआ वर्तमान में ले आया। धौलपुर ज़िले में अवस्थित पचगाँव के निकट बसी बेड़िया आबादी होपपुरा के बीच कहीं पूनम बेड़िनी के घर की छत पर बैठी निशा के मन में भी कोई शरदपर्व चल रहा था। उसे लगा जैसे गंधर्व समुदाय की सैकड़ों नर्तकियों में से कोई एक बनकर वह भी उत्सव में सम्मिलित थी। उसके संग उसका प्रिय सतीश नाच रहा था। उसे तो यहाँ तक आभास हुआ जैसे सतीश गंधर्वों का मुखिया चित्ररथ और वह स्वयं सिंधुघाटी की सभ्यता के तहखानों से निकल कर आयी प्राणवान कांस्यवर्णा नर्तकी हो।

बहुत कुछ सोचती हुई निशा सो गयी। गंधर्व देश, उसके ऊपर बिखर रही शरद पूर्णिमा की चाँदनी, चाँदनी में प्रदर्शित नृत्य-संगीत सब कुछ अब स्मृतिशेष था। निशा जहाँ थी वहाँ ज्यों-ज्यों रात ढलती रही, त्यों-त्यों वायुमंडल का तापमान गिरता जा रहा था।

आज न गंधर्व हैं और न ही अप्सराएँ, किंतु उनसे जुड़े क्रियाकलापों को संगीत-नृत्य एवं वेश्यावृत्ति में देखा जा सकता है। बेड़िया समुदाय के जीवन में संगीत व नृत्य का विशिष्ट स्थान रहा है। ''संगीत व नृत्य जैसी सांस्कृतिक गतिविधियाँ तवायफ़ों के जीवन से भी जुड़ी हुई रही हैं, तो क्या ये स्त्रियाँ भी... ?'' ज्येष्ठ माह की गरम हवा के एक झोंके ने यह सवाल वातावरण में छोड़ दिया।

32

निशा को ऐसा प्रतीत हो रहा था जैसे स्त्री के दैहिक शोषण के सार्वकालिक और सार्वभौमिक उत्पीड़न को उसी ने आत्मसात् कर लिया हो। उसका चित्त ठिकाने पर कभी रहता ही नहीं था। जब वह शारीरिक रूप से मुम्बई में होती तो उसका मन होपपुरा के वातावरण में भटकने लगता। जब वह होपपुरा में रहती तब मुम्बई की स्मृतियाँ उसका पीछा करती रहतीं। उन दिनों निशा होपपुरा में थी। उसे मुम्बई याद आ गया।

निशा की सहेली संतो थी। संतो की परिचित सरिता नाम की बारबाला आनंद के नवपाड़ा वाले रेस्तराँ में काम करती थी। इन तीनों का बारबाला व्यवसाय से अब कोई संबंध नहीं रह गया था। एक दिन ये तीनों बातचीत कर रही थीं। सरिता का संबंध लखनऊ से था। बचपन में उसका अपहरण हुआ था। उसे मशहूर तवायफ़ फ़रज़ाना के कोठे पर बेच दिया गया था। कोठे की वस्तु बनते ही उसका नाम बदल कर सलमा बानो रख दिया गया था। फ़रज़ाना जिस कोठा की मालिक थी, उसका इतिहास मुगलकाल से जुड़ता था। सन 1857 के बाद से ही तवायफ़ों का धंधा बर्बादी की राह पर मुड़ गया था।

इसके बावजूद यह धंधा किसी तरह चलता रहा। इधर मुंबई में डांस बार रेस्तराँ व्यवसाय का चलन सन् अस्सी के दशक से आरंभ हुआ, जो एकदम से फलने-फूलने लगा था। दो ही दशकों में तो मुंबई की बारबालाओं की ख़्याति आसमान की ऊँचाइयाँ छूने लगी थी। अगले दो दशकों में बारबाला व्यवसाय का पतन होता चला गया। आगे यह धंधा किसी तरह चलता रहा, मगर पहले वाली बात नहीं रह गयी।

तीनों सहेलियों में हो रहे वार्तालाप का केंद्रीय विषय बारबाला व्यवसाय था। उन्होंने इसे जितना आबाद होते हुए देखा वैसे ही इसकी बर्बादी की गवाह भी वे रही थीं। बातों-ही-बातों में बारबालाओं की बर्बादी में से सरिता की स्मृतियों में कब से दबे हुए तवायफ़ों के इतिहास के पन्ने खुलने लग गए।

''तुम बेहद ख़ूबसूरत हो और तुम्हारे नाच का तो कहना ही क्या! यहाँ तुम जैसी रक्कासा की कोई कद्र नहीं। अब नवाबों का वो ज़माना तो रहा नहीं, जब कोठों की मशहूर तवायफ़ों को नवाबों की बेग़म तक बना दिया जाता था। मुंबई की मायानगरी में बारबालाओं की धूम मची हुई है। वहाँ तुम्हारी असली कद्र होगी। फिर देखना, तुम्हारे ऊपर नोटों की बारिश होने लगेगी।'' एक रात जब फ़रजाना के कोठे पर सलमा बानो के मुज़रे को देखकर एक आदमी ने चुपके से यह प्रस्ताव रखा। सलमा की उस आदमी से नज़दीकियाँ बढ़ गयीं। वह आदमी आनंद का परिचित था। एक दिन सलमा उसके संग मुंबई आ गयी और तभी से आनंद के डांस रेस्तराँ में काम करने लग गयी। यहाँ आकर उसने अपनी पहचान फिर से सरिता के रूप में बना ली थी।

''उमराव जान नाम की तवायफ़ बेहद ख़ूबसूरत रही बताई जाती है। उस पर तो कई फ़िल्में भी बन चुकी हैं। सुना है वह भी लखनऊ की ही थी।'' निशा के इस कथन में जिज्ञासा झलक रही थी। उमराव की ज़िन्दगी के किसी कोने को सरिता ने स्वयं से मिलता-जुलता पाया। तनिक देर की चुप्पी के बाद उसने उमराव का किस्सा सुनाना शुरू कर दिया।

''उमराव जान के वक्त के नवाब व अन्य रईस एवं उसके बाद की पीढ़ियाँ उसकी ख़ूबसूरती, नाच और शायरी की दीवानी रहती आयीं। उस तवायफ़ पर हिन्दुस्तान ही नहीं, बल्कि पाकिस्तान में भी फ़िल्म बन चुकी है। विडम्बना यह रही कि उमराव के भीतर के दर्द को किसी ने नहीं पहचाना।'' ऐसा बोलते हुए सरिता को खुद का दर्द सालने लगा।

उसने बात को जारी रखते हुए कहा, ''उमराव जान एक निहायत शरीफ़ व इज़्ज़तदार परिवार से ताल्लुक रखती थी। बचपन में उसका अपहरण कर लिया गया। उसे लखनऊ में तवायफ़ के कोठे पर बेच दिया गया।''

''इल्म-फ़न-ओ-तहज़ीब के बगैर इंसान का असली जौहर सामने नहीं आता। इससे दीन और दुनिया दोनों सँभलते हैं। यारब, हमें इल्म की नेमत अदा कर। यारब, हमें

तौफ़िक दे कि तेरे दिए हुए इल्म से तुझे पहचान सकें। आमीन!'' उमराव को तवायफ़ का पहला पाठ पढ़ाते हुए मौलवी ने इन लफ़्ज़ों का इस्तेमाल किया था। उमराव ने तसल्ली कर ली थी कि तवायफ़ का काम भी खुदा की इबादत से कम नहीं होगा!

उमराव जान के बारे में एक और किस्सा मशहूर था, जिसकी जानकारी सरिता को नहीं थी।

शराफ़त के साथ उमराव की शख़्सियत में इल्म, फ़न, तहज़ीब और खुद्दारी भी कूट-कूट कर भरी हुई थी। एक दफ़ा दौलत के नशे में चूर अय्याश नवाब ने दूसरे नवाब को चिढ़ाने के मकसद से अपने गले का हार उमराव की तरफ़ फेंका जो उसके गाल पर लगकर नीचे गिर गया। मोतियों के उस हार को तवायफ़ ने फ़र्श से उठाकर नवाब के पाँवों में रख दिया। नवाब बोला, ''मेरी जान, क्या हार तुम्हें पसंद नहीं आया ? इस कदर दी हुई बख़्शीश को वापस करना बदतमीज़ी है!''

''नवाब साहब, आपने तो हार को मेरे मुँह पर तमाचे की नाईं मारा है। मैंने तो उसे फ़र्श से उठाकर आपके पाँवों में रखा है। बदतमीज़ी किसने की ?''

नवाब ने तुनक कर कहा, ''तो अब हमें क्या तवायफ़ें तहज़ीब सिखलायेंगी ?''

''हुज़ूर, गुस्ताखी माफ़ करें। बड़े-बड़े सरदार व नवाब अपने साहबज़ादों को तहज़ीब सिखलाने के वास्ते तवायफ़ों के कोठों पर भेजते रहे हैं।''

''उमराव की ज़िन्दगी में से माँ-बाप का प्यार छिन गया था। वह किसी पुरुष से प्रेम करना चाहती थी। वह माँ बनने का सपना देखती थी। वह अपनी औलाद को बेपनाह लाड़ लड़ाना चाहती थी। नवाब सुल्तान शाह ने उमराव से मोहब्बत की, मगर उसे इस मोहब्बत से ज़्यादा फ़िक्र अपने खानदान की थी। मोहब्बत हार गयी। दूसरा नवाब फ़ैज़ अली उस पर फ़िदा हुआ। जब फ़ैज़ अली की जान पर आफ़त आई तो वह उमराव जान को बेसहारा छोड़कर भाग निकला। उमराव ने विवाह करना चाहा, उसने घर-गृहस्थी बसानी चाही, उसने एक आम औरत की ज़िन्दगी जीनी चाही, लेकिन अपनी अदाओं से पुरुष का मन बहलाने के सिवा उसकी किस्मत में और कुछ नहीं लिखा था। उसे इस सबसे नफ़रत हो गयी। इंसानों से हार कर वह खुदा की इबादत करने लगी। वह हज करने चली गयी। वहाँ से वह खाली हाथ लौट आई। उसने सोचा, 'चलो, हिन्दुओं की मोक्ष नगरी काशी को आज़मा कर देखा जाये।' वह वाराणसी आ गयी। दाल मंडी के पास किराये का मकान लेकर गुमनामी का जीवन बिताने लगी। वहीं उसने आखिरी साँस ली। फातमान के कब्रिस्तान में उसे दफ़ना दिया गया। एक तवायफ़ के अंदर की औरत का दर्द किसी ने नहीं पहचाना।

सरिता ने उमराव के जीवन के बड़े भाग में स्वयं को देखा। निशा को भी महसूस

हुआ जैसे उसके भीतर भी कोई उमराव जीवित है। बाद में दोनों को पता चल गया कि कोठों में पेश किये जाने वाले मुजरों और रईसों की महफ़िलों की सजावट के पर्दों के पीछे जिस्मफ़रोशी का धंधा खूब चलता रहा है। इंसान के लालच व अय्याशी ने अमीरन नाम की एक मासूम बच्ची को तवायफ़ उमराव जान 'अदा', सरिता नाम की बालिका को सलमा बानो और निशा जैसी होनहार किशोरी को उमा नाम की वेश्या बना दिया। कैसे हैं ये इंसान, जो अपने जैसे इंसानों को कैसे-कैसे इंसानों में ढालते चले गए?

तीनों सहेलियों का वार्तालाप समाप्त हुआ। निशा अपने फ़्लैट पर आ गयी। दिन भर की थकी निशा गहरी नींद में चली गयी। नींद का अचेतन मस्तिष्क जागृत दशा के जीवंत दृश्यों को परोक्ष रूप में प्रकट करने लगता है। ऐसे दृश्यों में चाहे अवचेतन में संचयित-संग्रहीत-संरक्षित पुरानी स्मृतियाँ हों अथवा ताज़ा। निशा के भाग्य में किसी अदृश्य विधाता ने इतना सुख भी नहीं लिखा था कि वह स्वप्न में भी पुरुष द्वारा स्त्री पर किये जाने वाले यौनिक शोषण की पीड़ा को भुला सके। थकान के बोझ तले दबी अचेत कर देने वाली नींद में भी उसके दिमाग में से यह कटु अनुभव कभी विलोपित नहीं होता था। स्वर्ग के काल्पनिक लोक में उसे चैन नहीं मिला था। वह गंधर्व देश में भी घूम आई। संगीत-नृत्य में तल्लीन होकर उसकी संगत करने वाला पुरुष भी उसे अंततः छलिया ही लगा।

''पुरुष ही ने तो स्त्री को गली-मोहल्लों की रंडी जैसा निम्नतम जीवन जीने के लिए मजबूर कर दिया। उसी ने अपनी प्रतिष्ठा के हिसाब से बहुविधि संज्ञाएँ देते हुए स्वर्ग की अप्सराओं तक उठा दिया। निशा ने नर-नारी की समानता प्रदर्शित करने वाला गंधर्व देश भी देख लिया। इस सब कुछ के बाद भी पुरुष का नज़रिया स्त्री की देह पर कब्ज़ा करने का ही रहा। उस भौगोलिक अँचल से नीचे मैदानी भाग में अवस्थित उच्च शिक्षा के अलीगढ़ जैसे केंद्र, संगीत व संस्कारों की दृष्टि से प्रसिद्ध लखनऊ और धर्म की पवित्रतम नगरी भी देख लूँ।'' नींद में करवट बदलते हुए निशा के मुख से ये शब्द निकले।

निशा के अवचेतन में अलीगढ़, लखनऊ, बनारस सहित उत्तर भारत का भूगोल घूमने लगा। स्त्री का तवायफ़ रूप विभिन्न दृश्यों में सामने आने लगा।

तवायफ़ों की ज़िन्दगी सामंतवादी ढाँचे पर शीर्षासीन भद्रजन के विलास से नत्थीबद्ध दिखाई दी। राज व अर्थ की सत्ता के स्वामी रेशम के जिस सूत्र से तवायफ़ों के संसार से बँधे हुए थे, वह सूत्र स्वतः ही खिंचने लगा। वह खिंचाव झंकृत हुआ, जिसमें से हारमोनियम व तबले की धुन के साथ घुँघरुओं के स्वर सुनाई दिए। स्वर व ताल की इस संगत के नेपथ्य में तवायफ़ों के इतिहास के पन्ने बिखरे हुए थे। उन पन्नों में अनेक प्रेम-प्रसंग चित्रित थे। दिल्ली में बादशाह जहाँगीर अपने समय की मोती कुँवर व बेगम गुलारा जैसी तवायफ़ों के प्रति आकर्षित होता दिखाई दिया। कट्टर छवि वाला औरंगज़ेब हीराबाई से

लिपटा हुआ था। दाराशिकोह राणादिल नाम की तवायफ़ से शादी रचा रहा था। बादशाह मोहम्मदशाह 'रंगीला' के वक्त में तवायफ़ों की बुलंदी आसमान छूती दिखाई दे रही थी। लखनऊ में नवाब वाजिद अली शाह फ़ैज़ाबाद की मुहम्मदी खानम को हज़रतमहल बेगम बनाकर उसकी ताज़पोशी कर रहा था। उसी शहर में हुए कॉरपोरेटर चुनाव में तवायफ़ दिलरुबा नक्खास के हकीम शम्सुद्दीन को धूल चटा रही थी।

बनारस व कलकत्ता में गौहर जान का डंका बज रहा था। इलाहबाद में कोई सिरफिरा जानकी बाई इलाहाबादी के चेहरे पर वार-पर-वार करता हुआ उसे विकृत कर छप्पन छुरी में तब्दील किये जा रहा था। महात्मा बुद्ध के गया में आम्रपाली के अवतार में धेलाबाई का सिक्का चल रहा था। गौहर जान, मुन्नी बेगम, अख्तरीबाई, रसूलन बाई, चवन्नी बाई, सिद्धेश्वरी, विद्याबाई जैसी तवायफ़ों ने पूरे उत्तर भारत में धूम मचा रखी थी।

हिन्दुस्तान की तवायफ़ों के भीतर रईसों, जागीरदारों, ठाकुरों, नवाबों, सामंतों व बादशाहों का दिल बहलाने का हुनर था। उनके दिलों में प्यार-मोहब्बत का दरिया बहता था। इसके बावजूद उन्हें किसी तरह की इज़्ज़त नहीं दी गयी। उनके लिए अलग से मस्ज़िद बनायी गयी। तवायफ़ों की अलग से मस्ज़िद हो सकती है। उनके कोठे होते हैं। उनकी पहचान नाचने-गाने वाली रंडियों तक सिकुड़ी रखी गयी। रंडी अथवा वेश्याओं के घर कहाँ होते हैं! उनकी तो कोठरियाँ, चाल, छप्पर, चकला-अड्डा, रंडीखाना, रंगशाला, मधुशाला आदि ही होते हैं। अप्सरा हो, गणिका हो अथवा तवायफ़, यदि वह नाचती है तो पुरुष की निगाहें हमेशा उसकी देह पर ललचाती रहेंगी। तवायफ़ों के प्रति भी पुरुष का यही दृष्टिकोण हावी रहा। तवायफ़ों के व्यवसाय में भी वेश्यावृत्ति प्रवेश कर गयी।

''काश! जंगे आज़ादी के लिए हथियार उठाने वाली तवायफ़ों के पंजे अय्याश मर्द की गर्दन को भी पकड़ सकते, तालीम के लिहाज़ से हिन्दुस्तान की 'ऑक्सफ़ोर्ड ऑफ़ द ईस्ट' कही जाने वाली अलीगढ़ मुस्लिम यूनिवर्सिटी एवं स्वराज कोष के लिए महात्मा गांधी को चंदा देने वाले कदम खुद की आबरू की हिफ़ाज़त की तरफ़ भी बढ़ पाते। मुजरा, ग़ज़लों की जगह जंग-ए-आज़ादी के गीत गाने वाली अजीज़न जैसी सैकड़ों तवायफ़ें इंसान की हैसियत हासिल करने के वास्ते अपने दुपट्टों को परचम बनाकर हवा में लहराती दिखाई देने लगतीं!''

इस आह्वान की आहट के साथ ही निशा की नींद में ख़लल पड़ गया। बहुत देर तक वह आँखें मसलती रही। निशा की थकान कम होने की बजाय बढ़ती हुई महसूस हुई। आँखें मूँदकर फिर से वह सोने का प्रयास करने लगी। मुम्बई के अपने फ़्लैट में निशा सो गयी थी। संतो एवं सरिता के संग हुए वार्तालाप के पश्चात् निशा का वह सोना चेतन से अचेतन दशा में जाने के बजाय होपपुरा के भौतिक यथार्थ से मुम्बई की कल्पित स्मृतियों में चले जाना था। इसलिए निशा की सुबह होपपुरा में ही हुई।

33

निशा की बेचैनी को न मुम्बई की यादें कम किये जा रही थीं और न ही होपपुरा का सच। बीती रात वह ढंग से नहीं सो सकी थी। अलीगढ़ की तालीम, लखनऊ की तहज़ीब और काशी के किस्से बेअसरदार साबित हुए। तवायफ़ों का संगीत उसे चहुँ ओर कर्कश ध्वनि में परिवर्तित होता प्रतीत हुआ।

बेड़िया समुदाय की बड़ी तादाद मध्यप्रदेश-उत्तरप्रदेश के बुंदेलखंड इलाके में है। भौगोलिक दृष्टि से बुंदेलखंड उत्तर भारत के लगभग मध्य में अवस्थित है। बुंदेलखंड के केंद्र में अवस्थित है खजुराहो। यह वही खजुराहो था जिसके विश्व-प्रसिद्ध मंदिरों के द्वार, स्तम्भ एवं भित्तियों पर रतिक्रीड़ा की असंख्य आकृतियाँ उकेरी हुई थीं। यह कामकुंठित मध्ययुगीन भारत की सामंती मानसिकता की वैसी ही प्रस्तरीय अभिव्यक्ति थी, जैसा किसी घड़ी में मुंबई के जुहू तट पर बेचैन बैठी हुई निशा को किसी अज्ञात स्त्री ने बताया था।

खजुराहो महोत्सव के मंच पर बुंदेलखंड का प्रसिद्ध राई नृत्य चल रहा था। उत्सव के जन सैलाब में शहरी व देहाती दर्शकों का मिश्रण था। बेड़िया समुदाय की आधा दर्जन युवतियों के घुँघरू बँधे पाँव थिरक रहे थे। वे घाघरा-लूगड़ी-अंगिया पहने हुए थीं। हाथों की कलाईयाँ काँच की चूड़ियों से भरी थीं। नर्तकियों की कमर दस-दस लपेटा खा रही थीं। हाथ हवा में झूल रहे थे। आँखों की भाषा गीत के बोल से मेल खा रही थी। तीन-चार पुरुष ढोलकी, मजीरा, खड़ताल व बाँसुरी बजाते हुए नृत्य में उनका साथ दे रहे थे। एक युवक मशाल में बीच-बीच में कंधे पर लटकी झोली में से राई के दाने डाल रहा था, ताकि मशाल निरंतर जलती रहे। दो महिलाएँ एक तरफ़ बैठी हुई गीत गा रही थीं।

बजरई आधी रात बैरन मुरलिया जा सौत भई

बन से तू काटी गई, छेदी तोय लुहार

हरे बांस की बांसुरी मनो निकारो ने सार

बैरन मुरलिया जा सौतन भई

पोर-पोर सब तन कटे, हटे न औगुन तौर

हरे बांस की बांसुरी ले गई चित्त बटौर

बैरन मुरलिया तू सौत भई

बाँसुरी वादक युवक ने एक नर्तकी के सामने जाकर लम्बा आलाप छेड़ा, जिसकी गूँज खजुराहो के मंदिरों के शिखरों को छूती हुई आसमान में विलीन हो गयी। युवक में कृष्ण और युवती में राधा की छवि दिखाई देने लगी। जैसे-जैसे कृष्ण की बंसी की टेर तार सप्तक में प्रवेश करने लगी, वैसे-वैसे ही राधा का नाच कृष्ण को रिझाने के लिए गति पकड़ने लगा। मशालधारी युवक अपने हाथों में थामी मशाल को नर्तकी के सामने ले आया। मशाल की रोशनी से नर्तकी के मुख की आभा दो गुना होकर झलकने लगी।

दर्शकों को आभास हुआ जैसे वे नर्तकी की भावभंगिमाओं को निकट से निहार रहे हों। कोई ऐसा ही दृश्य देखकर 16वीं सदी में महान कवि मलिक मोहम्मद जायसी ने *पद्मावत्* में लिखा होगा—

जानि गति बेड़िन दिखराई। बांह डुलाय जीऊ लेइ जाई।।

गायिकाएँ ''बैरन मुरलिया तू सौत भई'' पंक्ति को उच्च स्वर में गाने लगीं। इसी के संग बंसी की धुन और नृत्य द्रुत गति में संगत करने लगा। राधा के लिए भगवान कृष्ण की मुरली जितनी बड़ी सौतन थी, उससे बढ़कर बेड़िया नृत्यांगना के लिए वादक के होंठों को चूमती वह बाँसुरी प्रतीत होने लगी। राई नृत्य के प्रदर्शन के दौरान सुप्रसिद्ध लोक कवि ईसुरी की फागें एक के बाद एक गाई जा रही थीं। यह सांस्कृतिक प्रस्तुति दर्शकों को सम्मोहित किये जा रही थी। राई के निष्पादन में बेड़िया समुदाय के लोकनृत्य, लोकनाट्य, लोकसाहित्य, लोक स्वांग एवं लोकसंगीत आदि का मिश्रण दिखाई दे रहा था।

राई नृत्य बेडिया समुदाय की सांस्कृतिक परंपरा के साथ जीवनयापन का साधन भी रहा है। समय के साथ गैर आदिवासी समाज का प्रभाव इस कला पर भी पड़ने लगा था। निजी संपत्ति के प्रति बढ़ते आकर्षण ने स्त्री व पुरुष के मध्य आदिम युग से चली आ रही समानता की भावना को ध्वस्त कर दिया। बेड़िया पुरुषों द्वारा शीघ्र व सहज गति के साथ धन कमाने की लालसा ने बेड़िया महिलाओं को नृत्य प्रस्तुति के केंद्र में रखने को प्राथमिकता दी, ताकि दर्शकों को स्त्री की देहयष्टि और भावभंगिमाओं के सहारे अधिकाधिक मोहित किया जा सके। स्त्रियों में युवतियों को प्राथमिकता दी जाने लगी। नारी के यौवन को लेकर पुरुष ने सदा से ही कामुक दृष्टि अपनाई है। बेड़िया पुरुष का आर्थिक लालच और दर्शक पुरुष की भोगाभिलाषा ने धीरे-धीरे बेड़िया स्त्री को देहव्यापार के दलदल में धकेल दिया। जब तक नारी की देह में यौनाकर्षण झलकता रहे, तब तक उसे कुँवारी रखा जाने की पौरुषेय मानसिकता ने स्त्री को जीवन की पूर्व-प्रौढ़ावस्था तक अविवाहित रखने की प्रथा ही बना दी और उसे संपत्ति अर्जित करते रहने का साधन बनाते हुए पुरुष की संपत्ति में ही परिवर्तित कर दिया।

खजुराहो महोत्सव में प्रदर्शित हो रहा राई नृत्य चरम पर था। सम्मोहित दर्शक अपनी सुधबुध खोने लगे। उनके लिए नृत्यरत बेड़िनी युवती बरसाना गाँव की राधा और बंसीवादक बेड़िया युवक कृष्ण में परिवर्तित हो गए। इधर निशा राधा बनकर नाचने लगी और सतीश कृष्ण के रूप में बाँसुरी बजाने लगा। रिझाने की भूमिका बदल गयी। राधा का नृत्य कृष्ण को नहीं रिझा रहा था, अपितु कृष्ण की बाँसुरी राधा के रोम-रोम को पुलकित करती हुई उसे अपने सम्मोहन पाश में बाँधने लगी।

''क्या है इस दृश्य के नेपथ्य में?'' यह स्वर सुनकर मंत्रमुग्ध श्रोता चौंके।

''अपनी आँखों को मींचकर देखो! ना यहाँ खजुराहो है, ना कोई महोत्सव। ना

यहाँ बेड़िया समुदाय का राई नाच है और न ही यहाँ सौतन मुरली का गीत। न यहाँ राधा है और न ही कृष्ण। निशा और सतीश भी नहीं। यहाँ है केवल एक स्त्री और एक पुरुष। अतीत में ये दोनों जीवन की यात्रा में सहचर थे, इकदूजे को सम्मान के भाव से देखने वाले। कालांतर में परस्पर रिझाकर समान रूप से सुखानुभूति प्राप्त करते रहने वाला युग्म। अब इन दोनों की पहचान पृथक बन गयी है। पुरुष व स्त्री व्यक्ति से वर्ग में बदल गए हैं। पुरुष के नियंत्रण में स्त्री आ चुकी है। वह स्त्री अब पुरुष के लिए आर्थिक आय का स्रोत और उसकी कामवासना की पूर्ति हेतु भोग की वस्तु बनकर रह गयी है।

रखैल को सामाजिक मान्यता यदि कहीं है तो वह बेड़िया समुदाय में है। जिस तरह से बेड़िया कन्या को देह-व्यवसाय में उतारने के लिए उसकी 'नथ उतराई' का जश्न मनाया जाता है, उसी तर्ज़ पर बेड़िया महिला को भुगतान की एवज़ में किसी 'बड़े आदमी' की रखैल बनाने के वक्त बाकायदा सामूहिक भोज के साथ उस स्त्री की 'सिरढका' की रस्म अदा की जाती रही। ब्रितानी हुकूमत के दौरान भारतीय समाज में पनपे मालगुज़ारों एवं ज़मींदारों के सर पर अनेक उप-पत्नियाँ रखने का शौक चढ़ा था। इस लालसा को खुले रूप में सामाजिक प्रतिष्ठा से जोड़ दिया गया। बेड़िया महिलाओं को रखैल का दर्जा देते हुए 'बँधुआ वेश्या' बना दिया। ये अजीब किस्म की उप-पत्नियाँ थीं, जो ऐसे पतियों के नाम का सिंदूर ललाट पर लगाये रहती थीं और इन पतियों की मृत्यु के उपरान्त स्वयं को विधवा मान लेती थीं।

राजस्थान के धौलपुर ज़िले के राजाखेड़ा व मनिया तथा निकटवर्ती मध्यप्रदेश के मुरैना जैसे शहरों में रखैलों की कोठियाँ आज भी देखी जा सकती हैं। समाज के भद्र पुरुषों द्वारा सृजित यह ऐसी प्रतिष्ठा-प्रथा थी जिसके अंतर्गत उत्पन्न होने वाली संतान को वे तथाकथित प्रतिष्ठित पुरुष अपनी होना स्वीकार करते हुए भी अपनाते नहीं थे। अवैध संतान के रूप में इन्हें बेड़िया समुदाय का हिस्सा माना गया। इनकी पहचान माँ से होती है, चूँकि बाप ने तो इन्हें अपना नाम कभी दिया नहीं।

उस पूनम बेड़िनी ने सतीश को एक बार सही कहा था, ''अब आप जानत हो, ऐसी लड़कियाँ हमारा खून थोड़े ई होती हैं। अरे बाबूजी, ऊ तो आप जैसों के ई 'जल' तेजनमलेत हैं।''

पूजा अत्राम जब बेड़िया समुदाय पर शोध कर रही थी, तब उसने बुंदेलखंड इलाके में सघन भ्रमण किया था। उन्हीं दिनों उसने चम्पा बेन से भेंट की थी।

''झारखंड, बिहार, मध्यप्रदेश, राजस्थान सहित भारत के अनेक इलाकों में ये लोग पाए जाते हैं। कहीं इन्हें बेड़िया तो अन्यत्र कबूतरा, सांठिया, हाबूरा, बेरिया आदि नामों से जाना जाता है। बुंदेलखंड क्षेत्र में इन्हें जनजाति वर्ग में, राजस्थान में अनुसूचित जाति की श्रेणी में रखा हुआ है। कई प्रदेशों में यह अन्य पिछड़ा वर्ग या सामान्य श्रेणी में माना गया है। मूलतः यह समुदाय घुमंतू जीवनशैली को अपनाता आया था। अंग्रेज़ी राज के दौरान

इन्हें भी आपराधिक जनजाति अधिनियम की सूची में शामिल करते हुए कई किस्म की पाबंदियाँ लगा दी गयी थीं।'' यह जानकारी पूजा को चम्पा बेन ने ही दी थी।

चम्पा बेन एक समाज सेविका एवं सामाजिक कार्यकर्ता थी। उसने बेड़िया समुदाय की महिलाओं के उत्थान के लिए अपना सम्पूर्ण जीवन समर्पित कर दिया था। उस शख्सियत ने धरती पर पहली साँस हिमाचल प्रदेश के चम्पा जिले में ली। ज़िन्दगी भर कर्म से उसकी पहचान बेड़िया सामाजिक कार्यकत्री की बनती गयी। बुंदेलखंड क्षेत्र के ज़िले सागर के एक गाँव पथरिया में उसने अंतिम सांस ली।

मुम्बई के कामाठीपुरा बस्ती में यौनकर्मियों के कल्याण से संबंधित कार्यों की जानकारी देते हुए पूजा ने एक दफ़ा निशा को यह बात बताई थी कि ''यदि कोई व्यक्ति प्रण कर ले तो वह किसी भी सामाजिक बुराई के ख़िलाफ़ कारगर लड़ाई लड़ सकता है।'' पूजा अत्राम जिस काम को समर्पित हुई उसकी प्रेरणा देने वाली महिलाओं में गंगूबाई काठियावाड़ी के अलावा चम्पा बेन भी थी। चम्पा बेन ने मुम्बई से बहुत दूर पथरिया गाँव में बेड़िया युवतियों के उद्धार के लिए सत्यशोधन आश्रम की स्थापना की थी। पूरे गाँव को वेश्यावृत्ति से मुक्त करने में वह महिला सफल हुई थी। चम्पा बेन की उस सफलता से पूजा अत्राम और पूजा अत्राम के संकल्प ने निशा को होपपुरा की ऐसी ही मुक्ति के प्रति अभिप्रेरित किया था।

34

होपपुरा, जिसका नाम बदल कर आदर्शनगर रख दिया था, वहाँ निशा के लिए उत्पन्न हुए नये वातावरण ने नया प्रश्न खड़ा कर दिया, ''मैं पूनम को 'माँ' की जगह 'आँटी' क्यों संबोधित करती रही ?''

''माँ, मैं कौन हूँ ?'' निशा के अस्तित्व से जुड़े इस प्रश्न का पूनम कोई उत्तर न दे सकी।

अपने बाहर-भीतर और चेतन-अचेतन में निशा के धरती और आकाश हिलने लगे। उसकी इच्छा हुई धरती दो फाड़ हो जाए और वह उसमें समा जाए। उसे विचार आया। इस धरती का सम्पूर्ण वायुमंडल भयंकर आँधी की चपेट में आ जाये और निशा को उड़ाकर अज्ञात दिशा के अंधकूप में फेंक दे। उसे ख़्वाब आया जैसे धरती से अम्बर तक घोर अंधकार छा जाये और निशा उसमें विलुप्त होती हुई किसी अज्ञात लोक में जाकर सदैव के लिए खो जाए!

पूनम ने भी पहली दफ़ा किसी लड़की के मुख से स्वयं के लिए 'माँ' का संबोधन सुना। उसने ज़िन्दगी भर लड़कियों के जिस्म का सौदा किया था। उमा उसके लिए किसी दुधारू गाय से कम नहीं थी। पूनम का चकलाघर किसी नरक से कम नहीं था। उस नरक

150 / **ब्लैक होल में स्त्री**

में कौन किसकी माँ और कौन किसकी बेटी ? इस रिश्ते को पूनम ने न कभी अनुभूत किया न ही समझा। बेड़िया समुदाय में बेटी के जन्म का उत्सव मनाया जाता रहा है। पूनम ने बेटी पैदा होने के लिए कुलदेवी से मन्नत खूब माँगी। अपने पति रामकिशन को खूब ताने दिए। सब कोशिशें बेकार चली गयी थीं। जब निशा मुम्बई से वापस आई थी तब एक बार उसे ज़रूर पूनम में माँ का अहसास हुआ था। आज फिर उसे ऐसा लगा, तभी उसने पूनम को 'माँ' कहकर पुकारा।

उस घड़ी निशा जितनी विचलित थी, उससे कम पूनम भी नहीं थी। पूनम की ऐसी मनोदशा के बावजूद वह यह नहीं जानती थी कि विश्व की प्राचीन सभ्यताओं में किसी-न-किसी रूप में माँ को प्राकृतिक शक्ति अथवा देवी मानकर पूज्य भाव से देखा जाता रहा है। सिंधु घाटी की सभ्यता में इसके पर्याप्त प्रमाण मिले हैं। प्राचीन यूनान में स्ब्बेले को समस्त देवताओं की माँ माना गया था। रोम में जुपिटर की पत्नी जूनो को यही दर्ज़ा दिया गया। पूनम कहाँ जानती थी कि दुनिया भर में जो मातृ-दिवस मनाया जाता है उसके पीछे नारी के रूप में आधी मानवता की अस्मिता जुड़ी हुई है। वह इतना-सा जानती थी कि निशा ज़िस्मफ़रोशी के जिस धंधे से स्त्री को छुटकारा दिलाना चाहती है, वह केवल होपपुरा तक सीमित है। वह यह जान भी नहीं सकती थी कि स्त्री के लिए वेश्यावृत्ति के अभिशाप से पहले उसका बहुआयामी शोषण व उत्पीड़न का एक दीर्घ अतीत रहा है। इस दुर्दशा को लेकर स्त्री सदियों तक अपने भीतर कसमसाती-कुन्नाती-कुलबुलाती रही। उसके प्रतिरोधी स्वर को बाहर नहीं आने देने के पुख़्ता प्रबंध पुरुष लगातार करता रहा। नारी के इस प्रतिरोध का इतिहास पुरुष को तो लिखना ही नहीं था, उसने स्त्री को अपने स्तर पर लिखने नहीं दिया। पूनम को कौन बताता कि नारी वेश्यावृत्ति ही नहीं, बल्कि प्रत्येक प्रकार के उत्पीड़न, शोषण व अनादर से मुक्ति चाहती रही है। वह कहाँ जानती थी कि निशा से बहुत पहले ऐसे अभियान आरंभ हो चुके थे और आज भी चल रहे हैं, जिनमें विदेशों में 'सिमोन द बुआ', 'मैरी एलमन', 'वर्जीनिया वुल्फ', 'मोनीक विटिंग', 'काटे मिलेट', 'जूलिया क्रिस्टीवा', 'हेलेनन सिक्सस', 'एलीन मोअर्स', 'एलेन शोवाल्टर', 'एंज़िले कार्टर', 'मैरी जैकोबर्स' आदि और देश के भीतर प्रभा खेतान, उषा महाजन, आशारानी बोहरा, नासिरा शर्मा, मैत्रेयी पुष्पा, सुमन राजे और अनामिका जैसी परिवर्तनकामी और परिवर्तनगामी स्त्रियों की भूमिका रही है। पूनम के जीवन का विरोधाभास यह रहा कि उसने नारी उत्पीड़न को सहा और साथ ही ऐसे उत्पीड़न में सक्रिय भागीदारी निभाई। उसने जो कुछ कष्टदायक भोगा, उससे कई गुना अधिक निशा जैसी स्त्रियों को भोगने के लिए विवश किया। पूनम इस विरोधाभासी जीवन को जीती रही। उसे पता ही नहीं चला कि द्वंद्व की ऐसी दशा ने उसके भीतर अंतर्विरोध का कितना बीहड़ फैला दिया था। उसके लिए इस अछोर बीहड़ से बाहर निकलना बहुत कठिन हो गया था।

''मैं तो अभागिन रही, मोय जैसी बैयर (स्त्री) ने निशा जैसी मासूम मोंडी(लड़की)

से उमा बना के नी रख दई, मैं घोर पापिन भई। वकील साब, ईरांडबाज़ी के धंधा ते मैं ऊ उकता गयी हूँ। याय खत्म करिबे के काजे आप लोगन के संग तन-मन ते काम करूँगी। पाप के ई बोझ-ए अब और ना ढो सकूँगी।'' पूजा अत्राम, निशा और सतीश के संग वेश्यावृत्ति के व्यवसाय से मुक्ति पर बातचीत करने के बाद जब रामनरेश वकील से पूनम एकांत में मिली थी तब उसके मुँह से आत्मस्वीकृति व प्रायश्चित दोनों भाव संवेग एक साथ फूट पड़े थे। उन पलों में रामनरेश गोयल की आँखों के आगे नारी त्रासदी और उसकी मुक्ति के अनेक दृश्य एक साथ घूम गए थे, जिनमें कहीं पति की चिता में पत्नी को ज़बरन जलाया जा रहा था, कहीं विधवा को घर से निकाला जा रहा था, कहीं बालिका वध किया जा रहा था और कहीं दहेज़ के बदले नववधू का गला घोंटा जा रहा था। ऐसे ही दृश्यों के बीच-बीच में गोयल वकील को भीड़ के मध्य खड़े होकर रोती-बिलखती, चिल्लाती-चीखती स्त्रियों को सांत्वना देते हुए राजा राममोहनराय, लॉर्ड विलियम बैंटिक, स्वामी विवेकानन्द, स्वामी दयानन्द सरस्वती आदि दिखाई दे रहे थे तो अन्यत्र पुरुष द्वारा किये जा रहे अत्याचारों के विरुद्ध सावित्री बाई फुले, रमाबाई, ताराबाई शिंदे जैसी नारियाँ मोर्चाबंद होती दिखाई दे रही थीं। इन दृश्यों को देखकर वकील गोयल को प्रतीत हुआ जैसे उसकी शिराओं में रुधिर का प्रवाह पहले से तीव्र होता जा रहा है।

रामनरेश गोयल ने गहरी साँस ली। कुछ क्षणों के लिए उसने आँखें मूँद लीं। इस दरम्यान उसका भतीजा पुनीत अपने मोबाइल फ़ोन पर किसी से बात कर रहा था। उस दिन वही वकील को लेकर होप्पुरा गया था।

''चाचा, केशव का फ़ोन था। सिटी केबल में कोई गड़बड़ी हो गयी है। मुझे तुरंत धौलपुर पहुँचना है। अगर आपका काम हो गया तो हम घर चलें,'' पुनीत के आग्रह पर गोयल वकील ने सर हिलाकर हामी भरी।

अपने चाचा रामनरेश को कार में बिठाकर पुनीत चल दिया। पूरी राह दोनों के बीच कोई बातचीत नहीं हुई। पुनीत सिटी केबल को लेकर परेशान था। वकील गोयल को वे दिन याद आते रहे जब वह अपने दोस्त राधेश्याम जोशी वैद्य के साथ भारतीय धर्म ग्रंथों और प्राचीन इतिहास पर डूब कर बहस किया करता था। उनके बीच जो वाद-विवाद हुआ करता था, वह अदालतों में होने वाली बहसों से कम नहीं होता था। एक पुरानी बहस वकील को याद आ गई। वह उसमें खो गया।

''हमारे यहाँ के पौराणिक ग्रंथों में स्त्री को देवी का दर्जा दिया गया है। ईश्वर से पहले उसके नाम की महिमा का बखान मन्त्रों में किया गया यथा : *त्वमेव माता...*।'' *ऋग्वेद* में उसे ''हे उषा के समान प्राणदायिनी माँ!'' कहा गया। *सामवेद* में पुत्र को शिक्षा दी गयी-''हे जिज्ञासु पुत्र! तू माता की आज्ञा का पालन कर।'' *अथर्ववेद*

में सम्पूर्ण पृथ्वी को ''माताभूमि पुत्रोअहम पृथिव्या'' कहकर सम्मान दिया गया। *तैतरीय* उपनिषद में 'माँ' को देवताओं से भी महान बताते हुए कहा है,'मातृदेवो भव।' *श्रीमदभागवत* पुराण में उल्लिखित है कि ''माताओं की सेवा से मिला आशीष, सात जन्मों के कष्टों व पापों को भी दूर करता है और उसकी भावनात्मक शक्ति संतान के लिए सुरक्षा कवच का काम करती है।'' *रामायण* में भगवान राम के मुख से कहलवाया गया कि ''जननी जन्मभूमिश्च स्वर्गादपि गरीयसी।'' *महाभारत* में धर्मराज युधिष्ठर का संदर्भ मिलता है जब माँ को धरती से भी बढ़कर बताया गया, 'माता गुरुतरा भूमेरू।' इस महाकाव्य के रचियता स्वयं वेदव्यास ने 'माँ' के बारे में लिखा है, ''नास्ति मातृसमा छाया, नास्ति मातृसमा गति:। नास्ति मातृसमां त्राण, नास्ति मातृसमा प्रिया।।'' चाणक्य भी यह कहने से नहीं चूकते कि, ''माता के समान कोई देवता नहीं है। 'माँ' परम देवी होती है।'' महर्षि मनु ने भी 'माँ' का यशोगान करते हुए लिखा है कि ''दस उपाध्यायों के बराबर एक आचार्य होता है। सौ आचार्यों के बराबर एक पिता होता है और एक हज़ार पिताओं से अधिक गौरवपूर्ण माँ होती है।''

वकील गोयल को बहस की अगली कड़ी याद आई।

''जब हम गहराई से विचार करने लगते हैं तो नारी का गुणगान करने वाले ये सारे प्रसंग फीके पड़ जाते हैं। आज का कोई तटस्थ आदमी सृष्टि के रचयिता भगवान ब्रह्मा और सरस्वती के प्रसंग के साथ उनके चौथे शीष के उच्छेदन की घटना को देखने लगता है, अनुसूया के अद्वितीय सौंदर्य को निहारने के लिए उसे नग्नावस्था में देखने का हठ करनेवाले सर्वोच्च त्रिदेवों के आचरण का विश्लेषण करने लगता है, देवताओं के स्वामी इन्द्र की रंगशाला में मात्र मनोरंजन या फिर ऋषियों का तप भंग करती अप्सराओं की भूमिका पर विचार करने लगता है, अहल्या, माधवी, सीता, द्रौपदी जैसी नारियों की त्रासदी का अनुभव करने लगता है। आज का समझदार व्यक्ति उस मनु महाराज को खोजने लगता है जो *मनुस्मृति* में स्त्री की बारम्बार दुर्दशा करता है अथवा उस चाणक्य का चरित्र-चित्रण करने लगता है जो वेश्यावृत्ति को वैधता प्रदान करता हुआ उनकी काली कमाई पर आयकर लगाता हुआ अपने सम्राट का राजकोष भरने का नियम बनाता है, तो आज का ऐसा समझदार व्यक्ति बड़े ही असमंजस और दुविधा का शिकार होने लगता है।''

कई बार वैद्य राधेश्याम के साथ होने वाली चर्चा मतभेद की दीवारें लाँघती हुई मनभेद की दहलीज़ तक पहुँच जाया करती थीं, किंतु उन दोनों व्यक्तियों के मध्य ऐसी परिपक्व मैत्री थी जिसने आत्मीय संबंधों की डोर को कभी ढीला और कमज़ोर नहीं होने दिया। रामनरेश गोयल स्त्री उत्पीड़न को लेकर सदा से ही संवेदनशील रहा था। उसे अपने आस-पास के समाज का गहरा ज्ञान था। वह हर मसले को तथ्य और तर्क पर तोलने

को प्राथमिकता देता था। रामनरेश बेड़िया समुदाय के अतीत को भलीभाँति जानता था। इस समुदाय के अतीत में स्त्री व पुरुष में समानता चली आई। मातृप्रधान परिवारों की प्रथा रहती आयी। जन-पंचायतों में पुरुष के संग स्त्री भी निर्णायक भूमिका निभाती रही। इनके यहाँ कन्या वध नहीं रहा, सतीप्रथा का प्रचलन नहीं रहा, विधवाओं को वृन्दावन या बनारस की गलियों में भीख माँगने के लिए दर-दर नहीं भटकना पड़ा। दहेज की आग में विवाहिताओं को कभी जलाया नहीं जाता रहा।

रामनरेश जैसे सिद्धांत व व्यवहार और तथ्य व तर्क के ज्ञाता वकील ने पूनम द्वारा उच्चारित आत्मस्वीकृति व प्रायश्चित के उद्गार पर अपनी कोई प्रतिक्रिया व्यक्त नहीं की। पूनम के भीतर उभरी भलमनसाहत और उसके द्वारा निशा को उमा के रूप में देह-व्यवसाय के नरक में फेंक देने के घृणित कृत्य के बीच वह कोई सामंजस्य नहीं बैठा पाया था।

वेश्यावृत्ति के विरुद्ध निशा के संकल्प और सक्रियता को देखकर पूनम के भीतर का प्रायश्चित उसे व्यथित किये दे रहा था। उसके दिनों का चैन और रातों की नींद गायब हो गयी। जब भी निशा उसके सामने होती, उसमें उसे वह मासूम किशोरी की छवि दिखाई देती जो धौलपुर के रेलवे स्टेशन पर असहाय होकर अपने माँ-बाप को पुकारे जा रही थी। छूट चुकी रेल के पीछे प्लेटफॉर्म पर दौड़ रही थी। उसके फिसल कर गिर जाने की घटना को याद करते ही पूनम का दिल बैठने लगा। जैसे ही उसका ध्यान उसके द्वारा किये गए उस पाप पर गया, जब उसने बेहोशी की दशा में उस लड़की को रिक्शा में बैठाकर अस्पताल पहुँचाया और होश आने पर घरवालों के पास पहुँचाने का झाँसा दिया, घबराहट के मारे पूनम का सारा बदन पसीने से नहा गया। उसकी धड़कनें तेज़ हो गयीं। वह अपने घर के आँगन में चारपाई पर लेटी हुई थी। उसने दोनों घुटने समेट कर बैठ जाने का प्रयास किया। वह ऐसा नहीं कर सकी। बैठते-बैठते लुढ़क गयी। उसका मन हुआ खड़ी होकर मकान की पक्की भीत से माथे को टकरा-टकरा कर जीवन लीला समाप्त कर दे। शरीर ने उसका साथ नहीं दिया। निशा को खोजने के लिए उसने इधर-उधर निगाहें पसारीं। उसकी आँखों के आगे अँधेरा छाने लगा। उसने निशा की पदचाप सुननी चाही। उसे कोई भनक नहीं लग सकी। उसने कमज़ोर हाथों को उठाकर हथेलियों से आस-पास कुछ टटोलना चाहा। उसे कुछ हाथ नहीं लगा। पूनम की याद्दाश्त लगभग जा चुकी थी। उमा का नाम उसके चित्त से गायब हो गया था।

'निस्सा!' पूनम ने अपनी क्षीण हो चुकी देह का सारा ज़ोर समेटकर आवाज़ लगायी। उसका स्वर उसी के इर्द-गिर्द सिमट कर रह गया। वह निशा से कुछ कहना चाहती थी। वह कुछ नहीं कह सकी। खाट पर पड़ी हुई पूनम की गर्दन एक तरफ़ लुढ़क गयी। होपपुरा की पूनम बेड़िनी मौत के मुँह में चली गयी। उसकी दोनों आँखें खुली-की-खुली रह गयी थीं।

35

होपपुरा अब काफ़ी कुछ बदल गया था। आदर्शनगर के रूप में इस बेड़िया बस्ती का नया नाम भी अब नया नहीं रह गया था, फिर भी यहाँ बहुत कुछ नया घटित होता जा रहा था। राजनीति और अपराध के नए समीकरण बन रहे थे। बोहरा परिवार से जिन लोगों की नज़दीकियाँ रहीं, वे परिवार भौतिक समृद्धि के लिहाज़ से उन्नति कर रहे थे। कुछ लोग शराब की कानूनी दुकानों, टोल टैक्स नाकों, ठेकेदारों के पास सड़क एवं भवन निर्माण कार्यों से जुड़ गए। जिनके पास कोई रोज़गार नहीं था, वे लोग हथकड़ देशी मदिरा के निर्माण व बिक्री में कमाई खोजने लगे। जो लोग ज़रायम पेशा और नए दौर के इल्मोअक्ल से नावाकिफ़ रह गए, उनकी माली हालत दिनोंदिन ख़राब होती जा रही थी। इनमें छोटी जोत के किसान व खेतिहर मज़दूर शामिल थे। इसी के साथ आर्थिक असमानता फैलती चली गयी। जिस्मफ़रोशी का स्थानीय बाज़ार खत्म सा होता जा रहा था। इस व्यवसाय से जुड़े अनेक परिवारों की तेज़तर्रार युवतियों ने मुम्बई जैसे महानगरों में अपना स्थायी ठिकाना बना लिया। अधिकांश युवतियाँ दिल्ली, मेरठ, आगरा, कानपुर, लखनऊ, ग्वालियर, भिंड, मुरैना चली गयीं। उन्होंने अपने परिवार के शेष सदस्यों को वहीं बुला लिया। बुंदेलखंड बेड़िया समुदाय का परंपरागत इलाका था। आदर्शनगर के बेड़ियों की रिश्तेदारी उधर थी। कुछ परिवार उधर पलायन कर गए। बहुत कम परिवार बचे थे जो अब भी वेश्यावृत्ति जैसे अवैध व अनैतिक व्यवसाय में लिप्त थे।

मरना सब को होता है। कोई बीमारी या दुर्घटना न हो तो बुढ़ापा ख़ुद-ब-ख़ुद मौत का बहाना बन कर आ जाता है। बुद्धा जीवन भर सेठ बसंतीलाल बोहरा के पाँवों में पड़ा रहा, उसका अंत हो गया। विमला जैसी बुरी औरत जो अपने अंतकाल में भली बन गयी थी, उसका इंतकाल हो गया। जिस शख्स की इलाके में तूती बजती थी, वह बसंतीलाल बोहरा भी चल बसा। राधेश्याम जोशी ने सैकड़ों लोगों के रोगों का इलाज़ किया, उसने स्वयं स्वस्थ जीवन जीया, वह भी मौत की गोद में समा गया।

पूनम की मौत के बाद उस बस्ती में निशा के लिए कोई नहीं बचा था। पूनम के साथ निशा का अजीब किस्म का रिश्ता था। उसके प्रति मोहब्बत और नफ़रत दोनों बराबर सी थी। निशा के लिए धौलपुर का वकील रामनरेश गोयल अभी बचा हुआ था।

''बेटी अचानक तू यहाँ!'' रामनरेश वकील निशा को अपने निवास के दरवाज़े पर देखकर बोला। उसे कतई उम्मीद नहीं थी कि उस जैसी महिला बिना कोई सूचना दिए इस कदर आ जाएगी।

''हाँ, अंकल मैं बिना बताये आ गयी। और मैं क्या करती। मुझे कुछ नहीं सूझ रहा, अब आगे क्या करूँ?''

‘‘मैं समझ सकता हूँ। होपपुरा में तुम्हारा एकमात्र आसरा पूनम का घर ही था। वह चली गयी। भई, एक बात तो मैं मानूँगा उस देवी के बारे में कि उसने तुम्हारे चुनाव में खूब भागदौड़ की। मेरे हिसाब से तुम मुम्बई चली जाओ। तुम्हारी बस्ती अब बदल गयी है। जिस्मफ़रोशी को लेकर जो मुहिम तुम्हारी अगुवाई में शुरू हुई उसने सफलता हासिल की। प्रशासन, पुलिस और यहाँ के लोगों ने उसमें मदद की। बेड़िया समुदाय के जो लोग यहाँ से बाहर निकल गए वे अपने नए ठिकानों पर यह धंधा करते हों, कम-से-कम यह गाँव तो बदनामी से आज़ाद हो गया। अब तुम यहाँ करोगी भी क्या? तुम्हारी बच्ची मुम्बई में है। और सतीश भी तो वहीं है ना।’’ वकील गोयल को मालूम था कि निशा की बेटी का पालन-पोषण व पढ़ाई-लिखाई का ज़िम्मा सतीश ने ही अपने ऊपर ले रखा है।

‘‘आपने पूनम आँटी के बारे में सही कहा। वह अपनी ज़िन्दगी में ऐसी-वैसी-कैसी भी रही, आख़िर वह मेरी माँ थी। मेरी एक बात आज तक समझ में नहीं आ रही कि मेरी माँ होते हुए भी वह मेरे संग सौतेला बर्ताव क्यों करती रही?’’ यह बात कहते हुए निशा को उमा के रूप में जिया जीवन याद आ गया।

रामनरेश वकील निशा को हमेशा भरोसा दिलाता रहा था कि वह पूनम बेड़िनी की ही पुत्री है। उमा से पहले निशा क्या थी, इस हकीकत से वकील अच्छी तरह वाकिफ़ हो गया था।

खोजी पत्रकार अभिषेक ने औरतों की ख़रीद-फ़रोख़्त को लेकर जो भंडाफोड़ अख़बार के माध्यम से किया था, उसके बाद पत्रकार जगत में उसका कद लगातार ऊँचा होता चला गया था। वह एक सेलेब्रिटी के रूप में ख्याति प्राप्त कर चुका था। रामनरेश गोयल के आग्रह का सम्मान करते हुए निशा की पहल से आरंभ किये गए वेश्यावृत्ति उन्मूलन अभियान से वह जुड़ गया। पचगाँव में सरपंच के चुनाव में निशा की पराजय के पश्चात् वकील उसके विषय में गहराई से सोचने लग गया था। वकील के कहने से अभिषेक ने उस वणिक परिवार की खोजबीन शुरू कर दी थी जिसके साथ निशा आगरा से ग्वालियर जाते समय धौलपुर रेलवे स्टेशन पर बिछुड़ गयी थी। निशा आगरा के सेठ हरिनारायण अग्रवाल की रखैल गीता बेड़िया की पुत्री निकली। निशा को जन्म देते ही गीता की मौत हो गयी थी। गीता को वह सेठ बहुत प्यार करता था। गीता के व्यवहार ने सेठ की पत्नी व अन्य घरवालों को इतना स्नेह दिया कि उनके लिए भी वह रखैल न होकर परिवार की सम्मानित महिला के रूप में मानी जाती रही। इसी कारण मौत के बाद उसका अंतिम संस्कार आगरा में ही कर दिया गया। गीता बुंदेलखंड इलाके के किसी बेड़िया गाँव की निवासी थी। सेठ ने निशा को रखैल की संतान मानकर दूर करने की बजाय अपनी बेटी मानते हुए बड़े लाड़-प्यार से उसकी परवरिश की। उसे अच्छे स्कूल में शिक्षा दिलवाई। वह उसे भविष्य में सेठ परिवार का नाम रोशन करने वाली सुकन्या मानता था। ऐसा ही कुछ ज्योतिषी ने कहा था। ज्योतिषी की भविष्यवाणी से निशा के

स्मृति लोपित अवचेतन में कहीं दबी रही होगी, इसलिए उसका ज्योतिष विद्या में विश्वास होने लगा था। तभी उसने मुंबई में भी ज्योतिषी खोज लिया और उससे पुष्पिता के भविष्य को जानने का प्रयास किया था। जिन भाइयों ने पचगाँव बसाया था उन्हीं में से एक का वंशज निशा का पिता यह सेठ निकला।

इसी दरम्यान अभिषेक और सतीश के बीच घनिष्ठता बढ़ती चली गयी थी। बातों-ही-बातों में सतीश के कुटुंब की जानकारी अभिषेक को मिलती रही। पृथ्वी गोलाकार है। उसी पर आगरा जैसा शहर है। वह महानगर नहीं बना था। वणिक समुदाय के पुरखे परस्पर परिचित हुआ करते थे। उनके मध्य के संबंधों की चर्चा मौखिक-वाचिक परंपरा के यान पर चढ़कर समय की सीढ़ियों के सहारे अतीत से वर्तमान तक की यात्रा किये जा रही थी। आगरा से निशा के जुड़े सूत्रों की खोज करते समय अभिषेक कपूर को यह भनक लग गयी थी कि सतीश के पुरखों का तार भी पचगाँव बसाने वाले पाँच वणिक बंधुओं में से किसी एक से जुड़ा हुआ है। उसने इस बिंदु पर भी खोजबीन की। निशा की तरह सतीश का कुटुंब भी उन्हीं बनिया पुरखों में से एक का वारिस निकला। सतीश के बाप-दादाओं को यह बात पता थी। नयी पीढ़ी के सतीश जैसे युवकों को अपनी पुरखा-पीढ़ियों से ज्यादा वास्ता नहीं रह गया। सतीश के पुरखों और निशा की रखैल माँ के पति के पुरखों का कोई वास्ता पचगाँव से रहा है, यह भेद अभिषेक के अलावा केवल वकील गोयल और उसके भतीजे पुनीत को मालूम था। उन तीनों ने इसे गोपनीय रखने का निर्णय लिया था।

निशा के साथ पूनम ने सौतेला व्यवहार क्यों किया, उस घड़ी गोयल वकील ने इस सवाल का कोई जवाब देना उचित नहीं समझा था। वह उलझन में था। सचाई को जानते हुए भी उसे छिपाना कब तक ठीक रहेगा, निशा के सवाल ने वकील के दिमाग को झकझोर दिया। वह अति वृद्धावस्था में चल रहा था। वह सोचने लग गया कि आगे का जो भी जीवन है, वह अवधि अधिक लाभांश के अतिरिक्त कुछ नहीं। रामनरेश ने लम्बे समय तक वकालत की थी। जानकारी के किस हिस्से को कब ज़ाहिर करना चाहिए, यह गुर उसने सीखा हुआ था। वह चुप रहा। अपने भीतर गहराई से विचार करने लग गया।

मनुष्य ने जितना भी सोचा है, वह जीवन को लेकर सोचा है। मनुष्य की चेतना ने जितना भी उत्थान किया, उसका गंतव्य जीवन के दर्शन की खोज रहा। मनुष्य ने जितनी भी भौतिक प्रगति की, उसके पीछे अधिकाधिक सुख-सुविधाएँ जुटाना रहा। मनुष्य की इस यात्रा में उसने अध्यात्म व विज्ञान को माध्यम बनाया। इसके विपरीत मृत्यु को समझने के लिए मनुष्य ने जितने भी प्रयास किये, वे सब के सब कल्पना, अनुमान, अनिश्चय और अनिर्णय की स्थिति में बँधे रह गए। जो मनुष्य मरा, वह स्वर्ग में गया अथवा नरक में, यह कहने के लिए वह जीवन में वापस लौट कर नहीं आया। मृत्यु के पश्चात् मनुष्य के प्राणों का क्या हुआ, यह कोई नहीं जानता। जीवन के रूप-रंग, जीवन की व्याख्याएँ

और जीवन के सच बहुत सारे हो सकते हैं। यदि कोई जीवन का एक सच खोजना चाहे तो वह है मृत्यु। जीवन में सहेजा हुआ, जीवन से जुड़ा हुआ, जीवन में भोगा हुआ सब कुछ मृत्यु के साथ नष्ट हो जाता है।

जब सिकंदर महान को जीवन के अंतिम सत्य के रूप में मृत्यु की अटल संभावना दिखाई दे गयी तो उसने अपनी अंतिम इच्छा व्यक्त करते हुए पहली बात यह कही थी कि ''मेरे जनाज़े को कंधा वे हकीम दें जिन्होंने मेरा इलाज किया ताकि दुनिया को यह पता चल सके कि मौत को कोई हकीम भी नहीं हरा सकता। दूसरी बात, जनाज़े की राह में वो सारी दौलत बिछा दी जाए जो मैंने ज़िन्दगी भर इकट्ठा की है, जिससे सबको यह ख़बर लग जाये कि जब मौत आती है तो यह दौलत किसी काम नहीं आती। तीसरी बात यह कि जनाज़े के वक़्त मेरे हाथों को बाहर की तरफ़ लटका दिया जाये, ताकि लोगों को पता चले कि इंसान धरती पर खाली हाथ आता है और खाली हाथ ही जाता है।''

''मौत को लेकर सिकंदर को वैद्य-हकीमों और दौलत की बात याद रही। उसने सत्य के विषय में नहीं सोचा। क्या सत्य भी मृत्यु के संग पीछे छूट जाता है? यदि वह सत्य ऐसा हो जिसका ज्ञान किसी एक या गिने-चुने व्यक्तियों को ही हो, तो क्या तब वह अव्यक्त सत्य स्वत: और सदैव के लिए समाप्त नहीं हो जायेगा? इन प्रश्नों के ऊपर गोयल वकील के मन में यह बात सबसे बड़ी थी कि निशा की मनोदशा को देखते हुए उसके समक्ष यह भेद खोल देना किसी भी तरह से उचित नहीं होगा। रामनरेश ने निशा के आरंभिक जीवन के यथार्थ का उद्‌घाटन नहीं किया। निशा के दु:ख को और अधिक बढ़ा देने वाली सचाई को उसनेदबाये रखा।

''तुम्हें मुम्बई चले जाना चाहिए,'' वकील रामनरेश ने बहुत गंभीर होकर यह परामर्श दिया।

किंकर्तव्यविमूढ़ता की उस मनोदशा में निशा को राह दिखाने वाले गोयल वकील के अतिरिक्त अन्य कोई आदमी नहीं था। उसने सलाह मान ली और मुम्बई के लिए प्रस्थान कर गयी।

36

सतीश के माँ-बाप का देहांत बहुत पहले हो चुका था। अब वे सतीश के लिए स्मृतिशेष थे। इसके बाद सतीश मुश्किल से एकाध दफ़ा आगरा गया था। आगरा का समूचा कारोबार उसने समेट लिया था। व्यवसाय की दृष्टि से सतीश का जीवन भी किसी फुटबाल से कम नहीं रहा। आगरा-पुणे-मुम्बई, पुणे-मुम्बई-आगरा। फिर आगरा से मुम्बई। अब वह पूरी

तरह से मुम्बई में रम गया था। परिवार के नाम पर उसके पास पुष्पिता थी। वह बी.ए. अंतिम वर्ष की पढ़ाई कर रही थी।

एक दिन किसी कुटुंबी ने सतीश को फ़ोन पर यह बात बताई कि ''धौलपुर के जिस पचगाँव की तरफ़ तुम आते-जाते हो, उसका संबंध हमारे पुरखों से है। अभी मुझे इतनी-सी जानकारी मिली है। मैं और अधिक जानकारी जुटा रहा हूँ। विस्तार से बाद में बताऊँगा।'' इधर-उधर के हाल-चाल पूछने तक यह वार्तालाप सीमित रहा। यह आधी-अधूरी जानकारी थी, फिर भी इसने सतीश की दिलचस्पी पचगाँव एवं विशेष रूप से होपपुरा में पहले से ज्यादा बढ़ा दी। उस बस्ती में गए हुए सतीश को अर्सा हो गया था। जिस तरह से वहाँ के वातावरण में तेज़ी से परिवर्तन होते जा रहे थे, उनकी ताज़ा जानकारी उसे नहीं थी। जब निशा मुम्बई पहुँची तब उसने सतीश को पचगाँव एवं होपपुरा में हो रहे बदलावों से अवगत कराया। हाँ, पूनम की मौत की जानकारी निशा ने मोबाइल फ़ोन के मार्फ़त ज़रूर दे दी थी। बुद्धा, विमला, सेठ बसंतीलाल और वैद्य राधेश्याम की मौत की खबरों ने सतीश को अधिक विचलित नहीं किया।

''धौलपुर के पचगाँव से सतीश के पुरखों के तार कैसे जुड़े?'' इस प्रश्न ने सतीश की जिज्ञासा बढ़ा दी थी। वह स्वयं इस सूत्र के ओर-छोर की तलाश में जुट गया। आखिर वह सफल हुआ, किंतु इस सफलता ने उसे झकझोर दिया।

रामनरेश गोयल वकील के कहने पर जो जाँच-पड़ताल अभिषेक कपूर ने की वह ज्यों-की-त्यों सतीश तक पहुँच गयी। निशा आगरा के सेठ हरिनारायण अग्रवाल की रखैल गीता बेड़िनी की पुत्री निकली। जिन पाँच वणिक बंधुओं ने पचगाँव बसाया, उन्हीं के वंशजों में सेठ हरिनारायण और सतीश के परिवार निकले। बात निकलती है तो वह दूर तक पहुँचती है। बात आगरा के उस इलाके की थी, जिसे कभी अग्रवालों का बास कहा जाता था और अब विजय नगर कॉलोनी के नाम से जाना जाता है। इसी कॉलोनी के 'आगरा पब्लिक स्कूल' में निशा ने शिक्षा ग्रहण की थी। सतीश के पूर्वज उस मोहल्ले को त्याग कर दयालबाग की तरफ़ जा बसे थे। सतीश और निशा के लिए आगरा के मोहल्लों के बीच का फ़ासला भले ही इतना फैल गया हो कि वे इकदूजे से अनजान बने रहें। सतीश और निशा दोनों रक्त संबंध से जुड़े हुए ठहरे। निशा की माँ का सतीश के माँ-बाप से कोई सूत्र नहीं जुड़ता था। सतीश ने इस दृष्टि से निशा के संग बँधे प्रीत के धागों को सुरक्षित रखने की खूब कोशिश की, किंतु पितृ-परंपरा के कटु सत्य को कोई कैसे नकार सकता था। सतीश ने इस सच को कई दिनों तक निशा से छिपाए रखा। निशा ने जीवन में बहुत सारी अतियों का साहस के साथ सामना किया था। मनोरोग की चपेट में आ जाने और यदाकदा उसके दौरे की समस्या के बावजूद वह लगभग सामान्य हो गयी थी।

सतीश को यह खबर भारी पड़ी। निशा की जगह अब वह मनोरोगी बनता चला

गया। बार-बार उसे निशा में अपनी किसी बहन की छवि दिखाई देने लगी। ''निशा बहन या प्रेमिका?'' यह सवाल उसके दिलोदिमाग को घेरने लगा। संबंधों के ऐसे द्वैध की दुविधा ने सतीश को विखंडितमनस्कता का रोगी बना दिया। जीवन के ऐसे सोपान में जब वह पुष्पिता को पुत्री के रूप में अपनाकर निशा से निकटता स्थापित कर चुका था और उसके द्वारा आरंभ किये वेश्यावृत्ति उन्मूलन अभियान को समर्पित हो गया था, ऐसी दशा में कब के मर चुके पुरखों के आपसी रिश्तों ने सतीश के लिए निशा के साथ विकसित संबंधों को एक ही झटके में तहस-नहस कर दिया। सतीश यह सदमा बर्दाश्त नहीं कर सका। संसार से उसका मोहभंग होने लगा। उसकी मनोदशा अर्द्धविक्षिप्तता की सीमाओं में प्रवेश करने लगी। निशा और पुष्पिता सतीश की ऐसी हालत से परेशान हो गयीं। बड़ी कठिनाई से उनका जीवन सामान्य होने लगा था, वह अस्त-व्यस्त होने लगा। निशा को सबसे बड़ी चिंता पुष्पिता की शिक्षा को लेकर थी। पुष्पिता के दिमाग में यह बात पहले से थी कि उसकी माँ कई बार अटपटा बर्ताव करती रही है। अब उसे पिता की मनोदशा भी असामान्य प्रतीत होने लगी थी। उसके लिए तो सबसे बड़ी बात माता-पिता के मध्य चल रही कुछ-न-कुछ गड़बड़ थी, जिसने ठीक-ठाक चल रही पढ़ाई में एक तरह से बाधा डाल दी।

''बात क्या है, जब से मैं यहाँ मुम्बई में आई हूँ तब से आपके व्यवहार में काफ़ी बदलाव दिखाई दे रहा है। क्या आप पुष्पिता की वजह से परेशान हो अथवा कोई और कारण है?''

''नहीं ऐसी कोई बात नहीं,'' कहते हुए सतीश निशा से नज़रें नहीं मिला पा रहा था। निशा को सतीश के हावभावों में बहुत कुछ अजीब सा लगा।

''कहीं इस सब की वजह मैं तो नहीं?''

सतीश ने इस दफ़ा निशा के चेहरे को ठीक से देखा। निशा उसे एक रहस्यमयी छवि प्रतीत हुई। यह अनुभूति पहली बार हुई। अब से पहले सतीश निशा के प्रति अपनी-परायी होने के द्वंद्व में फँसा हुआ था। इस क्षण उसके मन के द्वंद्व में से निशा के अपने होने का भाव गायब होता महसूस हुआ। अब तक चला आ रहा द्वंद्व निशा के एकदम विपरीत आ खड़ा हुआ। निशा को लेकर सतीश के चित्त का विचलन विरक्ति में परिवर्तित हो रहा था। निशा समझ गयी बात कोई गहरी है, जिसे सतीश हम दोनों माँ-बेटी से छिपा रहा है। निशा की समझ में कुछ नहीं आ रहा था। वह इतना संकेत ले सकी कि सतीश की दिमागी हालत कुछ ठीक नहीं है। उसने यह प्रसंग यहीं स्थगित कर दिया।

''मुझे फिर से चक्कर से आने लगे हैं। कहीं कुछ गड़बड़ तो नहीं'', कहते हुए निशा ने सतीश से आग्रह किया कि एक दफ़ा उसी मनोचिकित्सक को दिखा दिया जाये तो बेहतर होगा। निशा ने सतीश का ठीक-सा मूड देखते हुए सलाह दी। सतीश को

जितनी चिंता निशा की थी, उससे बढ़कर पुष्पिता को लेकर थी। कहीं निशा को कुछ हो गया तो उस बच्ची के भविष्य का क्या होगा? सतीश स्वयं अपने भविष्य को अंधकार में डूबता हुआ देख रहा था।

''ठीक है, मैं डॉक्टर साहब से मिलने का वक्त तय कर लेता हूँ,'' सतीश की तत्काल सहमति से निशा को बड़ी राहत मिली।

''डॉक्टर साहब, मैं तो ठीक हूँ। ज़रा इन्हें देख लीजिये। मुझे इनके व्यवहार में पिछले कई दिनों से असामान्य संकेत दिखाई देने लगे हैं।'' जब मनोचिकित्सक निशा की मनोदशा की जाँच-पड़ताल कर रहा था तब निशा ने यह निवेदन किया। उसका इशारा सतीश के लिए था।

मनोचिकित्सक ऐसा सुझाव सुनकर चौंका। उसके मन में शंका उत्पन्न होने लगी, ''कहीं यह महिला स्वयं किसी भिन्न और नये मनोविकार से तो ग्रस्त नहीं हो रही है, जो उस व्यक्ति के इलाज की बात करने लगी है जो इसे यहाँ मेरे पास इलाज के लिए लाता रहा है?'' ऐसी मानसिक उलझन के बीच भी डॉक्टर ने निशा की मनोदशा को ठीक प्रकार से परखा। जब वह आश्वस्त हो गया कि निशा को किसी किस्म का कोई मनोविकार नहीं है, तब उसने निशा के उस आग्रह पर गहराई के साथ विचार किया जिसमें सतीश की मनोदशा के परीक्षण की बात थी।

''मुझे क्या देख रहे हैं, मैं बिलकुल ठीक हूँ।'' जैसे ही मनोचिकित्सक ने सतीश की हथेली एवं अँगुलियों को पकड़ कर जाँच-पड़ताल आरंभ की तो सतीश ने तीखी प्रतिक्रिया व्यक्त की। डॉक्टर सतीश व निशा के लिए अब अपरिचित नहीं था। वह ऐसा चिकित्सक था जो अपने मरीज़ों को अज़ीज़ मानता था। किसी भी मनोचिकित्सक के लिए अनिवार्य है कि वह मनोविश्लेषक बनकर अपने रोगी के मानस को टटोले। इसके लिए अपनत्व चाहिए। तभी वह किसी व्यक्ति की अधिग्रस्तता का निदान कर सकता है।

''देखिये मिस्टर सतीश, मैं निशा के रोग को पकड़ना चाहता हूँ। निशा की मनोदशा उसके जीवन के वातावरण पर निर्भर करती है। उसकी पारिवारिक स्थिति में तुम्हारी उपस्थिति और व्यवहार मायने रखता है। इस बात को तुम्हें समझना होगा। तुम मुझे कुछ परेशान से लगते हो। तुम्हारी यह परेशानी तुम्हारे परिवार के प्रत्येक सदस्य के लिए भारी पड़ सकती है। इसलिए एक मनोविश्लेषक व चिकित्सक की हैसियत से तुम्हारी मनोदशा को जाँचना-भाँपना-परखना मेरा कर्तव्य है। यदि तुम इससे सहमत हो तो अच्छ, वरना...।'' डॉक्टर के अंतिम शब्द का स्वर झुँझलाहट की लहर पर सवार होकर आया।

वह आगे बोला-''निशा इज़ ओके।'' डॉक्टर की बात सुनकर सतीश चुप हो गया। इतने में ही निशा उसके निकट आई। वह भावुक होकर बोली, ''मैं बिलकुल ठीक हूँ। आप ठीक से रहेंगे तो हम सब भी। मेरा मतलब आप, मैं और पुष्पिता।'' निशा ने जैसे

ही पुष्पिता का नाम लिया उसकी आवाज़ काँप गयी।

''कोई भी बात हो, बुरी अथवा भली, अपने लोगों से कभी नहीं छिपानी चाहिए,'' ओके, डियर सतीश, टेक केयर ऑफ़ योरसेल्फ़।'' कहते हुए डॉक्टर ने क्लिनिक में काम करने वाले सहायक को आदेश दिया। 'नेक्स्ट!''

पुष्पिता अपने माँ-बाप का बहुत देर से इंतज़ार कर रही थी। दोनों को देखते ही वह लिपट गयी, कभी माँ से तो कभी पिता से। वह तय नहीं कर पा रही थी कि उसके लिए इन दो में से पहले कौन है? जब से पुष्पिता मानव व्यवहार को थोड़ा-बहुत समझने लगी, तब से उसे दोनों ने बराबर स्नेह दिया था।

''तुम शायद नहीं जानतीं, मुझे पता चला है कि कुल-कुटुम्ब के लिहाज़ से हम दोनों भाई-बहन हैं।'' सतीश ने बहुत साहस जुटा कर कहा। मनोचिकित्सक की सलाह को मानने के अलावा उसके पास कोई अन्य विकल्प नहीं था।

''क्या अटरम-शटरम बकते हो? आप बनिया और मैं बेड़िया, यह कैसे संभव हो सकता है,'' निशा के चेहरे में अविश्वास का इस तरह का भाव जीवन में पहली दफ़ा उभरा।

निशा की तीव्र प्रतिक्रिया को सुनकर सतीश ने अपना माथा पकड़ लिया। उसके लिए आगे कुछ भी बोलना मुश्किल हो गया। जब निशा ने उसे धीरज बँधाया तब उसने दोनों के रिश्तों का सारा किस्सा बताया। निशा को इस बात का आश्चर्य हो रहा था कि ''यदि मैं गीता नाम की रखैल की औलाद हूँ तो यह सब मुझे याद क्यों नहीं? मैं तो सिर्फ़ यह जानती हूँ कि मैं पूनम के यहाँ पैदा हुई। मैं तो स्वयं को पूनम की बेटी उमा ही समझती रही हूँ।''

अब एक और बड़ा सवाल निशा को घेरने लगा, ''फिर यह निशा किसका नाम है, जिसे मैं हृदय में बिठाये हुए रहती आई हूँ और कोई मुझे उमा जैसे नाम से पुकारता है तो मैं क्रोधित होने लगती हूँ?''

''सतीश जी, एक बात बताओ। यदि मैं आगरा के सेठ हरिनारायण अग्रवाल की रखैल गीता की बेटी हूँ तो फिर मेरा असल नाम क्या है?'' निशा ने यह प्रश्न तब पूछा जब आगरा के जीवन की अपनी स्मृतियों को खँगालने में वह पूरी तरह से निष्फल व हताश हो गयी थी।

''हाँ, तुम्हारा वास्तविक नाम मुझे निशा ही पता चला है। यह भी बता दूँ कि उमा की पहचान के पहले की तुम्हारी समस्त स्मृतियाँ कब की विलुप्त हुई पड़ी हैं। यह सूचना मुझे उसी डॉक्टर ने दी थी जो तुम्हारा इलाज करता रहा।''

''अब समझी, मैं असल में उमा थी ही नहीं। अगर पूनम की बेटी उमा होती तो

वह मेरे साथ परायी लड़की की तरह ज्यादतियाँ क्यों करती ? बेड़िया समुदाय में जन्म लेने वाली लड़कियाँ तो स्वेच्छा से इस धंधे को अपनाती रही हैं।'' अगले क्षण उसे ध्यान आया कि ''अरे हाँ, सतीश की बात सच हो सकती है। क्या इसीलिए मैं पूनम को आँटी कहती रही ? तो फिर इस संबोधन के पीछे का रहस्य यही है, जिसका भेद सतीश ने अभी-अभी खोला!'' निशा ने अपने अंतर्मन में यह विचार किया। निशा का आगरा शहर और सतीश से रिश्ते के रहस्य से पर्दा उठ चुका था। निशा को अब सतीश की बातों पर भरोसा हो गया।

निशा ने जिज्ञासा व्यक्त की, ''क्या आप मुझे आगरा वाला वह घर दिखा सकते हो, जहाँ मेरा जन्म हुआ, मेरा पालन-पोषण हुआ और वह स्कूल भी जिसमें मुझे पढ़ाया गया ? संभव है मेरे बचपन के कुछ दोस्त या जान-पहचान वालों से मेरी मुलाकात हो जाये।''

''वहाँ कौन होगा जो तुम्हें पहचानेगा। तुम्हारे माँ एवं पिता नहीं रहे। मेरा भी अब कोई सगा-संबंधी नहीं है वहाँ।'' सतीश के जवाब ने निशा को चुप कर दिया।

उस घड़ी उन दोनों की मनोदशा का अंदाज़ा लगाना बेहद मुश्किल था। कुछ अवधि के लिए कक्ष में स्तब्धता छा गयी।

हिन्दू पौराणिक कथाओं के अनुसार ब्रह्म से ब्रह्मा की उत्पत्ति हुई। ब्रह्मा ने स्वयं को पुरुष व स्त्री में विभक्त कर लिया। पुरुष भाग का नाम था स्वयंभुव मनु और स्त्री रूप का शतरूपा हुआ। इन दोनों की संतान पिता व माता के रूप में मानव के आदि पूर्वज हुए। इस दृष्टि से मनुष्य के आदि पूर्वज भाई-बहन थे। ईसाईयत का संदर्भ ग्रहण किया जाए तो वहाँ मनुष्य के आदि पूर्वज आदम व हव्वा (ईव) हैं। कुर*आन* के हिसाब से मनुष्य का उद्भव मिट्टी, जल व रुधिर जैसे भौतिक तत्वों से बताया है। वैज्ञानिक दृष्टिकोण की बात की जाये तो पदार्थ से जीवन का विकास हुआ और सरल प्राणियों से जटिल जीवों के विकास क्रम में मनुष्य का अस्तित्व सामने आया। मानव का नर व नारी रूप का उद्भव किसी एक तत्व से हुआ, चाहे वह ईश्वर था अथवा भौतिक पदार्थ। दोनों ही दशा में आदि जनक एवं जननी के संबंध भाई व बहन के सिद्ध होते हैं। यदि मनुष्य और उनके मध्य विकसित संबंधों का यह यथार्थ सतीश व निशा की समझ में आ जाता तो इस विकट समस्या का समाधान तत्काल हो जाता। यह संभव नहीं हुआ।

सतीश का मानसिक असंतुलन सांघातिक स्तर पर जा चुका था। एक दिन संध्या के समय जब सूरज डूब रहा था तब सतीश की कार सामने से आते हुए ट्रोला से टकरा गयी। विखंडित मनोदशा लिए सतीश इस दुनिया से विदा हो गया।

निशा का सूर्य अस्त हो गया। पुष्पिता का भविष्य डगमगाने लगा। निशा के लिए जीवन में यह दुर्घटना असहनीय थी। उसने अपने जीवन में स्वयं की मौत के अलावा हर किस्म का दुःख सह लिया, लेकिन सतीश की मौत के सदमे को सह सकने की क्षमता

उसमें संभवत: कण के बराबर ही बची हो। निशा ने उस कण भर की क्षमता को सँभाले रखा। जीवन में निशा कितनी बार टूटी और कितनी बार जुड़ती रही, इससे अनभिज्ञता ही उसकी जिजीविषा और प्राणशक्ति थी। वह जिस मिट्टी से बनी थी, उस मिट्टी के कण-कण में इसी जिजीविषा एवं प्राणशक्ति की अकूत व अटूट ऊर्जा भरी हुई थी। टूटते-बिखरते जीवन के लिए अनिवार्य यह घनीभूत ऊर्जा निशा को उसी गाथा से मिली थी, जिसे सतीश ने सुनाया था। सतीश तो उसे मुश्किल से सुना सका और सुनाकर उसके सदमे से अंतत: अनंत की गोदी में सो गया, निशा से खो गया। निशा ने उस गाथा पर गहन विचार किया। सोचा, 'कम-से-कम वह बदनाम वेश्या पूनम की संतान नहीं। वेश्या से बेहतर किसी रखैल की औलाद है। इससे भी अधिक वह अपने माँ–बाप के बीच पनपे प्रेम का फल है और प्रेम दुनिया में एक उदात्त मूल्य माना गया है।' निशा ने इस तर्क को सीने से चिपकाते हुए इस मानसिक आघात को भी सहन कर लिया।

37

सतीश की मौत के बाद निशा का मन मुंबई में बिलकुल नहीं लगा। उसने एक बार फिर गाँव जाना तय कर लिया। अपनी बेटी पुष्पिता को साथ ले चली। धौलपुर पहुँचकर वह होपपुरा नहीं गयी। रामनरेश गोयल वकील के मकान पर पहुँची। सतीश की मौत की ख़बर सुनकर गोयल वकील को गहरा सदमा पहुँचा। कुछ पलों के लिए वह अवाक् रहकर शोक में डूब गया। वकील रामनरेश बहुत गंभीर व्यक्तित्व का धनी था। उसने बदमाशों की जितनी लंबी-चौड़ी दुनिया देखी, उससे कहीं बड़ी दुनिया में शरीफ़ लोग देखे थे। इस वयोवृद्ध अवस्था तक की यात्रा में उसने अपने बहुत सारे प्रियजन खोये थे। उन खोये हुए लोगों में बुज़ुर्गों के संग प्रौढ़ व युवक भी थे। सतीश युवावस्था से प्रौढ़ायु में प्रवेश कर रहा था।

जैसे ही निशा ने अपनी रखैल माँ और सतीश के खानदान की सचाई का बखान किया, वैसे ही गोयल के होश उड़ गए। वह कुछ पल निशा के मुख को एकटक निहारने लग गया। सतीश की मौत में उसे एक ऐसे मनुष्य की मौत दिखाई दी जो निशा का एक मात्र सहारा था। रामनरेश गोयल के सामने उसके भतीजे पुनीत और दिल्ली के खोजी पत्रकार अभिषेक की छवियाँ प्रकट हो गयीं। वकील गोयल भीषण पश्चाताप की आग में जलने लगा। वह सोचे जा रहा था कि सतीश की मौत में कहीं-न-कहीं उसका भी हाथ है। वह प्रायश्चित करने लगा। भीतर-ही-भीतर सोचने लगा। 'न मैं अभिषेक को कहता, न वह आगरा के उस वणिक परिवार की खोज करता, न सतीश और निशा के रक्त संबंधों की बात सामने आती और न ही इस रहस्य के उद्घाटन के कारण सतीश की मृत्यु होती!'

आगे जितनी देर तक निशा ने रामनरेश वकील से वार्तालाप किया, उस पूरी अवधि में वकील गोयल अन्यमनस्क रहा। वकील की इस मनोदशा पर निशा का ध्यान नहीं गया। इस दौरान पुष्पिता वहाँ नहीं थी। निशा ने जानबूझकर उसे पुनीत के पास छोड़ दिया था। गोयल वकील से मिलने के बाद निशा पुनीत के पास गयी। वह क्षण भर की औपचारिक भेंट थी। वहाँ से पुष्पिता को साथ लिए निशा चल दी।

वकील गोयल के घर से निशा के कदम स्वतः ही आगे बढ़ रहे थे। ज़िला कलेक्टर कार्यालय की तरफ़ एक नज़र पसारती जैसे ही वह राष्ट्रीय उच्च मार्ग की तरफ़ बढ़ी, धौलपुर के रेलवे स्टेशन की दिशा से किसी फ़ास्ट ट्रेन की लंबी सीटी का उच्च स्वर सुनाई दिया। उसे महसूस हुआ जैसे उसके दाहिने कदम को मुम्बई महानगर खींचता जा रहा था और बायें को होपपुरा, जिसे वह अभी भी आदर्शनगर मानने को राज़ी नहीं हो पा रही थी। जगदीश टॉकीज़ से उसने ऑटोरिक्शा लिया और होपपुरा के लिए रवाना हो गयी।

निशा होपपुरा आ गयी। यह पूनम का घर था। कई दिनों से सूना, उजड़ा हुआ और बेचिराग़। भीतर धूल और बाहर कूड़ा-कचरा-गंदगी इकट्ठी थी। निशा को पहली बार महसूस हुआ कि किसी वेश्या के आवास अथवा किसी चकलाघर में भी कभी रौनक हो सकती है, चाहे वहाँ मौजूद लोग सुख व दुःख में पूरी तरह से बँटे हुए रहते हों और भोगी जाने वाली स्त्री बाहर से चहकती, किंतु अपने भीतर तड़पती रहती हो। दोनों माँ-बेटी ने घर के भीतर झाड़-बुहार की। आँगन व बाहर इकट्ठे कूड़े-करकट की सफ़ाई की। बीच-बीच में वे दोनों मोहल्ले में इधर-उधर झाँकती रहीं। इस बस्ती में पुष्पिता पहले दो-चार दफ़ा आ चुकी थी। वह तभी आया करती थी, जब यहाँ कोई शादी-समारोह या ख़ुशी का अन्य अवसर रहा हो। उसने यहाँ सजी-धजी उन युवतियों को देखा जो दिल्ली, आगरा, मेरठ, कानपुर, ग्वालियर, मुम्बई जैसे नगरों-महानगरों में बारबाला, कॉल गर्ल्स अथवा दूसरे प्रकार के हाई-प्रोफ़ाइल जिस्मफ़रोशी के धंधे से जुड़ी रही हों। उसने उनके परिवारों के बच्चों, युवकों, बुजुर्गों और स्थानीय लोगों को देखा था। इस बस्ती की चहल-पहल को निहारा था। उस चहल-पहल में ख़ुद हिस्सेदार रही थी। इंसानों के अंदर के दर्द को उस किशोरी ने कभी महसूस नहीं किया था। आज पहली बार उसे लगा जैसे इस बस्ती के लोग बेहद बेरुखे हैं। पुष्पिता ने अपनी दादी पूनम की मौत के अलावा इस बस्ती को कभी ऐसी दशा में नहीं देखा था, जब यहाँ कोई जश्न नहीं मनाया जाता रहा हो। उसे कहाँ पता था कि बस्ती की हक़ीकत क्या रहती आई। उसे बहुत कम ख़बर इस बात की थी कि बहुत सारी आबादी यहाँ से दूर जा बसी है। उसे उसकी माँ ने यह तो बता दिया था कि उनके गाँव का नाम अब बदल कर आदर्शनगर रख दिया गया है, लेकिन यह पता नहीं था कि पुराना होपपुरा और इस नये आदर्शनगर में क्या अंतर हो गया, और दरअसल कोई अंतर हुआ भी कि नहीं? उसे यह तो पता था कि उसकी माँ ने यहाँ से सरपंच का चुनाव लड़ा था और वह हार गयी थी, किंतु यह पता नहीं था कि

चुनावी जीत-हार के बाद लोगों के मन में इस कदर मैल भर जायेगा कि वे उन जैसी कभी-कभार अपनी बस्ती में आने वाली माँ-बेटी से बोलेंगे भी नहीं, उनके हाल-चाल पूछेंगे भी नहीं, वे भीतर से कितनी खंडित हो गयी हैं, इसकी भी जानकारी नहीं लेंगे! उन दोनों से मिलने कोई नहीं आया। जब वहाँ उनका अपना सा कोई था ही नहीं, तो वे भी पहल करती हुई किससे जाकर मिलतीं।

दिन का तीसरा प्रहर समाप्त होने को था। बसंत का मौसम चल रहा था। पुरानी बस्ती में जितने कच्चे मकान व झोंपड़ियाँ हुआ करती थीं, उनके स्थान पर ज़्यादातर पक्के घर दिखाई दे रहे थे। गाँव की राह व गलियों को पत्थर बिछाकर पक्का किया हुआ था। ख़ुशहाल परिवार राष्ट्रीय उच्च मार्ग के इर्द-गिर्द जा बसे थे। संध्या होने में घड़ी-दो-घड़ी का वक्त बचा था। आबादी इलाके के बाहर हथकड़ देशी शराब की भट्टियों से धुआँ उठता दिखाई दे रहा था। दोनों माँ-बेटी मकान की छत से बस्ती को निहारती हुई उचाट मन से बैठी हुई थीं। घर की तरफ़ रास्ते में आती हुई एक जीप की घर्र-घर्र की आवाज़ सुनाई दी। दोनों का ध्यान उधर गया। निकट आने पर निशा ने पहचान लिया। वह पचगाँव का सरपंच कुंजीलाल था, जो आदर्शनगर का निवासी था। अब वह बेड़िया समुदाय का इज़्ज़तदार व मौजीज़ शख़्स था। उसके सामने निशा को अपनी हैसियत पहले वाले होपपुरा की उमा नामक बेड़िनी में ही सिमटी हुई प्रतीत हुई। उसने खड़ी होकर दोनों हाथ जोड़कर सरपंच का अभिवादन किया। सरपंच की निगाहें सामने सड़क की तरफ़ थीं। वह ख़ुद जीप को चला रहा था। पूनम के मकान के आगे से तेज़ गति में सरपंच की जीप निकल गयी।

''कौन थे ये?''

निशा ने बेटी के सवाल का इतना-सा ही जवाब दिया, ''यहाँ के सरपंच जी थे। जल्दबाज़ी में होंगे। वे हमें नहीं देख सके। चले गए।''

सरपंच के प्रति इन शब्दों की तह में छिपी हुई अपनी माँ की अरुचि को भाँपते हुए पुष्पिता आगे कुछ नहीं बोली।

38

निशा को सबसे बड़ी चिंता पुष्पिता के भविष्य को लेकर रहने लगी। मुंबई महानगर हमेशा के लिए छूट गया। वहाँ वापस जाने का कोई अर्थ नहीं था। जो कुछ था वहाँ सतीश था, वह अब नहीं रहा। उसके दोस्त आनंद से निशा का संबंध केवल बार-डांस रेस्तराँ तक था। पूजा अत्राम मुम्बई विश्वविद्यालय की नौकरी छोड़कर यौनकर्मी अधिकार आंदोलन को पूरी तरह समर्पित हो गयी थी। वह देश-दुनिया का भ्रमण करती रहती थी। अब उसने अपनी समस्त गतिविधियों का केंद्र कोलकाता के सोनागाछी इलाके को बना

लिया था। उससे अब कोई संपर्क नहीं रहा। मुंबई से वह संतो को भी साथ ले गयी थी। इंसानी रिश्तों के लिहाज़ से मुम्बई निशा के लिए पूरी तरह से सूनी हो चुकी थी। यह कैसी विडम्बना थी जो आगरा के सेठ के यहाँ जन्म लेने वाली बच्ची से पूरा आगरा ही छिन गया। रो-धोकर होपपुरा को जिसने अपनी नियति स्वीकार कर लिया था, वहाँ से उसकी कथित माँ चल बसी। आधा-अधूरा वह घर भी अब डँसने को दौड़ने लगा। इस लंबी-चौड़ी दुनिया में अब निशा के लिए थोड़ा-बहुत कोई आसरा था तो वह वकील रामनरेश गोयल था। वह भी जीवन के अंतिम सोपान में चल रहा था। आयु की दृष्टि से अब उसका जीवन भाग्य का अतिरिक्त प्रदेय था, जो कभी भी चुक सकता था। फिर भी निशा पुन: उसके पास चली गयी।

''अंकल, अब मैं कहाँ जाऊँ?'' ज़िन्दगी के भँवर में गोते खाती निशा ने रामनरेश गोयल की आँखों में डूबते को सहारा दे सकने वाला कोई तिनका देखकर कहा। सतीश की मौत और निशा की अनाथावस्था के कारण गोयल वकील पहले से ही पश्चाताप की आग में झुलस रहा था। प्रायश्चित करे, यह भावना उसके दिलोदिमाग का पीछा नहीं छोड़ पा रही थी। इसे लेकर वह बेहद परेशान था। बेचैनी ने उसके दिनों का चैन और रातों की नींद हराम कर रखी थी।

कुछ सोचकर गोयल वकील बोला, ''बेटी जीवन अलंघ्य पर्वत-सा बन जाये तो भी आदमी के भीतर जिजीविषा शेष रहती है। सामने अगम्य सागर भी हो तो भी उसे पार करने का विचार मन से मिटता नहीं है। काल का आद्यांत कल्प में होता है। काल का कोई विकल्प नहीं, किंतु उसका भविष्य-खंड विकल्पहीन भी नहीं। काल की महायात्रा में मनुष्य को जीने के लिए कोई-न-कोई विकल्प खोजना चाहिए। मनुष्य की कोई भी दुनिया विकल्पहीन नहीं हो सकती।'' वकील रामनरेश की वृद्ध, क्षीण, दुर्बल और दिन-प्रतिदिन अपक्षरित होती जा रही काया के भीतर स्वस्थ व सकारात्मक विचारों से समृद्ध मस्तिष्क था। इसी के चलते वह निशा को ऐसा परामर्श देने के लिए उत्प्रेरित हुआ।

''आप बहुत पढ़े-लिखे हैं। विद्वान हैं। बड़े वकील हैं। मेहरबानी करके सरल भाषा में मुझे राह सुझाइये। विचारों की गूढ़ता नहीं, मुझे दुनिया के क्रूर व्यवहार के विरुद्ध पूरी रूढ़ता के साथ पेश आना है। आपने एक तरह से अपना पूरा जीवन जी लिया। मैं तो इस अधूरे से जीवन में भी बार-बार मरती रही हूँ। अब जीने के लिए मर भी जाऊँ तो क्या फ़र्क पड़ेगा!'' निशा भावुक हो गयी।

''इस नाज़ुक दौर में इस कदर का सख्त इरादा ठीक नहीं। बहुत ही धीरज के साथ हर कदम सँभल कर चलना होगा। मुझे कुछ सोचने दो।'' इतनी-सी तसल्ली देते हुए गोयल वकील ने निशा को अगले दिन फ़ोन पर बात करने का कहकर वापस भेज दिया।

दिन कहीं भी गुज़ारा जा सकता है। रात के लिए कोई बसेरा चाहिए होता है। न चाहते

हुए भी निशा पूनम के उसी घर में गयी जिसमें उसका मन अब बिलकुल नहीं लगता था।

''कम-से-कम इस बच्ची को तो बार बार बदनाम रही इस बस्ती की शक्ल मत दिखा!'' निशा के कानों में यह वाक्य कहाँ से गूँजा, उसकी समझ में कुछ नहीं आया। अपनी पुत्री पुष्पिता के साथ जैसे-तैसे उसने रात वहाँ बिताई। अगली सुबह निशा बेटी सहित गोयल के पास पहुँच गयी। जाने से पहले वह फ़ोन पर ख़बर देना भी भूल गयी। निशा की मनोदशा ऐसी ही होती जा रही थी।

रामनरेश वकील की सिफ़ारिश पर ज़िला कलेक्टर ने निशा को महिला एवं बाल विकास विभाग द्वारा संचालित आंगनवाड़ी कार्यक्रम में मुख्य सेविका के पद पर अस्थायी नौकरी दे दी। वकील को महसूस हुआ जैसे उसके माथे पर पड़ा बोझ कुछ हल्का हो गया।

निशा पूरी ईमानदारी और लगन के साथ अपना दायित्व निभाए जा रही थी। गोयल वकील ने ही धौलपुर के कुशवाहा बी. एड. कॉलेज में पुष्पिता का दाखिला करा दिया। मुंबई से उसने बी.ए. पहले कर लिया था।

गोयल वकील ने निशा को ढाढ़स बँधाया कि ''पुष्पिता होशियार है। बी.एड. करने के बाद इसे कहीं-न-कहीं अध्यापक की नौकरी मिल ही जाएगी, तब तक हिम्मत रखनी है तुम्हें। मेरा अब कोई भरोसा नहीं। कब आखिरी सांस उखड़ जाये, कुछ पता नहीं।''

ऊपर से सब कुछ ठीक-ठाक सा लग रहा था। निशा का सारा जीवन ऊबड़-खाबड़ राहों से गुज़रा था। अनवरत उत्पीड़न के विस्तीर्ण मरुस्थल में मृगमरीचिकाओं की भाँति काल्पनिक सुखों की ही तो अनुभूति यदा-कदा वह कर सकी थी। दुनिया में बसंत आया। दुनिया में सावन आया। निशा के जीवन में पतझड़ के सिवा कुछ नहीं आया। पतझड़ को भी वह बर्दाश्त करती रही, लेकिन पतझड़ के पश्चात् ग्रीष्म ऋतु के ज्येष्ठ मास में चलने वाले अंधड़ों में अगर कोई भीषण चक्रवात आ जाये तो स्वयं को सँभाल सकना बहुत कठिन हो जाता है।

वह एक मनहूस सुबह थी जब निशा को ख़बर मिली कि धौलपुर के विख्यात वकील रामनरेश गोयल का हृदयाघात से देहांत हो गया! गोयल वकील ने अपना जीवन जी लिया था। उसे स्वयं को इतने लम्बे और सक्रिय जीवन से कोई शिकायत हो भी नहीं सकती थी। उनकी मृत्यु कोई अप्रत्याशित घटना भी नहीं थी, किंतु निशा के लिए ऐसा होना असहनीय था। कोई भी एक दुखद घटना जीवन भर में घटित ऐसी घटनाओं को तत्काल स्मृतियों के संकुल से निकाल कर आँखों के सामने ला देती है।

जीवन के इस मोड़ पर आकर निशा ने वह सब कुछ अपनी बेटी पुष्पिता को बता दिया जिससे वह अब तक अनभिज्ञ रही। इस कहानी के केंद्र में थी होपंपुरा की उमा, आँटी पूनम, आगरा के सेठ हरिनारायण अग्रवाल की रखैल व निशा की माँ गीता और

उसका असली नाम निशा। जिस घड़ी निशा यह सारा भेद पुष्पिता के सामने खोल रही थी, उस दौरान वह पुष्पिता से नज़रें नहीं मिला कर आकाश को निहारती चली गयी।

परत-दर-परत अपना अनजाना अतीत पुष्पिता के सामने आ गया। यौवन की सीमा में प्रवेश करती हुई पुष्पिता जीवन के अनुभव की दृष्टि से किसी परिपक्व स्त्री की तरह सब कुछ बड़े धीरज और शांति से सुनती गयी। निशा ने अब जाकर पुष्पिता को देखा। वह तटस्थ मुद्रा में बैठी थी। निशा अत्यंत भावुक हो गयी। उसकी दृष्टि पुष्पिता के मासूम चेहरे पर ठहर गयी। देर तक वह उसे निहारती चली गयी। सृष्टि के विशाल ग्रंथ में जितना जीवन निशा के अध्याय में लिखा था, उतना वह जी चुकी थी। उसने ज़िन्दगी के तमाम उतार-चढ़ावों का हिम्मत के साथ सामना किया था। बदली हुई परिस्थितियों में उसने एक तरह से समझौता भी कर लिया था। इस सबके बावजूद वह उस हादसे को नहीं भूली थी जो उसके साथ होपपुरा में वेश्यावृत्ति के लिए तैयार किये जाने के दौरान हुआ। भिन्न-भिन्न प्रकार की शारीरिक व मानसिक यातनाओं के साथ नशीली दवा तक उसे खिलाई, ताकि वह परिवर्तित वातावरण को अपने भावी जीवन का यथार्थ मानकर स्वीकार कर ले।

उसके कानों में पूनम बेड़िनी के इन शब्दों की ललकार सुनाई देने लगी, ''अपने माँ-बाप सहित तू पिछली ज़िन्दगी भूल जा। अब तुझे कोई नहीं अपनाएगा। जो कुछ तेरे संग होना तय है, वही होता रहेगा, चाहे इसे राज़ी से मान ले या मन मारकर।''

पूनम ने जो कुछ कहा था, वह सलाह थी या धमकी, निशा की समझ में कुछ नहीं आ रहा था। उत्पीड़न की वह प्रक्रिया मनस्ताप बनकर निशा के मष्तिस्क में बैठ गयी थी। इस मनोविकार ने उसे अर्द्धविक्षिप्त अवस्था तक पहुँचा दिया था, जिसकी आंतरिक अभिव्यक्ति मुम्बई में व्यापक स्तर पर हो गयी थी। तभी उसके भीतर एक रौद्र रूप उत्पन्न हुआ था। सतीश ने उसे मनोचिकित्सक को दिखाया था, जिसने कई तरह के मस्तिष्कीय परीक्षण किये और दवाइयाँ आरंभ कीं। मनोचिकित्सक ने स्पष्ट कहा था कि ''दवाइयाँ लम्बी चलेंगी।'' यह भी बोला था कि ''दवा से इसके रोग का निदान नहीं होगा, यह केवल इसके साथ हुए दुष्कर्म की घटना को अस्थायी तौर पर भुलाने का प्रयास है। इसके खोये हुए मानसिक संतुलन की बहाली के लिए ज़रूरी है कि इसे पति का प्यार व बच्चों की संगत मिले।''

निशा को सतीश के रूप में प्रेमी मिला, मगर पति का प्यार नहीं। उसे पुष्पिता जैसी सुंदर व सुशील बेटी का सुख मिला किंतु ज़माने की नज़र में वह अवैध संतान थी। जीवन की यह सचाई निशा को अंदर-ही-अंदर खाये-सताए जा रही थी। यह उसकी मनोविक्षिप्ति ही थी जिसके कारण कई दफ़ा उसने पुष्पिता को भी संदेह की दृष्टि से देखा। सतीश ने निशा को सब कुछ दिया। होपपुरा से हुए उसके विस्थापन के बाद उसे

मुम्बई में पुनर्वासित किया। पूजा अत्राम के साथ ने उसे वेश्या-कल्याण जैसे मानवीय सरोकार से जोड़ा। मुम्बई के कामाठीपुरा से लेकर होपपुरा तक में निशा को आदर की दृष्टि से देखा जाना शुरू हो गया था। जिस बेड़िया आबादी की मौजूदगी में उसकी इज़्ज़त लुटने का सिलसिला शुरू हुआ था, उसी बस्ती के बीच उसे इज़्ज़त मिलना किसी चमत्कार से कम नहीं था। इस सब के बावजूद इस दफ़ा जब वह होपपुरा गयी तो सब कुछ बदला हुआ देखा। उसका कोई हिमायती वहाँ नहीं है, यहाँ तक कि उसके सुख-दुःख पर बातचीत तक करने वाला कोई नहीं मिला। निशा के मनोदशा-विकार (mood disorder) ने सारी परिस्थितियों को संदिग्ध बना रखा था।

''क्या वास्तविक है और क्या आभासी ?'' इस प्रश्न का उत्तर निशा खोज नहीं पा रही थी। उसे प्रतीत होने लगा जैसे उसके चारों ओर मिथ्या विश्वास, भ्रम, संदेह, वैचारिक अस्थिरता एवं खालीपन का वातावरण पसरा हुआ है। कई वर्षों से उसे अनिद्रा की बीमारी ने भी दबोच रखा था। थककर भी वह सो नहीं पा रही थी और तनिक सोने लगती तो डरावने सपनों से घिरने लगती थी। जिस समाज को वह देख रही थी और जिसमें वह अपना जीवन जी रही थी, उसे कभी स्वीकार कर लेती तो अगले ही क्षण उसे सिरे से खारिज कर देती। निशा का यथार्थ सामान्य लोगों से जितना भिन्न था, उतना ही भिन्न उसका भ्रम था। समाज से जितना जुड़कर वह चलना चाहती थी, उतना ही उससे बिदकने भी लगी थी। निशा की मनोदशा पर एक अजीब किस्म का उखड़ापन, बिलगाव व संभ्रम छाया हुआ था। वह विखंडित मनोविकार की शिकार होती जा रही थी। उन दिनों तो वह यह भी बड़ी कठिनाई से तय कर पाती थी कि उसके लिए क्या भला है और क्या बुरा ? जीवन में अतियों को भुगतने वाले इंसान की प्रतिक्रियाएँ हृदय के भीतर धधकते अंगारों में तपकर बाहर निकलती हैं। निशा को सतीश का ध्यान आया।

गर्म उच्छ्वास छोड़ती हुई वह बोली, ''सतीश उसका प्रेमी नहीं। वह एक पुरुष था, पूरी तरह से शुष्क और निर्दयी। एक ऐसा पुरुष जिसे किसी प्रियतमा अथवा पुत्री से कोई सरोकार नहीं था। वह केवल स्त्री को किसी भी रूप में भोगना चाहता था। उसे कष्ट देना जानता था। वह धोखेबाज़ था। वह लालची, लम्पट, अविश्वसनीय और व्यभिचारी था। वह किसी का सगा हो ही नहीं सकता था। यदि उसके भीतर तनिक भी संवेदना होती तो वह पूर्वजों के रक्त संबंधों के अतीत में जीवन का अर्थ तलाशने की बनिस्बत इस वर्तमान में जीने का साहस करता। रक्त संबंध का मसला तो बहुत बाद में पैदा हुआ था। मुझसे तो मेरी माँ ही ठीक थी, जिसे आगरा के सेठ हरिनारायण ने बाकायदा रखैल का दर्जा तो दिया। उसकी माँग-भराई की रस्म अदा की। उसे पत्नी का नहीं तो कम-से-कम कोरी वेश्या के कटघरे में तो बाँध कर नहीं रखा। हम जैसी स्त्रियों के लिए पुरुष द्वारा रखैल का दर्जा दिया जाना वेश्या से तो बड़ा ही होता है। सतीश ने ऐसा क्यों नहीं किया ? तब तो उसके सामने लोकलाज जैसी कोई अड़चन भी नहीं थी !''

सारा अतीत भूलकर अब भी वह पुष्पिता के भविष्य पर अपना ध्यान एकाग्र करने लगी। निशा का दुर्भाग्य किसी विधाता ने नहीं गढ़ा था। वह पुरुष की सताई हुई स्त्री थी। पुरुष ने उसके जीवन के अतीत को तहस-नहस किया था। अकूत प्राणशक्ति के चलते वह जीवन की गाड़ी को हाँके जा रही थी। अकेली होती तो न जाने कब की मर जाती। वह अपनी बेटी के लिए जीती जा रही थी। यह उसकी विवशता थी या भविष्य की आस, इस मसले पर उसने कभी नहीं सोचा। वह यह भी नहीं जानती थी कि उसके भविष्य के आसमान को भी आशंकाओं के काले बादलों द्वारा घिरा हुआ बना दिया गया है। वह अपना वर्तमान जीना चाहती थी। इसके लिए अटूट साहस संजोने की कोशिश कर रही थी।

''तुम्हें आंगनबाड़ी की नौकरी से हटा दिया गया है। तुम्हारी जगह किसी और को रख लिया है।'' यह ख़बर निशा के लिए वज्रपात बनकर आई। खंड-खंड में विखंडित निशा ने एक बार फिर खुद को समेटने का प्रयास किया।

निशा को जो नौकरी मिली वह अस्थायी तौर पर हुआ करती थी। वकील गोयल के कहने पर जिस कलेक्टर ने यह नौकरी दी उसका तबादला धौलपुर से अन्यत्र हो गया था। दूसरा ज़िला कलेक्टर आ गया। किसी ने उसे शिकायत कर दी कि ''निशा नामक आंगनबाड़ी की मुख्य सेविका की पृष्ठभूमि वेश्या की रही है। ऐसी बदनाम औरत को गर्भवती महिला एवं उनके शिशुओं की देखभाल जैसे संवेदनशील विभाग में रखना गलत ही नहीं, बल्कि अनैतिक है।''

एक बार फिर स्वयं को टूटने से बचा सकने के लिए निशा ने कलेक्टर के सामने व्यक्तिगत रूप से पेश होकर पहले वह संदर्भ दिया जब प्रशासन की मदद से उसने जिस्म.फ़रोशी के खिलाफ़ मुहिम चलाई। फिर सरपंच के चुनाव का ज़िक्र किया। कलेक्टर पर इन बातों का कोई असर नहीं हुआ, तब वह गिड़गिड़ाई। उसने अपनी दर्दभरी दास्तां बयान की। उसने बेटी पुष्पिता के भविष्य का वास्ता भी दिया। कलेक्टर पुरुष था। उस पद पर कोई महिला होती तो शायद निशा की पीड़ा को समझ लेती। कलेक्टर अपनी छवि को लेकर सचेत था। उसके दिमाग में गर्भवती महिलाओं, उनके प्रसव और नवजात शिशुओं की देखभाल की चिंता थी। जीवनभर पुरुषों द्वारा निशा जैसी स्त्रियों के ऊपर किये जाने वाले अत्याचारों और पुष्पिता जैसी असहाय बालिकाओं के भविष्य की दिशा में उस कलेक्टर के दिल की कोई खिड़की नहीं खुली!

39

यह वही घर था, जहाँ पूनम बेड़िनी ने निशा को उमा बनाकर वेश्यावृत्ति के कीचड़ में धकेल दिया था। उस घड़ी निशा उसी कक्ष में थी जिसमें सतीश से उसकी ''नथ उतराई'' की रस्म करवाई। सतीश के संग संभोग-सुख की अनुभूति भी निशा को इसी कक्ष में

हुई थी। तब उसने एक सुंदर सपना भी देखा था।

निशा को वही सपना याद आया। अब उस स्वप्न के एक छिद्र में सद्य-प्रसूत एक कन्या का मुस्काता मुख दिखाई दिया। निशा ने उस शिशु में पुष्पिता की झलक देखी। स्वप्न में खोयी हुई निशा वापस लौटी। उसकी आँखें पुष्पिता को तलाशने लगीं। पुष्पिता अभी-अभी बाहर आँगन में चली गयी थी। उसके हाथों में बी.एड. की पढ़ाई से संबंधित कोई पुस्तक थी। वह उसे दत्तचित्त होकर पढ़ने लगी थी। निशा कक्ष में से चलकर आँगन में आ गयी।

उसने पुष्पिता को निकट से निहारा। पूरी की पूरी पुष्पिता निशा के हृदय में समा गयी। निशा को प्रतीति हुई जैसे पुष्पिता के रूप में उसी की काया का हिस्सा अचानक जैविक अस्तित्व से अमूर्त अवधारणा में परिवर्तित हो गया। निशा की आँखों के आगे अंधकार छा गया।

वह ज़ोर से चीखी, ''मेरी प्यारी बच्ची, आ....आ....मेरे पास!''

उसकी चीख वातावरण में गूँज ही रही थी कि एक ही झटके में वह ज़मीन पर गिर पड़ी। पुष्पिता ने उसे सँभाला। अब निशा फिर से खड़ी हो गयी, लेकिन वह लड़खड़ा रही थी। उसी दशा में दोनों हाथ फैलाये उसने पुष्पिता को बाँहों में भरने का प्रयास किया। वह फिर से गिर पड़ी। उसके गले से घर्राहट का क्षीण स्वर सुनाई दिया, ''आ... आ... ।'' कोई नहीं जान सका, यह उसकी अंतिम आह थी अथवा पुष्पिता के लिए आह्वान?

निशा का अंतिम संस्कार धौलपुर ज़िले के पचगाँव की बगल में बसे होपपुरा के शमशान में कर दिया गया। उसकी बेटी पुष्पिता ने मुखाग्नि दी। धू-धू कर चिता जलने लगी। उसकी लपटें वायुमंडल में छाये धुएँ में विलीन होने लगीं। चिता की आग की लपटें अदृश्य थीं, लेकिन धुएँ में गर्मी थी। उस गर्मी में युगों-युगों से नारी के हृदय में सीजती-खदकती घनीभूत वेदना थी। वह वेदना तप्त उच्छ्वास के रूप में सर्वत्र व्याप्त हो गयी। निशा की जिस देह का शोषण भिन्न-भिन्न पुरुषों द्वारा किया गया, वह भले ही चिता में जल चुकी थी, फिर भी उसकी व्यथा पीछे रह गयी। वही व्यथा निशा के जीवन का बड़ा सवाल बनकर व्यक्त हो रही थी।

''अरे समय, तुम्हारी यात्रा में ही तो पुरुष के हाथों स्त्री का उत्पीड़न होता रहा है। तुम तटस्थ दृष्टा क्यों बने रहे? पाप को घटित होते देखकर भी जो मूक रहता है वह भी पाप कर्म के लिए उतना ही उत्तरदायी माना गया है, जितना उस क्रूर कर्म का सक्रिय कर्त्ता। नारी के दमन को निर्लिप्त भाव से देखते रहने के पश्चात् भी तुम अपने मार्ग पर भागते रहे। मैं जानती हूँ कि तुम अपनी सम्पूर्णता में मुझे कभी नहीं मिलोगे। तुम्हारी पद-छापों पर पड़े मिले कुछ लम्हों को मैंने राह से समेट लिया है। उन्हीं को सहेज कर

सँभाले हुए हूँ। उन्हीं को पुचकारते हुए बार-बार पूछती हूँ कि तुम्हारा भविष्य तो अभी गर्भ में है, किंतु तुम्हारे अनंत अतीत और विस्तृत वर्तमान में नारी का अस्मिता-हरण क्यों होता रहा? स्त्री भूख, बीमारी, बेआसरा, बाँझपन, वैधव्य, विरह-वगैरा-वगैरा सबसे लड़ सकती है और लड़ती भी रही है, किंतु दासता और दैहिक शोषण उसकी अस्मिता पर सबसे बड़ा आघात होता है। इसे वह सहन नहीं कर पाती। नारी पर पुरुष द्वारा किये जाते रहे बहुआयामी आघातों का विस्तार सार्वकालिक व सार्वभौमिक रहा है। इस आघात का ज़िम्मेदार समाज का आम आदमी नहीं, बल्कि ख़ास आदमी रहा है, जो राजा, श्रेष्ठी, पुजारी-पुरोहित, ऋषि, यहाँ तक कि देवता भी!''

निशा की चिता पूरी तरह से जल चुकी थी। इस दरम्यान उसकी पुत्री पुष्पिता जलती चिता को एकटक निहारती रही। उसका कंठ अवरुद्ध रहा। उसकी आँखें शुष्क रहीं। उसने अभी पूरी तरह से युवावस्था में प्रवेश भी नहीं किया था, फिर भी उसके मुख पर एक प्रौढ़ व्यक्ति की भाँति परिपक्व व गंभीर भाव परिलक्षित हो रहे थे।

''सब कुछ समाप्त हो गया!'' चिता की बुझती हुई अंतिम चिंगारी को देखकर यकायक पुष्पिता के होंठों से बाहर धीमी फुसफुसाहट निकली।

''नहीं, प्यारी बच्ची। सब कुछ समाप्त नहीं हुआ है। तूने तो अभी युवावस्था की दहलीज़ पर कदम ही रखा है। तेरा पूरा जीवन शेष है। उसे तुझे जीना है।'' निशा की चिता की अब तक बुझ चुकी अंतिम चिंगारी के आस-पास यह स्वर सुनाई दिया।

40

दुनिया दिन-ब-दिन बड़ी होती जा रही थी। पुष्पिता का संसार सिकुड़ कर उसी तक रह गया। माँ की मृत्यु के कटु सत्य को उसका हृदय अभी भी स्वीकार नहीं कर रहा था। दिन में उसे अपनी माँ के ख़याल आते और रात में ख़्वाब। माँ की चिता से स्वत:स्फूर्त अंतिम शब्द पुष्पिता के कानों में फिर गूँजने लगे, ''तुम्हें जीना है''।

''मेरी दृष्टि में समय की लम्बी यात्रा के विभिन्न सोपानों ने नारी का दैहिक शोषण ब्रह्मांड के अनंत में मुँह खोले ब्लैक होल, अप्सराओं के इन्द्रलोकीय मिथकों, गंधर्वों के मिथकैतिहासिक आख्यानों, उत्खनित नर्तकियों की प्राचीन सभ्यताओं, राजप्रासादों, नगर श्रेष्ठियों की हवेलियों, देवदासियों से भरे भव्य मंदिरों, तवायफ़ों के कोठों, आधुनिक तीन-पाँच-सात सितारा-होटलों जैसी छद्म-उदात्त अवधारणाओं से लेकर देहाती, शहरी, महानगरीय बस्तियों, मोहल्लों, गलियों, कोठरियों व झोंपड़ियों तक का विराट खगोल एवं विशाल भूगोल स्वयं में समेट लिया है। अब क्या शेष है, जिसका अनुभव मुझे और करना है?'' यह प्रश्न किसी स्त्री की अंतरात्मा के अधस्तल से स्फुटित हुआ, जैसे उसे

किसी ने शताब्दियों से दबा कर रखा हो।

''हाँ, अभी और भी बहुत कुछ बाकी है, कुछ अतीत में अचिह्न, कुछ वर्तमान का अज्ञात और इससे बहुत अधिक भविष्य में घटित होने के लिए आरक्षित।'' प्रश्न का ऐसा त्वरित उत्तर किसी पुरुष की जिह्वा पर जैसे सदैव ही उपस्थित रहता हो।

''मेरे पिता-माता, पति-पत्नी नहीं थे, मैं उनकी पुत्री हूँ। मेरी माँ एक रखैल की बेटी थी। मेरी रखैल-दादी की माँ कोई तवायफ़ रही होगी। उस तवायफ़ की माँ कोई देवदासी रही होगी। उस देवदासी की माँ अवश्य कोई गणिका थी। उस गणिका की माँ, संभव है कोई अप्सरा रही हो! ज्ञानियों की गाथा चलती आ रही है कि अप्सरा की कोई माँ नहीं। वह तो उस समुद्र मंथन से उत्पन्न हुई थी, जिसमें चौदह रत्नों के साथ हलाहल भी निकला था। हलाहल को तो भोले-भाले भगवान शिव को पिला दिया। अमृत को देवताओं को सौंपने के लिए भगवान विष्णु ने कपट किया। उनका कपट भी मोहिनी नारी का रूप धारण करने से ही फलीभूत हुआ। उस विकट घड़ी में भगवान को भी स्त्री की शरण में जाना पड़ा था। स्त्री को पुरुष ने लक्ष्य बनाकर छला, स्त्री को पुरुष ने लक्ष्य प्राप्ति का माध्यम बनाकर ठगा। स्त्री को कभी बेड़िनी, कभी नर्तकी, कभी रखैल, कभी तवायफ़, कभी देवदासी, कभी गणिका, कभी अप्सरा और भी न जाने कितने-कितने रूपों व रंगों में ढालकर उसकी अस्मिता का हरण किया जाता रहा, जिसका कभी उसे पता चला और कभी नहीं चला।''

पुरुष प्रेम करते हुए स्त्री के संग रति-क्रीड़ा करेगा तो दोनों को आनंदानुभूति होगी। दोनों में से एक की भी असहमति इस अनुभूति को बाधित कर देगी। सहमति अथवा असहमति पुरुष की ही होती है, स्त्री की कदापि नहीं। वह तो पुरुष की दासी है। उसे अपनी इच्छा की अभिव्यक्ति की भी स्वतंत्रता सही अर्थ में नहीं रही। ऐसी अभिव्यक्ति के बारे में उसका सोचना भी प्रतिबंधित रहा है। अनभिव्यक्त व्यक्ति जड़वत् होता है। उसका कोई अस्तित्व नहीं होता। अस्तित्व ही नहीं, तो पहचान कहाँ होगी?

पुष्पिता को महसूस हुआ कि नारी के रूप में उसकी माँ की पहचान मात्र एक वेश्या की रही। उसकी असल दादी का दर्जा एक रखैल तक सीमित रखा गया। स्त्री की ऐसी अपूर्ण पहचान की दीर्घ परंपरा बनती, विकसित एवं संरक्षित चली आती रही। इस तरह की पहचान को ढोते हुए कोई इंसान मरे अथवा जिये, किसी पर कोई फ़र्क नहीं पड़ता। स्त्री के मनोविज्ञान की गहराई में कोई नहीं उतरा। उसे सदैव पुरुष के दृष्टिकोण से समझने की भूल की गयी। स्त्री को उसके मनोविज्ञान पर कभी बोलने नहीं दिया। पुष्पिता ने महसूस किया जैसे अबोली स्त्री जीते जी मरी हुई के बराबर होती है। जिंदा स्त्री का हक छीना जा सकता है। मर चुकी स्त्री का कोई क्या करेगा? मर चुकी महसूस करने वाली स्त्री बोलना चाहती है। पुष्पिता बोली।

''रे पुरुष, तुम एक ऐसी दुनिया गढ़ते चले गए, जिसमें तुम्हारे मनोरंजन, तुम्हारी

वासना, तुम्हारे भोग-विलास, तुम्हारी सेवा, तुम्हारी आज्ञा, तुम्हारे वंश,तुम्हारी कीर्ति, तुम्हारी पताका, तुम्हारी ख्याति, तुम्हारे अतीत, तुम्हारे वर्तमान, तुम्हारे भविष्य का वर्चस्व सदैव बना रहे और इस सबके बदले नारी प्रताड़ना झेलती रहे। आदिम काल में जो स्त्री तुम्हारी संगिनी थी, तुम्हारी सहचरी थी, तुमसे बढ़कर वह परिवार, कुटुंब व कबीले की मुखिया थी, उसी स्त्री को समय के संग तुम परिवार, कुटुंब, समाज और अंतत: मानवता के स्तर से ही नकारते चले गए!''

''ओ नरपशु, सुन! अब मैं स्त्री की गरिमा के विरोध में किये गए तुम्हारे प्रत्येक कदम, पहल, प्रयत्न, चालाकी, छल, जाल, कपट एवं षड़यंत्र को हज़ारों वर्ष की मेरी गहन वेदना की ज्वाला की लपटों में फेंक कर जलाती हूँ। स्त्री की छवि को विकृत करने वाले तुम्हारे द्वारा रचे प्रत्येक पुराण, स्मृति, धर्मग्रंथ व इतिहास के पृष्ठों को अपने दोनों हाथों से फाड़कर हवा में बिखेरती हूँ। तुम्हारे द्वारा निर्मित प्रत्येक देवालय, प्रासाद व हवेली को अपने पाँव की ठोकरों से ध्वस्त करती हूँ, जिनके भीतर स्त्री की अस्मिता का हरण होता रहा।

''अरे नराधम, एक तरफ़ तुम लालच की खातिर कन्या के जन्म का जशन मनाते रहे और दूसरी तरफ़ अपनी झूठी आन-बान-शान के लिए उसके भ्रूण का ही वध करते रहे। स्त्री को कभी स्त्री के रूप में जीने नहीं दिया। तुम्हारे चंगुल से निकलकर उसने जब-जब भागना चाहा, तुमने उसे भागने नहीं दिया। तुम्हारे उत्पीड़न को नहीं सहकर वह मरना भी चाहती रही, तो उसे मरने नहीं दिया। लो, सँभालो अपना परिवार, अपना कुटुंब, अपना समाज और तुम्हारी अपनी,अपने लिए बनायी हुई यह दुनिया। करो इसमें अपनी लीला, खेलो इसमें अपना खेल, करते रहो वंश-वृद्धि, बढ़ाते चलो इसमें अपनी वंश-बेल।

''मैं चली!''

पुष्पिता पृथ्वी के शीर्षस्थ बिंदु पर खड़ी होकर बोल रही थी। पृथ्वी गोल है। जो मनुष्य जहाँ खड़ा है, वह ऐसा दावा कर सकता है। पुष्पिता जहाँ खड़ी थी, वह स्थल धौलपुर ज़िले का आदर्शनगर था। इसके किसी भी आदर्श से भयावह था इसका अतीत। इसके अतीत में थी बेड़िया बस्ती, वही होपपुरा अब पुष्पिता के सामने दिखाई दे रहा था।

इंसानों की वह छोटी-सी बस्ती फैलती चली गयी। उसकी बाँहों में पृथ्वी का समूचा भूगोल सिमटता जा रहा था। भूगोल के आयतन में उसके नीचे का पाताल और ऊपर का आसमान समाहित हो रहा था। उस छोटी-सी बस्ती में अब विराट ब्रह्मांड दिखाई देने लगा। वह ब्रह्मांड पुरुषों से भरा हुआ था। पुरुषों के अनेक दल थे। वे सब अट्टहास किये जा रहे थे।

ब्रह्मांड के बीचोंबीच एक ब्लैक होल दिखाई दिया। उसके प्रगाढ़ अंधकार में

स्त्रियों की धुँधली छवियाँ इधर-से-उधर और उधर-से-इधर दौड़ रही थीं। यकायक वे सभी स्त्रियाँ एक घेरे में सिमट गयीं। वे कुछ बोलना चाह रही थीं। उनके होंठ चिपके होने की वजह से उनका स्वर कंठ के भीतर ही रुँधा जा रहा था। ब्लैक होल के बाहर पुरुषों के कोलाहल से ब्रह्मांड थरथरा रहा था। पुष्पिता ने स्वयं को उन्हीं नारी छवियों के बीच महसूस किया।

ब्लैक होल के मुहाने पर पुरुषों की कई आकृतियाँ हिलती-डुलती दिखाई दीं। इन आकृतियों की कद-काठी व रूप-रंग अट्टहास कर रहे पुरुषों जैसा ही था किंतु, इनके मुख पर विनम्रता, करुणा, उदारता, शिष्टता व चुम्बकीय आकर्षण झलक रहा था। ऐसी सभी पुरुष-आकृतियों के मध्य में एक प्रतिमा अर्द्धनारीश्वर जैसी थी, जिसके चारों तरफ़ कौमुदीय प्रभामंडल था। अर्द्धनारीश्वर की वह प्रतिमा जीवंत हो गयी। उसके मुख पर मुस्कान उभर आई। उसके दोनों हाथ आशीर्वाद की मुद्रा में ऊपर उठे। उसके चारों तरफ़ फैले मधुर प्रकाश की तरफ़ अग्रसर होती हुई ब्लैक होल में कैद समस्त स्त्रियाँ मुहाने के बाहर आ गयीं। सबके आगे दिवंगत निशा की पुत्री पुष्पिता थी। पुष्पिता को पुरुषों का वह विराट ब्रह्मांड क्षुद्र व कुत्सित लगा। नारी के लिए क्षोभ एवं विद्रोह उत्पन्न करने वाले ऐसे घृणित ब्रह्मांड की तरफ़ उसने विरक्त भाव से देखा। ब्रह्मांड में अब से पहले कोलाहल कर रही पुरुषों की भीड़ विस्मित होकर उस दृश्य को देखती रही।

''मैं चली!'' शब्द युग्म के साथ पुष्पिता जिस दिशा को निहार रही थी, उधर एक भिन्न अंतरिक्ष था। उसके नीचे आकाश फैला हुआ था। आकाश क्षितिजों के स्तंभों पर टिका हुआ था। क्षितिजों को छूती सागर की विराट जलराशि थी। जलराशि के मध्य एक द्वीप था। द्वीप पर दूर-दूर तक वनांचल दिखाई दे रहा था। यहाँ-वहाँ ऊँची-ऊँची पर्वतमालाएँ थीं, उनकी घाटियों से निर्झरित जल प्रवाह था, वह जल प्रवाह सरिताओं में परिवर्तित हुआ जा रहा था। पुष्पिता को प्रतीति हुई जैसे उस द्वीप पर स्त्री एवं पुरुषों का सामूहिक नृत्य चल रहा हो और उसी नृत्य की संगत करता हुआ संगीत अम्बर तक गूँज रहा हो। अपने स्त्री दल के साथ पुष्पिता उसी ओर चल पड़ी।

❏❏❏